Ulls

ÜBER DAS BUCH:

1792, an der Südostküste Englands: Nur halbherzig bereitet sich die Royal Navy auf den unvermeidlichen Krieg mit dem revolutionären Frankreich vor. Ein Großteil der britischen Flotte ist stillgelegt, Matrosen und Offiziere sind entlassen. Einzig seiner legendären Tapferkeit hat der junge Kapitän Richard Bolitho es zu verdanken, daß er den Oberbefehl über drei schnelle Marinekutter erhält.
Aber er ist verzweifelt knapp an guten Leuten. Statt im Dienst des Königs für schmalen Sold Leben und Gesundheit zu riskieren, treten die Matrosen lieber der reichen Bruderschaft der Schmuggler bei. Selbst Bolithos treuer Bootssteurer Allday verschwindet eines Tages spurlos. Und Verrat läßt die ersten Einsätze der drei Marinekutter kläglich scheitern.
Denn die Schattenbrüder haben hochgestellte Verbündete und schmuggeln nicht nur Konterbande, sondern auch adlige Flüchtlinge aus Frankreich, die beraubt und auf See über Bord geworfen werden. Als der französische König unter der Guillotine stirbt und einer seiner Vertrauten mit der Kasse der Konterrevolution nach England fliehen will, kommt es zum dramatischen Höhepunkt des an Spannung und rauher Romantik reichen See-Abenteuers.

DER AUTOR:

Alexander Kent kämpfte im Zweiten Weltkrieg als Marineoffizier im Atlantik und im Mittelmeer und erwarb sich danach einen weltweiten Ruf als Verfasser spannender Seekriegsromane. Seine marinehistorische Romanserie um Richard Bolitho machte ihn zum meistgelesenen Autor dieses Genres neben C. S. Forester. Seit 1958 sein erstes Buch erschien *(Schnellbootpatrouille)*, hat er über vierzig Titel veröffentlicht, von denen die meisten bei Ullstein vorliegen. Sie erreichten eine Gesamtauflage von 20 Millionen und wurden in 14 Sprachen übersetzt. – Alexander Kent, dessen wirklicher Name Douglas Reeman lautet, lebt in Surrey, ist Mitglied der Royal Navy Sailing Association und Governor der Fregatte *Foudroyant* in Portsmouth, des ältesten noch schwimmenden britischen Kriegsschiffs.

Alexander Kent

Des Königs Konterbande

Kapitän Bolitho
und die Schattenbrüder

Roman

Ullstein

maritim
Ullstein Buch Nr. 23787
im Verlag Ullstein GmbH,
Frankfurt/M – Berlin
Titel der Originalausgabe:
With All Despatch
Aus dem Englischen
von Klaus D. Kurtz

Neuauflage der
deutschen Erstausgabe

Umschlaggestaltung:
Hansbernd Lindemann
Umschlagillustration:
Geoffrey Huband

Printed in Germany 1995
Gesamtherstellung:
Ebner Ulm
ISBN 3 548 23787 8

Dezember 1995
Gedruckt auf alterungs-
beständigem Papier mit
chlorfrei gebleichtem Zellstoff

Vom selben Autor
in der Reihe
der Ullstein Bücher:

Die Feuertaufe (23687)
Strandwölfe (23693)
Kanonenfutter (22933)
Zerfetzte Flaggen (23192)
Klar Schiff zum Gefecht (23063)
Die Entscheidung (22725)
Bruderkampf (23219)
Der Piratenfürst (23587)
Fieber an Bord (22460)
Nahkampf der Giganten (23493)
Feind in Sicht (20006)
Der Stolz der Flotte (23519)
Eine letzte Breitseite (20022)
Galeeren in der Ostsee (20072)
Admiral Bolithos Erbe (23468)
Der Brander (20591)
Donner unter der Kimm (23648)
Die Seemannsbraut (22177)
Mauern aus Holz, Männer aus Eisen (22824)
Das letzte Riff (23783)

Außerdem 22 moderne
Seekriegsromane

Die Deutsche Bibliothek –
CIP-Einheitsaufnahme

Kent, Alexander:
Des Königs Konterbande : Kapitän
Bolitho und die Schattenbrüder ;
Roman / Alexander Kent. [Aus dem
Engl. von Klaus D. Kurtz]. – Neuaufl.
der dt. Erstausg. – Frankfurt/M ; Berlin :
Ullstein, 1995
(Ullstein-Buch ; Nr. 23787 : Maritim)
ISBN 3-548-23787-8
NE: GT
Vw: Reeman, Douglas [Wirkl. Name]
→ Kent, Alexander

Für meine *Dormouse,*
in Liebe

Deshalb mit kühnem Mut, ihr Brüder, laßt's uns wagen.
Faßt euch ein Herz, so treu wie Gold, wir tragen
als freie Männer uns ins Buch der Flotte ein. Zurück
bleibt Frau und Freund – uns winken Sieg und Glück!

(Anon)

Inhalt

I Des Königs Offizier

Konteradmiral Sir Marcus Drew stand am Fenster und beobachtete gedankenverloren das Gewimmel der Fußgänger und Kutschen draußen vor dem Admiralitätsgebäude. Die Fenster seines geräumigen Dienstzimmers waren so hoch und breit, daß er mit Leichtigkeit im Strom der Passanten die regelmäßigen Besucher erkennen konnte, die täglich – manche sogar stündlich – in die Korridore der Admiralität zurückkehrten, immer in der Hoffnung auf Wiedereinstellung: junge und ältere Kapitäne, deren Wagemut einst dem kriegsgeschüttelten England Stolz und Hoffnung zurückgegeben hatte. Der Konteradmiral verbrachte den größten Teil seiner Dienstzeit damit, wenigstens die hartnäckigsten Bewerber anzuhören; die Mehrzahl ließ er ohnehin von seinen Untergebenen abwimmeln. Blicklos starrte er die Pfützen an, die ein heftiger Regenschauer auf dem Kopfsteinpflaster hinterlassen hatte. Jetzt glänzten sie wieder wie blaßblaue Seide und spiegelten den Aprilhimmel über London. Die Regenwolken waren abgezogen.

Frühjahr 1792 – und wieder ein Jahr der Unsicherheit und drohenden Gefahr, ausgehend von jenseits des Ärmelkanals. Man hätte es nicht für möglich gehalten, wenn man die feinen Ladies in ihren koketten Roben da unten sah, begleitet von sorglosen, angeberischen Stutzern.

Vor zwei Jahren, als die Nachricht von den blutigen Exzessen der französischen Revolution London wie eine Breitseite erschütterte, hatten viele gefürchtet, daß der Horror der Guillotine, die Mordgier des Mobs die Straße von Dover überspringen könnte. Andere, und das war vielleicht nur natürlich, sahen schadenfroh zu, wie sich der alte Feind selbst zerfleischte. Vielleicht wäre es klüger gewesen, wenn England endlich einmal die Regeln der Kriegsführung außer acht gelassen und Frankreich angegriffen hätte, solange es sich in seinem eigenen Blut wälzte. Aber dieser Schritt war nicht einmal erwogen worden.

Drew wandte sich ab; der Rest des Tages und die Freude auf das Dinner in St. James, wo er später mit Freunden Whist spielen wollte, waren ihm verdorben. Ihre Lordschaften waren wundergläubig, falls sie wirklich annahmen, daß die Flotte, die sie in den zehn Jahren seit der amerikanischen Revolution in den Häfen und auf den Reeden hatten verrotten lassen, jetzt plötzlich wieder auf die alte Stärke gebracht werden konnte. Matrosen und Seesoldaten waren zu tausenden in die Wüste geschickt worden, weil ihr Land, für das so viele im Dienst des Königs Leben oder Gesundheit hingegeben hatten, sie plötzlich nicht mehr brauchte. Auch den Offizieren erging es nicht anders. Die glücklicheren darbten mit Halbsold an Land oder bettelten um Posten bei der Handelsmarine, nur um auf die See zurückkehren zu können, die ihr Lebensinhalt war.

Mit seinem eigenen Los war Konteradmiral Drew allerdings recht zufrieden. Er konnte sogar hoffen, seine Mätresse jetzt auf Dauer irgendwo zu etablieren, seit er ihrem Ehemann, einem jungen Kapitän, eine Versetzung nach Indien verschafft hatte.

Er betrachtete das riesige Schlachtengemälde an der gegenüberliegenden Wand. Es zeigte Admiral Vernons Siebzig-Kanonen-Flaggschiff *Burford* unter wehenden Kriegsflaggen, wie es aus nächster Nähe eine spanische Festung mit seiner Breitseite beschoß. So stellte sich das nach Romantik gierende Publikum gern den Seekrieg vor: den Pomp und Heldenmut der Schlacht, aber nicht die Ströme von Blut und das schmutzige Skalpell des Chirurgen.

Sir Marcus gestattete sich ein bitteres Lächeln. Vernons Seegefecht lag schon ein halbes Jahrhundert zurück, aber die Schiffe hatten sich seither kaum verändert. Nein, sagte er sich, sein Dienst in der Admiralität war dem Posten auf irgendeinem Achterdeck bei weitem vorzuziehen. Immerhin konnte er sich hier seiner Mätresse und seiner eleganten

Londoner Stadtwohnung erfreuen. Natürlich mußte er sich sonntags neben seiner Frau im Kirchengestühl auf dem Familiengut in Hampshire sehen lassen, doch das war nicht zuviel verlangt.

Er kehrte zu seinem pompösen Schreibtisch zurück und ließ sich seufzend daran nieder. Sein Sekretär hatte ihm die Personalakten hübsch der Reihe nach gestapelt. Dessen Aufgabe war es auch, die Wiedereinstellungsgespräche nach einer vereinbarten Zeitspanne mit dem Hinweis auf einen wichtigen Termin zu unterbrechen. Ein Ende war sonst nicht abzusehen.

Bald mußte Frankreich England den Krieg erklären, und wie immer würden sie völlig unvorbereitet sein. Zu wenig Schiffe, zu wenig Männer. Immer das gleiche.

Drews Blick fiel auf die zuoberst liegende Personalakte: Richard Bolitho, Esquire. Sie sah abgenutzt aus und ließ Sir Marcus wünschen, ein anderer säße jetzt auf seinem Stuhl. Denn auch Richard Bolitho, der sich im Kampf gegen die amerikanischen Rebellen so sehr ausgezeichnet hatte, war jetzt nicht besser dran als andere. Dabei hatte er seither zwei höchst erfolgreiche Einsätze bewältigt, den letzten als Kommandant der Fregatte *Tempest* im südlichen Pazifik. Sein damaliges Gefecht mit der französischen Fregatte *Narval* und deren Geleit genoß schon legendären Ruhm. Die Meuterei auf der *Bounty* und die gräßlichen Ereignisse in Paris hatten einem berüchtigten Piratenfürsten auf den kaum verteidigten Südseeinseln freie Hand gelassen. Nur Bolithos Schiff hatte damals zwischen ihm und der Kontrolle über die britischen Handelswege zum reichen Indien gestanden.

Und nun wartete Bolitho da draußen, hatte seit Wochen täglich auf der Admiralität vorgesprochen. Wie die meisten seiner Kollegen wußte Drew eine Menge über Bolitho. Dessen Familie in Cornwall rühmte sich einer alten Marinetradition und hatte lange unter der Schande gelitten, die auch Richard Bolitho noch schwer zu schaffen machte: Sein älterer Bruder Hugh war nach dem Duell mit einem anderen

Offizier aus der Navy desertiert und in die aufständischen amerikanischen Kolonien geflohen. Dort war er dann Leutnant und – noch schlimmer – Kommandant einer von den Rebellen erbeuteten englischen Fregatte geworden.

Auch nicht die größte Tapferkeit, nicht die makelloseste Führung konnten diesen Schandfleck auf der Familienehre der Bolithos tilgen. Immerhin hatte Richard die Schuld überreich zurückgezahlt, dachte Drew beim Durchblättern seiner Akte. Erst eine lebensgefährliche Verwundung und dann, nach dem Sieg über den Südseepiraten, ein hartnäckiges Tropenfieber. Zwei Jahre lang hatte es ihn niedergestreckt, und wenn auch nur die Hälfte von dem stimmte, was bis zu Drew gedrungen war, dann war Bolitho in dieser Zeit dem Tod nur knapp von der Schippe gesprungen.

Ihre Lordschaften hatten also genug Anlaß, ihm endlich wieder eine Chance zu geben. Aber falls man es recht bedachte, wäre es vielleicht besser für ihn, wenn er die ihm jetzt zugedachte Aufgabe ablehnte und sich nicht um die Konsequenzen scherte.

Drews Augen wurden schmal, als ihm einfiel, daß Bolitho eine Affäre mit der schönen Frau eines Regierungsbeamten gehabt hatte. Aber sie war nach wochenlanger Irrfahrt im offenen Rettungsboot an Fieber und Durst gestorben. Erledigt. Drew klappte die Personalakte zu. Immerhin – eine verbotene Liebe. Wenigstens eine Abwechslung nach all der spießigen Buchstabentreue und vollmundigen Pflichterfüllung, die ihm täglich von Bewerbern vorgespiegelt wurde.

Ungeduldig griff er nach einer kleinen Messingglocke und läutete. Bringen wir's hinter uns, dachte er. Falls es wieder Krieg mit Frankreich gab – einen Krieg, in dem der französische Erzfeind diesmal nicht von monarchistischer Ethik gezügelt würde –, mochte kein Platz mehr für die Helden von gestern sein. Englische Agenten berichteten aus Paris, daß ganze Adelsfamilien durch die Straßen geschleift und unter dem Jubel des Pöbels guillotiniert wurden. Nicht einmal Kinder wurden verschont.

Drew dachte an seine große Familie in Hampshire und mußte einen Schauder unterdrücken. Das konnte, das durfte in England nicht geschehen.

Sein Sekretär öffnete die Tür und meldete wie ein routinierter Schauspieler mit gesenktem Blick: »Kapitän Richard Bolitho, Sir Marcus!«

Drew deutete scheinbar zerstreut auf den Stuhl vor seinem Schreibtisch. Schon als Kapitän hatte er gelernt, sich keine Gefühlsregung anmerken zu lassen und trotzdem scharf zu beobachten.

Richard Bolitho war fünfunddreißig, sah aber jünger aus. An der hochgewachsenen, schlanken Gestalt schlotterte der Rock des Vollkapitäns mit seinen weißen Kragenaufschlägen und Goldlitzen. Als Bolitho sich niederließ, spürte Drew dessen Anspannung, obwohl der Mann sich Mühe gab, sie zu verbergen. Die Aprilsonne fiel auf sein schwarzes Haar, aus dem eine Strähne schräg über die tiefe Stirnnarbe fiel; da war er als blutjunger Leutnant auf irgendeiner südlichen Insel verwundet worden, als sein Trupp Wasser für das Schiff bunkern wollte. Drew sah, daß die Augen, die ihm gefaßt entgegenblickten, so grau waren wie der Atlantik im Winter.

Der Konteradmiral kam gleich zur Sache. »Freut mich, daß wir uns endlich kennenlernen, Bolitho. Sie sind nicht nur einer von Englands Helden, sondern auch ein beliebtes Gesprächsthema.« Aber die grauen Augen senkten sich nicht, und Drew fühlte sich irritiert. Plötzlich befand er sich diesem Mann gegenüber in der Defensive. Dabei war Bolitho hier der Bittsteller und bewarb sich um ein Schiff, *irgendein* Schiff.

Drew begann noch einmal. »Sind Sie der Ansicht, daß Ihre Gesundheit wieder ganz hergestellt ist?«

»Mit Sicherheit, Sir Marcus.«

Drew entspannte sich. Er hatte wieder die Oberhand, denn ihm war die plötzliche Besorgnis in Bolithos Augen nicht entgangen. »Sie kennen ja die alte Crux, Bolitho«, fuhr er fort. »Zu viele Kapitäne und nicht genug Schiffe, die wir ihnen anvertrauen könnten. Natürlich gibt es Truppentransporter und Versorgungstender, aber . . .«

Bolithos Augen blitzten auf. »Ich bin Fregattenkapitän, Sir Marcus!«

Der Konteradmiral hob die von Spitzen halbverhüllte Rechte. »Sie *waren* Fregattenkapitän, Bolitho«, korrigierte er und sah Schmerz über das Gesicht seines Gegenübers zucken. Die Falten vertieften sich und ließen die Wangenknochen noch stärker hervortreten. Vielleicht hatte er das Tropenfieber doch noch nicht überstanden? »Und ein ausgezeichneter dazu«, schloß er glattzüngig.

Bolitho beugte sich vor, eine Hand so fest um den Knauf seines alten Familiendegens gekrampft, daß die Knöchel weiß schimmerten. »Ich bin wieder völlig gesund, Sir Marcus. Bei Gott, als ich zu Ihnen vorgelassen wurde, dachte ich . . .«

Drew erhob sich und trat wieder ans Fenster. Die Genugtuung über seinen rhetorischen Sieg wollte sich nicht einstellen; fast fühlte er sich beschämt.

»Wir brauchen dringend Leute, Bolitho«, sagte er. »*Seeleute,* die man ans Ruder stellen und in den Mast schicken kann und die im Ernstfall auch zu kämpfen wissen.« Schnell wandte er sich um und sah, daß Bolithos Blick auf dem alten Degen ruhte. Der hätte so manches erzählen können, dachte er. Ein Familienerbstück seit Generationen, war er ursprünglich Bolithos älterem Bruder zugedacht gewesen. Dessen Schande und Verrat hatten den alten Bolitho ins Grab gebracht.

»Sie werden in der Nore* stationiert, als Befehlshaber einer Flottille kleinerer Fahrzeuge.« Der Konteradmiral wedelte mit der Hand. »Wir hatten viele Deserteure in der Nore – Schmuggel bringt dort mehr ein als der Kriegsdienst. Manche Matrosen sind sogar zur Ehrenwerten Ostindischen Handelskompanie übergelaufen, obwohl ich . . .«

* Reede an der Themsemündung

Bolitho unterbrach ihn kühl: »Die Ostindienkompanie steht ja auch in dem Ruf, ihre Leute gut zu behandeln, Sir Marcus. Ganz im Gegensatz zur Kriegsmarine.«

Drew fuhr herum und sagte scharf: »Wie dem auch sei, etwas anderes habe ich Ihnen nicht zu bieten. Ihren Lordschaften scheinen Sie der geeignete Mann dafür zu sein. Falls Sie jedoch . . .«

Bolitho erhob sich, den Degen fest an die Hüfte gepreßt. »Verzeihen Sie, Sir Marcus. Meine Kritik galt nicht Ihnen persönlich.«

Drew schluckte trocken. »Ich verstehe vielleicht besser als Sie glauben.« Er wechselte das Thema. »Natürlich können Sie mit keinem Mann von Ihrer alten *Tempest* rechnen. Sie kehrte lange vor Ihnen heim und wurde der Kanalflotte zugeteilt. Ihre Fregatte hieß doch *Tempest*, nicht wahr? Und davor war es die *Unicorn,* wenn ich nicht irre.«

Bolithos Enttäuschung wuchs, obwohl der Konteradmiral wirklich guten Willens war. »Sie hieß *Undine,* Sir«, antwortete er bedrückt.

»Na, jedenfalls . . .« Die Audienz war so gut wie beendet.

Leise setzte Bolitho hinzu: »Immerhin habe ich noch meinen Bootssteurer. Das genügt.«

Drew bemerkte, daß sich die vergoldete Türklinke bewegte; der Sekretär hielt sich genau an den Zeitplan.

Doch Bolitho war noch nicht fertig. »Inzwischen mag es schon Geschichte oder überhaupt vergessen sein. Aber ein Schiff, mein Schiff, war alles, was Seine Majestät damals im ganzen Pazifik zur Verfügung hatte, um die Piraten zu stellen und zu vernichten.« Bolithos Blick hing an dem großen Schlachtengemälde. »An jenem Tag wurde ich verwundet. Und das Fieber lähmte mich.« Er wandte sich wieder Drew zu und lächelte, aber das Lächeln reichte nicht bis zu den grauen Augen. »Es war mein Bootssteurer, der den Piratenfürst tötete. Deshalb könnte man sagen, daß er ganz allein die Inseln gerettet hat – nicht wahr, Sir Marcus?«

Drew streckte ihm die Rechte entgegen. »Ich wünsche

Ihnen alles Gute, Bolitho. Mein Sekretär wird Ihre Befehle ausfertigen. Haben Sie Geduld - England wird bald alle seine Söhne dringend brauchen.« Er runzelte die Stirn. »Amüsiert Sie das etwa?»

Bolitho nahm seinen Hut aus der Hand des wartenden Sekretärs entgegen. »Nein. Ich dachte nur gerade an meinen verstorbenen Vater, Captain James, wie ihn alle nannten. Er sagte einst fast die gleichen Worte zu mir.«

»Oh - und wann war das?«

Bolitho ging zur Tür, in Gedanken schon ganz bei seiner neuen Aufgabe. »Bevor wir Amerika verloren, Sir«, sagte er zerstreut.

Wütend starrte Drew die Tür an, die sich hinter Bolitho schloß. Aber dann mußte er unwillkürlich grinsen. Es stimmte also. Dieser Mann wurde seinem Ruf wirklich gerecht.

Ruckartig fuhr Bolitho in die Höhe und öffnete die Augen. Es überraschte ihn, daß er trotz des Gerüttels eingeschlafen war, während die Kutsche über die holprigen Straßen Kents rollte.

Er blickte durchs Seitenfenster. Büsche und Bäume in den verschiedensten Grüntönen huschten vorbei, das glänzende Laub schwer vom letzten Regenschauer. Frühling im Garten Englands, dachte er. Aber noch ließ die Sonne auf sich warten.

Bolithos Reisegefährte schlief in unbequemer Haltung auf dem Sitz gegenüber: sein ehemaliger Steward Bryan Ferguson, der nun Haus und Hof in Falmouth in Bolithos Abwesenheit gut verwaltete. In der Schlacht bei den Saintes hatte er einen Arm verloren. Wie Bolithos Bootssteurer Allday war auch er ein Gepreßter, aber das gemeinsam Durchgestandene hatte sie zusammengeschmiedet. Bolitho lächelte trübe. Nur sehr aufmerksame Beobachter merkten, daß Ferguson einarmig war, denn er verbarg seine Behinderung sehr geschickt unter einem weiten grünen Mantel. Neben Fergusons ausgestrecktem Bein sah Bolitho etwas blinken und erriet, daß der Verwalter seine Lieblingspistole mitgebracht hatte, nur für alle Fälle. Denn Kents Landstraßen führten bei Gott durch wilde, einsame Gegenden.

Bolitho streckte die schmerzenden Glieder. Die Furcht, daß das Fieber trotz aller tröstenden Versicherungen der Ärzte überraschend wieder ausbrechen könnte, verließ ihn niemals ganz. Er erinnerte sich wieder an die zwei Jahre, in denen er mit dem Tod gerungen hatte. Mittlerweile besaß er wieder die Kraft, diese Zeit zu rekapitulieren. Verschwommen tauchten besorgte Gesichter vor ihm auf: das seiner Schwester Nancy und ihres pompösen Mannes, der Richter war und wegen seines unermeßlichen Landbesitzes der »König von Cornwall« genannt wurde. Und das Gesicht von Fergusons Frau, der Haushälterin im großen grauen Steinhaus unterhalb von Pendennis Castle. So viele Bolithos hatten hier das Licht der Welt erblickt und waren später ausgezogen, dem Ruf der See zu folgen. Manche waren nie zurückgekehrt. Doch am lebhaftesten erinnerte sich Bolitho an seinen Bootssteurer Allday. Damals schien er nie zu schlafen und war ständig in der Nähe gewesen, um Bolitho im Kampf gegen das Fieber zu helfen und seine Wutausbrüche abzuwettern.

Allday stand so fest wie eine Eiche. In den zehn Jahren, seit ihn die Preßgang an Bord gebracht hatte, waren ihre Bindungen immer enger geworden. Alldays instinktives Verständnis für alles Seemännische, aber auch seine gelegentlichen Unverfrorenheiten stabilisierten Bolitho wie ein Anker. War er ein Freund? Nein, viel mehr als das.

Jetzt konnte er ihn draußen auf dem Kutschbock mit dem alten Matthew Corker reden hören. Gelegentlich mischte sich die helle Stimme des jungen Matthew von hinten ein. Der Junge war erst vierzehn und des alten Kutschers Enkel und Augapfel. Kein Wunder, hatte er ihn doch großgezogen, seit sein Vater mit einem der berühmten Paketschiffe aus Falmouth untergegangen war. Der alte Matthew hoffte, der Junge würde einmal in seine Fußstapfen treten und Kutscher werden, denn er begann allmählich die Jahre zu spüren. Bolitho war es nicht entgangen, daß er öfter mal die falsche Straße eingeschlagen hatte auf dieser langen Reise von Falmouth, die schon vor Wochen begonnen hatte. Der Alte war nur die Häfen und Fischerdörfer rund um Falmouth gewöhnt; die anstrengende Strecke nach London mit ihren häufigen Poststationen und Pferdewechseln hatte ihm zu schaffen gemacht.

Die Kutsche war Bolithos Idee gewesen. Die Vorstellung, daß er unterwegs unter Fremden, vielleicht sogar in einer öffentlichen Postkutsche, einen Fieberanfall erleiden könnte, war zu schrecklich gewesen. Sein eigenes Gefährt war zwar alt – es hatte noch seinem Vater gedient –, aber sehr gut gefedert, und seine Bewegungen fühlten sich an wie die eines Bootes im Seegang. Dunkelgrün lackiert, trug jeder Wagenschlag das Wappen der Bolithos, umrahmt von dem Spruch: *Für meines Landes Freiheit.*

Während Bolitho zwischen den schier endlosen grünen Mauern der regennassen Hecken dahinrollte, tastete er nach dem Marschbefehl in seiner Tasche: *Sie haben sich unverzüglich zur Nore zu begeben ...* Über den breiten Fluß Medway, durch die kleinen Orte entlang der Landstraße nach Chatham, dann vorbei am Royal Dockyard, der Werft der Kriegsmarine, und schließlich auf die offene See ... Befehlshaber wovon? Bisher hatte man ihm nur gesagt, daß er dem Standortkommandeur, einem gewissen Ralph Hoblyn, unterstellt war. Dieser Name war ihm wenigstens ein Begriff, denn Hoblyn hatte auf der mittelamerikanischen Station tapfer gekämpft, bis er bei der Entscheidungsschlacht in der Chesapeake Bay 1781 schwer verwundet worden war. Hatten sie auch ihn abgeschoben?

Ferguson gähnte und richtete sich auf. »Sind wir nicht bald in Rochester, Sir?«

Bolitho zog seine Taschenuhr heraus und wappnete sich gegen die schmerzliche Erinnerung, als er den Deckel aufschnappen ließ. Denn sie hatte ihm diese Uhr geschenkt, als Ersatz für seine im Kampf verlorene: Viola Raymond. Unzählige Male hatte er sie in Gedanken erneut zum Leben erweckt, um wieder ihr Lachen zu hören, das Licht in ihren Augen funkeln zu sehen. Seine geliebte Viola ... Manchmal erwachte er nachts schweißgebadet und rief ihren Namen, spürte sie wieder seinen Armen entgleiten wie an jenem furchtbaren Tag im Rettungsboot. Sie vor allen anderen hatte gelitten unter der Hoffnungslosigkeit ihrer Situation, unter der gnadenlosen Sonne, dem verzehrenden Durst und Hunger und schließlich unter dem schleichenden Wahnsinn der Schiffbrüchigen. Aber dennoch hatte sie ihnen allen aus verborgener Quelle Kraft gegeben, hatte die versengten Gesichter, die aufgeplatzten Lippen zum Lächeln gebracht. Des Captains Lady, hatten sie sie genannt.

Dann, am letzten Tag, als Bolitho schon wußte, daß sie *Tempest* wiedergefunden hatten, war sie von allen unbemerkt gestorben. In den Alpträumen, die Bolitho danach quälten, kehrte ein fürchterliches Bild immer wieder: wie Allday ihren schmalen Körper, an den als Gewicht ein Anker gebunden war, über Bord gleiten ließ. Im dunklen Wasser sank die weiße Gestalt immer tiefer, wurde kleiner und kleiner und verschwand schließlich außer Sicht. Ohne Allday hätte er damals den Verstand verloren. Und noch heute konnte er nur mit schneidendem Schmerz an Viola denken.

Bolitho starrte immer noch die Taschenuhr in seiner Hand an. »Wir sollten bald den Medway sehen«, sagte er schließlich.

In seiner Stimme schwang eine Mutlosigkeit mit, die Ferguson aufblicken ließ. Das dunkle kluge Gesicht, die grauen Augen, die heiter, aber auch mitleidig blicken konnten – sie waren noch die gleichen. Und trotzdem war ihnen irgend etwas verlorengegangen, dachte Ferguson. Vielleicht für immer.

Der alte Matthew rief dem Pferdeknecht etwas zu, und die Kutsche kam auf einer Hügelkuppe langsam zum Stehen. Matthew verabscheute die Dienste von Pferdeknechten, war er doch seit seinem achtzehnten Jahr, als er Kutscher bei den Bolithos geworden war, selber vier-, manchmal sogar sechsspännig gefahren. Aber es war noch weit bis zur letzten Poststation vor Falmouth, wo er endlich seine eigenen Braunen würde vorspannen können; es hieß, daß er sie mehr liebe als seine Frau.

Allday knurrte draußen: »Hier doch nicht, Matthew. Auf *seinen* Beistand kann ich verzichten.«

Die Kutsche fuhr wieder an, die Pferdehufe kratzten über die steinige Straße, Zaumzeug klimperte wie Schlittenglokken. Bolitho öffnete das Seitenfenster und sah den Anlaß für Alldays Abscheu.

Sie hatten an einem einsamen Kreuzweg gehalten. Ein steinerner Wegweiser mit der Aufschrift *London 30 Meilen* teilte sich die Hügelkuppe mit einem Galgen, an dem menschliche Überreste gespenstisch im nassen Wind pendelten.

Als sie unten in der Senke hielten, stieg Bolitho aus und stampfte auf den Boden, um die Zirkulation in seinen Beinen wieder anzuregen. Die Luft schmeckte schon nach Salz, und hinter einer Reihe windzerzauster Bäume sah er das breite, gewundene Band des Medway. Von hier aus wirkte es glatt und unbeweglich, eher wie Zinn als wie Wasser, das eilig der See zuströmte.

Von Regenschleiern verhangen, lag im Hintergrund die alte Stadt Rochester; am Flußufer verfielen die Ruinen einer alten Festung. Rochester lebte wie viele Orte in diesem Teil Kents von der Marine mit ihrer großen Werft und den vielen Ausrüstungspiers. Aber in Kriegszeiten verriegelten die Einwohner bei Einbruch der Dunkelheit dennoch ihre Türen und Fenster und lauschten dahinter furchtsam auf die verhaßten Preßgangs, wenn sie die Straßen nach Opfern durchkämmten. Zuerst suchten sie in den Kneipen und Logierhäusern nach erfahrenen Seeleuten, aber seit der Bedarf der Flotte immer größer wurde, nahmen sie mit, wen sie finden konnten. Feldarbeiter und Schuljungen, Schneider und Sattler – niemand wurde verschont. Denn die Schiffe des Königs waren unersättlich.

Viele Kommandanten mußten mit einer Besatzung auslaufen, die nur zu einem Drittel aus erfahrenen Matrosen bestand. Der Rest lernte das Nötigste unter Flüchen, Prügeln und dem Klatschen der Peitsche. Bei dieser Tortur wurden viele getötet oder verletzt, lange bevor der Kommandant dem Feind gegenübertreten mußte. Männer stürzten aus der Takelage zu Tode, brachen sich die Knochen, wenn überkommende Seen sie gegen die festgelaschten Kanonen warfen, oder fielen unbemerkt über Bord und ertranken hilflos.

Jetzt, da über den Kanal wieder Kriegsgewölk gen England zog, mußten die Preßgangs ständig unterwegs sein, dachte Bolitho. Das Pressen war in der Bevölkerung verhaßt, aber noch gab es keine andere Methode; England brauchte Schiffe, und die Schiffe brauchten Männer. Diese Logik galt seit hundert Jahren.

Bolitho blickte auf, als wäßriges Sonnenlicht ihn wärmte. *Kapitän auf eigenem Schiff.* Einst war es ein unerreichbarer Wunschtraum gewesen, der schwierigste Schritt auf dem Weg vom überfüllten Fähnrichslogis zum Luxus der geräumigen Achterkajüte. Aber diesen Lohn schon erkämpft zu haben und wieder entrissen zu bekommen, war am härtesten zu verkraften.

Sein neues Kommando bestand aus drei Toppsegelkuttern, schnellen und wenigen Fahrzeugen, die den Zollschiffen glichen. Eines davon lag noch zum Ausbau in der Werft, doch auf den beiden anderen erwartete man seine Ankunft gewiß schon mit Neugier oder Mißvergnügen. Alle fragten sich wahrscheinlich, warum sich ein Vollkapitän in ihre vertraute kleine Welt drängte.

Bolitho hatte die wenigen verfügbaren Berichte eingehend studiert, in der Hoffnung, auch nur das kleinste Detail zu finden, das ihn mit seiner neuen Aufgabe hätte versöhnen können. Vergeblich. In Südostengland und besonders auf der Insel Thanet schienen sich Katze und Hund das Revier zu teilen. Die Zollkutter jagten Schmuggler, und die Preßgangs jagten widerspenstige Rekruten und Deserteure. Aber die Fraktion der Gesetzlosen - Schmuggler, die oft besser ausgerüstet und bewaffnet waren als ihre Gegner - schien die Oberhand zu haben.

Als Bolitho wieder die Kutsche bestieg, begegnete er Alldays Blick, dessen eisengrauer Nackenzopf keck über den Kragen seiner dunkelblauen Uniformjacke ragte.

»Da sind wir wieder, Käptn«, stellte Allday fest. »Fregatte oder nicht, es ist die See, wo wir hingehören.«

Bolitho lächelte ihn an. »Das werde ich mir merken, alter Freund.«

Allday lehnte sich zurück und sah zu, wie die Pferde antrabten. Es war ihm nicht entgangen, daß Bolithos Wangenmuskeln arbeiteten. Er hatte die Zähne zusammengebissen wie unter Feindbeschuß oder wie damals, als seine Lady viele Faden tief in der See versank. So hatte er auch ausgesehen, als er das große graue Steinhaus fiebergeschwächt zum ersten Spaziergang verlassen hatte, nur ein paar Schritte weit am ersten Tag, aber jeden Tag ein bißchen weiter. Bis er seinen stützenden Arm wütend von sich stieß und zur Klippe wankte, an deren Fuß die Brandung um die Felsen tobte. Dort war er dann zusammengebrochen. »Ihr hätte es hier gefallen, alter Freund«, hatte er gemurmelt.

Gemeinsam hatten sie den Kampf bestanden, den härtesten, an den sich Allday erinnern konnte.

Jetzt war er wieder da, und gnade Gott jedem, der sich gegen ihn erhob. Allday tastete nach dem schweren Entermesser unter seinem Sitz. Der bekommt es erst mal mit mir zu tun, dachte er.

Der Ärger begann, noch ehe sie die ersten Häuser von Rochester erreichten.

In der schnell hügelabwärts rollenden Kutsche las Bolitho seine Befehle vielleicht zum hundertstenmal, als er Allday draußen rufen hörte: »Da vorn auf der Straße – bei Gott, da rottet sich Gesindel zusammen! Dreh um, Matthew!«

Der Kutscher zügelte die Pferde, und Bolitho hörte Allday im Gepäckkasten nach der geladenen Waffe kramen.

»Halt!« Bolitho schwang sich aus dem Wagenschlag und hielt sich am Handlauf fest. Die Kutsche stand fast quer zur Straße, die Pferde stampften und stiegen, beunruhigt durch das Geschrei vor ihnen. Der Mob wogte hin und her, drohte mit Fäusten und Knüppeln, andere grölten und ließen Flaschen kreisen. Zwei Reiter überragten das Gewimmel.

Allday stützte den dicken Lauf einer kurzen Hakenbüchse aufs Kutschdach und deckte sein Sitzkissen darüber. »Gefällt mir gar nicht, Käptn«, knurrte er. »Das sieht aus wie ein Lynchmob.«

Ferguson überprüfte seine kleine Pistole. »Stimmt, Sir«, sagte er. »Wir sollten umkehren. Es sind an die hundert, die uns da entgegenkommen.« In seiner Stimme schwang keine Furcht mit; Furcht zu überwinden hatte er schon bei den Saintes gelernt. Er war lediglich besorgt.

Bolitho blickte durch sein Fernrohr. In der Mitte des Getümmels konnte er zwei Männer ausmachen, die gefesselt, mit blutigen bloßen Füßen, an Halsstricken vorwärts gezerrt wurden. Einer davon war nackt bis zur Taille, dem anderen hing das Hemd in Fetzen vom Leib.

»Der eine Reiter scheint der Kleidung nach was Besseres zu sein«, bemerkte Ferguson.

Auch Bolitho war er schon aufgefallen: ein vierschrötiger, bärtiger Mann mit elegantem Hut und rot gefüttertem Mantel. Er schien den Mob anzustacheln, auch wenn seine Worte auf die Entfernung nicht zu verstehen waren.

»Vielleicht haben sie zwei Diebe gefangen, Käptn.« Allday warf einen Blick über die Schulter zurück, als erwarte er, den Galgen auf dem Hügel noch sehen zu können.

Knapp befahl Bolitho: »Weiterfahren!« Dann blickte er in Alldays besorgtes Gesicht. »Diese beiden angeblichen Diebe tragen Marineuniform.«

»Aber, Sir«, protestierte Ferguson, »das sagt doch noch nichts!«

Bolitho wandte den Blick nicht vom alten Matthew. »Mach voran, los!«

Die Kutsche fuhr an. Schon übertönte das anschwellende Wutgeschrei des Mobs das Poltern der Hufe und Knirschen der Räder.

»Heda!« Matthews Stimme war heiser vor Zorn. »Bleibt weg von meinen Pferden, ihr Hunde!« Dann hielt die Kutsche wieder.

Bolitho sprang auf die Straße und wurde sich der plötzlichen Stille, die sein Erscheinen bewirkte, überdeutlich bewußt. Schnapsgerötete Gesichter starrten ihn offenen Mundes an, als sei er ein Gespenst direkt aus der Hölle.

Er spürte, daß Ferguson ihn beobachtete, die gezückte Pistole noch außer Sicht. Allday rüstete sich zum Sprung vom Kutschbock, aber bis dahin mochte es schon zu spät sein.

Es war Matthews Enkel, der unabsichtlich die Spannung löste. Er rannte hinter der Kutsche hervor, um die Pferde zu beruhigen. Den Mob schien er überhaupt nicht zu bemerken.

Der bärtige Reiter trieb sein Pferd durch die Umstehenden nach vorn. »Ach, wen haben wir denn da? Einen Marineoffizier – meiner Treu!« Spöttisch deutete er im Sattel eine Verbeugung an. »Bestimmt auf dem Weg nach Chatham, um ein stolzes Kriegsschiff zu übernehmen. Damit will er uns dann vor den Franzosen schützen, nicht wahr?«

Trotziges Gelächter erklang, aber die meisten Männer musterten Bolitho mit stummem Mißtrauen, als erwarteten sie eine Falle.

Bolitho faßte den Reiter ins Auge. »Und was haben *Sie* vor, Sir?« Er legte die Hand auf den Degengriff. »Aber das frage ich Sie nicht zweimal!«

Der Bärtige starrte über Bolithos Schulter. Suchte er eine Eskorte? Immerhin erwiderte er mit selbstsicherem Grinsen: »Ich bin der stellvertretende Polizeichef von Rochester, Captain.«

»Wenigstens etwas. Jetzt kennt jeder des anderen Rang.«

In diesem Augenblick warf sich einer der Gefangenen stammelnd auf die Knie. Der hervorgewürgte Satz war kaum zu verstehen, weil der Mann an seinem Halsstrick sofort umgerissen wurde. Dennoch hatte Bolitho ein Wort herausgehört: *Leutnant.* Das reichte.

»Ich schlage vor, daß Sie diese Männer sofort freilassen. Sie sind beide Marineoffiziere in des Königs Diensten.»

Er bemerkte, wie den Umstehenden die Bedeutung seiner Worte dämmerte. Einige drückten sich bereits in den Hintergrund, um sich von dem Vorfall zu distanzieren. Doch der Bärtige brüllte: »Zur Hölle mit ihnen und ihrer verdammten Preßgang!« Wild blickte er sich um, als suche er Unterstützung. Und tatsächlich jubelten ihm einige zu.

Wie bellende Hunde, die das Wild gestellt haben, dachte Bolitho. Doch er blieb fest. »Nehmt ihnen die Stricke ab«, befahl er. Als sich keiner rührte, nickte er dem kleinen Matthew zu. »Mach du's, mein Junge.« Dann wandte er sich an den bärtigen Reiter. »Und Sie, mein Herr, steigen jetzt vom Pferd. Sofort!«

Der halbnackte Leutnant taumelte in die Höhe; sein Oberkörper war mit Striemen und blauen Flecken bedeckt. »Sie haben uns überfallen, Sir«, stammelte er.

Sein Kamerad war viel jünger, wahrscheinlich erst Midshipman*. Jetzt brauchte es nur das geringste Anzeichen von Furcht, und die Rebellen würden sich auf sie stürzen. Dieser Übermacht waren Bolithos Leute nicht gewachsen.

Doch dann sah er, daß der Bärtige vom Pferd stieg. »Wo sind ihre Uniformen?« fuhr er ihn an.

Verblüfft starrte der Mann zurück, dann brach er in Gelächter aus. »Ein eiskalter Hund, wie? Ich muß schon sagen . . .« Er wurde ernst. »Die beiden hier haben Leute ge-

* Offiziersanwärter: Seekadett bzw. Fähnrich zur See

preßt, ohne den Bürgermeister vorher um Erlaubnis zu bitten. Da haben wir ihnen eine Lektion erteilt.« Er versuchte, Bolithos Blick standzuhalten. »Eine, die sie hoffentlich nie vergessen werden!«

»Ihre Uniformen!« Bolitho wartete.

Der Bärtige sah zu dem zweiten Reiter auf. »Sag's ihm, Jack.«

Der andere rutschte ungehaglich im Sattel herum. »Die haben wir in einen Schweinekoben geschmissen.« Niemand lachte oder jubelte.

Bolitho nahm seinen Hut ab und warf ihn in die Kutsche. »Sie sind Offiziere des Königs, Sir.«

»Das wissen wir, verdammt noch mal. Wir wollten sie nur . . .«

»Also haben Sie den König beleidigt.«

»Was?« Dem Bärtigen quollen fast die Augen aus dem Kopf.

»Sie können wählen. Ziehen Sie Ihren schönen Degen, den Sie da so stolz an der Seite tragen.« Bolitho berührte seine eigene uralte Waffe. »Dann können wir die Sache gleich hier abmachen.« Sein Ton wurde schärfer. »Oder Sie entschuldigen sich. Na, wird's bald? Haben Sie Ihrem tapferen Gefolge etwa nichts mehr zu sagen?«

Vor seinen Augen lag es wie Nebel, und er befürchtete einen Moment, sein Fieber könnte wieder ausgebrochen sein. Aber dann begriff er: Es war die gleiche verzweifelte Entschlossenheit, die ihn stets überkam, wenn er sich einem aussichtslosen Kampf stellte.

Ursprünglich hatte er diesen arroganten Dorftyrannen nur bluffen wollen. Jetzt aber wünschte er nichts sehnlicher, als daß dieser die Herausforderung akzeptierte, damit er ihn umbringen konnte. Die Wochen der Verzweiflung und Verbitterung, die demütigende Bettelei bei der Admiralität hatten seine Aggressionen geschürt; er lechzte nach Genugtuung.

»Ich - ich entschuldige mich, Kapitän.« Es war nicht viel mehr als ein Flüstern.

Bolitho musterte den Mann voll Verachtung. »Feigheit entschuldige ich nicht.« Dann sah er die beiden verängstigten Offiziere an, die offenbar schon mit dem Tod durch den Strick gerechnet hatten. »Steigen Sie ein, meine Herren.«

Ein letztes Mal wandte er sich an den Bärtigen. »Ihren Degen!« Er nahm die Waffe entgegen. Der Mann wog etwa doppelt soviel wie Bolitho, und dennoch zitterte seine Hand wie im Schüttelfrost.

Selbst jetzt konnte der Mob noch aufsässig werden. Aber irgend etwas hatte die Leute ernüchtert – der Anblick von Bolithos Uniform, das eigene Schuldgefühl? Er wußte es nicht, und es war ihm auch egal. Er schob den eleganten Degen halb unter den Gepäckkasten, dann drückte er ihn mit seiner ganzen Kraft hinunter, bis er brach wie ein trockener Zweig. Die Bruchstücke warf er dem Bärtigen vor die Füße.

»Feiglinge haben keine Verwendung für blanken Stahl, Sir. Und jetzt verschwinden Sie.«

Die Meute teilte sich und schien in den Feldern zu beiden Seiten der Straße förmlich zu versickern.

Bolitho setzte einen Fuß auf den Tritt und sah zum Bock auf. »Einen tapferen Enkel haben Sie da, Matthew.«

Der Kutscher wischte sich die schweißnasse Stirn. »Bei Gott, Käptn, eben haben Sie mir ganz schön Angst eingejagt.«

Vorsichtig entspannte Allday seine Hakenbüchse. »Da haben Sie sich einen gefährlichen Feind gemacht, Käptn. Denken Sie an meine Worte.«

Bolitho stieg in die Kutsche. »Hat er auch – in mir!«

Er merkte erst jetzt, daß er alle Muskeln angespannt hatte, um ihr Zittern zu unterdrücken. Das war gerade noch mal gut gegangen. Trotzdem konnte er den Verdacht nicht unterdrücken, daß dieser Aufruhr auf leerer Landstraße sorgsam inszeniert worden war – um ihn zu beeindrucken.

Er grinste sein Spiegelbild im Seitenfenster an. Aber mit dieser Reaktion hatte keiner gerechnet, nicht mal er selbst.

Bolithos Lächeln war Ferguson nicht entgangen. Vorhin hatte er befürchtet, daß schon hier alles zu Ende sein würde. Nun begriff er: Für Bolitho hatte es gerade erst angefangen.

II Mißtrauen

Die Schuhe im nassen Sand vergraben, stand Kapitän Richard Bolitho auf dem Uferhang und starrte über die ganze Breite des Medway zu der Baumreihe hinüber, die im Dunst fast verschwamm. Das harte Sonnenlicht verbreitete noch keine Wärme. Bolitho bewegte die Schultern unter dem lockeren Mantel und fragte sich, ob er jemals wieder aufhören würde zu frieren. Selbst die Brise, die vom Fluß herüberwehte, war kühl und feucht.

Trotzdem – es wurde Frühling. Er nahm sich vor, das nicht immer wieder zu vergessen. Das Kältegefühl kam aus seinem Inneren, von der Erinnerung an wärmere Gegenden, an glücklichere Zeiten.

Allday, der ein paar Schritte hinter Bolitho stand, bemerkte wie beiläufig: »Tja, Sir, da liegt einer aus Ihrer Herde.« Er wartete, um Bolithos Stimmung zu sondieren – wie schon so oft seit ihrer Ankunft.

Bolitho nickte und beschattete seine Augen mit der Hand, um das kleine Fahrzeug studieren zu können, das über seinem Spiegelbild vor einer kleinen Insel lag, zwischen zwei glänzenden, trockengefallenen Schlickbänken. Ein Toppsegelkutter namens *Telemachus*, eben jener, der in der Werft flußaufwärts neu ausgerüstet worden war.

Seine Linien wirkten karg und würden erst unter Segeln voll zur Geltung kommen. Bolitho rief sich ins Gedächtnis, daß diese Kutter – so klein sie auch waren im Vergleich zu einer Fregatte – auf ihre Größe bezogen mehr Segelfläche tragen konnten als jedes andere Schiff. Vielleicht gab es einige wenige Wasserfahrzeuge, die ihnen an Schnelligkeit überlegen waren, nicht aber an Wendigkeit bei jedem Wind.

Einer aus meiner Herde. Allday mußte trotz seiner gespielten Gelassenheit seine Gedanken gelesen haben. Er wußte, daß er nun *Telemachus* mit *Tempest* verglich und den Medway mit der Großen Südsee. Wie von selbst stand ihm wieder das Bild der drei turmhohen weißen Segelpyramiden vor Augen, die in den blauen Himmel ragten. Das von der Hitze weiche Pech der Decksnähte, das immer an den Schuhsohlen kleben blieb, wenn man den spärlichen Schatten aufsuchte, um die nach allen vier Windrichtungen leere, wie mit dem Messer gezogene Kimm zu studieren. Ja, die *Tempest* war ein richtiges Schiff gewesen, ein Vollblut. Alldays Gedanken konnten sich von seinen eigenen nicht sehr unterscheiden.

Bolitho hatte sich nach seiner Ankunft bei dem Admiral gemeldet, der die Werft der Kriegsmarine leitete. Der Mann schien in Gedanken woanders zu sein, gab sich aber recht verbindlich. Allerdings schien er die Zusammenrottung auf der Landstraße und die Mißhandlung der beiden Preßoffiziere eher für lästige Bagatellen zu halten.

Er sagte: »Der Midshipman, tja – der hat keinen blassen Schimmer. Aber der kommandierende Leutnant hätte es besser wissen müssen. Wie konnte er Privathäuser durchsuchen und der Fahnenflucht Verdächtige festnehmen, ohne vorher die örtlichen Behörden zu informieren? Natürlich werde ich mich beschweren, und ich rechne auch damit, daß die Schuldigen mit einer Geldstrafe belegt werden, aber ...«

Den Rest konnte er sich sparen.

Bolitho jedoch blieb hartnäckig. »Wie ich hörte, hat sich letztes Jahr in Rochester ähnliches ereignet, Sir. Damals führte sogar der Bürgermeister selbst den Mob an, der die Wache überfiel, um Gepreßte zu befreien.«

Der Admiral runzelte die Stirn. »Richtig. Der Wahnsinnige hat unseren Offizieren sogar ein hohes Bußgeld abgepreßt, ehe er sie wieder freiließ.« Er schien sich in Wut geredet zu haben. »Aber wenn die Franzosen wieder Amok gegen uns laufen, wird der Wind hier bald aus einer anderen Ecke wehen. Dann heißt es wieder: *unsere tapferen blauen Jungs, unser ganzer Stolz!* Dann rufen all die selbstgerechten Heuchler hier nach uns, weil ihre kostbare Haut in Gefahr ist, und betteln die Marine um Hilfe an!«

Als Bolitho nach Kommodore Hoblyn fragte, erklärte ihm der Werftadmiral, daß dieser unterwegs sei, um für die Kriegsmarine kleine wendige Schiffe aufzukaufen, als Verstärkung für den Kriegsfall. »Und zwar mit ein paar Kaperbriefen in der Tasche, will ich wetten«, hatte der Admiral trocken bemerkt. »Um für den König noch einige Halsabschneider zu rekrutieren.»

Enttäuscht verließ Bolitho das Haus des Admirals, dessen letzte Worte ihm noch im Ohr klangen: »Nehmen sie es sich nicht so zu Herzen, Bolitho. Sie haben drei tüchtige Schiffe unter Ihrem Kommando, die können Sie nach Gutdünken einsetzen. Ihre Befehle lassen Ihnen ja Spielraum.«

Seltsam, aber in den zwei Tagen seines Aufenthalts war Bolitho nie das Gefühl losgeworden, daß jeder seiner Schritte beobachtet wurde. Und das absichtliche Wegschauen hatte ihn darin noch bestärkt. Deshalb hatte er Ferguson trotz dessen Widerrede mit der Kutsche nach Falmouth zurückgeschickt. Er hatte dafür sogar bei den am Ort stationierten Dragonern eine Eskorte angefordert.

Aber der kleine Matthew war hiergeblieben. Bolitho sah ihn unten am Wasser stehen und zu dem verankerten Kutter hinüber starren; vor Aufregung konnte er nicht stillstehen.

Das war ein harter Strauß gewesen, den der Junge da mit seinem Großvater ausgefochten hatte. Er hatte ihn angefleht, bei Bolitho bleiben zu dürfen, als Laufbursche, Schiffsjunge, Diener, ganz gleich als was.

Schließlich hatte sich der alte Kutscher die Nase geputzt und zugestimmt. »Tja, Sir, es ist schon ein Kreuz mit ihm«, hatte er geseufzt. »Dann bringen *Sie* ihm eben Mores bei, ein bißchen Disziplin kann dem Halunken nur gut tun.« Aber der Blick seiner Augen strafte ihn Lügen, und sein Ton verriet ein schweres Herz.

»Ich gehe und preie den Kutter an, Käptn«, murmelte Allday.

»Ja, tu das.« Bolitho sah Allday nach, der zu dem Jungen unten am Wasser trat. Wahrscheinlich glaubt er, daß ich Gespenster sehe, dachte er. Aber er hatte sich lieber in einer Mietdroschke herbringen lassen, als schon in der Werft an Bord zu gehen. Ohnehin wußten zu viele Bescheid. Auf seine letzten überraschenden Trümpfe wollte er aber nicht verzichten.

Die anderen Kutter hießen *Wakeful* und *Snapdragon* und lagen bereits flußabwärts vor Sheerness, wo sich der Medway in die weite Themsebucht ergoß. Sie waren stäbig gebaut, mit vollem Bug und schnittigem Achterschiff. *Telemachus'* Bordwand schimmerte seidig über dem leicht geriffelten Wasser, aufkommende Katzenpfötchen streichelten ihren Rumpf: nicht gerade kriegerisch, dieses Bild. Sonnenreflexe spielten auf ihrer ockerfarbenen Haut mit dem breiten schwarzen Streifen unterhalb der Stückpforten. Aber wie jeder Segler interessierte sich Bolitho vor allem für das Rigg. Der starke Großmast stand ziemlich weit vorn und wirkte durch seine schlanke Stenge noch höher. Dazu kamen ein langer, waagrechter Bugspriet und ein mächtiger, bis übers niedrige Heck hinausragender Großbaum, der das lose gefahrene Unterliek des gewaltigen Großsegels hielt. Mit dem an seiner Rah aufgetuchten Toppsegel sah sie irgendwie unfertig aus. Wenn sie erst auf See war ... Bolitho seufzte. Noch fehlte es seinem Geist an Enthusiasmus, ebenso wie seinem Körper an Wärme.

Alldays kräftiger Baß hallte über den Fluß, und nach einigen Sekunden lugten neugierige Gesichter über *Telemachus'* Schanzkleid. Bolitho fragte sich, was der Kommandant dort drüben wohl von dieser formlosen Ankunft seines Befehlshabers hielt.

Dann schoß eine Jolle hinter dem Heck des Kutters hervor, und ihre Riemen bissen flott ins Wasser, als die täuschend langsame Strömung das Boot mitzureißen drohte.

Jetzt drängten sich mehr Schaulustige an Deck. Jeder Besucher war hier wohl eine willkommene Abwechslung.

Trotz seiner Länge von nur siebzig Fuß* beherbergte der Kutter sechzig Mann Besatzung. Kaum zu glauben, daß man so viele Menschen in diesem Rumpf unterbringen konnte, den sie sich auch noch mit Kanonen, Pulver, Kugeln und Proviant teilen mußten. Blieb da Luft zum Atmen?

Allday studierte die Jolle mit kritischem Blick.

»Na, was hälst du davon?«

Der Bootssteurer zuckte die breiten Schultern. »Sieht ja ganz gut aus. Aber ...« Er unterbrach sich, weil der Junge neben ihm von einem Bein aufs andere hüpfte. »Wie'n Köter mit zwei Schwänzen«, knurrte er. »Möchte nur wissen, warum. Hat daheim ein warmes Bett, muß sich mit nichts Schlimmerem herumschlagen als mit ein paar Pferden, und trotzdem tauscht er's gegen das hier ein.« Seine Geste umfaßte den Fluß mit seinen verankerten Kriegsschiffen. »Aber vielleicht weiß er hinterher eher, was gut für ihn ist.«

Allday verstummte. Welchen Zweck hatte es, dem Jungen Vorhaltungen zu machen? Der kleine Matthew vergötterte Bolitho genauso wie sein Vater, dem er eine Koje auf dem Paketschiff verschafft hatte. Allday schüttelte den Kopf. Und wozu?

Die Jolle schor an den halb überspülten Steg heran, und ein junger Leutnant platschte zum Ufer, das Gesicht eine einzige Entschuldigung. Er zog den Hut und stammelte: »Leutnant Triscott, Sir, Erster Offizier auf der *Telemachus.*« Perplex blickte er sich um. »Ich hatte keine Ahnung, daß Sie erwartet wurden, Sir, andernfalls ...«

Bolitho legte ihm die Hand auf den Arm. »Andernfalls hätten Sie die Barkasse des Admirals ausgeliehen und eine Ehrenwache antreten lassen, wie?« Sein Blick schweifte über den Fluß. »So ist es mir lieber.« Er deutete zum Ufer hinauf.

* ca. 21 m

»Da oben steht meine Seekiste. Wenn Sie die freundlicherweise ins Boot bringen lassen?«

Immer noch starrte der Leutnant ihn ungläubig an. »Sie wollen schon an Bord bleiben, Sir?«

»Ich hatte eigentlich die Absicht, ja.« Bolithos graue Augen musterten den Leutnant nachsichtig. »Es sei denn, Sie hätten was dagegen?«

Allday unterdrückte ein Grinsen. Mr. Triscott war also der Erste. Aber er hatte unerwähnt gelassen, daß er neben dem Kommandanten der einzige Offizier an Bord war.

Im Boot beobachtete Bolitho, wie die Riemen eingetaucht wurden, wie die Rudergasten schnell wegsahen, wenn sein Blick sie streifte, ihn dann aber wieder verstohlen musterten. Erfahrene, kräftige Seeleute waren sie, einer wie der andere.

Leise sagte er: »Sie haben eine tüchtige Besatzung, Mr. Triscott.«

»Aye, Sir. Die meisten sind Freiwillige. Fischer und so weiter . . .«

Bolitho stützte das Kinn auf seinen Degenknauf. Triscott war etwa neunzehn Jahre alt und machte sich wohl große Hoffnungen für die Zukunft, weil er endlich einen Posten ergattert hatte; zwar nur auf einem kleinen Kriegskutter, aber das war besser, als an Land gestrandet zu sein.

Der mächtige Mast wuchs über ihnen immer höher in den Himmel. Saubere Werftarbeit, stellte Bolitho fest, und ein geschnitztes Schild mit vergoldetem Namenszug am Heckspiegel. Das Halbrelief eines Delphins schien den Namen zu tragen: eine Anspielung auf die griechische Sage, wonach Telemach, der Sohn von Odysseus und Penelope, von einem Delphin vor dem Ertrinken gerettet worden war. Für eine stolze Galionsfigur mochte der Kutter zu klein sein, aber der unbekannte Holzschnitzer hatte dafür gesorgt, daß er sich seines Namens trotzdem nicht zu schämen brauchte.

Als sie an den Großrüsten einhakten, musterte Bolitho die geschlossenen Stückpforten. Vierzehn Kanonen auf jeder Seite, ursprünglich Sechspfünder, und je eine Drehbasse achtern neben der Pinne. Außerdem hatte man auf dem Vorschiff zwei bullige Karronaden montiert, »Smasher«, wie die Matrosen sie nannten: eine ernstzunehmende Bedrohung für jedes Fahrzeug, das dem Kutter im Gefecht zu nahe kam.

Kommandos wurden gebellt, dann erhob sich Bolitho und packte die kleine Jakobsleiter. Fast hätte er gelächelt. Im Stehen befanden sich seine Augen beinahe auf gleicher Höhe mit der Relingspforte, wo ihn ein hochgewachsener Offizier an der Spitze der Ehrenwache erwartete.

Einzelheiten fesselten Bolithos Blick: die grimmige Miene des Kommandanten, Alldays Sprungbereitschaft für den Fall, daß Bolitho strauchelte, und das runde junge Gesicht des kleinen Matthew, der mit seinen vierzehn Jahren vor Vorfreude den Mund nicht mehr zubekam.

Pfeifen trillerten, und dann stand Bolitho an Deck. Während er grüßend den Hut vor der Flagge am Heck lüftete, sagte er kurz: »Tut mir leid, daß Sie nicht vorgewarnt wurden.«

Leutnant Jonas Paice, der Kommandant, verkniff sich jeden Kommentar. »Ich dachte, Sir, daß Sie . . .« Er verstummte.

Der Mann war groß und sehr kräftig. Bolitho wußte bereits einiges über ihn. Paice war schon recht alt für einen Leutnant, nur zwei Jahre jünger als er selbst, und Skipper einer Kohlenbrigg aus Sunderland gewesen, bevor er als Steuermann in des Königs Dienste getreten war. Mehr brauchte Bolitho im Augenblick nicht über ihn zu wissen. Später, so hatte er sich vorgenommen, wollte er zu jedem der vielen neuen Gesichter den Menschen dahinter kennenlernen.

»Sie dachten, ich wollte Sie auf dem falschen Fuß ertappen.«

Paice starrte ihn ungläubig an. »So etwa. Jedenfalls daß Sie uns überraschen wollten, Sir.«

»Freut mich zu hören.« Bolithos Blick hob sich über die Reihe schweigender Köpfe. »Die Flagge auf Beacon Hill weht steif aus, Leutnant. Ich schlage vor, daß Sie ankerauf gehen und ohne großes Aufsehen flußabwärts segeln.« Er lächelte flüchtig. »Und ich verspreche Ihnen, nicht im Weg herumzustehen.«

Paice bemühte sich, verbindlich zu sein. »Sie ist leider ziemlich unbequem im Vergleich zu einer Fregatte, Sir«, begann er. »Und ein Biest, wenn man sie nicht so behandelt, wie sie's braucht.«

Bolithos ruhige Augen musterten ihn. »Ich bin vor Jahren selbst auf einem Kutter gefahren. Er hieß *Avenger,* und mein Bruder war der Kommandant.«

Er las in Paice wie in einem offenen Buch: die plötzlich aufflackernde Erinnerung bei der Erwähnung von Bolithos Bruder und eine gewisse Erleichterung. Paice wußte nun – oder glaubte zu wissen –, warum Bolitho mit diesem bescheidenen Posten betraut worden war. Damit mochte er sogar recht haben. Auch wenn Hugh längst tot war, hatte er sich in seinem kurzen Leben doch zu viele Feinde gemacht, als daß ihm oder seiner Familie in England jemals vergeben wurde.

Bolitho musterte das Batteriedeck. Hier drängte sich die Besatzung, die ihm vielleicht sein überraschendes Erscheinen übelnahm. »Wir wollen so bald wie möglich zu *Wakeful* und *Snapdragon* stoßen«, sagte er.

Paice musterte jetzt Allday und den Jungen, als traue er seinen Augen noch immer nicht. »Aber, Sir – brauchen Sie nicht mehr Leute zu Ihrer Unterstützung?«

Bolitho sah einem Schwarm Möwen zu, die im Aufwind den Masttopp umkreisten. »Ich habe alle Unterstützung, die ich benötige«, sagte er. »Danke.«

Aller Blicke wandten sich dem kleinen Matthew zu; in den wenigen Minuten an Bord hatte sein Gesicht eine erschreckend grüne Farbe angenommen.

Paice rief durch die hohlen Hände: »Klar bei Ankerspill!

Wir gehen ankerauf. Mr. Hawkins, lassen Sie das Toppsegel setzen!«

Bolitho ging nach achtern, während sich die bisher unbewegliche Masse in einzelne zielbewußt ihrer Station zustrebende Männer auflöste. Mit halbem Ohr lauschte er dem Quietschen der Blöcke, als kräftige Arme an Fallen und Brassen holten, während vorn beim Ankerspill das Stampfen bloßer Füße und das Knirschen der einkommenden Kette verrieten, daß der Kutter zum Leben erwachte.

Die See rief, und ihre Stimme kannte weder Schmerz noch Hohn. Er nahm den Hut ab und ließ sich das Haar von der feuchten Brise zausen. Dabei fielen ihm wieder Konteradmiral Drews trockene Worte ein: »Sie *waren* Fregattenkapitän, Bolitho.«

Das geringste Anzeichen von falschem Stolz hätte ihn damals sogar um das wenige gebracht, das er hier besaß. Dann würde er jetzt immer noch durch die Korridore der Admiralität tigern oder geschlagen in das graue Haus in Falmouth zurückkehren.

Allday meldete sich. »Ich zeige Ihnen Ihre Kajüte, Käptn.« Er schmunzelte. »Unsere Karnickel daheim haben mehr Platz.«

Unter Alldays wachsamem Blick kletterte Bolitho die schmale Niedergangstreppe in der Nähe des Ruders hinab, neben dem schon der Steuermann mit zwei Gehilfen bereitstand. Wenn sie erst auf See waren, würde sich alles zum Besseren wenden, dachte er.

Allday hörte den Jungen verzweifelt würgen und eilte ihm zu Hilfe. Zwischendurch warf er einen Blick übers Schanzkleid zum Ufer, das jetzt schnell am Bug vorbeizog, weil der Anker ausgebrochen war.

Oben schlugen die Segel in heillosem Durcheinander, und der dunkle Schatten des Großbaums glitt über sie hinweg wie eine riesige Sichel.

Sie waren fertig mit dem Land. Hier gehörten sie hin, basta.

Allday klopfte an die Kajütstür und mußte sich tief bücken, um durch den Spalt spähen zu können. Drinnen saß Bolitho mit dem Rücken zum Schott, und die drei Kommandanten der verankerten Kutter drängten sich um den Tisch.

»Alles klar, Sir«, meldete Allday. Sie wechselten nur einen Blick, doch er reichte, um Bolitho zu verstehen zu geben, daß sein Bootssteurer jetzt draußen vor der Tür wachte und unerwünschte Lauscher vertrieb. Bolithos erstes Gespräch mit seinen Kommandanten würde ungestört bleiben, dafür wollte er schon sorgen.

Allday war aufgefallen, daß Bolitho seinen alten Uniformrock trug, den mit den angelaufenen Knöpfen und ohne Schulterepauletten. Er war schon so oft ausgebessert und geflickt worden, daß Bolithos Schwester Nancy ihn eines Tages empört gegen das Licht gehalten und Bolitho beschworen hatte, ihn endlich wegzuwerfen. Nancy hatte ihm damals geholfen, seine Seekiste für die Bittfahrt nach London zu packen. Ihre Attacke gegen den alten Uniformrock hatte Allday unvorbereitet getroffen. »Nein, Miss Nancy! Lassen Sie ihn liegen«, hatte er gerufen und dann mit niedergeschlagenem Blick und gedämpfter Stimme hinzugesetzt: »Ihn hat des Käptns Lady im Boot getragen, bevor sie – bevor sie starb.« Mehr hatte er nicht sagen müssen.

Diesen Rock wegwerfen? Erst mußte er auseinanderfallen.

Als sich die Tür hinter Allday geschlossen hatte, ließ Bolitho den Blick über die drei Gesichter vor ihm wandern.

Auf der kurzen Fahrt zu diesem Ankerplatz hatte er sich mit Paice unterhalten, sooft es möglich war, ohne ihn bei der Schiffsführung zu stören. Der hochgewachsene, kräftige Mann hob nur selten die Stimme, wenn er Befehle erteilte. Lautstärke schien er nicht nötig zu haben. Die Kajüte wies keine Stehhöhe auf, nur in der Mitte, genau unter dem Skylight, konnte man sich gerade aufrichten. Doch Paice mußte selbst hier gebückt verharren. Er war ein erstklassiger Seemann und hatte eines Segelmeisters gutes Auge für Wind und Strömung. Die Launen seines eigenwilligen Schiffes schien er instinktiv zu fühlen, noch vor den beiden Rudergängern zu beiden Seiten der langen Pinne. Aber mit dem Beantworten von Fragen ließ er sich Zeit - nicht aus Trotz, sondern wegen seiner defensiven Haltung. Er benahm sich, als wittere er stets Kritik, nicht an seiner Person, sondern an seiner *Telemachus*.

Der Abend war friedlich und schön. Rosa angestrahlte Wolken zogen langsam über das Vorland, das den Ankerplatz schützte, und die ersten Lampen funkelten von Queensborough herüber wie Glühwürmchen.

Für jede Landratte mochten die drei Kutter so gleich aussehen wie Erbsen in einem Topf, aber Bolitho kannte schon die kleinen Unterschiede zwischen ihnen, auch zwischen ihren Kommandanten. Leutnant Charles Queely von der *Wakeful* war Mitte Zwanzig, hatte dunkles Haar, eine Hakennase und tiefliegende Augen mit dem wachsamen Ausdruck eines Falken. Es war das Gesicht eines Intellektuellen, nur Sprache und Kleidung verrieten den Seemann. Er entstammte einer alten Seefahrerfamilie von der Insel Man. Das Gegenstück zu Queely war Leutnant Hector Vatass von der *Snapdragon*: blond, blauäugig und ein rundes, offenes Gesicht, wie es englische Seeleute schon seit Jahrhunderten besaßen. Er war fünfundzwanzig und hatte auf einer Fregatte gedient, bis sie aufgelegt wurde.

»Bitte rauchen Sie ruhig, wenn Sie wollen«, begann Bolitho. »Ich bin sicher, daß *Telemachus* über einen anständigen Tabakvorrat verfügt.«

Sie lächelten höflich über diese Anspielung, reagierten aber sonst nicht weiter darauf; für Vertraulichkeiten war es noch zu früh.

Bolitho fuhr fort: »*Snapdragon* geht in den nächsten Tagen in die Werft. Nutzen Sie diese Chance, denn ich fürchte, Überholungsarbeiten werden bald nicht mehr möglich sein, und die Flottille sollte - nein, *muß* für alles gerüstet sein.«

Vorsichtig fragte Vatass: »Denken Sie an Krieg, Sir?«

Noch bevor Bolitho antworten konnte, rief Queely verächtlich: »Niemals! Die Frogs* haben zwar ihren König ins Gefängnis gesperrt, aber sie werden ihn bald wieder rauslassen müssen, wenn der blutrünstige Nationalkonvent erst begreift, daß er ihn braucht!«

»Da bin ich anderer Meinung«, sagte Bolitho. »Ich glaube, es *wird* Krieg ausbrechen, und zwar sehr bald. Es wäre nicht das erste Mal, daß eine Regierung einen Konflikt heraufbeschwört, um ihre innenpolitischen Fehler zu kaschieren.« Sein Ton wurde schärfer. »Und England ist noch weniger darauf vorbereitet als Frankreich selber.«

Paice verschränkte die Arme vor der Brust. »Aber inwieweit betrifft das uns, Sir? Wir patrouillieren vor der Küste, halten nach England bestimmte Schiffe an, durchsuchen sie und entdecken gelegentlich Deserteure unter ihren Besatzungen. Wir unterstützen die Zollkutter, wenn sie uns darum ersuchen ...«

Queely grinste spöttisch. »Was nicht allzu oft vorkommt!«

Paice hob den Blick zum Oberlicht. »Es ist ziemlich warm hier, Sir. Dürfte ich ...«

Bolitho lächelte. »Lieber nicht. Ich muß mit Ihnen sprechen, ohne daß es an die Ohren Unbefugter dringt.« Als Paice abwehrend die Stirn runzelte, fügte Bolitho unverblümt hinzu: »Wir können keinem trauen. Selbst der loyalste Matrose gerät in Versuchung, wenn man ihm ein paar Goldstücke für eine scheinbar harmlose Auskunft bietet.«

»Aber was wissen wir denn schon, Sir?« fragte Vatass skeptisch.

Bolithos Blick ging von einem zum anderen. »In dieser Gegend hier blüht und gedeiht das Schmuggelgeschäft, besonders auf der Insel Thanet. Von der Nore bis zu den

* von »frog eater« (Froschesser): Spitzname für Franzosen

Downs* wird der Handel kaum kontrolliert, denn der Zoll hat dafür zu wenig Schiffe.« Er legte die Hände flach auf den Tisch. »Nach allem, was ich bisher beobachten konnte, bin ich überzeugt, daß der Schmuggel hier von Amtspersonen gebilligt, sogar unterstützt wird. Der mißhandelte Leutnant, den ich auf der Straße befreite, hatte seine Befehle ignoriert. Er hätte sich unbedingt bei den Stadtvätern Erlaubnis holen müssen, bevor er mit Hausdurchsuchungen und der Fahndung nach Deserteuren begann.« Er sah, daß seine Worte Wirkung zeigten. »Warum also hat er dies versäumt? Warum hat er seine Kompetenz überschritten?« Bolithos Rechte schlug klatschend auf die Tischplatte. »Weil er nur zu gut wußte, daß der Mann, den er vorher hätte fragen müssen, die Deserteure wahrscheinlich warnen oder verstecken würde. Ich hege nicht den geringsten Zweifel, daß viele erstklassige Seeleute, die in der Flotte dringend gebraucht werden, ein gutes Auskommen bei den Schmugglern finden – vor unserer Nase.«

Queely räusperte sich. »Mit Verlaub, Sir, wir versuchen schon die ganze Zeit, Schmuggler aufzuspüren. Ich will Ihnen nicht zu nahe treten, denn ich weiß, Sie sind ein untadeliger Offizier, aber vielleicht waren Sie zu lange fern der Heimat in der Südsee, um ...« Er verstummte, als Bolitho ihn fest ansah.

»Zu lange, um auf dem laufenden zu sein?« Bolitho lächelte grimmig. »Haben Sie das gemeint?«

Paice mischte sich ein. »Auch mir ist dieser Abschaum verhaßt«, brummte er. »Aber wir sind so wenige – und die so viele. Da Sie schon die Rede darauf gebracht haben, Sir, möchte ich auch etwas dazu sagen.«

Bolitho nickte. Endlich kamen sie aus der Reserve.

Trotzig fuhr Paice fort: »Charles Queely hat recht, Sir.« Er lächelte vorsichtig. »Da Sie aus Cornwall stammen, Sir, sind Sie sicherlich mit dem Schmuggelunwesen vertraut und

* Reede vor der Südostküste Englands

wissen, wie gut manche Leute davon leben. Aber mit Respekt, Sir – Cornwall ist noch harmlos gegen diese Küste hier. Und wie Sie schon sagten: Die Hintermänner sind frei und gehen frech ihren schmutzigen Geschäften nach, während nur wenige Dumme in den Gefängnissen sitzen.« Seine beiden Kameraden nickten zustimmend.

Vatass ergänzte: »Die Zöllner sind den Schmugglern nur zu oft an Zahl und Bewaffnung unterlegen. Viele Kommandanten scheuen sich, dicht unter Land zu patrouillieren, weil sie Strandung oder Kollision fürchten, und die landgestützten Zöllner riskieren jedes Mal ihr Leben, wenn sie die Anlandung von Schmuggelgut zu unterbinden suchen. Die Bande schlägt unerbittlich zurück, wenn sich auch nur eine Hand gegen sie erhebt. Informanten schlachten sie ab wie Vieh. Selbst Zöllner sind ihres Lebens nicht sicher.«

Bolitho fragte: »Woher stammen dann unsere Informationen?«

»Die Küstenwache unterstützt uns«, antwortete Paice. »Auch die Zöllner tun, was sie können – falls sie dazu kommen.«

Bolitho stand auf und stieß sich dabei schmerzhaft den Kopf an der niedrigen Decke. Mit reuigem Grinsen sah er Paice an. »Sie hatten recht: ziemlich unbequem gegen eine Fregatte.« Diesmal lachten sie freimütig.

Immerhin ein Anfang. Er fuhr fort: »Dieser Weg ist einfach zu lang. Die Schmuggler haben alle Trümpfe in ihrer Hand. Wenn wir um die Dragoner schicken, ist der Strand längst leergeräumt, bis unser Kurier Alarm geschlagen hat.«

»Falls dem armen Hund nicht vorher die Kehle aufgeschlitzt wird«, ergänzte Queely wütend.

»Und die Strolche lassen uns nie aus den Augen, Sir«, ergänzte Paice. »Nicht einmal beim Ankern. Garantiert sitzt auch jetzt drüben am Ufer ein Beobachter, neben sich ein schnelles Pferd. Selbst wenn wir fünfzig Kutter hätten . . .«

Bolitho öffente einen Flügel des Oberlichts und atmete tief die frische Seeluft ein.

»Dann stellen wir sie eben auf hoher See, meine Herren. Damit stechen wir vielleicht in ein Wespennest, erzielen aber wenigstens Erfolge. Je mehr Ärger wir ihnen machen, desto weniger behindern sie uns bei unserer eigentlichen Aufgabe. Unser Auftrag lautet, Männer für die Kriegsmarine zu rekrutieren. Und das werden wir auch tun.« Bolithos Augen funkelten im Abendsonnenschein. »Die Navy hat noch nie Piraten den Vortritt gelassen, und diese Schmuggler sind nichts anderes als Piraten. Wir können mit Preßgangs oder Polizeimethoden arbeiten, aber zuerst versuchen wir es auf unsere eigene Weise.«

Es klopfte an der Tür, und der kleine Matthew kam mit einem Tablett voll Wein und Gläsern herein.

Bolitho warf Paice einen Blick zu. »Der Wein stammt aus meinem Haus in Falmouth und ist, soweit ich weiß, nicht geschmuggelt.« Schließlich war Paice hier der Kommandant und er selbst im Grunde nur ein Gast, dem es nicht zukam, den Hausherrn zu spielen.

»Ich muß mich unbedingt darauf verlassen können«, fuhr er fort, »daß kein Wort von unserer Besprechung nach draußen dringt. Wir warten den richtigen Zeitpunkt ab, und dann schlagen wir zu.«

Er hob sein Weinglas. »Ich trinke auf die Gesundheit der Menschen jenseits des Kanals, die schuldlos unter dem Terror leiden, und auf den Erfolg unserer drei Schiffe!«

Queely blickte überrascht auf, aber alle drei leerten ihre Gläser in einem Zug. Es war Rheinwein, in der Bilge gut gekühlt. Und der kleine Matthew hatte in Falmouth unter Mrs. Fergusons strengem Blick oft genug bei Tisch bedient. Er bewies jetzt, daß er das Gelernte nicht vergessen hatte.

Noch einmal hob Bolitho sein Glas: »Auf Seine Majestät! Und Verderben allen unsern Feinden!«

In dieser Nacht schlief Bolitho, während *Telemachus* sanft an der Ankerkette schwojte, zum erstenmal tief und traumlos. Auf einer Kommode neben der viel zu engen Koje lag zusammengefaltet sein alter Uniformrock, und in einer seiner Taschen steckte sorgsam verwahrt die Uhr, Violas Geschenk. Als Erinnerung daran, daß er nicht einsam war, solange ihr Bild in ihm weiterlebte.

III Der Lockvogel

Leutnant Jonas Paice stand mit gespreizten Beinen an Deck und beobachtete, wie sich *Telemachus'* langer Bugspriet jedesmal auf den Kamm einer See hob und dann wie eine Lanze vorwärts schoß. Das sah fast so aus, als trage der Kutter mit den anrollenden Wogen ein ganz persönliches Duell aus. Ein steifer Nordwestwind, der mehr nach Herbst als nach Frühjahr schmeckte, jagte das zerrissene Gewölk rasch über den Himmel.

Bald mußte der Abend hereinbrechen. Paice wechselte das Standbein und geriet dabei kaum ins Wanken, als sein Schiff sich noch mehr nach Lee überlegte; das riesige Großsegel, auch Fock und Klüver standen fast mittschiffs, so hart knüppelten sie gegen Wind und Seegang an. Was für ein großartiger Segler, dachte Paice, und wie zur Bestätigung rief der Rudergast: »Voll und bei, Sir. Nord zu West!« Trotzdem fand der Kommandant diesmal an der beachtlichen Leistung seines Schiffes keine rechte Freude. Denn dies war schon der dritte Tag, an dem sie in einem weiten Dreieck auf den Zufahrtswegen zur nordöstlichen Landzunge der Grafschaft Kent patroullierten.

Vielleicht hätte er lieber den Mund halten und abwarten sollen, bis Kapitän Bolitho die Schmugglerjagd satt bekam und sich dem bequemeren Leben in irgendeinem Hauptquartier an Land zuwandte – wie Kommodore Hoblyn. Aber Paice war von einem langjährigen, vertrauenswürdigen Informanten zugetragen worden, daß entweder in der vergangenen oder in dieser Nacht irgendwo am Strand bei Deal Konterbande angelandet werden sollte. Als er es Bolitho meldete, hatte ihn dessen prompte Reaktion überrascht. Er hatte *Telemachus* sofort in See gehen lassen, während er selbst ihr auf Queelys *Wakeful* später heimlich folgte. An einem vereinbarten Treffpunkt war er dann wieder auf Paices Schiff übergestiegen.

Nun saß er unten, studierte die Seekarte und verglich seine Notizen mit dem Logbuch des Schiffes: ein Getriebener, der sich das Äußerste abverlangte. Paice hörte den Segelmeister Erasmus Chesshyre den beiden Rudergängern Anweisungen geben und dann mit schlurfenden Schritten zu ihm ans Schanzkleid treten.

Gemeinsam beobachteten sie die graugrünen Seen, die fast bis zur Reling emporstiegen und sich in dünnen weißen Wasserstrahlen durch die verschlossenen Stückpforten preßten, wenn der Kutter noch tiefer wegkrängte.

Chesshyre hatte erst den Rang eines Steuermanns und wurde von einem Maat unterstützt, hatte sich jedoch als Segelmeister längst bewährt. Mit etwas Glück mußte seine Beförderung bald bestätigt werden. Aber falls es zum Krieg kam, würde man ihn sofort von *Telemachus* abziehen und auf eine temperamentvolle Fregatte kommandieren, ihn dort für Seemannschaft und Navigation verantwortlich machen.

Paice runzelte die Stirn. Falls es Bolitho nicht gelang, mehr Deserteure aufzuspüren oder sonstwie tüchtigen Nachwuchs für die Flotte zu rekrutieren, würden die drei Kutter die ersten sein, denen man die Besatzung wegnahm. Das war zwar unfair, aber unvermeidlich. Die Kutter waren fast ein Geschwader für sich, mit Mannschaften aus den Buchten und Dörfern Kents, wo die Fischer resigniert hatten und zur Navy abwanderten: erfahrene Freiwillige, die einander meist schon kannten, bevor sie anmusterten. Sie waren diszipliniert und benötigten kein hartes Regime, respektierten aber einen Mann nicht wegen seiner Goldlitzen, sondern einzig und allein wegen seines überlegenen Könnens.

Chesshyre nutzte die kurze Zweisamkeit und versuchte, seinen Kommandanten auszuhorchen. »Wenn die Nacht vorbei ist, Sir . . .«

Paice wandte sich ihm zu. »Auch dann werden wir weitermachen, bis man uns das Gegenteil befiehlt!«

Chessyhre nickte mit saurer Miene. »Aye, aye, Sir.«

Das Deck sackte ihnen unter den Füßen weg; eine hohe, weißgekrönte Wasserwand stieg über das Schanzkleid ein und ergoß sich auf die doppelt gesicherte Jolle. Die Küste Kents lag achteraus, war hinter Nebel und Gischt fast unsichtbar. Die kommende Nacht würde stockdunkel werden.

»Sehen Sie sich doch das Wetter an«, drängte Paice. »Sagt Ihnen das nichts?« Skeptisch hob Chesshyre die Schultern. »Ich weiß, Sir: eine ideale Nacht für Schmuggler. Aber hier draußen könnten wir an den Strolchen glatt vorbeisegeln.«

»Aye.« Paice erinnerte sich an Bolithos aufwendige Manöver, die ihre Bewegungen tarnen sollten; er hatte sogar den Kutter gewechselt, damit heimliche Beobachter weitermeldeten, *Watchful* fahre diesen Einsatz, nicht *Telemachus*. Der junge Vatass von der *Snapdragon* fiel ihm ein. Der saß jetzt bequem und sicher in der Werft.

Paice warf einen Blick auf die verschwommenen Gestalten seiner Männer. Alle waren sie in der Wolle gefärbte Salzbuckel, die man nicht erst scheuchen mußte, wenn eine Leine zu spleißen oder ein Fall aufzuschießen war. Sie bekamen sogar Landurlaub, wenn *Telemachus* – was selten genug geschah – im Hafen lag. Diese Vergünstigung wurde den meisten ihrer Kameraden selbst auf viel größeren Schiffen versagt, und zwar in Kriegs- wie in Friedenszeiten.

Er spähte zur Topprah hinauf, wo sich zwei Ausguckposten wie ängstliche Äffchen festklammerten und bestimmt durchnäßt waren bis auf die Haut. Da das Toppsegel auf diesem holprigen Am-Wind-Kurs aufgetucht war, hatten sie eine gute Chance, andere Fahrzeuge auszumachen, bevor sie selbst entdeckt wurden.

Dennoch war seit dem Auslaufen kaum ein anderes Schiff gesichtet worden. Fast schien es, als trauten sich die Handelsschiffer in Kent und weiter westlich nicht, ohne den demonstrativen Schutz eines größeren Kriegsschiffes ihren Geschäften nachzugehen. Denn jenseits des Kanals lag Frankreich auf der Lauer wie eine unberechenbare Bestie, die im einen Augenblick ruhen und sich im nächsten schon wieder in Blut sielen wollte. Von den legalen Handelskapitänen war kaum einer bereit, dieses Risiko einzugehen.

Chesshyre gab noch nicht auf. »Jeder weiß doch, daß in Kent viel geschmuggelt wird, Sir.« Aber als Paice ihn scharf anblickte, hätte er sich am liebsten auf die Zunge gebissen. Als er seinerzeit auf *Telemachus* anmusterte, hatte er sich gefragt, warum Paice, einst wohlhabender Kapitän einer Kohlenbrigg, nun aus freien Stücken bei der Navy diente – ein bescheidener Steuermann. Doch sobald Chesshyre von der aufeinander eingeschworenen Crew akzeptiert worden war, hatte er auch die Wahrheit über den großen, breitschultrigen Leutnant erfahren.

Paice war erst kurze Zeit verheiratet gewesen, mit einem Mädchen, das er von klein auf kannte. Eines Tages kehrte seine Frau von einem Besuch bei ihren Eltern zurück und wurde zu ihrem Entsetzen Zeuge, wie ein Dutzend bekannter Schmuggler einen einzelnen Zollbeamten überfielen. Die vielköpfige Menschenmenge, zu furchtsam oder zu gleichgültig, um dagegen einzuschreiten, hatte zugesehen, wie der Zöllner erschlagen wurde. Mrs. Paice hatte die Umstehenden vergeblich um Hilfe für das Opfer angefleht. Als sie nur stumm zurückwichen, hatte sie selbst einen Schmuggler von dem sterbenden Zöllner weggezerrt. Darauf hatte der Verbrecher die Pistole gezückt und die junge Frau erschossen: zur Abschreckung der Zuschauer.

»Tut mir schrecklich leid«, sagte Chesshyre jetzt verlegen. »Ich vergaß leider . . .«

»Das sollten Sie aber nicht! Weder jetzt noch künftig, solange Sie auf meinem Schiff dienen!«

Schritte erklangen auf der Niedergangstreppe, und dann stand Bolitho vor ihnen. Er war barhäuptig, und sein schwarzes Haar flatterte im Wind, während er den Stand der eisenharten Segel und das in Lee vorbeischießende Wasser musterte. Wie auf *Avenger,* dem Kutter seines Bruders, vor so langer Zeit.

Der Segelmeister berührte grüßend seine Stirn. »Ich kümmere mich um das Ruder, Sir.«

Er wollte nach achtern gehen, aber Bolitho fragte ihn: »Sie stammen aus Kent?«

»Aye, Sir.« Chessyhre beäugte ihn mißtrauisch, vom Zornesausbruch seines Kommandanten gewarnt. »Aus Maidstone, Sir.«

Bolitho nickte. Chesshyres Dialekt hatte ihn an seinen Freund Thomas Herrick erinnert, der früher sein Erster Offizier gewesen war. Sogar Chessyres blaue Augen glichen denen Herricks. Wo dieser jetzt wohl sein mochte? Hoffentlich irgendwo auf See, mit einem guten Schiff.

Er merkte, daß er den Segelmeister gedankenverloren angestarrt hatte. »Sie erinnern mich an einen Freund. Sind Sie jemals einem Leutnant Herrick begegnet?«

Einen Moment wurde Chesshyres mißtrauischer Blick warm; dann schüttelte er den Kopf. »Nein, Sir.« Damit zog er sich zurück.

Paice sagte: »Wir sollten in zwei Stunden über Stag gehen, Sir.« Er blickte zum Himmel. »Danach wird es wohl zu dunkel dafür sein.«

Bolitho studierte das kraftvolle Profil des Mannes. »Sie glauben, daß ich mich irre?« Doch wartete er die Antwort nicht ab, schließlich war es unfair, Paice in die Enge zu treiben. So lächelte er nur mit schmalen Lippen. »Vielleicht sogar, daß ich davon besessen bin?«

Paice zwang sich, den Schmerz um seine Frau zu verdrängen. Aber würde er jemals vergessen können, wie sie zu Tode gekommen war? Gepreßt erwiderte er: »Aye, Sir, es gibt einige, die sich fragen, warum es Ihnen so wichtig ist.«

Bolitho wischte sich das Gesicht mit dem Rockärmel trocken. »Ich weiß, daß Schmuggeln eine große Versuchung ist und es immer sein wird. Wenn man Pech hat, wird man dafür gehängt, aber in manchen Grafschaften steht auch schon auf Hühnerdiebstahl der Tod durch den Strang. Wo bleibt da die Verhältnismäßigkeit?« Er schauderte, als Gischt ihm in den Uniformkragen lief. »Andererseits – die Navy braucht Leute. Ganz gleich, ob sie mal Schmuggler waren – eine entschlossene Hand kann gute Diener des Königs aus ihnen machen.«

Während der kurzen Überfahrt auf *Wakeful* hatte ihm deren Kommandant erzählt, wie Paice seine Frau verloren hatte. Nun hatte er unten in der Kajüte seine harschen Worte gehört und den Anlaß dazu erraten.

Er fuhr fort: »Sie trauern, genau wie ich. Manche behaupten, man wird dadurch verwundbarer.« Haltsuchend packte er den Lauf einer Drehbasse, als das Deck wieder steil wegkippte, und ergänzte: »Aber ich glaube, man nimmt deshalb nur manches wichtiger.«

Paice mußte schlucken. Er kam sich wie nackt ausgezogen und durchschaut vor. Woher wußte der Mann das alles? Und welchen Verlust hatte *er* erlitten?

Heiser versicherte er: »Keine Sorge, Sir. Ich bin auf Ihrer Seite.«

Bolitho legte ihm die Hand auf den Arm. »Vielleicht werden Sie das noch bedauern, Mr. Paice, aber ich danke Ihnen.« Damit wandte er sich ab.

Allday tauchte im Niedergang auf, vorsichtig einen Henkelbecher in der einen Hand balancierend, während er sich mit der anderen festhielt, bis das Deck wieder gerade lag. Dann reichte er Bolitho den dampfenden Kaffee, wobei er prüfend die Umstehenden musterte: Segelmeister Chesshyre und sein Maat Dench, der in Kürze die Wache übernehmen würde; Luke Hawkins, der Bootsmann, ein Klotz von Kerl; man konnte in ihm bei Gott nicht mehr den schmächtigen Jungen von sieben Jahren sehen, der von seinen Leuten auf ein Schiff abgeschoben worden war. Einen Zahlmeister gab es nicht an Bord, dazu war *Telemachus* zu klein; der Schreiber Percivale Godsalve, ein drahtiges Männchen mit fahlgelbem Gesicht, besorgte nebenbei dieses Geschäft.

Evans, der mit allen Wassern gewaschene Stückmeistergehilfe, hatte Allday bedeutet: »Bei uns gibt's keine Passagiere, Kamerad! Jeder faßt überall mit an.«

Allday wußte recht gut, was sie über Bolitho dachten. Die meisten hielten den neuen Befehlshaber für eine Bedrohung, für einen Aufpasser von der *anderen* Navy, die kaum einer wirklich kannte. Insgeheim dachte Allday, daß Bolitho - für den er in der Vergangenheit fast gestorben wäre und das auch in Zukunft ohne Zögern tun würde - einen Fehler beging, indem er diese Aufgabe so verbissen anpackte. Er hätte es langsamer angehen sollen, denn bei Gott, er hatte ein ruhigeres Leben verdient! Sollten doch andere die Risiken und Vorwürfe auf sich nehmen, denn diese wurden - im Gegensatz zum Prisengeld - gleichmäßig nach unten verteilt.

Ohne Bolitho wäre Allday niemals auf See zurückgekehrt. Aber der Käptn liebte die Navy eben, sie war sein Lebensinhalt. Nur einmal hatte diese Liebe gewankt, doch nun war die Lady tot. So blieb nur die See übrig. Während Bolitho dankbar den heißen Kaffee schlürfte, starrte Allday hinaus auf die weiß brechenden Wellenkämme. Irgendwann würde man ihnen auch wieder ein anderes, richtiges Schiff geben, sagte er sich. Wenn nur . . .

»An Deck! Segel in Sicht!«

Paice starrte ungläubig zu den beiden heftig gestikulierenden Ausguckposten hinauf. Der Rufer ergänzte: »In Lee achteraus, Sir!«

Wie von der Tarantel gestochen riß der Kommandant ein Fernrohr aus dem Gestell und sprang mit katzenhafter Gewandtheit in die Luvwanten.

Bolitho unterdrückte ein Schaudern, das wie Eiswasser über seinen Rücken rann.

Wahrscheinlich war es falscher Alarm. Nur ein harmloser Einzelfahrer, der vor Anbruch der Dunkelheit dem sicheren Hafen zustrebte. Der Ärmelkanal war bei Nacht ein trügerisches Gewässer, und in diesen unruhigen Zeiten stieß jeder einen Seufzer der Erleichterung aus, wenn sein Anker an geschützter Stelle Grund gefaßt hatte.

Bolitho mußte wieder an seine Höhenangst denken, die er vergeblich zu beherrschen gesucht hatte. Wie oft hatte er sich als junger Leutnant gezwungen, in die schwankenden Wanten aufzuentern, verzweifelt ein Stag umklammernd und den Blick nur mit Anstrengung vom Deck unten lösend ... Paice war diese Furcht also fremd. Trotzdem sprang er bald wieder hinunter und kam mit beherrschtem Gesicht nach achtern.

»Es ist die *Loyal Chieftain,* Sir«, meldete er. »Aus Deal. Ich kenne sie gut.« Gehässig schloß er: »Sie ist alles andere, nur nicht *loyal,* dieses Miststück.«

Für weitere Diskussionen blieb keine Zeit, der andere konnte sie jederzeit sichten.

»Fahren Sie eine Halse, Mr. Paice«, befahl Bolitho. »So schnell es geht.«

»Toppgasten aufentern – Toppsegel los!«

»Klar zur Halse!«

Füße patschten über die nassen Decksplanken, die Freiwache eilte von unten herauf, als die Trillerpfeifen »alle Mann« signalisierten.

»Fier auf – hol dicht!« Hawkins dröhnende Befehlsstimme verlangte den Männern an Fallen und Brassen das Letzte ab, bis der gewaltige Großbaum auf die andere Seite schwang.

»Stützruder!«

Bolitho hielt sich an der Reling fest, während Ruder gelegt wurde und die mächtigen Segel sich wieder füllten. Noch zwei Deckshände wurden an die Pinne geschickt, um dem Schiff beim Anluven gegen Wind und See zu helfen. Danach lief der Kutter so schnell schräg vor den gischtgekrönten Seen dahin, als fliege er.

Paice wischte sich das Gesicht und überschrie den Lärm in der Takelage: »Eine Minute später, und der Kerl hätte sich achteraus an uns vorbeigeschlichen!« Als er Bolithos fragende Miene sah, fügte er hinzu: »Der Skipper heißt Henry Delaval und ist bekannt als Schmuggler, aber nie mit irgendwelchen Beweisen ertappt worden. Ewige Verdammnis seiner Seele! Das Schiff ist eine Brigg, stark gebaut und gut bewaffnet.« Wieder überkam ihn Verbitterung: »Aber das allein ist ja noch kein Verbrechen, sagen *die*.«

»Da, Sir, Backbord voraus!« Der Ruf kam von Leutnant Triscott, der beim Alarm an Deck geeilt war, die Brotkrumen einer hastigen Mahlzeit noch auf den Kragenspiegeln.

Paice verbarg die Hände auf dem Rücken, aber sein Blick sprach Bände. »Jetzt haben wir ihn.«

Bolitho stützte sich mit der Hüfte am Niedergang ab, um sein Teleskop besser auf die *Loyal Chieftain* richten zu können. Über den unruhigen Wellen, deren Kämme in stärkeren Böen schon zerstoben, erkannte er die Toppsegel der Brigg, kupferrot vor dem Abendhimmel. Ihr Rumpf lag noch unter der Kimm, aber Paice hatte sie trotzdem erkannt. Nie hätte er dem Kommandanten einen solchen Gefühlsausbruch, ja Haß zugetraut. Doch möglicherweise hatte Delaval etwas mit dem gewaltsamen Tod seiner Frau zu tun.

Hawkins rief: »Sie setzt die Breitfock, Sir!«

Bolitho nickte, ohne das Sprühwasser zu bemerken, das ihn durchnäßte. Die Brigg holte alles aus dem Wind heraus und strebte schon von ihnen weg, wobei ihre beiden Masten im Abdrehen näher zusammenzurücken schienen.

Aus umschatteten Augen starrte Paice ihn an. »Sir?« Er konnte sich offenbar kaum noch beherrschen.

Bolitho ließ das Fernglas sinken. »Aye, jagen wir sie.« Er hatte kurz überlegt, ob Delaval sie wohl für einen französischen Freibeuter hielt und deshalb abdrehte. Aber er verwarf den Gedanken sofort, als er Paices mordgieriges Gesicht sah. Der Kommandant kannte Schiff und Kapitän dort drüben nur zu gut; also mußte Delaval auch ihn und seinen Kutter identifiziert haben.

»Zwei Strich abfallen, Mr. Chessyhre! Neuer Kurs Südwest zu West!«

Als die Männer an die Großschot rannten, um den viele Meter langen Baum zu fieren, beugte sich Steuermannsmaat Dench schon mit klatschnassen Haaren über das Kompaßhaus. Beim Ruderlegen verlor einer der Rudergasten den Halt auf dem glitschigen Deck. Sofort sprang ein Ersatzmann an die Pinne und krallte sich mit bloßen Zehen in die Planken.

»Kurs liegt an, Sir: Südwest zu West!«

»Hol's der Teufel, er gibt Fersengeld, Käptn!« Allday schien von allen, die das ferne Schiff beobachteten, am ruhigsten zu sein. Aber Bolitho wußte, daß dieser Eindruck täuschte. Wie er selbst ließ sich Allday seine Erregung nicht anmerken.

Paice hatte die Bemerkung gehört. »Bei Gott, der Bastard darf nicht entkommen!«

»Setzen Sie ihm einen Schuß vor den Bug, Mr. Paice«, befahl Bolitho.

Unsicher blickte der Kommandant ihn an. »Aber wir dürfen nicht gezielt schießen, Sir, sondern nur zu Signalzwecken.«

Bolitho lächelte böse. »Dann soll Ihr Kanonier eben *ungezielt* schießen. Falls wir uns auf eine längere Verfolgungsjagd einlassen, könnten wir die Brigg während der Nacht verlieren.« Aus dem Augenwinkel sah er die Matrosen grinsen und einander anstoßen. Hielten sie ihn für verrückt – oder fanden sie allmählich Geschmack an *Telemachus'* neuer Rolle als Kriegsschiff?

George Davy, der Stückmeister, überwachte selbst das Richten des vordersten Sechspfünders. Seine schwielige Rechte lag auf der Schulter des Kanoniers, während die Crew mit Ladestock und Brocktaljen hantierte, bis Davy zufrieden war.

Paice rief durch die hohlen Hände: »Lassen Sie auch die Backbordkarronade laden, Mr. Davy!«

Bolitho ballte die Fäuse, um ihr Zittern zu unterdrücken. Auf diese Idee hätte er selber kommen müssen. Wenn die

Brigg ein Gefecht riskieren wollte - vielleicht nur, um *Telemachus* mit Treffern in Rigg und Segel aufzuhalten -, dann war es nützlich, die mörderische Karronade klar zu haben.

»Feuer!«

Jetzt merkte Bolitho, wie lange er nicht mehr zur See gefahren war, nicht mehr an einem Gefecht teilgenommen hatte; das Krachen des Sechspfünders schmerzte in seinen Ohren. »Armseliger Erbsenknaller«, murmelte Allday verächtlich.

Der kleine Matthew Corker kniete bei der achtersten Kanone, eine Pütz voll Sand umklammernd, und beobachtete gespannt die Vorgänge an Deck, während die Bedienung des Sechspfünders schon die nächste Kugel feststopfte, bemüht, unter den Augen Bolithos besonders flott zu arbeiten.

»Kopf runter, Junge!« warnte dieser.

Ohne die geringste Angst blickte Matthew zu ihm auf. Aber es war nicht Mut, sondern Ahnungslosigkeit, entschied Bolitho. Und wenn es von ihm abhing, sollte das auch so bleiben.

Die See ging viel zu hoch, als daß sie die Fontäne des Einschlags hätten sehen können. Aber die Stellung von Masten und Segeln der *Loyal Chieftain* blieb unverändert; platt vor dem Wind machte sie sich rasch davon.

Bolitho sah Paice an. »Und jetzt nehmen Sie sie *gezielt* unter Feuer.«

Wieder fuhr der Sechspfünder im Rückstoß auf seiner Lafette binnenbords. Bolitho hob das Fernglas gerade noch rechtzeitig, um das Großbramsegel der Brigg unter dem Einschlag rucken und dann senkrecht einreißen zu sehen. Gierig griff der Wind in den Riß und verwandelte das eben noch straffe Tuch in flatternde Fetzen.

Auf *Telemachus* wurden trotzige Jubelrufe laut. Hawkins meldete: »Sie dreht bei, Sir.«

»Schön, Mr. Triscott, aber halten Sie sie unbedingt in Lee von uns«, warnte Paice scharf. »Haben Sie verstanden?«

Der Erste bestätigte, und Paice schritt weiter ungeduldig auf und ab. »Backbordbatterie laden, Mr. Triscott, aber noch nicht ausrennen!« kam sein nächster Befehl. »Mr. Hawkins, Vorsegel wegnehmen!« Sein Blick wanderte zu Bolitho. »Wenn Sie gestatten, Sir?«

Die Brigg hatte ihre Fock wieder aufgegeit und drehte nun unter Bram- und Stagsegeln in den Wind. Die Entfernung zwischen beiden Schiffen war auf eine Kabellänge* geschrumpft. In der im Abendlicht rotglühenden Takelage drüben arbeiteten nur wenige Männer, auch an Deck ging es nicht gerade emsig zu. Aber sie war unter Kontrolle. Auf *Telemachus* wandten sich die Stückführer dem Achterschiff zu und hoben die Faust zum Zeichen, daß sie feuerbereit waren. Paice konnte die Brigg jetzt jederzeit mit Kartätschen und Kugeln beharken, wenn sich drüben auch nur eine Faust trotzig gegen sie erhob. Er lockerte den Degen in seiner Scheide und befahl: »Setzt die Jolle aus! Und bemannt sie mit den besten Leuten, die wir haben, Mr. Hawkins. Bei diesem Seegang wird das Pullen kein Zuckerschlecken.«

Bolitho trat vor. »Ich gehe mit.« Ihre Blicke trafen sich. »Sie wollen doch selbst hinüber, nehme ich an?«

Paice nickte. »Der Erste Offizier kommt hier allein klar. Außerdem ist es mein gutes Recht.«

»Einverstanden.« Die Aggressivität des Kommandanten war wie ein Krampf, den er kaum noch unterdrücken konnte. »Aber es ist besser, wenn ich dabei bin«, fügte er hinzu. »Besser für uns beide.«

Seine Gelassenheit schien Paice etwas zu dämpfen. Dennoch wußte Bolitho: Falls Paice diesen Delaval mit Schmuggelware ertappte, würde er ihn wahrscheinlich töten. Wenn er als Vorgesetzter dies zuließ, machte er sich mitschuldig.

Die Jolle wurde ausgeschwungen und abgefiert. Sobald ihre kleine Entermannschaft an Bord der Brigg klettern

* 182 m

würde, konnte deren Besatzung sie leicht zurückschlagen und einen Fluchtversuch starten. Deshalb sagte Bolitho: »Mr. Triscott, falls man drüben Segel zu setzen versucht, nehmen Sie die Brigg sofort unter Feuer.« Sein Ton wurde hart. »Ganz gleich, welcher Anblick sich Ihnen bietet.«

Der Erste wirkte plötzlich jung und hilflos, während sein Blick zwischen Bolitho und dem Kommandanten hin und her flog. Er stammelte: »Aye, aye, Sir, wenn das ein Befehl ist?«

Scharf mischte sich Paice ein: »Das ist es, und ich unterstütze ihn!«

Die Jolle wurde unter die Relingspforte verholt, und wieder einmal war Bolitho von der guten Seemannschaft seiner Leute beeindruckt. Es fiel kaum ein lautes Wort, die Befehle kamen spärlich und gemäßigt, für Flüche oder gar Nachhilfe mit dem Stock bestand kein Anlaß. War es auf allen drei Kuttern so? fragte sich Bolitho mit Blick auf Paice, der vor ihm die Jakobsleiter hinabkletterte. Oder lag es an diesem wortkargen, von einem inneren Feuer verzehrten Kommandanten?

»Riemen bei! Ruder an!«

Alldays volltönender Baß ließ einige Bootsgasten erstaunt hochblicken. Aber dem Bootssteurer lag nichts ferner, als sich mit der Rolle des unbeteiligten Zuschauers zu begnügen. Er kam mit und kommandierte die Jolle, denn er wußte, Bolitho würde es ihm nach allem, was sie gemeinsam durchgemacht hatten, nicht verwehren.

Das Boot rollte wie betrunken, bis Allday es aus dem unruhigen Heckwasser ins Lee des Kutters manövriert hatte. Bolitho sah seine weiße Kriegsflagge hoch oben an der Gaffelnock steif auswehen und mußte wieder an seinen toten Bruder Hugh denken. Was für ein sinnloser Verlust! Er wandte sich der Brigg zu, deren verjüngte Maststengen vor den grauen Wolken wilde Kreise beschrieben. Der Degen an seiner Seite fiel ihm ein. Hugh hatte das Recht verwirkt, ihn zu tragen, und vielleicht würde er in den nächsten Minuten auch seinen zweiten Besitzer verlieren. Über dem Schanzkleid der *Loyal Chieftain* tauchte eine Reihe Gesichter auf, seltsam ausdruckslos und schweigend, ohne Anzeichen von Gegenwehr oder Furcht.

Paice hob seinen Sprechtrichter: »Wir kommen an Bord! Jeder Widerstand ist zwecklos!«

Jetzt oder nie, dachte Allday. Mit einem einzigen Kartätschenschuß könnten sie Hackfleisch aus uns machen. Aber er verdrängte den Gedanken und rief: »Buggast, klar bei Draggen!« Er legte Ruder, bis der kleine Anker zu den Großrüsten der Brigg hochgeschwungen wurde, dagegenpolterte und sich festbiß.

»Riemen ein!« Allday griff stützend nach Bolithos Arm, als dieser sich im dümpelnden Boot aufrichtete. »Bin dicht hinter Ihnen, Sir«, flüsterte er. Und dann bekamen sie einer nach dem anderen die schwankende Leiter zu fassen und kletterten oben durch die Pforte.

An Deck blickte Bolitho sich rasch um. Da stand der Skipper - ein kleiner, adretter Mann in teurem dunkelblauem Rock - fast gleichgültig neben dem großen Ruderrad. Er wußte, das war Delaval, noch ehe Paice ein Wort äußerte.

Mit gezogenem Degen schritt Paice auf ihn zu, und seine Stimme übertönte mühelos den Lärm in der Takellage und den Protest von Wind und See: »Rühren Sie sich bloß nicht von der Stelle!«

»Also *Sie* sind's«, gab Delaval zurück. »Mit welchem Recht . . .«

Paice machte dem Rudergänger ungeduldig Zeichen, bis dessen Entermesser klirrend an Deck fiel. »Im Auftrag des Königs. Also halten Sie's Maul!« Er nickte dem Unteroffizier der Entermannschaft zu. Dieser rief einige Namen auf und eilte davon, als sei die Besatzung der Brigg Luft.

Paice fuhr fort: »Ich lasse Ihr Schiff durchsuchen. Danach . . .«

»Sie verschwenden nur Ihre Zeit. Und meine, was schlimmer ist.« Delavals dunkle Augen ruhten jetzt auf Bolitho, musterten den einfachen Uniformrock, den altmodischen, noch in seiner Scheide steckenden Degen. »Ich protestiere aufs schärfste gegen diesen Überfall. Ich gehe lediglich meinen legalen Geschäften nach.«

»Ihre Ladung?« fragte Bolitho.

Delavals Augen blitzten auf. Triumphierend? »Keine. Das Schiff fährt in Ballast, wie Ihr großartiger Suchtrupp gleich entdecken wird.« Mit unverhohlener Schadenfreude fuhr er fort: »Ich war unterwegs nach Amsterdam. Aus dem Logbuch können Sie ersehen, daß ich mit Maklern dort öfter geschäftlich zu tun habe.«

Paices Ärger entging Bolitho nicht. »Aber Sie haben es sich anders überlegt?« fragte er leise.

»Ja. Das Wetter, die Unruhen in Frankreich . . . Mehrere Gründe bewogen mich zur Umkehr.«

Der Unteroffizier kehrte zurück, stellte sich aber so hin, daß Delaval sein Gesicht nicht sehen konnte. Er schluckte trocken und meldete: »Nichts, Sir. Nur Ballast.« Dieser Umstand schien ihn zu erschrecken.

»Wie ich sagte.« Delaval hob das Kinn und starrte Paice trotzig in die Augen. »Dafür werden Sie mir büßen!« Mit ausgestrecktem Arm deutete er auf eine reglose Gestalt unter einer Persenning. Es war ein an Deck aufgebahrter Leichnam. »Als Sie uns vorhin beschossen . . .« begann er mit Genugtuung in der Stimme.

»Sie wollten fliehen!« unterbrach ihn Paice. »Nach unserem Warnschuß weigerten Sie sich, beizudrehen. Machen Sie mir doch nichts vor, verdammt noch mal!«

Ein Seemann zog die Persenning beiseite, und Bolitho sah, daß der Tote Matrosenkluft trug. Neben ihm lag ein schwerer Block, an dessen Scheiben Blut und Haare klebten. Stirn und Hinterkopf des Mannes waren zertrümmert, nur das Gesicht schien unversehrt.

»Ich wollte nicht fliehen. Aber wie Sie wohl selbst bemerken, bin ich unterbemannt. Deshalb dauerte es doppelt so lange, bis wir gewendet und beigedreht hatten.« Delaval nickte nachdrücklich. »All dies werde ich in meiner Beschwerde gegen Sie ausführlich darlegen.«

Bolitho drückte den Degen fest gegen seine Hüfte. Sie hatten Pech gehabt. Die Kugel mußte das Rigg beschädigt haben, und der schwere Block war dem Mann da auf den Kopf gefallen. Solche Unfälle geschahen nicht selten an Bord, aber dieser hätte zu keiner ungelegeneren Zeit kommen können.

»Wir kehren auf *Telemachus* zurück, Mr. Paice«, sagte er.

Selbst ein blutiges Handgemenge wäre noch besser gewesen als diese Blamage, dachte er. Aber die Dame Fortune, von der sein Freund Thomas Herrick so oft sprach, hatte ihnen diesmal nicht gelächelt. Er warf Paice einen Blick zu und bemerkte überrascht, daß dessen Gesicht eisern beherrscht und seine Wut offenbar verraucht war.

Als sie die Jolle hinabkletterten, folgten ihnen vom Deck der Brigg weder Hohnworte noch Beschimpfungen. Seltsam ... Aber Delaval wollte seinen Triumph wohl nicht durch ungebührliches Benehmen schmälern.

Auf *Telemachus* eilte Bolitho in seine Kajüte, noch ehe die Jolle wieder eingeschwungen war. Dann lauschte er der gewohnten Betriebsamkeit, mit der das Schiff wieder in Fahrt gebracht wurde; der Ruderschaft drehte sich knarrend, ein Weinglas rutschte vom Tisch, als der Kutter sich unter dem Winddruck überlegte. Draußen vor der Tür hielt Allday Wache, nachdem er sich vergewissert hatte, daß die Jolle gut eingesetzt und festgelascht war. Armer Allday, er konnte den Fehlschlag gewiß nur schwer verkraften. Und dann fiel Bolitho ein, wie viele es an dieser Küste freuen würde, wenn er in Ungnade fiel und nach Falmouth zurückgeschickt wurde.

Geduckt trat Paice durch die Tür, den Rock noch naß von Gischt. Sie befanden sich zwar auf *seinem* Schiff, dennoch wartete er, bis Bolitho ihm Platz anbot. Er sah angestrengt und bedrückt aus, ganz anders, als er aufgebrochen war.

Bolitho kam gleich zur Sache. »Tut mir leid. Sie hatten

recht, und ich habe mich geirrt. Ich werde dafür sorgen, daß Sie kein Vorwurf trifft. Die Verfolgung geschah auf meinen Befehl hin . . .« Er hob die Hand so schwer, als sei sein Ärmel mit Blei gefüllt. »Nein, lassen Sie mich ausreden. Ich befahl Ihnen, die Brigg gezielt zu beschießen. Das entlastet Sie. Vielleicht glaubte ich . . .«

Paice wartete. Als Bolitho nicht weitersprach, sagte er: »Nein, Sir. Sie haben sich nicht geirrt. Wenn hier irgend jemanden ein Vorwurf trifft, dann mich. Weil ich mich, wenn auch nur kurz, zu der Ansicht verleiten ließ, daß Delaval dumm genug sein könnte, sich leicht fangen zu lassen.«

Bolitho faßte den Kommandanten im tanzenden Licht der Petroleumlampen scharf ins Auge. »Dann verraten Sie mir: Wann haben Sie Ihre Ansicht geändert?«

Ruhig erläuterte Paice: »Delaval *wußte,* daß wir auf See waren und ihn suchten. Und er wollte uns merken lassen, daß er uns hereingelegt hat.«

»Sie meinen, das Ganze war eigens für uns inszeniertes Theater?«

»Nicht alles.« Paice öffnete und schloß die Fäuste, eine Geste, die seine äußerliche Ruhe Lügen strafte. »Der Mann unter der Persenning ist niemals durch einen herabfallenden Block getötet worden, Sir. Deshalb wollte der Bastard ja auch, daß ich sein Gesicht sah.«

»Sie kannten den Toten?«

»Er war mein Informant, Sir. Der Mann, der mir von *Chieftains* angeblicher Schmuggelfahrt heute nacht berichtete.«

»Aber wir können nichts beweisen.«

Paice seufzte tief. »Nein. Delaval stammt von den Kanalinseln. Es heißt, daß er wegen seiner Grausamkeit als Kommandant eines Freibeuters Jersey verlassen mußte.«

Bolitho fiel der Südseepirat ein und das Brandzeichen, das er der gefangenen Viola auf die Schulter gedrückt hatte. »Ich kannte auch mal so einen Sadisten«, sagte er leise.

Paice studierte ihn schweigend. Dann meinte er: »Wahrscheinlich hat er ihn gefoltert, um herauszukriegen, wie weit er über uns informiert war . . . Und dann hat er ihn erschlagen. Aber wie grausam sie auch waren, wir können nicht das geringste beweisen.« Wieder seufzte er tief. »Deshalb hatten Sie durchaus recht, Sir. Die *Loyal Chieftain* war zwar nur der Lockvogel, der uns in die Irre führen sollte, doch Delaval konnte der Versuchung nicht widerstehen, dem Ganzen eigens für mich einen besonders gemeinen Dreh zu geben. Eines Tages . . .« Er vollendete den Satz nicht, aber Bolitho verstand ihn auch so.

Gebückt hangelte Paice sich zur Tür. »Sollen wir uns jetzt wieder mit *Wakeful* treffen, Sir?«

Bolitho starrte ihn an. »*Wakeful?* Bei Gott, das ist die Erklärung! Nur auf *Wakeful* war bekannt, daß ich mich wieder auf Ihren Kutter übersetzen ließ.«

Paice rieb sich heftig das Kinn. »Sie glauben doch nicht etwa . . .«

Wieder fühlte Bolitho den Schauder zwischen seinen Schulterblättern. »Ich kenne Delaval zwar nicht persönlich, wohl aber Typen wie ihn. An mir war er überhaupt nicht interessiert – aber *Sie* wollte er demütigen und beeindrukken, verstehen Sie?«

Grimmig nickte Paice. »Ich fürchte, ja.«

»Lassen Sie uns noch ein Glas zusammen trinken, bevor wir umkehren.« Spontan berührte er Paices Arm. »Unser Kampf ist noch nicht verloren. Aber ich fürchte, er wird einen hohen Blutzoll fordern, ehe er vorüber ist.«

Allday draußen hörte die neue Schärfe in Bolithos Worten und sah förmlich vor sich, wie sich seine Schultern strafften. Ein breites Grinsen zog über sein Gesicht, als der Kapitän vorschlug: »Also machen wir uns wieder an die Arbeit, Jonas!«

IV Loyalitätskonflikt

Kommodore Ralph Hoblyn hatte als Privatquartier und Standortkommandantur eine elegante, quadratische Villa aus rotem Backstein mit einer großen, hell verputzten Veranda beschlagnahmt.

Bolitho zügelte sein Pferd und studierte das stattliche Haus. Es wirkte relativ neu, und die gepflasterte Auffahrt hinter dem Tor war gepflegt und frei von Unkraut. Trotzdem haftete dem Gebäude etwas Vernachlässigtes an, als sei es schon von zu vielen Bewohnern strapaziert worden. Hinter sich hörte Bolitho das Pferd des kleinen Matthew ungeduldig scharren; der Junge war stolzgeschwellt, daß er den Kapitän bei diesem wichtigen Besuch begleiten durfte.

Es war ein warmer, fast windstiller Abend. Welch ein Kontrast zu der rauhen See und den vom Wind zerfetzten Segeln der Brigg, dachte Bolitho. Das schien einer ganz anderen Welt anzugehören. Hier hing der Duft von Blumen in der Luft, die - wie in dieser Gegend immer - leicht nach Salz schmeckte.

Hoblyns Haus lag nur eine Meile von der Werft in Sheerness entfernt, wohin die beiden Kutter an diesem Morgen zurückgekehrt waren. Ein Leutnant hatte Bolitho die Einladung überbracht. Oder war es eher ein Gestellungsbefehl gewesen?

Mit funkelndem Stahl und in scharlachrotem Rock traten ihnen zwei Wachen am Tor entgegen: Seesoldaten, die das Geräusch ihrer Pferde alarmiert hatte. Unterwegs hatte Bolitho mehrere Fußstreifen gesehen. Es war, als sei die Marine, nicht die örtliche Schmugglerbande unter Belagerung. Er preßte die Lippen zusammen. Das würde er noch ändern - immer vorausgesetzt, Kommodore Hoblyn enthob ihn nicht seines Amtes.

Er rief sich in Erinnerung, was er über den Mann wußte. Einige Jahre älter als er selbst, war Hoblyn im Krieg gegen die amerikanischen Rebellen schon Fregattenkapitän gewesen. Mit seiner *Leonidas* hatte er an der Entscheidungsschlacht in der Chesapeake Bay teilgenommen, wo Admiral Graves' Versuch gescheitert war, die Flotte von de Grasse zu vernichten. Hoblyn hatte, auf sich allein gestellt, mit einer französischen Fregatte und einem Freibeuter gekämpft. Den Franzosen hatte er zur Kapitulation gezwungen, aber als er sich dann den Freibeuter vornahm, war die *Leonidas* explodiert und in Flammen aufgegangen. Dennoch hatte Hoblyn das Gefecht nicht abgebrochen, sondern den Freibeuter geentert und erobert, bevor sein eigenes Schiff sank.

Es hieß, Hoblyns bloßer Anblick an der Spitze der Enterer hätte damals schon genügt, den Feind in Angst und Schrekken zu versetzen. Seine Uniform stand in Flammen, sein einer Arm brannte wie eine Fackel.

Seit dem Krieg hatte Bolitho ihn nur einmal getroffen, und zwar als er unterwegs zur Admiralität gewesen war, um seine Wiederverwendung zu erreichen. Fast hätte er ihn damals nicht erkannt. Den Arm in der Schlinge, den Kragen hochgeschlagen, um die schrecklichen Brandnarben an Hals und Gesicht zu verbergen, wirkte er wie ein von den Schlachtfeldern auferstandenes Gespenst. Soweit Bolitho wußte, hatte Hoblyn damals keinen Posten erhalten. Aber jetzt.

Bolitho trieb sein Pferd vorwärts. »Komm, Matthew, kümmere dich um die Tiere«, sagte er. »Ich sorge dafür, daß dir ein Imbiß gebracht wird.«

Die Bewunderung in Matthews Gesicht entging ihm, denn er dachte über Allday nach. Es sah dem alten Haudegen gar nicht ähnlich, daß er sich ihm nicht als Begleiter angetragen, ja aufgezwungen hatte. Allday mißtraute allen Landratten und folgte Bolitho sonst wachsam auf Schritt und Tritt. Aber vielleicht brütete er noch über ihrem Mißerfolg mit der *Loyal Chieftain.* Auch dieses Rätsel würde sich aufklären lassen - später. Im Augenblick ging anderes vor.

Bevor er von Sheerness aufgebrochen war, hatte er noch mit Leutnant Queely von der *Wakeful* gesprochen. Aber das fehlende Puzzlestück konnte auch er nicht beisteuern. *Wakeful* hatte nichts Verdächtiges gesichtet, und beim Zoll lagen keine Informationen über eine geplante Schmuggelfahrt vor. Hatte man ihn also nur provozieren wollen? Dazu paßte Delavals sorgsam inszenierte Zurschaustellung des Toten, der einmal Paices Informant gewesen war: ein Katz-und-Maus-Spiel.

Er nickte dem Korporal am Tor zu, der schneidig seine Muskete präsentierte. Bolitho war froh, daß er eine Kutsche abgelehnt hatte. Der scharfe Ritt hatte ihm Zeit zum Nachdenken gegeben. Und ihn daran erinnert, dachte er mit schmerzverzogenem Gesicht, wie lange er nicht mehr im Sattel gesessen hatte.

Bolitho erklomm die Steintreppe zum Portal und betrachtete das Emblem der Admiralität zwischen den beiden Säulen, den Anker mit der vertörnten Leine. Wie von selbst schwangen beide Türflügel lautlos nach innen auf. Ein Diener in dunkler Livree nahm Bolitho Hut und Mantel ab, beide staubig vom langen Trab über die Landstraßen.

»Der Kommodore wird Sie sofort empfangen, Sir«, versprach der Lakai und zog sich mit einem Bückling zurück, Bolithos Sachen so vorsichtig vor sich hertragend, als seien es glühende Kugeln.

Bolitho schritt in der großen Halle auf und ab: noch mehr Säulen und eine geschwungene Treppe zur Galerie im ersten Stock. Aber keine Gemälde und nur wenig Möbel. Ein Wohnsitz auf Zeit, dachte er und fragte sich, ob das gleiche auch für Hoblyns Autorität hier galt. Beim Blick durch ein Fenster sah er die See im Abendlicht schimmern. Und für ihn selbst? An Queely wollte er lieber nicht denken. Er konnte selbst der Verräter sein oder einen Mann in seiner Crew haben, der den Schmugglern die Nachricht von ihrem Auslaufen hatte zukommen lassen. Jedenfalls verbreiteten sich Informationen nicht von selbst.

Er kam sich vor wie beim Ringkampf mit einem Blinden in einem finsteren Zimmer. Uniform, Vollmachten – nichts zählte hier. Auf See war der Feind faßbar, da stand Geschick gegen Können, bis die letzte Breitseite eine von beiden Flaggen zum Sinken brachte. Aber hier gab es nur Heimtükke, Täuschung und Meuchelmord.

Als Kind hatte Bolitho in Cornwall oft den alten Geschichten über die Schmuggler gelauscht. Im Gegensatz zu den berüchtigten Strandräubern, die Schiffe ins Verderben lockten, galten sie als ehrenwerte Gauner, die von den Reichen nahmen, um den Armen zu geben: fast als Volkshelden. Aber der Dienst bei der Marine hatte Bolitho bald eines Besseren belehrt: Schmuggler unterschieden sich in Wirklichkeit nicht von den Strandhyänen, die Wracks ihrer Ladung beraubten und hilflosen Schiffbrüchigen die Kehlen durchschnitten. Er packte den Degengriff so fest, daß der Schmerz in seiner Faust ihm den Zorn zu zügeln half.

Er hörte eine Tür gehen und wandte sich der schlanken Gestalt zu, die im Nebenraum an einem Fenster stand. Zuerst hielt er sie wegen ihres zierlichen Körperbaus für eine Frau. Auch die Stimme war sanft und ehrerbietig, wenn auch ohne jede Unterwürfigkeit. Doch es war ein junger Mann in hellbrauner Livree mit dunklen Paspeln an Aufschlägen und Manschetten. Dazu weiße Strümpfe und Schnallenschuhe - ein dezentes Abbild der in London üblichen Dienertracht.

»Wenn Sie mir folgen würden, Kapitän Bolitho?«

Die weiße Lockenperücke betonte sein hübsches Gesicht und die Augen, die wahrscheinlich haselnußbraun waren, aber im gefilterten Sonnenlicht jetzt grünlich schimmerten wie die einer lauernden Katze.

Sie durchschritten das große Empfangszimmer und betraten eine anschließende Bibliothek. Im Kamin zwischen den bis zur Decke reichenden Bücherregalen brannte ein Feuer, obwohl der Abend recht warm war. Über dem Sims hing das riesige Gemälde irgendeiner vergessenen Seeschlacht. Tische, Stühle und ein wuchtiger Schreibtisch standen mit strategischem Geschick im Raum verteilt. Bolitho hatte den

Eindruck, daß alles wichtige Mobiliar des Hauses in diesem Zimmer konzentriert war.

Der junge Diener – falls dies seine Funktion war – trat zum Kamin und stocherte in den brennenden Holzscheiten. Vom Hausherrn keine Spur. »Er kommt gleich, Sir.« Der Bedienstete wandte sich um und stellte sich wie eine Schildwache neben den Kamin, beide Hände auf dem Rücken.

Dann öffnete sich eine zweite, kleinere Tür, und der Kommodore ging mit raschen Schritten auf seinen Schreibtisch zu, wo er sich ohne einen Blick auf seinen Besucher niederließ. Dort rückte er sich sorgsam zurecht, mit anscheinend langjähriger Übung.

Er war nur ein paar Jahre älter, aber sie mußten grausam zu Hoblyn gewesen sein. Sein Gesicht war tief gefurcht und vernarbt, und er hielt den Kopf so schräg, als leide er immer noch Schmerzen. Sein linker Arm lag auf dem Tisch und trug statt der Hand einen weißen Fausthandschuh, um die entstellende Verwundung zu verbergen.

»Freut mich, Sie zu sehen, Bolitho.« Hoblyn sprach kurz und abgehackt. »Nehmen Sie bitte *dort* Platz, dann kann ich Sie besser sehen.«

Bolitho gehorchte, während ihm auffiel, daß Hoblyns Haar völlig ergraut und unmodern lang war, wahrscheinlich um die Narben zu verdecken, die über dem goldbetreßten Kragen manchmal sichtbar wurden.

Der Livrierte trat lautlos heran und goß Wein aus einer Kristallkaraffe in zwei wertvolle Pokale.

»Französischer Rotwein.« Hoblyns Augen waren braun, aber ohne jede Wärme. »Hoffe, er schmeckt Ihnen.« Mit der Rechten machte er eine unbestimmte Bewegung. »Wir speisen später.« Das klang wie ein Befehl.

Schweigend tranken sie, während das Abendrot vor den Fenstern langsam verblaßte. Hoblyn sah dem Jungen beim Nachfüllen der Gläser zu.

»Sie hatten mehr Glück als die meisten«, begann Hoblyn schließlich. »Zwei Schiffe seit jenem blutigen Krieg, während ...« Aber er unterbrach sich und starrte das Schlachtengemälde an.

Da begriff Bolitho: Es stellte Hoblyns letztes Gefecht dar, in dem er seine *Leonidas* verloren hatte und so furchtbar entstellt worden war.

Hoblyn fuhr fort: »Ich hörte von Ihren - äh, Schwierigkeiten in der Großen Südsee.« Sein Blick blieb starr. »Es hieß, sie sei eine bewundernswürdige Frau gewesen. Tut mir leid für Sie.«

Bolitho zwang sich zur Ruhe. »Was meine Stellung hier betrifft ...«

Hoblyns verkrüppelte Hand hob sich und fiel wieder auf die Tischplatte zurück. »Eins nach dem andern.« Abrupt wechselte er das Thema. »So also benutzt man uns, wie? Sind wir nur noch traurige Relikte, wir beide?« Er erwartete keine Antwort. »Manchmal überkommt mich Verbitterung, aber dann muß ich an die Kameraden denken, die alles hingaben, selbst ihr Leben, und gar nichts dafür bekamen.«

Bolitho wartete. Hoblyn drängte es offenbar zu sprechen.

»Es ist eine unlösbare Aufgabe, Bolitho. Unsere Vorgesetzten wettern gegen den Schmuggel, während sie heimlich alles einstecken, was sie an Konterbande kriegen können. Ihre Lordschaften verlangen jetzt mehr Leute für die Flotte, die sie bis vor kurzem verrotten ließen - Leute, die sie selbst dem Verhungern auslieferten. Zur Hölle mit ihnen, sage ich! Wenn wir erst Krieg haben - und das wird sehr bald sein -, dann garantiere ich Ihnen, daß ich zum alten Eisen geworfen werde, damit irgendein Admiralsvetter auf meinen Platz gesetzt werden kann.« Er wartete, bis sein Weinglas wieder gefüllt war. »Aber ich liebe dieses Land, das seine Kinder so schlecht behandelt. Sie kennen die Franzosen genausogut wie ich - glauben *Sie* etwa, daß die noch aufzuhalten sind?« Er lachte heiser. »Aber wenn sie kommen, können wir nur darum beten, daß dieses Mordgesindel auch die Elite der französischen Marine geköpft hat. Andernfalls haben wir keine Chance.«

Bolitho versuchte sich zu erinnern, wie oft der Diener ihm inzwischen nachgeschenkt hatte. Der Wein und die Wärme im Zimmer machten ihn allmählich benommen. »Ich muß mit Ihnen über die *Loyal Chieftain* sprechen, Sir«, begann er.

Hoblyns Kopfhaltung wurde noch schiefer. »Über Delaval? Ich weiß, was Ihnen zugestoßen ist. Und auch dem Mann, der getötet wurde.« Er beugte sich vor, seine Stimme war nur ein heiseres Knurren. »Während Sie auf See waren, hat jemand seine Kate niedergebrannt. Seine Frau und seine Kinder sind spurlos verschwunden!« Er ließ sich zurückfallen, und Bolitho sah, daß sein Gesicht schweißnaß war.

»Ermordet?« Nur ein Wort, aber es schien den überhitzten Raum abzukühlen.

»Das werden wir wahrscheinlich nie erfahren.« Ungeschickt griff Hoblyn nach seinem Weinglas und stieß es dabei um; die Rotweinpfütze auf der Schreibtischplatte sah aus wie Blut.

Der Kommodore seufzte. »Gott verdamme sie alle.« Sein Blick folgte dem Diener, der den verschütteten Rotwein aufwischte und ihm ein neues Glas hinstellte. »Aber das Leben hat auch seine schönen Seiten . . .«

Der Blickwechsel zwischen den beiden war nur kurz, auch blieb das Gesicht des Jünglings völlig unbewegt. Dennoch spürte Bolitho den Kontakt zwischen ihnen fast körperlich.

Wie beiläufig fragte Hoblyn: »Sie haben *Snapdragon* in die Werft nach Chatham bringen lassen?«

Bolitho riß sich zusammen. Vielleicht hatte er sich ja auch geirrt. Prüfend sah er noch einmal zu dem Diener hoch, doch dessen Augen waren völlig ausdruckslos. »Jawohl, Sir«, antwortete er. »Ich hielt es für besser, wenn . . .«

»Klug gedacht. Später wird man uns keine Werftliegezeiten mehr bewilligen, die hohen Herren erwarten von uns nicht Vorsorge, sondern Resultate. Wir werden ihnen einige servieren.« Zum ersten Mal lächelte er. »Sie dachten wohl, ich würde Ihnen den Kopf abbeißen, was? Mein Gott, Bolitho, Sie sind doch genau das, was ich hier brauche! Ein

Waschlappen, der noch nie Pulver gerochen hat, nützt mir gar nichts.«

Bolitho preßte die Schultern gegen die hohe Rückenlehne. Irgend etwas an Hoblyn machte ihn nervös. Aber unter seiner Heftigkeit und seiner Verbitterung steckte ein scharfer, gewitzter Verstand. Wenn er also hier dermaßen lospolterte, konnte er keine Geheimnisse vor seinem Diener haben. Aber war dem Jungen zu trauen?

Hoblyn fuhr fort: »Die großen Indienfahrer sind mit am schlimmsten, sage ich Ihnen. Nach Monaten auf See kommen sie den Kanal herauf und treffen sich unterwegs mit den Schmugglern. Wußten Sie das?«

Bolitho schüttelte den Kopf. »Zu welchem Zweck?«

»John Companys* Kapitäne wirtschaften gern in die eigene Tasche – als ob sie nicht schon genug verdienen würden! Sie verkaufen Tee und Seide an die Schmuggler und ersparen sich so die Einfuhrabgaben. Die Zöllner wissen das, aber bei den wenigen Kuttern, die sie für ihre Patrouillenfahrten haben, können sie nicht viel dagegen tun.« Sein gelassener Blick ruhte auf Bolitho. »Bei Wein und Brandy ist es anders. Die werden in kleinen Mengen geschmuggelt, während Tee zwar leicht, aber platzraubend ist.« Er betupfte sich die Nase mit einem weißen Tuch. »Gar nicht so einfach, wie?«

Bolitho schwieg und ließ sich überraschen.

Er mußte nicht lange warten. »Man hat mir eine Information zugespielt.« Hoblyn sah die Skepsis in Bolithos grauen Augen und ergänzte zornig: »Aus zuverlässiger Quelle, nicht von so einem armseligen Verräter.« Mit Mühe beherrschte er sich. »Heute in zehn Tagen soll eine Sendung in Whitstable angelandet werden. Dazu braucht es eine Menge Helfer.« Er lehnte sich zurück, um Bolithos Reaktion zu beobachten. Im Licht des silbernen Kerzenleuchters, den der Diener auf den Tisch gestellt hatte, schienen seine dunklen Augen zu tanzen. »Das bedeutet Nachschub für die Flot-

* Spitzname für die Ostindische Handelskompanie Englands

te – oder für den Galgen, da lassen wir nicht mit uns handeln. Und die Konfiszierung so wertvoller Ladung wird den Banditen zeigen, daß wir zum Angriff übergehen.«

In Bolithos Kopf drehte sich alles. Wenn Hoblyns Information stimmte, konnte ein solcher Schlag gegen die Schmuggler das Blatt wenden. Im Geiste sah er Whitstable auf der Seekarte vor sich: ein kleiner Fischerhafen nahe der Mündung des Swale River. Die Ortswahl bewies wieder einmal, wie frech und arrogant die Schmuggler vorgingen. Denn Whitstable trennten keine zehn Meilen von diesem Zimmer.

»Wir werden bereit sein, Sir.«

»Hab' ich auch nicht anders erwartet. Nichts stachelt einen Mann besser an als eine kleine Demütigung, wie?«

Irgendwo schlug eine Standuhr. »Zeit zum Essen«, stellte Hoblyn fest. »Der Rest kann warten. Ich weiß, daß Sie Ihre Zunge in Zaum halten können. Noch etwas, das wir beide gemeinsam haben.« Kichernd erhob er sich und kam mühsam hinter dem Schreibtisch hervor, während der Diener schon wartete, um ihnen ins Speisezimmer voranzuschreiten.

Als Hoblyn sich beim Aufstehen bückte, bemerkte Bolitho wieder die roten Narben, die in seinen Kragen liefen. Fast sein ganzer Körper mußte so entstellt sein. Wie ein armer Sünder, der aus der Hölle entsprungen war.

An der Tür empfing sie der Duft einer überreichlichen Mahlzeit. Auch fiel Bolitho auf, wie teuer und gutgeschnitten Hoblyns Kleidung war. Wenn ihm schon das Glück nicht lachte, so hatten sich doch seine Vermögensverhältnisse offenbar zum Besseren gewendet.

Er wollte gerade veranlassen, daß dem kleinen Matthew ein Happen nach draußen geschickt wurde, da sah er, wie Hoblyns Hand leicht die des livrierten Jünglings streifte.

Bolitho wußte nicht, ob es Abscheu oder Mitleid war, was er empfand. Doch wie Hoblyn soeben gesagt hatte: *Das* konnte warten.

Benommen fuhr Bolitho aus tiefem Schlaf hoch und dachte eine Schrecksekunde lang, das Fieber halte ihn wieder in seinen Klauen. In seinem Schädel dröhnte es wie von Schmiedehämmern, und als er mit pelziger Zunge zu sprechen versuchte, klebte sie ihm am Gaumen. Er sah, daß Matthews rundes Kindergesicht ihn im Zwielicht beobachtete.

»Was gibt's?« Fast hätte Bolitho seine eigene Stimme nicht wiedererkannt. »Wie spät ist es?« Nur langsam raffte er seine fünf Sinne zusammen, dann aber begriff er mit plötzlichem Ekel, daß er immer noch seine Ausgehuniform trug und Hut und Degen auf dem Tisch lagen, wie er sie hingeworfen hatte.

Heiser antwortete Matthew: »Sie haben geschlafen, Sir.«

Bolitho richtete sich auf die Ellbogen auf. Die Schiffsbewegungen waren träge, rührten anscheinend von der Tide her, und an Deck oben erklangen nur gelegentlich Schritte. *Telemachus* war noch nicht erwacht, aber bald mußte der Morgen dämmern.

»Bring mir Kaffee, Matthew.« Mit einem unterdrückten Stöhnen setzte er sich auf und stellte die Füße an Deck. Verschwommene Bilder zogen durch seinen Kopf: der überladene Tisch, Hoblyns im Kerzenlicht glänzendes Gesicht, das Kommen und Gehen der Diener, die ein Gericht nach dem anderen hereintrugen, jedes üppiger als das vorherige. Und der Wein ... In der Erinnerung stöhnte er nun doch laut auf. Wein war in schier endlosen Strömen geflossen.

Der kleine Matthew kauerte noch vor ihm. »Mr. Paice ist an Deck und kommt gleich, Sir.«

Da fiel ihm Hoblyns Ankündigung des großen Schmuggelcoups in Whitstable ein. Geheimhaltung war unerläßlich. Und dennoch – wie war er an Bord zurückgekommen? Er konnte sich an nichts erinnern.

»Hast du mich heimgeschafft?«

Diesmal wirkte der Junge weder aufgeregt noch verlegen. »War nicht der Rede wert, Sir.«

Bolitho packte seinen Arm. »Was ist los, Matthew? Was bedrückt dich?«

Der Junge blickte zu Boden. »Es ist Allday, Sir.«

Plötzlich konnte Bolitho wieder klar denken. »Was ist mit ihm?«

»Er ist weg, Sir«, flüsterte der Junge.

»Weg?«

Die Tür öffnete sich, gebückt trat der Kommandant in die Kajüte. »Ich wollte es Ihnen gerade melden, Sir.« Mit einem Anflug seines alten Trotzes setzte er hinzu: »Er wird in der Musterrolle dieses Schiffes nicht geführt, Sir. Falls er ...«

»Falls er desertiert ist, fällt das unter meine Verantwortung, meinen Sie?«

Trotz des Zwielichts mußte Paice den Schmerz in Bolithos Gesicht bemerkt haben. »Immerhin war Ihr Bootssteuerer doch ein Gepreßter, Sir, wenn ich richtig gehört habe.«

Bolitho fuhr sich mit den Fingern durchs Haar. »Stimmt. Aber das ist lange her. Seit zehn Jahren hat er mir treu gedient. Er würde niemals desertieren.« Er schüttelte den Kopf, weil ihm erst jetzt die ganze Ungeheuerlichkeit der Ereignisse bewußt wurde. »Nein, Allday würde mich niemals verlassen.«

Stumm stand Paice da und suchte nach den richtigen Worten. »Ich könnte an Land Bescheid sagen, Sir – für den Fall, daß er einer Preßgang in die Hände fällt. Wenn ich den Leutnant erreiche, können wir vielleicht das Schlimmste verhindern.« Er zögerte, mußte sich erst überwinden, so offen zu sprechen. »Auch für Sie, Sir, wenn ich das sagen darf.«

Bolitho legte dem Jungen eine Hand auf die magere Schulter. »Hol mir jetzt Waschwasser und frischen Kaffee, Matthew.« Seine Stimme klang dumpf, weil er in Gedanken woanders war.

Angenommen, Allday war wirklich desertiert? Er hatte doch selbst erstaunt registriert, daß Allday ihn allein zum Haus des Kommodore reiten ließ. Wieder fiel ihm ein Detail des Vorabends ein, und er suchte in seinen Taschen. Der Kommodore hatte ihm doch schriftliche Befehle gegeben. Ein Wunder, daß er sie nicht auf dem Heimweg verloren hatte, dachte er beschämt.

Hatte Allday sich die Blamage mit der *Loyal Chieftain* so sehr zu Herzen genommen? In den letzten Monaten hatte er bei Gott genug von ihm zu schlucken bekommen - ein schlechter Lohn für seine unerschütterliche Treue und Zuversicht. Nun war er verschwunden. Zurück aufs Land, woher ihn Bolithos Preßgang vor so vielen Jahren mit Gewalt geholt hatte? Gefahr und Ruhm, Trennung und Trauer hatten diese Jahre ihnen beiden gebracht. Trotzdem war Allday immer da gewesen, unerschütterlich wie eine Eiche und nur allzu oft für selbstverständlich gehalten.

»Er hat keine Nachricht hinterlassen«, ergänzte Paice.

Bolitho blickte auf. »Er kann nicht schreiben.« Oft hatte er gedacht, daß Allday es sehr weit hätte bringen können, wenn ihm nur eine bessere Schulbildung zuteil geworden wäre. Jetzt wirkte dieser Gedanke wie Hohn.

Irgendwo an Deck trillerte eine Bootsmannspfeife. »Ihre Befehle, Sir?« drängte Paice.

Bolitho nickte und verzog das Gesicht, als ihn dabei wieder der Kopfschmerz durchzuckte. Da hatte er bis zur Völlerei gegessen und getrunken, während Allday hier seine Pläne geschmiedet und auf den richtigen Moment gewartet hatte.

»Wir laufen zu Mittag aus. Geben Sie das an *Wakeful* weiter.« Wie beiläufig fügte er hinzu: »Aber tun Sie es selbst - mündlich. Nichts Schriftliches.« Ihre Blicke trafen sich. »Noch nicht.«

»Reise, reise, überall zurrt Hängematten!« hallte der Weckruf durchs Schiff. Unter dem Getrappel nackter Füße erwachte *Telemachus* zu einem neuen Tag.

»Darf ich fragen, Sir . . .«

Bolitho hörte den Jungen zurückkehren und machte sich klar, daß er sich diesmal selbst rasieren mußte.

»Eine neue große Schmuggelladung ist angesagt.« Ob Paice ihm noch einmal glauben würde? Im Grunde war es gleichgültig. »Der Kommodore hat einen Plan ausgearbeitet. Ich erkläre Ihnen alles, sobald wir auf See sind. Der Zoll wird uns nicht unterstützen, seine Kutter sollen anderswo beschäftigt werden.« Wie einfach das alles an der überladenen Dinnertafel geklungen hatte! Und die ganze Zeit stand der livrierte Diener dabei und spitzte die Ohren.

Zögernd berichtete Paice: »Ich habe den Ersten Offizier an Land geschickt, um zwei unserer Leute abholen zu lassen. Sie lagen betrunken in einer Kneipe.« Er rang sich ein Lächeln ab. »Ich hielt es für besser, ihn aus dem Weg zu schaffen, bis ich mit Ihnen gesprochen hatte.«

Der Junge stellte die Kaffeekanne hin und kramte nach einem Becher.

»Das war klug gedacht, Mr. Paice«, erwiderte Bolitho.

Der Kommandant zuckte mit den Schultern. »Unsere Gedanken bewegen sich wohl in der gleichen Richtung, Sir.«

Vorsichtig erhob sich Bolitho und öffnete das Oberlicht. Die Morgenluft war kühl und roch aromatisch nach Land. Vielleicht gehörte er wirklich nicht länger auf die See, überlegte er. Ob Allday etwas ähnliches empfunden hatte? Sein Blick fiel auf Matthew, der ein in Leinen gewickeltes Päckchen in der Koje gefunden hatte und es nun beiseite räumen wollte.

Paice ging zur Tür. »Ich muß die Leute mustern, Sir. Wie uns auch zumute sein mag, das Schiff verlangt sein Recht.«

Bolitho hörte nicht mehr, wie die Tür hinter Paice zufiel. »Was hast du da, Matthew?« fragte er scharf.

»Ein Päckchen, Sir.« Der Junge hob es hoch und zuckte bedrückt die Achseln. »Ich glaube, es hat Allday gehört.« Das klang so ängstlich, als fühle er sich mitschuldig an Alldays Verschwinden.

Bolitho nahm das Päckchen und öffnete es vorsichtig auf der Koje, wo er geschlafen hatte wie ein betrunkener Tölpel. Schnitzwerkzeug kam zum Vorschein: kleine scharfe Messer, Takelgarn, Messing- und Kupferplättchen, halbfertige Spieren und Beschläge. Und ein zweites Päckchen, besonders sorgsam eingewickelt.

Bolitho beugte sich vor und entrollte es mit bebenden Händen. Vorsichtig legte er den Inhalt auf die Koje.

Allday trug niemals viel Gepäck bei sich, wenn er von einem Schiff aufs andere umzog. Persönlicher Besitz bedeutete ihm nicht viel. Nur von seinen Schiffsmodellen, an denen er jahrelang mit Liebe und Geschick schnitzte, trennte er sich nie.

Verblüfft schnappte der Junge nach Luft. »Aber das ist ja wunderschön, Sir!« rief er.

Bolitho berührte das kleine Schiffsmodell und spürte, wie seine Augen feucht wurden. Noch war es nicht bemalt, aber an seinen eleganten Linien doch schon als Fregatte zu erkennen. Durch die offenen Stückpforten lugten noch keine Kanonen, Masten und Segel existierten erst in der Phantasie des Schnitzers. Bolithos Finger strichen über die winzige, verblüffend detailgetreue Galionsfigur, an die er sich so gut erinnerte: ein Mädchen mit wilden Augen und wehendem Haar, im Arm ein großes Muschelhorn.

»Eine Fregatte, Sir?« fragte Matthew zögernd.

Bolitho starrte das Modell in seiner Hand an, bis es vor seinem Blick verschwamm. Das war nicht irgendeine Fregatte – wie bei Allday auch nicht anders zu erwarten.

»Es ist die *Tempest,* Matthew«, murmelte er. »Mein letztes Schiff.«

»Warum hat er es hier zurückgelassen, Sir?«

Bolitho packte ihn bei den Schultern und drehte ihn zu sich herum. »Verstehst du denn nicht, Matthew? Er konnte keinem sagen, was er vorhatte, nicht einmal schreiben konnte er, um mich zu beruhigen.« Wieder kehrte sein Blick zu dem halbfertigen Schiffsmodell zurück. »Deshalb verfiel er auf diese Methode, mir Bescheid zu sagen. Die *Tempest* bedeutet uns beiden sehr viel – aus ganz verschiedenen Gründen. Er hätte sie niemals einfach hier vergessen.«

Der Junge sah zu, wie Bolitho unters Skylight trat und tief durchatmete. Er hatte keine Ahnung, was hier vorging, aber eines begriff er: Es gab ein Geheimnis zwischen Bolitho und Allday, und er durfte es als einziger an Bord mit dem Kapitän teilen.

Bolitho holte tief Luft. »Verdammt sollst du sein für deinen Dickkopf!« Er packte das Skylightsüll mit beiden Händen. »Und Gott schütze dich, alter Freund, damit du gesund zu uns zurückkehrst!«

In Zweierreihe marschierte das Preßkommando durch die enge Gasse, auf deren Kopfsteinpflaster das Geräusch der Schritte laut hallte; die Augen der Rekrutierer waren überall, suchten selbst in den Schatten. Ein Leutnant, den gezogenen Degen in der Hand, führte den Trupp an, gefolgt von einem jüngeren Midshipman.

Die Giebel der alten Häuser neigten sich über der Straße einander zu, so daß sie sich fast berührten. Der Leutnant musterte jedes dunkle oder mit Läden verrammelte Fenster, besonders jene direkt über ihren Köpfen. Denn es geschah nur zu oft, daß jemand einen Eimer Unrat über den verhaßten Preßgangs auskippte.

Der Leutnant wußte wie die meisten seiner Kameraden von dem Überfall auf die beiden Offiziere, die auf offener Straße entkleidet, geschlagen und beschimpft worden waren, ohne daß sich eine Hand zur Hilfe regte. Nur das rechtzeitige Eingreifen des neuen Post-Captain* und sein fast selbstmörderischer Mut hatten Schlimmeres verhindert.

Gewissenhaft hatte der Leutnant bei der lokalen Obrigkeit angekündigt, daß er Befehl habe, erfahrene Seeleute für die Kriegsmarine zu rekrutieren. Wütend schlug er mit seinem Degen nach den Schatten. Genauso hätte er sein Vorhaben vom Marktschreier unter Glockengeläut ausrufen lassen können, am Resultat hätte es nichts geändert: Für ihn

* Vollkapitän, Inhaber einer Planstelle

blieben nur die wenigen Versager und Dummköpfe, die sich nicht rechtzeitig versteckt hatten oder von ihren eigenen Herren verraten wurden, die sie loswerden wollten. Etwa einen Knecht, weil er der Tochter seines Brotherrn zu nahe getreten war, oder einen Kammerdiener, der seine Herrin besser bedient hatte als den Ehemann. Aber Seeleute mit Können und Erfahrung? Der Auftrag kam dem Leutnant wie ein schlechter Witz vor.

»Dichter aufschließen da hinten!« befahl er mißgelaunt, obwohl er wußte, daß es überflüssig war. Seine Leute hielten sich immer dicht beisammen, die schweren Knüppel und Entermesser schlagbereit, um jederzeit Angreifer abwehren zu können. Der Anraunzer würde sie ärgern, aber er haßte diese Arbeit genauso wie sie und wünschte sich nichts mehr als die Abkommandierung auf ein Schiff. Die biederen Bürger rangen die Hände und beteten, daß der Krieg sie verschonen möge. Aber was wußten sie schon, diese Narren? Krieg war notwendig und lukrativ.

Ein Krachen schreckte ihn auf; es klang wie eine auf dem Pflaster zerplatzende Flasche.

Er hob den Degen und spürte, daß der Trupp hinter ihm aufmerkte wie eine Meute, die den Hirsch gerochen hat.

Der Midshipman stammelte: »Dort in der Hintergasse, Sir!«

»Das weiß ich!« Der Leutnant winkte seinem besten Mann, einem mit allen Wassern gewaschenen Kanonier. »Hast du das gehört, Benzie?«

Der Kanonier grunzte bestätigend. »Dort hinten ist eine Kneipe, Sir. Sollte jetzt natürlich schon geschlossen sein. Die Gasse ist der einzige Zugang, einen anderen gibt es nicht.«

Der Leutnant runzelte die Stirn, weil Benzie mit der wichtigsten Information zuletzt herausgerückt war. Doch er sagte nur: »Nimm dir zwei Männer und . . .«

Der Kanonier rückte noch näher heran und flüsterte: »Nicht mehr nötig, Sir, da kommt jemand.«

Angeekelt wich der Leutnant zurück, denn der Mann stank schlimmer als die fauligste Bilge: nach Kautabak, Rum und schlechten Zähnen.

»Halt! Stehenbleiben!« Der Leutnant stellte sich breitbeinig vor den Ausgang der Hintergasse. Aber dann fluchte er verbittert, denn die schemenhafte Gestalt bewegte sich so schwerfällig wie ein Krüppel und war für die Navy wahrscheinlich gar nicht zu gebrauchen.

Der Mann löste sich aus den Schatten, und der Leutnant befahl scharf: »Im Namen des Königs, bleib stehen und laß dich mustern!«

Seufzend packte der Kanonier seinen Knüppel. Die Navy war auch nicht mehr die alte. Zu seiner Zeit hätten sie erst zugeschlagen und später Fragen gestellt, wenn der Gepreßte mit Gehirnerschütterung in einem Kriegsschiff erwachte, das schon nach See auslief. Dann konnte es Monate oder Jahre dauern, ehe der Mann England wiedersah – und viele kehrten nie zurück. Aber wen kümmerte das schon? Einmal hatten sie sogar den Bräutigam auf den Kirchenstufen von der Seite seiner Braut gerissen.

Jetzt allerdings gab es neue Vorschriften und nicht genug Schiffe, deshalb war es riskant, nach eigenem Gutdünken zu handeln.

»Nur ruhig, Kumpel!« Seinem erfahrenen Blick waren der kräftige Körperbau und die breiten Schultern des Mannes nicht entgangen, auch nicht der Nackenzopf, der auf seinen Rücken fiel.

Der Leutnant fragte: »Von welchem Schiff?« Vor Nervosität klang seine Stimme heller als sonst. »Antworte, oder es geht dir schlecht, Kerl!«

Der Kanonier redete dem Überraschten gut zu. »Wir sind in der Übermacht, Freund.« Er hob seinen schweren Knüppel. »Sag dem Leutnant, was er wissen will.«

Böse starrte Allday ihn an. Er hatte seinen unsicheren Plan schon aufgeben wollen, als er endlich die Preßgang kommen hörte. Fast hätte er gelächelt. Wie oft hatte er in

Cornwall die verhaßten Werber an der Nase herumgeführt! Bis zu dem Tag, als Seiner Majestät Fregatte *Phalarope* eingelaufen war; deren Kommandant stammte selbst aus Cornwall und kannte die Schlupfwinkel, in denen sich seine Landsleute versteckten, sobald ein Kriegsschiff am Horizont auftauchte. Es war schon seltsam, dachte Allday. Wenn ein Franzose ihnen auch nur nahegekommen wäre, hätte jeder gesunde Mann zu den Waffen gegriffen und Haus und Heimat mit seinem Blut verteidigt. Aber vor den eigenen Werbern rannten alle davon.

Schließlich antwortete er heiser: »Ich habe kein Schiff, Sir.« Er hatte sich Rum über die Kleider gespritzt - eine elende Verschwendung! - und hoffte, daß er überzeugend stank.

»Du lügst!« fuhr ihn der Leutnant an. »Ich habe dich gewarnt. Wenn du . . .«

Wieder hob der Kanonier seinen Knüppel. »Sei kein Narr, Kamerad.«

Allday ließ den Kopf hängen. »Die *London,* Sir.«

Triumphierend rief der Leutnant: »Ein Linienschiff also! Da haben wir ja einen richtigen Matrosen geschnappt!«

»Wenn Sie meinen, Sir . . .«

»Werd' bloß nicht frech. Wie heißt du, Kerl?«

Allday betrachtete ihn. Zu gern hätte er dem Leutnant die Zähne eingeschlagen. Bolitho hätte diese halbe Portion zum Frühstück verspeist.

Er zögerte, denn er hatte vergessen, sich einen Namen auszudenken. »Spencer, Sir«, antwortete er schließlich.

Aber der Offizier führte sein Zögern auf schlechtes Gewissen zurück. »Du kommst mit uns, Spencer«, befahl er. »Entweder freiwillig oder in Ketten, such's dir aus.«

Der Trupp teilte sich und nahm Allday in die Mitte. Erleichtert, diese finstere Gasse verlassen zu können, setzten sich die Männer in Bewegung. Einer flüsterte Allday tröstend zu: »Mach dir nichts draus, Kamerad, es gibt Schlimmeres.«

Irgendwo in der Ferne erscholl der Weckruf einer Trompete. Allday verhielt den Schritt, ohne die sofortige Wachsamkeit seiner Begleiter zu bemerken. Jetzt gab es kein Zurück mehr für ihn. In diesem Augenblick hielt Bolitho vielleicht schon die kleine *Tempest* in Händen. Ob er die richtigen Schlüsse daraus zog? Verzweiflung drohte Allday zu überwältigen. Vielleicht sah er in seinem Verschwinden auch Feigheit und Verrat...

Da straffte er die Schultern. »Ich bin bereit.«

Der Leutnant beschleunigte den Schritt, als in der Nähe blecherne Schläge auf einen Eimer erklangen: das Signal für den Mob, einen von ihresgleichen aus den Fängen der Werber zu befreien.

Wenigstens war dieser Einsatz nicht ganz umsonst gewesen. Sie hatten zwar nur einen einzigen Mann aufgegriffen, aber der war immerhin ein erfahrener Matrose. Und er hatte auch nicht gejammert oder gebettelt und einen Schutzbrief vorgezeigt, wie er an Lehrlinge, Fährleute und andere Unabkömmliche ausgegeben wurde.

Der Leutnant fragte über die Schulter: »Was hast du gelernt, Spencer?«

Diesmal war Allday vorbereitet. »Segelmacher.« Das hatte er sich gut überlegt: kein so niedriger Rang, daß sie ihm nicht glaubten, aber andererseits auch nicht so bedeutsam, daß sie ihn auf die *London* zurückschicken würden, ein Schiff, das er noch nie im Leben zu Gesicht bekommen hatte.

Der Leutnant nickte zufrieden. Ein Segelmacher war ein seltener und kostbarer Fang.

Sie erklommen einen Hügel, und Allday sah unter sich die Masten und Rahen mehrerer Kriegsschiffe, deren Rümpfe noch in tiefem Schatten lagen. Da unten mußte auch Bolitho sein. Würde er ihn jemals wiedersehen?

Wenn nicht, dann nur deshalb, weil ich tot bin, dachte er.

Seltsamerweise brachte ihm diese Erkenntnis Trost.

V Kindermund

Bolitho packte haltsuchend die Drehbasse am Luvschanzkleid, als *Telemachus* sich unter dem steifen Nordostwind abrupt hob; von ihren vorderen Wanten troff der Gischt. Auf dem Vorschiff waren gerade acht Glasen angeschlagen worden, und nun wechselte wie auf jedem Kriegsschiff seit undenklichen Zeiten die Wache nach einem Zeremoniell, das jedem Seemann in Fleisch und Blut übergegangen war.

»Abendwache angetreten, Sir.« Leutnant Triscott kam zu Paice und berührte grüßend seinen Hut.

Bolitho bemerkte beim Ersten eine Förmlichkeit, die an dem jungen und gewöhnlich gutgelaunten Mann befremdlich wirkte.

»Lassen Sie bitte die Rudergänger ablösen.«

Von der Pinne kam der Ruf: »Westnordwest liegt an, Sir. Voll und bei!«

Die Männer der zweiten Hundewache* eilten zu den Niedergängen, während ihre Ablösung das Deck übernahm und alles überprüfte: Rigg, Kanonen und die Befestigung der zahllosen Gerätschaften.

Nicht nur dem Ersten merkte man den Druck an, unter dem sie standen, dachte Bolitho. Selbst unter den günstigsten Umständen war das Leben in dem engen, überfüllten Rumpf eine Qual. Er war sich sehr wohl der allgemeinen Übellaunigkeit bewußt, während sie Tag für Tag hin und her kreuzten, Sichtkontakt mit der weit in Lee stehenden *Wakeful* hielten und sich für ein Ereignis rüsteten, das die meisten für ein bloßes Gerücht hielten.

Bolitho mußte sich selbst die Schuld dafür geben. Zwar hatte Paice das Kommando, aber er selbst führte die Oberaufsicht und machte die Pläne.

Paice hatte noch kaum mit Kommodore Hoblyn zu tun gehabt und deshalb kein Urteil über den Wert seiner Infor-

* populär für Wache von 18.00 bis 20.00 Uhr

mation abgeben wollen. Vielleicht bedrückte ihn auch noch der Mord an seinem eigenen Informanten und die berechnende Arroganz, mit der ihm Delaval die Leiche vorgeführt hatte. Oder er rechnete Hoblyn jener Sorte Offiziere zu, die schon zu lange auf sicheren Landposten saßen, um die Heimtücke und Raffinesse der Schmuggler richtig einschätzen zu können.

Jedesmal, wenn er allein in seiner Kajüte war, irrten Bolithos Gedanken von ihrem unmittelbaren Vorhaben ab. Dann konnte er nur noch an Alldays Verschwinden denken und wälzte sich unruhig auf seiner Koje, bis er in einen von Alpträumen gequälten Schlaf fiel, der ihm keine Erholung, sondern nur neue Sorgen brachte.

Weder Paice noch Triscott hatten Allday in seiner Gegenwart jemals wieder erwähnt. Entweder scheuten sie sich, sein Mißfallen zu erregen, oder sie hielten Allday mit dem Fatalismus der Seeleute bereits für tot.

Paice kam über das schmale Achterdeck heran und grüßte, während sich sein Blick prüfend zum klaren Abendhimmel hob.

»Später könnte es dunstig werden, Sir.« Er studierte Bolithos Profil, versuchte seine Stimmung zu erraten. »Aber wir werden wohl noch zwei Stunden Kontakt mit *Wakeful* halten können, bevor wir sie anweisen, für die Nacht zu uns aufzuschließen.«

Bolitho blickte zum vibrierenden Mast hoch, wo die beiden Ausguckleute auf der Topprah hockten. Sie hatten den zweiten Kutter noch in Sicht, aber von Deck aus wirkte die See völlig leer.

Zweimal hatten sie sich mit einem Lugger des Zolls getroffen. Das erste Mal hatte er ihnen eine kurze Nachricht von Kommodore Hoblyn gebracht: die Bestätigung, daß seine Information sich bisher als zutreffend erwies. Beim zweiten Mal hatte der Lugger beunruhigende Neuigkeiten für sie. Anscheinend waren an der Südküste mehrere tollkühne Schmuggelfahrten beobachtet worden, von Penzance in Cornwall bis zur Lyme Bay in Dorset. In einem Fall hatte ein Zollkutter einen Schoner der Schmuggler bis zur Isle of Wight verfolgt, bevor er ihm in einer plötzlichen Regenbö entkommen konnte.

»Der Tanz scheint woanders stattzufinden«, hatte Paice nur bemerkt.

Das war vielleicht eine indirekte Kritik an Bolithos Taktik und der Tatsache, daß ihre beiden Kutter so weit vom Zentrum des Geschehens entfernt operierten. Die Zollbehörde hatte die Vorfälle sehr ernst genommen und jedes verfügbare Schiff auf verdächtige Fahrzeuge gehetzt. Die Navy hatte sogar eine 32-Kanonen-Fregatte aus Plymouth abgestellt, um die Zollkutter zu unterstützen, falls sie ins Gefecht mit einer Übermacht oder auf eine Leeküste geraten sollten.

»Morgen ist der erste Mai, Sir«, murmelte Paice.

Bolitho fuhr herum. »Das ist mir klar«, sagte er scharf. »Sie können Ihre Leute beruhigen: Es ist zugleich auch der letzte Tag dieser Patrouille.«

Doch Paice hielt seinem Blick stand. »Damit wollte ich nicht mangelndes Vertrauen in Ihre Pläne ausdrücken, Sir«, beharrte er. »Aber bei allem Respekt vor dem Kommodore, den ich für einen tapferen Offizier halte, könnte es doch sein, daß man ihm eine falsche Information zugespielt hat. Und jeder Mißerfolg würde Ihnen persönlich angelastet.«

Bolitho beobachtete einen Schwarm Fische, der in *Telemachus'* Kielwasser spielte. »Sie befürchten, daß der Kommodore befehlen könnte, unsere Kutter wieder abzuziehen?«

»Der Gedanke ist mir gekommen, jawohl, Sir. Schließlich, warum operieren wir hier und nicht wenigstens in der Straße von Dover? Hier sind wir viel zu weit nordöstlich, um von Nutzen zu sein, und das spricht für eine List.«

»Ist die ganze Besatzung dieser Ansicht?« fragte Bolitho kalt.

Paice hob die Schultern. »Es ist *meine* Ansicht, Sir. Solange ich hier das Kommando habe, frage ich nicht Untergebene nach ihrer Meinung.«

»Freut mich zu hören, Mr. Paice.«

Bolitho wurde allmählich so gereizt wie der Rest der Crew. Schuld daran war der Platzmangel an Bord; niemals war man allein, weder bei Tag noch bei Nacht, nur die Ausguckleute konnten sich oben vorübergehend absondern.

Bolitho wußte, nach diesem Einsatz mußte er an Land ein eigenes Hauptquartier einrichten, ähnlich wie Hoblyn. Aber ohne Allday? Er hieb mit der Faust auf das nasse Metall einer Drehbasse. Wo mochte der Narr jetzt stecken? Wie kam er zurecht? Vielleicht hatte ihn eine Preßgang schon nach Chatham auf ein Schiff geschleppt, wo er mit seinen Erklärungen auf taube Ohren stieß. Was hatte er mit diesem Schritt überhaupt bezwecken wollen? Diese und andere bohrende Fragen hallten in Bolithos Kopf wie Brandung in einer Höhle. Er zwang sich, an Hoblyn zu denken; Paice respektierte seine Gedankenversunkenheit und trat zu Scrope, dem Schiffsprofos.

Was also war mit Hoblyn? Er stammte aus keiner erfolgreichen Familie, nicht einmal aus einer mit langer Marinetradition. Soweit Bolitho wußte, war er der erste Hoblyn, der sich der Navy verschrieben und ihr dann aufopfernd gedient hatte, bis er an jenem schrecklichen Tag zum Krüppel, zum »Relikt« geworden war, wie er sich selbst nannte. Formell unterstand er dem in der Nore kommandierenden Admiral, aber genau wie von Bolitho erwartete man auch von ihm weitgehend selbständiges Handeln. Dazu gehörte auch die Aufstellung einer Liste von Handelsschiffen, die im Kriegsfall ihren Eignern für die Navy abgekauft werden konnten. Auch noch in den vielen Werften von Suffolk und Kent in Bau befindliche Schiffe sollten darin aufgelistet werden.

Bei dieser Aufgabe war Bestechung gewiß eine große Gefahr. Manche Hand mochte geschmiert werden, damit ein hochrangiger Marineoffizier dem Schiffseigner oder -bauer einen überzogenen Preis zuerkannte, einen Profit, den die beiden sich dann teilten. Im Krieg wie im Frieden wechselten viele Schiffe mehrmals den Besitzer, wobei jedes

Mal wie bei der unseligen *Bounty* ein stattlicher Gewinn erzielt wurde.

Hoblyns aufwendiger Lebensstil war mit dem Sold eines Kommodore sicherlich nicht zu bestreiten. Das Haus und seine Einrichtung verrieten zwar den spartanischen Standard der Admiralität, aber Garderobe, Speisen und Getränke hätten selbst dem Lord High Admiral gut angestanden.

Die Werften, die Hoblyn inspizierte, waren natürlich auch den Schmugglern bekannt. Bolitho wandte sich ab und ließ sich das Gesicht vom Gischt kühlen. Ging seine Phantasie mit ihm durch, suchte er einen Schurken in jedem Schatten?

Auf seine Weise hatte Hoblyn ihm zu raten versucht – genau wie der Admiral in Chatham: Sollten sich doch andere darum sorgen, er tat gut daran, sich nur um seinen täglichen Kram zu kümmern und auf eine bessere Chance zu warten.

Arbeitete er zu verbissen? In London hatte man ihm angedeutet, daß er wegen seiner allseits bekannten Tapferkeit für diesen Posten ausgewählt worden sei – als Vorbild und Ansporn für junge Männer, in des Königs Dienste zu treten. Das war ein zweischneidiges Kompliment. Die Städte an der Nore und am Medway waren bekannt für ihr Mißtrauen gegen vaterländische Appelle. Zu oft hatte man sie in vorangegangenen Kriegen ihrer jungen Männer beraubt, die sich stolz als Freiwillige gemeldet hatten und dann als Krüppel oder gar nicht zurückgekehrt waren.

Relikte. Das Wort verfolgte ihn.

Er sah einigen Toppgasten zu, die in den Luvwanten aufenterten, um oben losgekommene Leinen zu belegen, die das scharfe Auge des Bootsmanns entdeckt hatte. Dies war ihr Schiff, ihr Zuhause. Sie wollten diesen ehemaligen Fregattenkapitän, der ihnen nur Unruhe brachte, lieber heute als morgen loswerden.

Rutschend kam der kleine Matthew Corker über Deck heran, mit konzentriertem Gesicht einen dampfenden Henkelbecher Kaffee balacierend. »Für Sie, Captain.« Er grinste entschuldigend. »Aber ich fürchte, er ist nur noch halb voll, Sir.«

Mühsam erwiderte Bolitho sein Lächeln. Matthew tat sein Bestes, um ihm Allday zu ersetzen, nannte ihn sogar »Captain« wie dieser und hatte sogar seine Seekrankheit fast überwunden.

»Willst du immer noch Seemann werden, Matthew?« Der Kaffee war stark, heiß und tat ihm wohl.

»Aye, Sir. Jetzt erst recht.«

Das würde seinem Großvater, dem alten Matthew, noch viel Kummer machen.

Abendsonne tauchte die Maststenge in rötliches Licht und wanderte schnell höher. Das mächtige Großsegel schlug im Wind. Nur noch wenige Stunden, dann machte die Nacht allem Warten ein Ende.

Nicht als Fregattenkapitän würden sie ihn in Erinnerung behalten, sondern als den Mann, der versucht hatte, ihren Kutter wie eine Fregatte einzusetzen.

»Hab' ganz vergessen, Ihnen was zu erzählen.« Ängstlich hob der Junge den Blick. »Weil wir doch so viel zu tun und solche Sorgen hatten.«

Bolitho lächelte auf ihn herab. *Wir* hatte er gesagt. »Was denn?«

»Als ich beim Kommodore die Pferde hinterm Haus in den Stall brachte, Sir, bin ich ein bißchen herumgegangen, hab' mir die anderen Pferde angesehen und so.« Wieder verzog sich sein Gesicht vor Konzentration, als er den Anblick heraufbeschwor, um ja kein Detail zu vergessen. »In der Remise stand eine sehr elegante Kutsche. Mein Großvater hat mir mal so eine gezeigt, als ich noch klein war.«

Bolitho wurde es warm ums Herz. »Das muß aber schon lange her sein!«

Doch für Späße hatte Matthew jetzt keinen Sinn. »Solche Kutschen haben eine ganz besondere Federung, müssen Sie wissen, Sir ... Ich hab' nie wieder so eine gesehen, nicht bis zu dem Abend beim Kommodore.«

Bolitho ließ ihm Zeit. »Was war so besonders daran?«

»Solche Kutschen werden nur in Frankreich gebaut, Sir. Die beim Kommodore sah genauso aus wie damals die Kutsche in Falmouth, in der ein französischer Edelmann und seine Dame zu Besuch kamen.«

Bolitho nahm den Jungen am Arm und stellte sich mit ihm so ans Schanzkleid, daß sie den anderen den Rücken zuwandten. »Bist du ganz sicher?«

»O ja, Sir.« Er nickte bekräftigend. »Die Türen waren überlackiert worden, aber als ich die Laterne hob, konnte ich's trotzdem noch sehen.«

»Was sehen?«

»Hab' vergessen, wie man sie nennt, Sir.« Er runzelte die Stirn. »So Blumen mit einer Krone darüber.«

Bolithos Blick wanderte zum auf und ab gleitenden Horizont. »*Fleur de lys,* die französischen Lilien?« fragte er leise.

Das pausbäckige Gesicht des Jungen erstrahlte in einem Lächeln. »Aye, so hat sie auch mein Großvater damals genannt!«

Aus Kindermund ... dachte Bolitho. »Hast du mit irgend jemandem darüber gesprochen?« Er lächelte freundschaftlich. »Oder bleibt das nur unter uns beiden?«

»Geredet hab' ich darüber mit keinem, Sir. Es kam mir nur seltsam vor.«

Bolitho blickte auf, als die Stimme eines Ausguckpostens alle zusammenfahren ließ: »Segel in Luv achteraus!«

Paice warf Bolitho einen fragenden Blick zu.

»Tja, diesmal kann es nicht die *Loyal Chieftain* sein, Mr. Paice«, meinte dieser.

Paice nickte bedächtig. »Und wir wissen, daß kein anderes Schiff zwischen dem Fremden und dem Land steht außer ...«

Bolitho blickte den kleinen Matthew an. »Außer *uns,* Mr. Paice?«

»Aye, Sir.« Der Kommandant hob seinen Schalltrichter. »An Ausguck! Ist das Rigg schon zu erkennen?«

»Schoner, Sir! Ein großer Schoner!«

Paice kam näher und rieb sich erregt das Kinn. »Sie hat die bessere Position in Luv. Selbst *Telemachus* würde zwei oder mehr Stunden brauchen, bis wir zu ihr hochgekreuzt wären.« Vielsagend blickte er zum Himmel auf. »Uns bleibt nicht viel Zeit, bald wird es dunkel.«

Einige umstehende Seeleute hielten mit ihrer Arbeit inne und versuchten, dieser Unterhaltung zu lauschen.

»Richtig«, sagte Bolitho. »Und wenn sie *Telemachus* sichtet, könnte sie sofort kehrtmachen und fliehen, weil sie sich verfolgt fühlt.«

»Soll ich *Wakeful* signalisieren, Sir?«

»Lieber nicht. *Wakeful* ist vor dem Wind in der besseren Position, wenn dieser Fremde beschließt, sich zur Straße von Dover davonzumachen.«

Paice grinste schmal. »Ich muß schon sagen, Sir, Sie geben niemals auf.«

Bolitho wandte den Blick ab. »Wenn das hier vorbei ist, werden sich auch andere daran erinnern, hoffe ich.«

Paice winkte seinen Ersten Offizier heran. »Rufen Sie alle Mann an Deck, Andrew . . .« Mit einem erschrockenen Blick auf Bolitho verbesserte er sich: »Will sagen, Mr. Triscott. Machen Sie klar zum Gefecht, aber lassen Sie noch nicht laden oder ausrennen.«

Bolitho ließ beide nicht aus den Augen. »Jetzt wird sich *Telemachus* Fähigkeit, besonders hoch an den Wind zu gehen, als unser Trumpf erweisen«, sagte er. »Damit bekommt auch unsere eher schwache Batterie eine bessere Chance, sollten wir uns mit dem Feind messen müssen.«

Er ging zur Leeseite hinüber und blickte ins schnell strömende Kielwasser hinab. Nun mußte er sich ganz auf die Realität konzentrieren und an nichts anderes denken. Nicht an Allday, auch nicht an die Möglichkeit, daß dieser Fremde ein ehrlicher Händler sein konnte.

Er hörte den kleinen Matthew fragen: »Und was kann *ich* tun, Sir?«

Unter Bolithos Blick schien sich der Junge zu ducken. »Hol meinen Degen.« Beinahe hätte Bolitho noch hinzugefügt: Und bete für uns. Aber er sagte nur: »Danach bleib in meiner Nähe.«

Die Pfeifen trillerten, obwohl sie in *Telemachus'* knapp vierzig Meter langem Rumpf kaum benötigt wurden.

»Alle Mann an Deck! Klar Schiff zum Gefecht!«

Der nächste Tag würde ihnen den Beginn des schönsten Monats bescheren. Aber was würde er ihnen nehmen?

Bolitho ließ sein Teleskop sinken und fragte über die Schulter: »Was ist unsere gegißte Position, Mr. Chesshyre?«

Die Antwort kam ohne Zögern. »Zehn Meilen nördlich von Foreness Point, Sir.«

Bolitho wischte die Linse klar, um über das Gehörte nachdenken zu können.

Foreness Point war die Nordostecke der Insel Thanet und der Grafschaft Kent. Wieder fühlte er sich, auch durch Chesshyres Mundart, an seinen Freund Herrick erinnert.

Heiser bemerkte Paice: »Wenn er wirklich ein Schmuggler ist und fliehen will, Sir, dann bleibt ihm jetzt nicht mehr viel Platz zum Wenden.«

Wieder richtete Bolitho das Glas auf die dunklen Segel des großen Schoners, die wie Fledermausflügel über der See standen. Paice hatte recht. Der Nordostwind machte es schwer, wenn nicht sogar lebensgefährlich, aus seiner Position hoch am Wind noch um den Landvorsprung zu kneifen. Die Ausgucks mußten die Huk von ihrem hohen Sitz aus bereits sehen, obwohl die See für Augen auf Decksniveau noch den beiden Schiffen allein zu gehören schien.

Der Himmel war immer noch wolkenlos klar. Nur das Wasser hatte eine dunklere Färbung angenommen, und Bolitho wußte, daß nun bald eines von den beiden Schiffen die Maske fallen lassen mußte.

Im Geist stellte er sich die Küste vor. Weit voraus lag die alte Reede von Sheerness, aber davor kam Whitstable. Falls beide Schiffe Kurs und Geschwindigkeit beibehielten, näherten sie sich einander so sicher wie zwei auf einen imaginären Treffpunkt zustrebende Linien in der Karte.

Paice überlegte: »Er muß jetzt bald abdrehen, Sir, oder er steht vierkant vor der Insel Sheppey.«

Bolitho musterte das Deck und die Geschützbedienungen hinter den noch verschlossenen Stückpforten; jeder Stückführer hatte für die erste Breitseite schon die beste Kugel aus seinem Vorrat bereitgelegt. Die Leute schienen erstaunlich gelassen, sie beobachteten den möglichen Gegner eher mit professionellem Interesse als mit Spannung. Sie waren eben Neulinge, hatten blutige Seeschlachten noch nicht erlebt. Einige mochten zwar auf anderen Schiffen schon gekämpft haben, doch die meisten von ihnen waren, wie schon von Paice erläutert, Fischer oder Handwerker, denen die Krisen ihres Berufs das Land verleidet hatten.

»Sie können jetzt laden lassen, Mr. Paice.« Bolitho wartete, bis der Kommandant sich ihm wieder zuwandte. »Er wird nicht fliehen, das wissen Sie doch, oder?«

Paice schluckte trocken. »Aber ich begreife immer noch nicht, wie . . .«

»Führen Sie einfach meinen Befehl aus, Mr. Paice. Und sagen Sie den Gehilfen des Stückmeisters, sie sollen jede Kanone persönlich überwachen. Ich möchte doppelte Ladungen, aber keine Verletzten durch Rohrkrepierer!«

Paice gab die Befehle weiter, und Bolitho ignorierte die skeptischen Blicke, die einige Kanoniere nach achtern warfen. Die großen Segel des Schoners füllten nun schon die ganze Linse seines Fernrohrs. Er erkannte auch Männer am Schanzkleid und in der Takelage. Welches Bild mochte wohl *Telemachus* ihnen bieten? Klein, aber agil, die Kanonen noch hinter den Stückpforten verborgen: nur ein Toppsegelkutter, der sich zwischen sie und das Land schob.

»Kennen Sie das Schiff?« Bolitho ließ das Glas sinken und gewahrte den kleinen Matthew neben sich, der ihn so gespannt ansah, als fürchte er, etwas könne ihm entgehen.

Paice schüttelte den Kopf. »Scheint mir fremd hier.« Er wandte sich an den Segelmeister: »Und Ihnen?«

Chesshyre zuckte die Schultern. »Noch nie gesehen.«

Bolitho ballte die Fäuste. Diesmal mußten sie den Richtigen erwischen! Ein schneller Blick querab: Das Tageslicht verblaßte schon, die Sonne stand plötzlich verschleiert über der fernen Westküste.

»Gehen Sie zwei Strich höher an den Wind, Mr. Paice«, befahl er.

Männer hasteten auf ihre Posten, Blöcke quietschten, und das mächtige Großsegel rückte an seinem langen Baum widerwillig binnenbords.

»Neuer Kurs Nordwest, Sir!«

»Heiß Flagge!«

Bolitho wandte den Blick vom Schoner und seinen eigenen Kanonieren zu. Einige standen immer noch kerzengerade da und starrten zu dem Fremdling hinüber. Er bellte: »Sagen Sie diesen Narren, sie sollen sich ducken, verdammt noch mal!«

Er hörte die große Nationalflagge sich knatternd über ihren Köpfen entfalten und rief: »Eine einzelne Backbordkanone, Mr. Paice: *Feuer!*«

Paice öffnete schon den Mund zum Widerspruch, doch dann begriff er und nickte. Indem Bolitho den Warnschuß von der abgewandten Seite feuern ließ, hielt er die ganze Steuerbordbatterie einsatzbereit.

Im nächsten Augenblick krachte der vorderste Sechspfünder. Sein Pulverschmauch trieb nach Lee davon, noch bevor die Crew das Rohr auszuwischen begann.

Mit verschränkten Armen beobachtete Bolitho den Schoner.

»Er ignoriert den Warnschuß«, stellte Paice fest. Seine Stimme klang benommen, als könne er nicht glauben, was sich da abspielte. »Vielleicht ist er . . .«

Doch niemand erfuhr, was er hatte sagen wollen, denn in diesem Augenblick blitzte Mündungsfeuer am Vorschiff des

Schoners auf. Rauchschwaden rollten über die Wellenkämme, eine Kugel krachte durch *Telemachus'* Schanzkleid und zerbarst an einem Sechspfünder. Holz- und Eisensplitter flogen mit schrillem Heulen nach allen Seiten. Das Geheul verstummte auch nicht, als das Echo des Kanonenschusses verhallt war; jetzt kam es aus einer menschlichen Kehle.

Ein Seemann war in die Knie gebrochen und krallte die blutigen Finger erst in sein Gesicht, dann in seine zerrissene Brust. Sein schreckliches Schreien schwoll an und wurde schriller, bis es klang wie das Kreischen einer Frau in Agonie. Dann kippte er seitwärts um, und sein Blut quoll stoßweise über das schräge Deck, bis es durch die Speigatten versickerte. Seine Kameraden starrten den Toten mit schreckgeweiteten Augen an. Ein Crescendo schmerzgepeinigter Stimmen erhob sich, als eine zweite Kugel ins Deck schlug und der Splitterhagel erneut furchtbaren Blutzoll forderte.

»Stückpforten öffnen! Geschütze ausfahren!« Paices Gesicht war wie eine Maske, während um ihn herum Verwundete wimmernd über die Planken krochen und mit ihrem Blut Spuren des Entsetzens übers Deck zogen.

Bolitho rief: »Feuern in der Aufwärtsbewegung, Mr. Paice! Das ist unsere einzige Chance auf diese Distanz!«

Also geschah genau das, was Hoblyn vorhergesagt hatte. Schmerz durchzuckte sein Gehirn, als Triscott seinen Degen nach unten riß und alle sechs Kanonen der Steuerbordbatterie wie mit einer Stimme aufbrüllten. Aber ihr Feuer war auf Entfernungen über Kernschußdistanz fast wirkungslos, und gewiß wußte das auch der Skipper des Schoners.

Die dunklen Segel drüben ruckten unter den Einschlägen, gebrochene Blöcke prasselten an Deck, und gerissene Leinen hingen ins Wasser wie Lianen.

»Nachladen! Ausrennen!« Triscotts Stimme klang schrill. »Und jetzt Einzelfeuer, Kameraden.« Der erhobene Degen zuckte nieder. »Feuer!«

Manche Seeleute schielten verstohlen nach ihren gefallenen oder verwundeten Bordgenossen – wie viele Ausfälle sie bisher hatten, ließ sich noch nicht sagen. Aber Bolitho bemerkte auch, daß sich die Angst und das Entsetzen der Überlebenden plötzlich in Wut verwandelte, Wut über das, was man ihnen angetan hatte.

Chesshyre rief: »Du da unten – übernimm das Ruder von Quin!« Der bisherige Rudergänger war mit einer Kopfwunde lautlos und unbemerkt über der Pinne zusammengebrochen; seine toten Augen starrten die Decksplanken an, als suchten sie etwas.

Chesshyre fing Bolithos Blick auf. »Sie haben noch eine Menge zu lernen, Sir«, sagte er so ruhig, als ginge es um eine Regatta zwischen zwei Bootsmannschaften. »Aber sie lassen Sie nicht im Stich.«

Bolitho nickte. »Wir müssen auf die Takelage zielen.« In die plötzliche Stille hinein rief er: »Stückführer! Zielt hoch! Und eine Guinea für das erste Segel!«

»Feuer!«

Als die Breitseite verhallt war, knurrte Paice: »Der Bastard hat Neunpfünder, wenn ich mich nicht irre.« Erschrocken verstummte er, als eine Kugel hart an der Wasserlinie einschlug und sie mit Gischt überschüttete. Männer rannten an die Pumpen, und Bolitho sah Paice schmerzlich das Gesicht verziehen, als sei er selbst und nicht der Kutter getroffen worden.

Plötzlich klang wilder Jubel auf, und Bolitho fuhr herum. Das Vorsegel des Schoners riß langsam mittendurch, er drehte schwerfällig in und durch den Wind, während im Rigg und am Ruder auf einmal Chaos herrschte.

Bolitho biß sich auf die Lippen, als eine Kugel hoch über ihren Köpfen durch die Takelage pfiff und ein gebrochenes Fall sich wie eine verwundete Schlange an Deck wand. Nur ein einziger Treffer in *Telemachus'* Mast, und der Kampf war für sie verloren.

Paice stieß hervor: »Er kann seine Neunpfünder nicht tiefer richten, Sir!«

Bolitho spähte hinüber. Paice kannte sich mit diesen kleinen Schiffen besser aus. Er wußte, wie schwierig es war, einen langläufigen Neunpfünder an Deck eines Handelsschiffes richtig zu montieren.

»Jetzt versucht er zu wenden!« Triscott spornte seine Stückmannschaften an. »Gebt's ihm, Jungs!« Er wartete, bis alle schmutzigen Hände gehoben waren. »Feuer!«

Paice flüsterte: »Guter Gott!«

War es blindem Glück oder dem guten Auge eines erfahrenen Stückführers zu danken? Jedenfalls sah Bolitho, wie der Bugspriet des Schoners zerplatzte und das Vorschiff des Feindes plötzlich unter flatternden Segeln und gerissenem Tauwerk begraben wurde.

Im treibenden Rauch suchte Paice nach seinem Bootsmann.

»Mr. Hawkins! Klar bei Waffenkiste!« Er zog seinen eigenen Degen und wandte sich wieder dem manövrierunfähigen Schoner zu. »Bei Gott, dafür werden sie mir büßen!«

Die Distanz zwischen beiden Schiffen verringerte sich rasch, weil der Wind den Schoner auf sie zutrieb. Mit zusammengekniffenen Augen lauschte Bolitho dem Musketenfeuer von drüben und den Einschlägen der Kugeln in Rumpf und Schanzkleid. Wie lange noch? Ungeduldig winkte er mit dem Arm. »Können Sie auch die zweite Karronade nach Steuerbord schaffen lassen?«

Paice nickte mit blitzenden Augen. »Alle Mann – räumt die Backbordbatterie! Mr. Triscott, bringen Sie mit den Leuten den Smasher da nach Steuerbord und machen Sie ihn feuerbereit!« Er warf Bolitho einen Blick zu. »Sie sind uns zwar an Zahl überlegen – aber nicht mehr lange!«

Die zerschossenen dunklen Segel wuchsen über dem Kutter empor, als wollten sie ihn erdrücken, ihn einhüllen und unter Wasser ziehen. Noch vierzig Meter. Zwanzig Meter. Dicht neben ihm brach ein Matrose bluthustend zusammen, ein anderer schlug beide Hände vor die Brust und fiel auf die Knie wie zum Gebet.

Bolitho stieß den Jungen neben dem Niedergang auf die Planken hinunter.

»Bleib da liegen!« Er zog seinen alten Degen und glaubte, Allday mit gezücktem Entermesser neben sich zu spüren.

Er musterte ihre Gesichter: Einige waren rauflustig, andere furchtsam, jetzt, da der Feind fast längsseits lag. Von drüben hörte man das Knallen des Musketenfeuers, dazwischen Rufe und Flüche, während alle auf die Kollision warteten.

Bolitho schritt hinter den sprungbereit geduckten Enterern auf und ab, den blanken Degen locker in der Faust. Einige blickten hoch, als sein Schatten auf sie fiel; wilde Kampflust stand in den Mienen, aber auch Benommenheit und Staunen, daß er sich aufrecht den Scharfschützen des Feindes zeigte.

»Alles klar?« Bolitho fuhr zusammen, als eine Gewehrkugel seinen Rockschoß durchlöcherte. Es hatte sich angefühlt, als zupfe ihn da eine schüchterne Hand. *»Los!«*

Aus zwei benachbarten Stückpforten feuerten die beiden Karronaden mit fürchterlichem Krachen. Ihr Rückstoß erschütterte den Kutter vom Kiel bis zum Flaggenknopf. Als der Rauch binnenbords trieb und die Männer zum Husten und Würgen brachte, sah Bolitho, daß drüben fast das ganze Vorschiff des Schoners weggerissen war. Die dichtgedrängten Männer, die eben noch darauf gewartet hatten, die Enterer zurückzuschlagen und selbst anzugreifen, waren jetzt eine sich windende blutige Masse. Es sah aus, als liege ein gräßlich verwundeter Riese im Todeskampf. Die beim Aufprall zerplatzenden, mit Schrot gefüllten Karronadenkugeln hatten das Vordeck in ein Schlachthaus verwandelt.

Bolitho griff in die Wanten. »Her zu mir, Leute!« schrie er. »Und rüber mit den Draggen!« Er hörte die Greifanker ins Schanzkleid des Schoners poltern, wo sich eine Gestalt neben einer umgestürzten Drehbasse duckte, als beobachte sie den Angriff. Aber der Mann hatte keinen Kopf mehr.

Knirschend stießen die beiden Rümpfe zusammen, trennten sich wieder und wurden von den Wurfleinen der Draggen endgültig in eine tödliche Umarmung gezwungen. *»Entert ihn!«* Bolitho fühlte, daß er mit hinüber auf das andere Deck gerissen wurde, eingekeilt zwischen den vorwärtsdrängenden, mit ihren Waffen fuchtelnden Enterern.

Männer schrien, kämpften und fielen. Die Wut und der Triumph der *Telemachus*-Crew verwandelten sich in eine wahnwitzige Mordgier. Mit Entersäbeln und Piken, mit Bajonetten, sogar mit bloßen Händen hieben und stachen sie auf die Schonerbesatzung ein, und das mit einer Wildheit, die sich keiner noch vor einer Stunde zugetraut hätte.

Bolitho holte tief Luft. *»Das reicht!«* brüllte er. Mit seinem Degen hieb er ein Entermesser beiseite, das gerade einen verwundet auf dem blutigen Deck ausgestreckten Jungen durchbohren wollte.

Auch Paice rief seine Männer zurück, während Bootsmann Hawkins mit einem Trupp ausgesuchter Seeleute sich bereits der Fallen und Brassen annahm, um zu verhindern, daß sich die beiden Schiffe im rauhen Seegang noch mehr Schaden zufügten.

Die Sieger sammelten die weggeworfenen Waffen auf und trieben die Schonerbesatzung in einer Ecke zusammen. Die Verwundeten blieben sich selbst überlassen.

Keuchend wies Bolitho den Kommandanten an: »Schikken Sie ein paar Leute unter Deck, Mr. Paice - irgendein Unverbesserlicher könnte versuchen, das Pulvermagazin in die Luft zu jagen.«

Weitere Befehle erklangen rundum, dann Jubelgeschrei, als Triscott von *Telemachus'* Achterdeck triumphierend mit dem Hut herüberwinkte. Der kleine Matthew stand neben ihm und versuchte, in den Jubel mit einzustimmen, bekam aber keinen Ton heraus, als er die Verwüstung und das blutige Werk der Karronaden gewahrte.

Hawkins rutschte durch Blut und menschliche Überreste zu seinem Kommandanten hinüber, seine Stiefel sahen aus wie die eines Metzgerburschen.

»Alles gesichert, Sir«, meldete er. Dann wandte er sich verlegen Bolitho zu. »Einige von uns waren Ihnen heute keine große Hilfe, Sir.« Mit teerbeschmiertem Daumen deutete er hinter sich. »Aber Sie hatten recht. Die Laderäume sind bis zu den Decksbalken voller Schmuggelware: Tee, Gewürze, Seide, das meiste aus Holland.« Er senkte die Stimme und sah ungerührt zu, wie ein schwerverwundeter Schmuggler auf seine Stiefel zukroch. »Ich habe ein paar Wachtposten vor der Achterlast postiert, Sir. Sie ist vollgepackt mit Schnapsfässern, scheint holländischer Genever zu sein, Sir.«

Paice wischte sich mit dem Ärmel über die Stirn. »Dann ist das hier doch ein Holländer.«

Aber Hawkins schüttelte den Kopf. »Nur die Ladung kommt aus Holland, Sir. Der Skipper ist - oder *war* - aus Norfolk. Auch die meisten anderen sind Engländer.« Er spuckte aus. »Ich würde sie allesamt hängen!«

Bolitho steckte den alten Degen in die Scheide. Auch hierin hatte Hoblyn also recht gehabt. Diese Schmuggelware für Whitstable stammte wahrscheinlich aus den Laderäumen eines holländischen Indienfahrers und hätte schnellen Profit bringen sollen. Er blickte über die Toten und Sterbenden zu *Telemachus* hinüber, die ebenfalls einen bösen Zoll entrichtet hatte. Aber diesmal wurde es nichts mit dem Profit.

Paice musterte seinen Befehlshaber besorgt. »Wie geht es Ihnen, Sir? Sind Sie verletzt?«

Bolitho schüttelte den Kopf. Er hatte nur gerade an Allday gedacht, der in solchen Augenblicken sonst immer bei ihm gewesen war. Und bei Gott, sie hatten davon mehr als genug erlebt.

»Mir ist, als hätte ich mit Allday meinen rechten Arm verloren.« Dann riß er sich zusammen. »Lassen Sie den Schoner noch vor Einbruch der Nacht gründlich durchsuchen. Dann ankern wir, bis wir am Morgen mit den dringendsten Reparaturen beginnen können.« Er blickte auf, als ein Schmuggler, der offenbar Befehlsgewalt gehabt hatte, von zwei Bewachern vorbeigeführt wurde. »Ja, so ist's richtig, haltet sie möglichst getrennt. Hier gibt's zu vieles, das wir noch nicht wissen.«

Paice faßte Mut. »Mein Bootsmann hat mir vorhin aus dem Herzen gesprochen, Sir«, begann er. »Wir haben schlecht gekämpft, weil wir an Ihnen zweifelten. Aber der Krieg ist Ihr Beruf. In Zukunft wissen wir es besser.«

Bolitho trat an die Reling, der gräßliche Anblick und Gestank dieses Decks drehte ihm fast den Magen um.

Hoblyn konnte zufrieden sein, die Admiralität in London ebenfalls. Sie hatten einen prächtigen Schoner erbeutet, der nach der Reparatur entweder vor das Prisengericht kommen oder direkt an die Navy gehen würde. Dazu eine wertvolle Ladung und verzweifelte Verbrecher, die bald zur Abschrekkung in Ketten verrotten würden.

Er musterte die zusammengedrängten Gefangenen. Einige von ihnen mochten in den Dienst des Königs übernommen werden, genau wie ihr Schiff - vorausgesetzt, sie wurden nicht des Mordes schuldig befunden.

Das sollte eigentlich reichen. Er ließ sich von einem Seemann über das Schanzkleid auf *Telemachus* hinüber helfen.

Aber wenn es ein Sieg war, so ließ er den Sieger jedenfalls seltsam leer zurück.

VI Die Schattenbruderschaft

John Allday saß auf einer Steinbank und lehnte sich mit dem Rücken gegen die Mauer. Die feuchte kleine Zelle besaß nur ein winziges Fenster, zu hoch in der Wand, um hinausblicken zu können; doch hatte er die Augen offen gehalten, seit er sich der Preßgang ergeben hatte, und wußte daher, daß sein Gefängnis ein Haus an der Straße nach Sheerness war. Es lag neben einer kleinen Kavalleriekaserne, nicht mehr als ein Außenposten für eine Handvoll Dragoner, doch war damit sichergestellt, daß die Werber hier nach Belieben kommen und gehen konnten, ohne Überfälle von Einheimischen fürchten zu müssen, die Gepreßte befreien wollten.

Nach Alldays Schätzung war es ungefähr Mittag; er bemühte sich, seine wachsende Nervosität zu unterdrücken, die Befürchtung, daß er voreilig gehandelt und sich damit in eine gefährliche Lage gebracht hatte.

Seine fünf Mitgefangenen waren ein jämmerlicher Haufen. Er hielt sie für Deserteure, denen man auf keinem Kriegsschiff lange nachtrauern würde.

Auf dem Kopfsteinpflaster draußen waren Schritte zu hören, und irgendwo lachte ein Mann. Das Gefängnis der Gepreßten grenzte mit der anderen Seite an ein Gasthaus, auf dessen Veranda Allday zwei hübsche Kellnerinnen gesehen hatte, die den Vorbeigetriebenen nachblickten. Darüber fiel ihm seine Stammkneipe in Falmouth ein, und sein Gefühl der Verlassenheit wurde stärker.

Er erinnerte sich an seine Festnahme durch Bolithos Werber in Cornwall. Mit Lügen hatte er damals seinen Hals aus der Schlinge ziehen wollen, aber ein Artillerist entdeckte die Tätowierung auf seinem Unterarm, zwei gekreuzte Kanonenrohre und die britischen Farben, die er sich irgendwann während seiner Dienstzeit auf der alten *Resolution* hatte einätzen lassen. Jetzt mochte ihm die Tätowierung bei seinem vagen Plan behilflich sein, falls sein Verdacht sich bestätigte. Andernfalls fand er sich binnen kurzem auf einem auslaufenden Schiff wieder, unterwegs nach irgendeinem gottverlassenen Winkel auf der anderen Seite der Welt. Würde dessen an Leuten knapper Kommandant seinen Beteuerungen dann noch Glauben schenken?

Und wie mochte Bolitho ohne ihn zurechtkommen? Alldays Miene verdüsterte sich noch mehr, als er sich an Bolithos Verbitterung über die Hindernisse erinnerte, die ihm hier überall in den Weg gelegt wurden. Und die Panne mit der *Loyal Chieftain* war ja auch zum Verzweifeln gewesen.

Er blickte hoch, als ein Schlüssel im Schloß knirschte und der Artillerist mit dem stinkenden Atem den Kopf durch die Tür steckte.

»Raus mit euch!« befahl er. »Macht euch sauber. Es gibt Brot und Käse und sogar Bier, wenn ihr euch anständig benehmt.« Scharf sah er Allday an. »Du bleibst hier, über dich ist das letzte Wort noch nicht gesprochen.«

Schweigend blickte Allday den anderen nach. Machte der Artillerist sich nur wichtig, oder waren sie schon mißtrauisch geworden?

Wieder öffnete sich die Tür, und der Seemann aus der Preßgang trat ein, der auf dem Hermarsch mit ihm gesprochen hatte.

»Tja, Spencer . . .« Der Mann lehnte sich an die Wand und betrachtete ihn. »Da hast du dich ja ziemlich in die Nesseln gesetzt, wie?«

Allday hob die Schultern. »Ich bin schon mal abgehauen. Dann tu' ich's eben wieder.«

»Vielleicht. Vielleicht auch nicht.« Der Mann lauschte einem Trupp Reiter nach, die draußen vorbeitrabten. »Wenn dir die verdammten Dragoner erst auf den Fersen sind, kommst du nicht weit.«

»Dann bin ich am Ende.« Allday ließ den Kopf hängen, um seine Augen zu verbergen. Ein sechster Sinn sagte ihm, daß er auf der richtigen Fährte war. Es war nur ein Instinkt, aber solche Ahnungen hatten ihm schon oft das Leben gerettet.

»Du bist Segelmacher, sagst du?« nahm der Seemann den Faden wieder auf.

Allday nickte. Diese Lüge wurde ihm bestimmt nicht gefährlich, er hatte schon in seiner Jugend mit dem Segelmacherwerkzeug umgehen gelernt. Überhaupt gab es kaum ein Handwerk an Bord, das er nicht beherrschte.

»Ja, aber das hilft mir jetzt auch nicht weiter«, seufzte er.

Der andere bekam immer mehr Oberwasser. »Das wird sich erst noch zeigen«, sagte er. »Ich kenne Leute, die einen geschickten Mann wie dich gut brauchen können.« Verächtlich deutete er auf die geschlossene Tür. »Nicht solche Bilgeratten wie die fünf da draußen. Die würden ihrer eigenen Mutter für eine Guinea den Hals durchschneiden, diese Galgenvögel!« Er trat näher heran und fuhr leise fort: »Heute abend geht's los. Also entscheide dich: Willst du wieder auf irgendeinem stinkenden Linienschiff schikaniert werden, oder hättest du gern eine Koje bei einem –«, vielsagend rieb er Daumen und Zeigefinger aneinander, »bei einem einträglicheren Unternehmen?«

Allday merkte, daß ihm der kalte Schweiß ausbrach. »Wie soll denn das aussehen?«

»Keine dummen Fragen! Aber es läßt sich machen.« Der andere grinste. »Du mußt dich nur bereithalten.«

Allday beugte sich vor und hob seine alte Jacke auf. Dabei achtete er darauf, daß der andere seine Tätowierung sah. »Ich halt's nicht aus, eingesperrt zu sein.«

»Ganz recht. Aber bilde dir nichts ein: Wenn du die Leute verrätst, die dir jetzt helfen, geht's dir so dreckig, daß dir der Tod am Galgen wie eine Erlösung vorkäme. Ich habe Dinge erlebt ...« Er richtete sich auf. »Besser, du glaubst mir.«

Allday dachte an den Toten auf der *Loyal Chieftain* und an das Gerücht, daß auch seine ganze Familie beseitigt worden war. Er nickte.

Die Tür öffnete sich, und der Artillerist spähte herein. »Du kannst jetzt essen kommen, äh – Spencer.«

Allday beobachtete die beiden auf ein Zeichen geheimen Einverständnisses hin, entdeckte aber keines. In diesem Geschäft mißtraute wohl jeder jedem.

Das Angebot von eben hätte wohl jeder Deserteur akzeptiert, selbst wenn er dadurch in eine Schmugglerbande geriet. Denn von einer Preßgang aufgegriffen zu werden, bedeutete für ihn im günstigsten Falle, daß er in die verhaßten Lebensumstände an Bord zurückkehren mußte; im schlimmsten aber folgte eine mörderische Auspeitschung, zur Abschreckung für die anderen.

Der Artillerist führte Allday zu einem langen, weißgescheuerten Tisch, an dem seine Leidensgenossen bereits Brot und Käse verschlangen, als sei dies ihre letzte Mahlzeit auf Erden. Er griff sich einen Krug und wartete, bis ein Seemann ihm Bier eingoß.

»Worüber wolltest du noch mit mir reden?« fragte Allday den Kanonier.

»Spielt keine Rolle mehr. Dein Schiff, die *London*, ist schon ausgelaufen, Richtung Karibik. Jetzt mußt du nehmen, was man dir gibt.«

Allday blickte in den Hof hinaus, wo Festgenommene in kleinen Gruppen vom Leutnant und anderen Mitgliedern der Preßgang gemustert wurden. Deprimiert dachte er: Und kein einziger richtiger Seemann darunter! Aber dann mußte er lachen. Da sorgte er sich um die Nöte der Flotte, obwohl er selbst jeden Augenblick in Lebensgefahr geraten konnte!

Trotzdem – es mußte eine Organisation dahinterstecken. Wenn der Kanonier nicht dazugehörte, wer dann? Kein gewöhnlicher Seemann, ob nun Führer einer Preßgang oder nicht, konnte das im Alleingang schaffen. Er hätte bald sein Leben verwirkt: ein kurzes Kriegsgericht, zwei, drei Gebete, und dann nichts wie hinauf mit ihm zur Rahnock irgendeines Linienschiffs, wo er sich den letzten Atem aus dem Leibe strampeln konnte. Nein, da mußten noch ganz andere Leute hineinverwickelt sein.

Wieder beobachtete er den Leutnant; es war derselbe, der ihn in der Hintergasse angerufen hatte. Allday kannte sich mit Schiffen und ihren Offizieren aus, und er wußte: Dieser Mann hier hatte nicht mal den Mut, geschweige denn genug Köpfchen zum Verbrecher.

Der Leutnant brüllte: »Achtung, alle mal herhören! Ich sag's nicht zweimal!«

Über den schlampigen, unruhigen Haufen senkte sich Schweigen.

»Wie die Lage hier ist«, fuhr der Leutnant fort, »müßt ihr nach Einbruch der Dunkelheit nach Sheerness gebracht werden. Ihr marschiert in kleinen Trupps und habt jedem Befehl prompt zu gehorchen. Ich werde persönlich dafür sorgen, daß jede Unordnung als Meuterei bestraft wird.« Sein Blick wanderte rundum. »Mehr brauche ich euch ja wohl nicht zu sagen, oder?«

Allday hörte ein Flüstern neben sich: »O Gott, nach Sheerness, Tom! Da stecken sie uns noch in dieser Woche auf ein Schiff!«

Ein hochgewachsener Mann mit weißen Kragenspiegeln trat aus einem Nebengebäude. Mit klopfendem Herzen wurde Allday seiner gewahr: ein Midshipman, zu alt für seinen niedrigen Rang, etwa im selben Alter wie Leutnant Triscott, der Kommandant der *Telemachus*. Aber das Gesicht dieses Mannes war bleich und verkniffen, die Mundwinkel zogen sich in gewohnheitsmäßiger Verbitterung nach unten. Warum war er bei der Beförderung immer wieder übergangen worden - aus Unfähigkeit oder wegen der Abneigung eines Vorgesetzten? Es mochte Dutzende von Gründen geben.

Allday griff nach einem Stück Käse und merkte dabei, daß der Midshipman erst ihm und dann dem Seemann, der ihm das Angebot gemacht hatte, einen scharfen Blick zuwarf. Also die beiden waren es! Allday dachte so angestrengt nach, daß er das Kauen vergaß. Natürlich, ein Offizier mußte in der Sache mit drinstecken, und sei es nur ein unwichtiger, übergangener Midshipman.

Der Artillerist erklärte wichtigtuerisch: »Das ist Midshipman Fenwick. Er geht mit eurem Trupp.« Vielsagend blickte er Allday an. »Ganz unter uns: Er ist ein scharfer Hund, also nehmt euch in acht!«

Unschuldig erwiderte Allday seinen Blick. »Ich werd's mir merken.«

Als er in die Zelle zurückgeführt wurde, war er schon ganz mit seinem nächsten Zug beschäftigt. Wenn Bolitho erst erfuhr, was hier gespielt wurde, dann war es der vermaledeite Mr. Fenwick, der sich in acht nehmen mußte. Allday grinste. Der würde sich noch wundern!

Kommodore Ralph Hoblyn kletterte aus der Kajüte des Schoners an Deck und sah sich, auf seinen Ebenholzstock gestützt, neugierig um.

Bolitho beobachtete ihn und versuchte seine Gedanken zu erraten. Der Schoner war ursprünglich ein holländischer Werftbau gewesen und umgetauft worden. Seither hieß er *Four Brothers* und war, wenigstens nach seinen Papieren, ein Handelsschiff mit Heimathafen Newcastle. Als Eigner und Kapitän in einer Person fungierte ein Mann namens Darley, der aber in dem kurzen, heftigen Gefecht mit *Telemachus* gefallen war.

Jetzt ankerte der Schoner vor Sheerness, und auf seinem Vor- und Achterschiff leuchteten die scharlachroten Röcke der Seesoldaten als Abschreckung für jeden, den die wertvolle Ladung in Versuchung führte.

Hoblyn starrte den großen Blutfleck auf den Planken an, der den Bürsten und Scheuersteinen der gefangenen Schmuggler hartnäckig widerstanden hatte. Die Überreste der von den Karronaden Niedergemähten waren kurzerhand über Bord geworfen worden, doch die dunklen Flecken und gesplitterten Planken legten immer noch beredtes Zeugnis von der Hitze des Gefechts ab.

Hoblyn wischte sich den Mund mit einem feinen Tuch. Bolitho hatte schon bemerkt, daß er schnell ermüdete. Lag es daran, daß er lange nicht mehr auf See gewesen war, oder erinnerte ihn das Deck des Schoners schmerzlich an sein letztes Kommando?

»Ich bin Ihnen äußerst dankbar, Bolitho«, sagte er. »Eine wertvolle Ladung und ein schönes Schiff obendrein.« Hoblyn blickte hinauf in die Takelage, wo Paices Männer auf der Fahrt nach Sheerness alle Schäden gespleißt hatten. »Es wird uns bei der nächsten Prisenverhandlung einen guten Batzen Geld einbringen. Unsere Werft wird vorher natürlich noch die paar Kratzer ausbessern müssen.«

»Für den Dienst des Königs werden Sie den Schoner nicht beschlagnahmen, Sir?« fragte Bolitho.

Hoblyn zuckte resigniert die Schultern. »Ich wäre im Namen Ihrer Lordschaften nur zu entzückt darüber, aber Sie wissen ja, Bolitho: Bargeld geht vor.« Er wandte sich ihm voll zu. »Bei der Marine und überall.«

Der Kommodore trat zum Ruder und strich nachdenklich über das Rad. »Ich werde sie sofort benachrichtigen. Und auch die Zollbehörden.«

»Also ist es in Whitstable nicht zu Festnahmen gekommen, Sir?« Bolitho hätte eigentlich erwartet, daß Hoblyn jetzt Besorgnis oder Unbehagen verriet. Aber falls er so etwas empfand, ließ er es sich jedenfalls nicht anmerken.

Nur zwei Schmuggler waren an Land von Dragonern gefaßt worden, die Hoblyn vorher alarmiert hatte. Und bei dem folgendenden Handgemenge waren beide ums Leben gekommen.

»Nein, leider nicht. Aber immerhin haben Sie die *Four Brothers* erbeutet, deshalb werden es sich diese Schurken jetzt zweimal überlegen, ehe sie neue Konterbande herüberbringen.« Er lächelte flüchtig. »Aber ich fürchte, unter den Gefangenen werden Sie nicht viele Rekruten für unsere Zwecke finden.«

Bolitho blickte übers Wasser zu dem verankerten Kutter hin. Noch nie hatte er auf einem Schiff eine so einschneidende Veränderung erlebt. Die ganze Besatzung schien immer noch unter Schock zu stehen und die Ereignisse nicht verkraften zu können. Immerhin waren fünf aus ihren Reihen gefallen und drei auf den Tod verwundet, was in dieser engen Gemeinschaft Lücken gerissen hatte, die Rekruten kaum würden schließen können. Einer der Toten, der Rudergänger Quin, hatte zu den Beliebtesten der Crew gehört. Seltsamerweise stammte er aus Newcastle, dem Heimathafen der *Four Brothers*.

»Hätten wir sie früher entern können, Sir . . .«

Hoblyn wollte tröstend nach seinem Arm greifen, ließ aber die Hand vorher sinken. Heiser antwortete er: »Es sollte eben nicht sein. Die Schmuggler haben als erste auf ein

Schiff des Königs geschossen, und es gibt keinen Richter im ganzen Land, der sie dafür nicht zum Tode verurteilen würde. Und mit Recht!« Er beherrschte sich wieder und fuhr ruhiger fort: »Nur Geduld, Bolitho, Sie werden Ihre Leute schon kriegen.« Mit seinem Stock deutete er in Richtung Land. »Da drüben sind sie - irgendwo.«

Bolitho mußte sich abwenden, weil ihm Allday wieder einfiel. Es war nicht das erste Mal, daß er einen Alleingang gewagt hatte, aber diesmal lagen die Dinge anders. *Dieser* Feind kämpfte unter keiner Flagge. Jeder konnte es sein.

Hoblyn hinkte zur nächsten Luke, an der einige Deckshände Taljen aufriggten, um die Ladung des Schoners zu löschen. Bolitho folgte ihm, wobei ihm wieder die französische Kutsche einfiel, die der kleine Matthew Corker in der Remise des Kommodore entdeckt hatte. Am Kai war Hoblyn in einer anderen luxuriösen Karosse vorgefahren - eine neuerliche Demonstration seines Reichtums. Aber zwischen Hoblyn und dem erbeuteten Schoner konnte es keine Verbindung geben, das wäre viel zu riskant gewesen. Irgendeiner aus der Crew hätte sich als Zeuge der Anklage zur Verfügung stellen können, nur um den eigenen Hals zu retten.

Hoblyn bemerkte über die Schulter: »Ich schlage vor, daß Sie alle Anstrengungen unternehmen, damit *Snapdragon* endlich die Werft verlassen kann. Sie werden sie bald brauchen. Nach Ihrem Erfolg mit dem Schoner hier werden Ihre Lordschaften dazu tendieren, die Last der Patrouillentätigkeit von den Zollkuttern weg und mehr auf Ihre Schultern zu verlagern.« Er wandte sich Bolitho zu, so daß seine Augen im Sonnenlicht funkelten. »Wer weiß, vielleicht werden mir noch mehr Informationen zugespielt, die Ihnen wieder einen Zugriff ermöglichen.« Er beschattete seine Augen mit der verkrüppelten Hand, die Augen auf seine Kutsche gerichtet, die langsam über den Kai rollte. Bolitho folgte Hoblyns Blick und glaubte, die weiße Lockenperücke des Dieners im Türfenster zu erkennen.

Der Offizier vom Dienst rief die Barkasse heran, als Hoblyn mühsam zur Relingspforte humpelte. Dort blieb er stehen und sagte, den Blick auf das vernarbte Deck gerichtet: »Sprechen Sie zu Paices Leuten, Bolitho. Sie erfahren das mit der Prise besser von Ihnen.« Wie beiläufig fügte er hinzu: »Ihr Bootsführer ist hoffentlich unverletzt davongekommen? Ich weiß, wie sehr Sie ihn schätzen.«

War das ein verstecktes Ausforschen? »Er macht eine Besorgung für mich, Sir«, antwortete Bolitho.

Erleichtert atmete er auf, als Hoblyn endlich unten in seiner Barkasse Platz genommen hatte. Mein Gott, wenn ich nur wüßte, wo Allday steckt, dachte er.

Der Offizier vom Dienst trat heran und sagte geschäftsmäßig: »Ich lasse ein Wachboot ums Schiff rudern, bis wir unsere Ladung gelöscht haben, Sir.«

Bolitho sah ihn an: ein junges, vom Leben noch nicht gezeichnetes Gesicht. Paices Worte fielen ihm ein: *ein Mann des Krieges*. War er das wirklich?

»Gut«, nickte er. »Und halten Sie Ihre Leute von den Spirituosen fern.« Als er das empörte Gesicht des Leutnants sah, fügte er hinzu: »Es soll sogar Seesoldaten geben, die gerne mal einen trinken. Aber das bleibt Ihrer Verantwortung überlassen«, schloß er, als er sah, daß unten das Beiboot von *Telemachus* in die Rüsten einhakte.

Während er sich zu dem verankerten Kutter rudern ließ, fiel ihm auf, wie neugierig ihn die Bootsgasten anstarrten, wenn sie glaubten, er merke es nicht. Was lag in diesen Blicken, Respekt, Angst oder die bange Frage, was das Schicksal noch für sie bereithielt?

Paice erwartete ihn an der Pforte des Kutters und griff grüßend an seinen Hut. »Die Verwundeten sind alle an Bord, Sir«, meldete er. »Leider ist wieder einer gestorben, bevor sie ausgebootet wurden.« Bedrückt sah er auf. »Sein Name war Whichelo, aber das sagt Ihnen wohl nichts.«

Bolitho musterte den hochgewachsenen Kommandanten. »Ganz im Gegenteil. Das war der Mann, der ohne jede

Deckung neben seiner Kanone stand. Tut mir leid, daß die Quittung dafür gleich der Tod war.« Er schritt zum Niedergang. »Darf ich Ihren Schreiber ausleihen – oder fungiert er heute als Zahlmeister?« Er stieg die Stufen hinunter und erwartete beinahe, Alldays vertraute Gestalt wartend in der Kajüte vorzufinden. »Er muß mir Abschriften einiger Befehle anfertigen. Und danach«, er wandte sich zu dem Kommandanten um, »machen wir seeklar, Mr. Paice.«

Paice starrte ihm nach, immer noch verblüfft darüber, wie kühl Bolitho die schrecklichen Ereignisse aufgenommen hatte. Und obwohl er erst so kurze Zeit zu ihnen gehörte, hatte er sich doch genau an den Verwundeten erinnert, der soeben gestorben war. Paice ballte die Fäuste. Irgendwie hatte Bolitho es geschafft, ihm mit diesem kurzen Wortwechsel eine Lektion oder sogar eine Warnung zu verpassen. Vielleicht war er seit seinem Eintritt in die Marine durch gräßliche Erlebnisse so verhärtet und abgestumpft, daß er zu Mitgefühl nicht mehr fähig war?

Paice wandte sich ab, um den Schreiber Godsalve zu rufen, deshalb sah er nicht mehr, wie Bolitho in seiner Kajüte auf einen Stuhl sank, mit beiden Händen das kleine Schiffsmodell wie einen Talisman umklammernd. Sonst hätte er sich fragen müssen, ob *so* ein Mann des Krieges aussah.

Allday tastete im Dunkeln die Bretterwand des Aborthäuschens ab, auf der Suche nach irgend etwas, das er als Waffe benutzen konnte.

Den ganzen Abend waren die sechs Gefangenen mit ihrer Eskorte aus bewaffneten Seeleuten auf der Landstraße Richtung Sheerness marschiert. Als es zu dunkel wurde, ließ Midshipman Fenwick an einem kleinen Gasthaus Halt machen, wo er wie ein alter Bekannter begrüßt wurde, wenn auch ohne sonderliche Freude. Alldays fünf Leidensgenossen wurden in einem Nebengebäude zur Vorsicht in Eisen gelegt. Allday selbst brachte man, wohl wegen seines besonderen Status' als Segelmacher, getrennt von ihnen unter.

Mit leeren Händen kehrte er zu der Kiste zurück, auf der er die ganze Zeit gesessen hatte. Die Bühne war frei, dachte er, nun fehlten nur noch die Hauptdarsteller. Er hörte den Midshipman seinen Leuten zu laut und zu ausführlich erklären, warum Allday von den anderen separiert worden war. Dann kam der Mann, der ihm das Angebot gemacht hatte, mit einem Becher Wasser und einem Kanten Brot zu ihm. Sein Atem roch nach Rum, den Allday am allermeisten vermißte. »Ist das alles?« fragte er wütend.

Der Seemann grinste. »Die anderen kriegen gar nichts!«

Unterwegs hatte Allday versucht, von ihm mehr über seine geplante Flucht zu erfahren. Wie würde der Midshipman den Vorgesetzten sein Verschwinden erklären?

Der Seemann hatte Allday mit seiner Sturmlaterne forschend ins Gesicht geleuchtet. »Die Einzelheiten gehen dich nichts an. Überhaupt – du redest zuviel. Denk dran, daß ich dich gewarnt habe.«

Wenn ich nur einen Säbel oder ein Entermesser in die Hände bekäme, dachte Allday jetzt. Vielleicht hatten sie seine jämmerliche Tarnung längst durchschaut. Irgendwer mochte in ihm sogar Bolithos Bootsführer erkannt haben, und nun sonderten sie ihn nur deshalb ab, um ihn nachts unauffällig beseitigen zu können.

Auf See wußte Allday immer, wie spät es war, und auch an Land hatte er als Schäfer gelernt, die Uhrzeit vom Sternenhimmel abzulesen. Aber hier, eingesperrt in diese finstere Hütte, verlor er jedes Zeitgefühl. Das beunruhigte ihn noch mehr. Immer wieder fragte er sich, was Bolitho wohl gerade unternahm. Daß er jetzt ganz allein dastand, ohne einen Vertrauten, erhöhte noch seine Besorgnis. Aber irgendetwas hatte geschehen müssen. Allday richtete sich auf, als er draußen vor seiner Tür ein leises Geräusch vernahm.

Der Moment der Wahrheit... Er hörte sein Herz rasen und bemühte sich, seine Atmung zu kontrollieren. Falls sie kamen, um ihn zu ermorden, würde er auf jeden Fall mindestens einen mit in den Tod nehmen.

Gelber Lampenschein fiel durch den Türspalt, und der Riegel wurde zurückgeschoben. Dann sphäte der so wenig redselige Seemann in den Raum. Hinter der Laterne sah Allday Fenwicks weiße Kragenspiegel leuchten. Beide Männer wirkten gespannt und nervös.

»Na, fertig?«

Allday trat aus der Hütte und wäre im Dunkeln fast gestolpert, weil die Laterne völlig abgeblendet wurde. »Zusammenbleiben!« zischte der Midshipman und warf Allday einen scharfen Blick zu. »Eine falsche Bewegung, und du bist ein toter Mann!«

Die Augen auf die weißen Strümpfe vor sich gerichtet, trottete Allday hinter dem Midshipman her. Der schien diesen kleinen Ausflug nicht zum ersten Mal zu unternehmen. Sie überquerten ein Brachfeld mit Unterholz und Gebüsch, von einer nahen Wiese stieg Allday der Geruch nach Kühen in die Nase. Dann ging es über ein Steinmäuerchen in ein schwarzes Gehölz, das plötzlich wie eine Wand vor dem Sternenhimmel emporwuchs. Alldays gutes Gehör verriet ihm, daß niemand sonst aus der Preßgang sie begleitete. Als der Seemann hinter ihm stolperte, verkrampften sich seine Rückenmuskeln in Erwartung des tödlichen Stichs. Aber der Mann stieß nur einen Fluch aus und trabte weiter. Äste griffen aus der Dunkelheit nach ihnen, die Bäume überragten sie wie schweigende Riesen. Allday schloß aus Fenwicks keuchendem Atem, daß er sich im Bewußtsein seiner Schuld doppelt fürchtete.

»Das ist weit genug!« Der Midshipman hob haltgebietend den Arm. »Wir sind da.«

Er stand vorgebeugt und spähte zu einem mächtigen, durch Feuer verwüsteten Baumstamm auf einer Lichtung hinüber: der Treffpunkt. Wie viele waren vor ihm schon hierher gebracht worden, um sich zu verkaufen? fragte sich Allday.

Als der Seemann ausspuckte, sah er in seinem Gürtel einen Pistolenlauf funkeln. In der Hand hielt er einen blanken Entersäbel. Der Mann machte den Eindruck, daß er beide Waffen ohne Zögern benutzen würde.

Allday spitzte die Ohren. Er hatte Zaumzeug knarren gehört, aber wenn sich da wirklich Pferde näherten, dann mit umwickelten Hufen. Woher kam das Geräusch? Mit den Augen suchte er die Dunkelheit zu durchdringen – so angestrengt, daß er überrascht zurückfuhr, als eine Stimme ganz in seiner Nähe sagte: »So, so, Mr. Fenwick, wieder mal eins Ihrer kleinen Abenteuer?«

Allday hörte genau hin. Der Mann sprach vornehm und gebildet und ohne erkennbaren Dialekt.

Fenwick stammelte: »Ich habe einen Boten geschickt.«

»Wie wahr, wie wahr. Diesmal ist's ein Segelmacher, sagten Sie?«

»So ist es.« Fenwick benahm sich wie ein schüchterner Schuljunge vor seinem gestrengen Lehrer.

»Hoffen wir für Sie, daß es stimmt.«

»Nur eines noch, Sir . . .« Fenwick zitterte so, daß er den Satz nicht vollenden konnte.

»Mehr Geld?« fuhr ihn der andere an. »Sie sind ein Narr! Das Spiel wird Sie noch ruinieren!«

Fenwick schwieg, als habe ihn aller Mut verlassen. Allday beobachtete die schattenhaften Gestalten. Also war die Spielleidenschaft Fenwicks Schwäche. Wahrscheinlich drohten seine Gläubiger ihm mit Gewalt. Allday fuhr zusammen, seine Nackenhaare sträubten sich. Irgendwo zu seiner Linken hatte er ein Scharren gehört. Trat ein ungeduldiger Fuß dort Steine los? Zwar konnte er immer noch nicht die Hand vor Augen sehen, aber er spürte, daß sie von allen Seiten eingekesselt waren, daß Unsichtbare zwischen den Bäumen lauerten.

Fenwick mußte ähnliches fühlen. »Ich brauche Hilfe!« platzte er plötzlich heraus. »Dieser Mann hier . . .«

Allday duckte sich sprungbereit, begriff dann aber, daß Fenwick nicht auf ihn, sondern auf seinen bewaffneten Begleiter zeigte.

»Was ist mit ihm?« Die Stimme klang jetzt schärfer.

»Er – er mischt sich dauernd ein, handelt auf eigene Faust, ohne mich vorher zu fragen. Ich erinnere mich doch genau an Ihre Worte, an den Plan . . .« Jetzt sprudelten die Worte aus Fenwick nur so heraus.

»Werft die Waffen weg, alle beide!« befahl die Stimme. Und als sich weder Fenwick noch der Seemann rührten, hörte es Allday in der Runde metallisch klicken: Handfeuerwaffen, die gespannt wurden. Dann traten zwei Gestalten aus dem Schatten, jeweils auf gegenüberliegenden Seiten, jede mit einer Hiebwaffe in der Rechten; Säbel oder Entermesser, dachte Allday.

Der Seemann ließ sein Messer fallen und warf auch die Pistole von sich.

»Das ist eine elende Lüge!« keuchte er. »Der hohe Herr da hat einfach Schiß! Glauben Sie ihm kein Wort!« Das kam trotzig heraus, aber auch leicht unsicher.

Allday wartete.

Die seidenweiche Stimme fragte ihn: »Und du, Spencer, oder wie du heißt – was willst *du* hier?«

»Ich will arbeiten, Sir, um weiterzukommen.«

»Mr. Fenwick, wie haben Sie das im Gasthaus arrangiert?«

Fenwick schien durch den Themawechsel wie vor den Kopf geschlagen. Der unsichtbare Fragesteller wirkte wieder gutgelaunt, fast zu Späßen aufgelegt.

»Ich – ich wollte behaupten, daß Spencer die Flucht gelungen ist . . .«

Höhnisch unterbrach ihn der Seemann: »Da, hören Sie's? Genau wie ich sagte!«

»Ich habe eine bessere Idee.« Es quietschte, als beuge sich der Mann aus einem Kutschenfenster. »Wenn die Flucht dieses Segelmachers glaubhaft aussehen soll, dann brauchen wir auch ein Opfer, nicht wahr? Einen armen tapferen Seemann, der sie zu vereiteln suchte und mit dem Leben dafür zahlte.«

Die beiden schattenhaften Gestalten stürzten sich auf den

Seemann, der vor Schmerzen aufstöhnte, als er zu Boden geschlagen wurde.

»Hier, nimm!« Allday spürte, daß ihm der kalte Stahlgriff eines Entermessers in die Hand gedrückt wurde.

Seelenruhig befahl die Stimme: »Nun beweise deine Treue zur Bruderschaft, Spencer. Das wird dich und unseren tapferen Midshipman hier nur noch stärker an unsere Sache binden.«

Allday starrte auf den knieenden Seemann hinab, während die anderen zurückwichen. Das Entermesser in seiner Hand fühlte sich bleischwer an, und sein Mund wurde trokken.

Die Stimme drängte: »Töte ihn!«

Allday machte einen zögernden Schritt nach vorn, doch in diesem Augenblick rollte sich der Seemann auf die Seite und grapschte nach seiner weggeworfenen Pistole.

Der Schuß krachte, das Mündungsfeuer erhellte blitzartig eine Szene wie aus einem Alptraum. Dann fiel die Pistole abermals zu Boden, noch umklammert von der Hand des Opfers, die ein Entermesser mit einem einzigen Hieb im Gelenk abgetrennt hatte. Als der Seemann mit einem letzten schrillen Aufschrei umsank, hob der Mörder das große Messer zum zweiten Mal und hackte mit solcher Wucht zu, daß die Schneide durch den Körper tief in den steinigen Waldboden fuhr.

In der plötzlichen Stille war nur das gedämpfte Stampfen der unruhig gewordenen Pferde zu hören. In der Ferne bellte ein Hund, Räder knirschten irgendwo auf einem Feldweg.

Die schattenhafte Gestalt beugte sich über die Leiche, riß das Entermesser heraus und wischte es am Gras ab. Die Hand mit der Pistole blieb unbeachtet liegen.

Der Mörder in der Kutsche starrte Allday an. »Auch deine Stunde kommt noch«, sagte er ausdruckslos. Und zu Fenwick: »Dort, seine Geldbörse, die können Sie bestimmt am Spieltisch gut brauchen.« Verachtung lag in seinem Ton. »In einer Stunde können Sie Alarm schlagen. Wer weiß, vielleicht hat jemand den Schuß dieses Narren gehört.«

Fenwick konnte nicht antworten, er lehnte an einem Baumstamm und übergab sich. »Ich würde ja auch ihn beseitigen«, murmelte der Mann, »aber ...« Schweigend sah er zu, wie Fenwick seine Waffen und den kleinen Geldbeutel aufhob. »Wir machen uns jetzt besser auf den Weg.« Das klang, als grinse er. »Das Entermesser kannst du behalten – Spencer. Du wirst es brauchen.«

Nach einem letzten Blick auf das leblose Opfer – würde Fenwick das nächste sein? – wandte Allday sich ab und folgte den anderen, die schon zwischen den Bäumen verschwunden waren.

Er hatte schon öfter Menschen töten müssen, in der Hitze des Gefechts, zu seiner oder anderer Verteidigung und im Zorn. Weshalb also fühlte er sich jetzt so elend? Hätte er den Seemann umgebracht, um seine Tarnung aufrecht zu halten, wenn ihm der andere nicht zuvorgekommen wäre?

Er wußte es nicht. Es schien ihm auch klüger, die Antwort auf diese Frage zu verschieben, bis die ärgste Gefahr vorbei war.

Wie schnell doch alles gegangen war! Bald würde der Midshipman Alarm schlagen und nach angemessener Suche den Leichnam finden: einen gewöhnlichen Seemann, der von dem flüchtigen Gefangenen namens Spencer ermordet worden war.

Der unbekannte Drahtzieher in der Kutsche fiel ihm wieder ein. Falls er es schaffte, seinen Namen zu erfahren ... Doch dann schüttelte er diesen Gedanken ab. Eins nach dem anderen, ermahnte er sich. Jedenfalls war er noch am Leben, auch wenn dieses Leben nun an einem seidenen Faden hing, weil er Mitwisser der Schattenbrüder geworden war.

VII In guter Gesellschaft

Leutnant Charles Queely polterte den Niedergang zu *Wakefuls* Kajüte hinab und stieß nach kurzem Zögern die Tür auf. Drinnen saß Bolitho am Tisch und las im Logbuch, das Kinn auf die Hand gestützt.

Er blickte auf. »Guten Morgen, Mr. Queely.«

Queely verbarg seine Überraschung, daß Bolitho nicht schlief, sondern immer noch Bücher und Karten studierte.

»Ich – ich bitte um Verzeihung, Sir«, sagte er. »Ich wollte Sie nur verständigen, daß es schon hell wird.« Hastig blickte er sich in der Kajüte um, als erwarte er eine Veränderung.

Bolitho reckte sich. »Ein Schluck Kaffee wäre mir jetzt sehr willkommen. Wenn Sie dafür sorgen könnten?« Er erriet, was Queely dachte, und wunderte sich selbst darüber, daß er nicht müde war. Denn er hatte sich keinen Moment der Ruhe gegönnt und sich sofort, als man auf *Telemachus* den anderen Kutter gesichtet hatte, zu Queelys Schiff pullen lassen.

Gewöhnlich konnte der Leutnant seine Gefühle recht gut verbergen; trotz seiner Jugend wurde er den Aufgaben eines Kommandanten durchaus gerecht. Aber Bolithos Ankunft und der Anblick der vom Gefecht gezeichneten *Telemachus* hatten ihn doch aus dem Gleichgewicht gebracht.

»Muß sie in die Werft, Sir?« hatte er Bolitho gefragt.

»Wahrscheinlich nicht. Ich habe Leutnant Paice davon überzeugt, daß es für die Besatzung besser ist, die Schäden unterwegs auf See zu beheben, auch wenn er wegen der Verluste knapp an Leuten ist. Das schweißt sie wieder zu einem Team zusammen. Außerdem ist Arbeit das beste Mittel gegen Trauer und Aufsässigkeit.«

Queely, der seinen Schock über die Schäden auf *Telemachus* immer noch nicht überwunden hatte, erwiderte hastig: »Ich hatte ja keine Ahnung, Sir ... Ich fuhr Patrouille wie befohlen, und als wir den Kontakt zu Ihnen verloren, hielt ich es für das Beste, hier auf Station zu bleiben.«

Das war tags zuvor gewesen. Die Nacht über waren sie dann gesegelt und gut nach Südosten vorangekommen, obwohl sie gegen den Wind aufkreuzen mußten.

Schon möglich, daß Queely von dem mörderischen Nahkampf mit der *Four Brothers* absolut nichts bemerkt hatte, überlegte Bolitho. Das hellwache Gesicht, die scharfe Hakennase und die tiefliegenden Augen schienen ihn als einen Mann auszuweisen, der sich selbst ein Urteil bildete und dann danach handelte. *Ich hielt es für das Beste* ... Bolitho hätte genauso entschieden.

Als Queely auf der Suche nach Kaffee wieder verschwand, blickte Bolitho sich nachdenklich in der Kajüte um. *Telemachus* und dieser Kutter hier waren auf derselben Werft erbaut worden, und zwar im Abstand weniger Jahre. Weshalb waren sie dann so verschieden? Die Kajüte machte einen leicht vernachlässigten Eindruck, als habe sich ihr Bewohner nur auf Zeit darin eingerichtet. Oder als sei der Kutter für Queely nur ein Mittel zum Zweck und nicht ein eigenständiges Wesen, das gehegt und gepflegt werden wollte. An einigen Wandhaken pendelten Uniformen, während Musketen, Bajonette und Degen haufenweise in eine halboffene Kiste geworfen waren. Nur Queelys Sextant hatte einen Ehrenplatz, er war sorgsam in eine Ecke der Koje gepackt worden, wo er auch bei schlimmstem Wetter sicher aufgehoben war.

Bolitho fiel Paices schweigender Protest ein, als er ihn gleich nach *Telemachus'* erstem Gefecht wieder auf See hinaus befohlen hatte. War der Grund dafür, den er Queely genannt hatte, wirklich der einzige gewesen? Oder hatte er vielmehr Allday vor dem Gerede der Besatzung schützen wollen, das sie, einmal an Land, überall verbreitet hätte?

Falls Allday überhaupt noch lebte ... Verzweifelt fuhr er sich mit den Fingern durchs Haar. Er *mußte* noch am Leben sein. Etwas anderes durfte er nicht einmal denken.

Die Tür ging auf, und der kleine Matthew kam mit einer Kanne Kaffee herein. Sein pausbäckiges Gesicht wirkte blaß, die Haut fiebrig und feucht. Wahrscheinlich lag er wieder in stummem Kampf mit seiner Seekrankheit. Auch in ihren Bewegungen unterschieden sich die beiden Kutter: Paice segelte seine *Telemachus*, während Queely die *Wakeful* mit derselben Ungeduld voranzuknüppeln schien, mit der er auch seine Alltagsgeschäfte betrieb.

Bolitho dachte an Queelys Stellvertreter, einen hageren Leutnant namens Kempthorne. Er stammte aus einer alten Seefahrerfamilie, und sein Vater war Konteradmiral gewesen. Bolitho fürchtete, daß der junge Kempthorne nur aus Familientradition, nicht aus Neigung, zur Marine gegangen war. Mit Queely hatte er jedenfalls nicht viel gemeinsam. Letzterer hatte seine Kajüte mit so vielen Büchern ausstaffiert, wie Bolitho noch nie außerhalb einer Bibliothek gesehen hatte. Queely schien viele verschiedenartige Interessen zu haben, etwa an Tropenmedizin, an Astronomie, fernöstlichen Religionen und mittelalterlicher Poesie. Eben ein introvertierter, selbstgenügsamer Mann. Es mochte lohnen, ihn näher kennenzulernen.

Über dem dampfenden Kaffeebecher blickte Bolitho zu Matthew auf. »Na, geht's besser, mein Junge?«

Der Kleine hielt sich würgend am Tischrand fest, als der Kutter wieder in ein Wellental sackte. Eine See rauschte übers Deck und entlockte den Wachgängern oben ärgerliche Rufe.

»Ein bißchen, Sir.« Voller Verzweiflung sah Matthew zu, wie Bolitho genußvoll den Kaffee austrank. »Ich – ich möchte . . .« Er drehte sich um und floh aus der Kajüte.

Seufzend zog Bolitho seinen alten Uniformrock über. Eine Weile betastete er die angelaufenen Knöpfe auf den abgescheuerten Manschetten. Diesen Rock hatte er um ihre von der Sonne verbrannten Schultern gelegt, als sie auf der Heckducht fiebernd gegen ihn sank. Und danach . . . Fast wäre er gestürzt, als das Schiff sich wieder heftig überlegte. Er stieß sich den Kopf, bemerkte aber kaum den Schmerz, sondern sah sich gequält in der engen Kajüte um. Würde er denn nie über Violas Tod hinwegkommen?

Er blickte auf und merkte, daß Queely in der Tür stand und ihn beunruhigt musterte. Da wandte er die Augen ab. »Ja, was gibt's?« Und jetzt, dachte er verzweifelt, hatte er auch noch Allday verloren.

»Land in Sicht, Sir«, meldete Queely.

Sie erklommen den Niedergang, über dessen Stufen jedesmal, wenn *Wakeful* ihren Bugspriet in einen Wellenkamm bohrte, ein kleiner Wasserfall prasselte.

Bolitho packte eine Relingstütze und wartete, bis seine Augen sich an die graue Morgendämmerung gewöhnt hatten. Der Himmel war fast wolkenlos und versprach wieder einen schönen Tag.

Die Wachgänger bewegten sich an Deck mit der Sicherheit langer Übung, das heftige Rollen und Stampfen des Kutters mühelos ausbalancierend. Einige trugen rauhe Ölzeugmäntel, andere den von Gischt glänzenden Oberkörper nackt bis zum Gürtel. Letztere waren wohl die Hartgesottenen, wie jede Besatzung sie hatte.

Bolitho fragte sich, was sie von dem Neuzugang, der *Four Brothers*, hielten. Zwar hatten sie bis tags zuvor keinerlei Kontakt zu *Telemachus* gehabt, aber er wußte aus Erfahrung, daß sich die Marine ihre eigenen Kanäle für den Informationsfluß schuf: Fakten und Gerüchte in bunter Mischung verbreiteten sich schneller, als ein Flaggschiff signalisieren konnte.

»Haben Sie einen guten Mann im Ausguck?«

Queely beobachtete den Rücken seines Vorgesetzten, die Hakennase wie einen Schnabel vorgereckt. »Aye, Sir«, antwortete er, und es klang wie ›natürlich‹.

»Schicken Sie ihm bitte ein Fernglas hinauf.« Bolitho ignorierte den verärgerten Blick, den Queely seinem Ersten zuwarf, und nahm ein Teleskop aus dem Ständer neben der Kompaßsäule. »Ich muß gleich Bescheid wissen, wenn sich heute morgen etwas Ungewöhnliches tut«, ergänzte er und wischte die Linse mit dem Taschentuch trocken.

Er wartete, bis eine besonders hohe See von Backbord

unter ihrem Rumpf durchgelaufen war, dann stellte er sich breitbeinig hin und schob das Fernglas durch die Webleinen. Da war das Land, nur ein Schatten zunächst, dann gewellt wie die See rundum, aber unbeweglich. Er wischte sich das Gesicht trocken und reichte das Teleskop an Kempthorne weiter.

Frankreich ... Der alte Feind. Und so nahe. Im grauen Morgenlicht wirkte es ganz ruhig und still – und wurde doch vom blutigen Terror der Revolution zerrissen.

Des Masters rauhes Flüstern drang bis zu ihm: »Wir kommen etwas zu nahe für meinen Geschmack.«

Queely hob sein Sprachrohr und spähte zum Krähennest empor. »Kannst du was sehen? *Wach auf*, Mann!« Das klang gereizt. Vielleicht hielt er es für Verschwendung, ein gutes Fernrohr in die Takelage zu schicken, wo es Schaden nehmen konnte.

»Nichts, Sir!«

Queely wandte sich Bolitho zu. »Hier ist auch nicht viel Schiffsverkehr zu erwarten, Sir. Die Franzosen patrouillieren an der ganzen Küste, von der holländischen Grenze bis Le Havre. Die meisten Skipper halten es für klüger, die französische Marine gar nicht erst auf sich aufmerksam zu machen.«

Bolitho lehnte am Schanzkleid und dachte an Delaval und den toten Skipper der *Four Brothers*. Die Schmuggler jedenfalls schienen ungehindert zu kommen und zu gehen und sich keinen Deut um Marinepatrouillen zu scheren.

Queely erläuterte: »Die Franzmänner haben eine Routine entwickelt: stellen, durchsuchen und beschlagnahmen. Es werden schon mehrere britische Schiffe vermißt, aber von Paris ist keine Auskunft über ihren Verbleib zu bekommen.« Er schüttelte den Kopf. »Nicht für alles Geld der Welt möchte ich dort leben.«

Bolitho musterte ihn gelassen. »Dann müssen wir dafür sorgen, daß bei uns nicht das Gleiche geschieht, nicht wahr?«

»Bei allem Respekt, Sir: Wenn wir nicht mehr Schiffe

bekommen, nehmen die Schmuggler uns nicht weiter ernst. Die Marine ist bis auf eine Handvoll Fahrzeuge abgerüstet, und da sie mit dem Schmuggel viel Geld verdienen, werden auch die erfahrenen Seeleute für uns rar.«

Bolitho schritt zu der vibrierenden Pinne hinüber, die von drei Rudergängern bedient wurde, während ein Steuermannsgehilfe danebenstand und den Blick zwischen dem Kompaß und dem Achterliek des Großsegels hin und her wandern ließ.

»Deshalb müssen unsere drei Kutter eng zusammenarbeiten.« Bolitho sah den kleinen Matthew zur Reling rennen und sich würgend außenbords beugen, obwohl er schon lange nichts mehr im Magen haben konnte. Ein Seemann ging vorbei, packte ihn grinsend beim Gürtel und warnte: »Paß auf, Kleiner, bis zum Grund ist's ein ziemlich langer Weg.«

Abermals sprach Queely Bolitho an. »Sie haben unser Logbuch studiert, Sir?«

»Ist das eine Frage?« Bolitho hielt den Blick auf das ferne Land gerichtet, obwohl ihn Spritzwasser bis auf die Haut durchnäßte. »Jedesmal, wenn ich mit einem Kommando betraut werde, sehe ich mir zuerst das Strafregister der Crew an. Das gibt mir einen guten Eindruck vom Verhalten meines Vorgängers und dem der Besatzung. Sie sollten dankbar sein, daß Ihr Schiff keine Aufsässigkeit kennt und deshalb auch nicht die harten Strafen dafür.«

»Aye, Sir«, antwortete Queely unbehaglich.

Die Wachgänger, die an den Fallen arbeiteten und schwatzten, verstummten jäh, als ihr Kommandant plötzlich ausrief: »Ruhe an Deck!« Aufmerksamkeit heischend, hob er die Hand. »Hört doch mal, ihr faulen Brüder!«

Bolitho verschränkte die Hände auf dem Rücken. Scharfe, abgehackte Detonationen drangen an sein Ohr. Leichtes Kaliber, aber ernst gemeint.

»Welche Richtung?«

»Von Steuerbord achteraus, Sir«, rief der Master und

bekräftigte, als die anderen ihn ungläubig anstarrten: »Ohne jeden Zweifel, Sir.«

Bolitho nickte. »Ganz recht.«

Queely eilte zum Kompaß. »Ihre Befehle, Sir?«

Bolitho wandte den Kopf, als wieder eine Salve übers Wasser hallte. »Gehen Sie über Stag.« Er trat zu Queely an den Kompaß. »Bei diesem Wind können wir gut nach Südwesten ablaufen.« Das klang wie laut nachgedacht. Und schon waren sie wieder da, die Zweifel, das Zögern, der Widerspruch – wie auf *Telemachus*. Aber kein Protest wurde laut.

Queely sah ihn von der Seite an. »Das bringt uns mit Sicherheit in französische Gewässer.«

Bolitho blickte zum übergehenden Großsegel auf, zu dem langen Baum, der wie eine gigantische Sense auf die andere Seite schlug. »Möglich. Wir werden sehen.« Er hielt Queelys Blick fest. »Wie es scheint, ist hier doch jemand mit Kanonen zugange, oder?«

Queelys Wangenmuskeln arbeiteten. Dann fixierte er den Master so wütend, als hätte dieser seinen Zorn erregt. »Steuern Sie Südwest.«

»Aye, aye, Sir«, bestätigte der Navigator ungerührt.

Bolitho sagte sich, daß der Mann Queelys Ungeduld wohl gewohnt war. Er schüttelte sich Gischt aus dem Haar und hätte beim Blick nach oben schwören können, daß die lange Maststenge sich bog wie eine Kutscherpeitsche.

Queely war ebenso ungeduldig wie Paice stolz. »Komm auf!« brüllte er. »Recht so, Mann, recht so!«

Wakeful krängte jetzt nach der anderen Seite und reagierte wieder auf Wind und Ruder. Doch bei dem frischen Nordost, der ihre Segel bis zum Platzen füllte, lag sie jetzt stetiger auf Kurs, und die Bewegungen waren nicht mehr so rauh.

Bolitho schritt zur Backbordseite und sah das Land unter den ersten schwachen Sonnenstrahlen erglühen. Es wirkte jetzt viel näher, aber das war nur ein Trick, den ihm die Beleuchtung spielte, wie so oft in Küstengewässern.

Er schnappte sich abermals das Teleskop, als der Ausguck oben rief: »An Deck! Schiffe an Backbord voraus!« Das klang so atemlos, als hätte er sich eben beim Manöver nur mit Mühe auf seinem luftigen Sitz halten können.

Sie standen immer noch zu weit entfernt. Sorgfältig richtete Bolitho das Glas in die angegebene Peilung und sah die Seen in der starken Linse riesengroß auf und nieder tanzen.

Kleine Fahrzeuge, anscheinend insgesamt drei. Eines davon feuerte wieder, und er spürte das Knallen in seinen Fußsohlen; die Planken vibrierten, als hätten sie Treibgut gerammt.

»An Deck! Es ist eine Verfolgungsjagd, Sir! Sie steuern Südwest!«

Bolitho sah es im Geist vor sich: Jäger und Wild nutzten denselben Wind, der *Wakefuls* Segel manchmal wie scharfen Donner knattern ließ. Aber wessen Schiffe waren das?

»Lassen Sie zwei Strich abfallen, Mr. Queely. Steuern Sie Südsüdwest.« Er zwang sich, des Leutnants stummen Protest zu ignorieren. »Und setzen Sie soviel Segel, wie sie gerade noch tragen kann. Ich will die da vorn einholen!«

Queely öffnete schon den Mund, verschluckte aber seinen Widerspruch und gab Kempthorne einen Wink. »Setzt das Toppsegel!«

Bolitho fand Zeit, sich an seinen toten Bruder zu erinnern, als der Kutter mit erhöhter Fahrt durch die kurzen steilen Seen preschte. Dessen Zollkutter *Avenger* war ein ebenso guter Segler gewesen. Kein Wunder, daß Hugh ihn geliebt hatte. Falls er überhaupt zu positiven Gefühlen fähig gewesen war. Das Bild verblaßte.

Bolitho blickte nach oben, wo die Sonne jetzt ein Segel nach dem anderen erreichte; schon begann die Leinwand in der zunehmenden Wärme zu dampfen.

Die Kanonen feuerten immer noch, doch als Bolitho wieder das Fernglas hob, fiel ihm auf, daß der Winkel, in dem die fremden Segel zu ihm standen, größer geworden war. Das erste Fahrzeug wurde jetzt offenbar auf Land zu abgedrängt, während es vorher um freien Seeraum gekämpft hatte: ein bis zur Erschöpfung gehetztes Wild, dessen Widerstandswille erlahmt war.

Irgendjemand stellte fest: »Wir holen verdammt schnell auf!«

Ein anderer rief: »Und sie haben uns noch nicht mal gesehen!«

Die Küste gewann zunehmend Gestalt, hier und da reflektierte ein Fenster die Morgensonne; die Farbe des Vorlandes wechselte von dunklem Violett zu saftigem Grün.

»An Deck!« Das kam vom Ausguck, an den keiner mehr gedacht hatte. »Es sind zwei französische Lugger, Sir! Beim dritten Schiff bin ich nicht sicher, aber es sieht böse aus: Segel durchlöchert, Maststenge weggeschossen!«

Bolitho wanderte auf und ab. Also zwei Lugger, die vielleicht einen Schmuggler jagten. »Wenn die Franzosen ihn schnappen, erfahren wir überhaupt nichts.« Die anderen starrten ihn schweigend an. »Noch mehr Segel, Mr. Queely. Ich will mich zwischen sie schieben.«

Queely nickte dem Master zu, dann flüsterte er dringlich: »In einer halben Stunde sind wir in französischen Gewässern, Sir! Das werden die beiden nicht hinnehmen.« Er spielte seinen letzten Trumpf aus. »Und auch dem Admiral wird's nicht gefallen.«

Bolitho sah den Toppgästen nach, die mit bloßen Füßen in den Webleinen aufenterten. »Der Admiral ist zum Glück in Chatham und weit weg, Mr. Queely.« Er fuhr herum, als wieder eine Salve über die See krachte. »Während wir unleugbar nahe dran sind.«

»Ich habe das Recht zu protestieren, Sir.«

»Sie haben auch die Pflicht, mit Ihrem Schiff nach besten Kräften zu kämpfen!« Damit schritt er davon, wütend darüber, daß Queely ihn gezwungen hatte, seine Autorität gerade jetzt auszuspielen, da er vor allem Kooperation brauchte.

»Der eine hat uns gesehen, Sir!«

Der zweite Lugger luvte an und schüttete den Wind aus

den Segeln, um langsamer zu werden und sich der anstürmenden *Wakeful* entgegenzuwerfen.

Queely beobachtete es mit steinerner Miene. »Klar Schiff zum Gefecht.«

Mit fragendem Blick kam Kempthorne vom Großmast nach achtern. »Sir?«

»Und danach klar zum Segelkürzen!«

Bolithos Blick fand ihn über die ganze Breite des Achterdecks hinweg. »Rufen Sie Ihren Stückmeister, Mr. Queely, ich will ihn sprechen.« Er spürte das Mißbehagen, den Widerstand des Kommandanten.

Irgendetwas zupfte an seinem Rock, und er blickte nach unten. Seinen alten Familiendegen mit beiden Händen umklammernd, stand da der kleine Matthew und starrte zu ihm empor.

Bolitho griff nach seiner Schulter. »Das hat du gut gemacht, Matthew.«

Erschreckt blinzelnd beobachtete der Junge die hastigen Vorbereitungen für das Gefecht. Diesmal drückte seine Miene weder Ehrfurcht noch Erregung aus. Seine Lippen zitterten, und Bolitho wußte, daß Angst alles andere verdrängt hatte. Dennoch klang Matthews Stimme fest, und nur Bolitho ahnte, was es ihn kostete, als er sagte: »Es ist nur das, was *er* von mir erwartet hätte, Sir. Weil er's nicht selber tun kann.«

Wieder einmal glaubte Bolitho, Alldays Schatten neben sich zu fühlen.

Luke Teach, *Wakefuls* Stückmeister, wartete geduldig, während Bolitho ihm seinen Plan schilderte. Er war ein vierschrötiger, scharfäugiger Mann aus Bristol, der sich rühmte, ein direkter Abkömmling von Edward Teach – genannt Blackbeard – zu sein. Bristol war auch die Heimat dieses Freibeuters gewesen, der nur zu bald entdeckte hatte, daß Piraterie auf hoher See einem Mann zu Reichtum verhelfen konnte. Bolitho fand die Geschichte durchaus glaubhaft, denn der Stückmeister hatte so blauschwarz schimmernde Kinnbacken, daß er sich gewiß mit einem mächtigen schwarzen Rauschebart hätte schmücken können, hätte das Marinereglement dies nicht untersagt.

Bolitho schloß: »Ich beabsichtige also, mich zwischen die Lugger und das andere Fahrzeug zu schieben. Wenn die Franzosen uns daran zu hindern suchen, dann ...«

Teach drückte seinen geteerten Hut tiefer in die Stirn. »Dann mache ich sie fertig, Sir.« Er grüßte und verschwand, nach allen Seiten Namen rufend, denn besser als jeder andere kannte er die Tüchtigsten unter der Besatzung.

»Das verfolgte Schiff ist schwer beschädigt«, stellte Queely fest, aufmerksam die Vorbereitungen an den Karronaden beobachtend. »Ich fürchte, daß wir zu spät kommen.«

Bolitho griff wieder nach dem Teleskop und studierte den Gejagten.

Die Lugger würden den englischen Kutter durchaus mit Vorsicht behandeln, denn obwohl sie seemännisch geschickt manövrierten und wie *Wakeful* wahrscheinlich mit Seeleuten von der Küste bemannt waren, konnten sie doch nicht viel Erfahrung im Gefecht besitzen. Der ihnen nächste fuhr gerade unter vollen Segeln eine gewagte Wende, wobei die neue, noch weitgehend unbekannte französische Nationale steif von seiner Gaffel auswehte: die blau-weiß-rote Trikolore, als Gösch in eine Ecke der ursprünglich weißen Flagge gesetzt.

Er blickte nach achtern und sah, daß Queely ebenfalls die Nationale gehißt hatte, obwohl die Franzosen bestimmt nicht die britischen Farben sehen mußten, um Herkunft und Absicht des Kutters zu erraten.

Dem verfolgten Fahrzeug waren einige Spieren weggeschossen worden, es kam kaum noch nach Luv voran, zumal es Wrackteile und ein gekentertes Boot nachschleppte. Es war irgendein Fischereifahrzeug, entschied Bolitho; ob französisch oder britisch, interessierte ihn im Augenblick wenig. Denn höchstwahrscheinlich diente es Schmugglern, und nur selten wagte ein Zöllner, es mit der engverflochtenen Gemeinschaft rabiater Fischer aufzunehmen.

»Mein Gott, die haben hart zu kämpfen!« Kempthorne stand des besseren Überblicks halber auf dem Lukendeckel und hatte gesehen, wie die Kugeln in und um den Rumpf einschlugen; höher gezielte rissen weitere Teile der Takelage weg.

»Ausrennen, Mr. Queely.« Die Rechte auf dem Degengriff, sah Bolitho zu, wie *Wakefuls* Stückmannschaften die Kanonen an die offenen Pforten heranhievten, bis sich die Rohre ins Freie reckten.

Die Lugger würden diesen Anblick richtig deuten: *dem Feind die Zähne zeigen.*

Im Schutz des Schanzkleids kroch Stückmeister Teach wie eine Krabbe von Kanone zu Kanone, spähte durch jede Stückpforte, gab jedem Stückführer seine Anweisungen, griff korrigierend hier nach einer Handspake, dort nach einer Talje. *Wakeful* war zwar keine Korvette, aber auf alles vorbereitet.

Plötzlich rief Queely: »Die Franzosen fallen zurück!«

Bolitho glaubte, den Grund dafür zu erraten, schwieg aber. So kam die Explosion für die anderen an Bord unerwartet und überwältigend. Eine mächtige Feuerzunge schoß aus dem Deck des verfolgten Fischereifahrzeugs. In Sekundenschnelle waren von seinen Segeln nur Ascheflocken übrig, stehendes und laufendes Gut brannte wie Zunder.

Hastig ruderte ein Boot von dem Wrack fort; es mußte kurz vor der Explosion ausgesetzt und bemannt worden sein. Ein Lugger feuerte, aber die Kugel flog hoch über die Köpfe der Bootsinsassen und warf weit entfernt eine weiße Fontäne auf.

Mit Augen, die wie im Fieber glänzten, starrte Queely Bolitho an. »Angriff, Sir?«

Bolitho deutete auf das fliehende Boot. »So nahe ran, wie Sie's wagen können. Ich glaube nicht, daß . . .« Der Knall eines zweiten Schusses übertönte den Rest des Satzes. Das

Ruderboot bekam einen Volltreffer ab. Seine Trümmer regneten aufs Wasser herab, danach war nichts mehr zu sehen.

»Diese Schweine!« knirschte Queely.

»Lassen Sie Segel kürzen.« Bolitho stellte sein Glas auf das sinkende Fischereifahrzeug ein. Eigentlich hätte es längst kentern sollen, aber irgendwie hielt ein Restauftrieb den von Einschüssen durchlöcherten und von der Explosion zerfetzten Rumpf noch über Wasser.

Kempthorne flüsterte seinem Kommandanten zu: »Wenn's eine zweite Explosion gibt, sind wir in Lebensgefahr, Sir.«

Queely fuhr ihn an: »Das ist allen klar!« Und mit einem gereizten Blick auf Bolitho: »Auf jeden Fall *mir*!«

Von fern rollte ein dumpfer Knall über die See heran, und nach einer halben Ewigkeit überschüttete ein Einschlag das kenternde Wrack mit einer Wasserkaskade. Sie mußte von der mit Maximalerhebung abgefeuerten Kugel einer Küstenbatterie stammen, wo man das Drama wohl durch starke Fernrohre beobachtete. Das Kaliber war wahrscheinlich 32 Pfund, abgefeuert aus einer »langen Neun«, wie die Engländer diese besonders treffsichere Kanone getauft hatten. Eine Batterie aus Zweiunddreißigpfündern war das schwerste, was ein Kriegsschiff noch tragen konnte. Aus diesem Grund standen sie auch zu beiden Seiten des Kanals in den Küstenbatterien, wo ihre äußerste Reichweite die Grenzen der jeweiligen Hoheitsgewässer markierte.

Wakeful war zu weit entfernt, um gezielt beschossen zu werden. Doch schon eine dieser schweren Kanonenkugeln, am Ende ihrer Flugbahn blind herabfallend, hätte genügt, den Kutter zu entmasten oder leck zu schlagen. Auch aus diesem Grund, und nicht nur, weil sie die Karronaden der Briten fürchteten, hielten sich die Lugger gut frei.

Bolitho kam zu einem Entschluß. »Wir haben keine Zeit, ein Boot auszusetzen. Versuchen wir's mit Draggen.« Er sah die Männer an, die nicht bei den Kanonen beschäftigt waren. »Ich brauche Freiwillige, die das Wrack entern!«

Zunächst rührte sich keiner, dann trat einer der halbnackten Seeleute vor. »Recht haben Sie, Sir.«

»Ich komme mit.« Das war der zweite.

Nun hoben sich ein Dutzend Hände, auch bei den Stückmannschaften.

Bolitho mußte sich räuspern. Es war Alldays Spezialität gewesen, Freiwillige zu gewinnen; daß er es auch allein bei diesen ihm völlig Fremden schaffte, hätte er nicht erwartet.

»Nehmt das Großsegel weg!« Das war Queely, der die Hände in die Hüften stützte, um sie ruhig zu halten. »Toppsegel und Fock reichen aus, Mr. Kempthorne.«

Bolitho trat zu den Freiwilligen, die ihre Wurfleinen und Draggen vorbereiteten.

Der erste, der sich gemeldet hatte, fragte ihn: »Wonach sollen wir denn suchen, Sir?« Sein Gesicht war verunstaltet wie das eines Preisboxers und bewirkte bei Bolitho eine andere Erinnerung: die an Stockdale, seinen ersten Bootsführer, der ihn damals in der Schlacht bei den Saintes-Inseln gedeckt und dafür mit dem Leben bezahlt hatte.

»Wenn ich ehrlich sein soll - ich weiß es nicht.« Er beugte sich außenbords und blickte auf den mit Schlagseite gefährlich dicht herantreibenden Rumpf hinunter. Das Wasser rund um die Schiffe war bedeckt mit toten Fischen, zersplitterten Fässern, versengten Fetzen und verbrannten menschlichen Körperteilen.

Wieder der weit entfernte Knall - und dann, nach geraumer Zeit, der Einschlag wenige Meter neben dem Wrack. Es fungierte wohl als Richtmarke für die Küstenbatterie, dachte er. Wie ein einzelner Baum in der Mitte eines Schlachtfelds.

Die Druckwelle rollte das Wrack halb auf die Seite; man hörte Wasser in den Rumpf rauschen, als die Plankenstöße sich öffneten.

»Draggen!«

Vier der scharfen leichten Greifanker bissen ins Schanzkleid des Wracks, und in der nächsten Sekunde hangelten sich die Freiwilligen daran hinüber, angefeuert von ihren

Kameraden. Die französischen Lugger waren in Vergessenheit geraten – außer bei Teach und seinen sorgfältig ausgewählten Spezialisten.

Wieder feuerte die Küstenbatterie und deckte die Enterer mit einem Gischtregen ein, sodaß sie sich erschreckt umsahen.

Heiser sagte Queely: »Die können uns jeden Moment eingabeln, Sir!«

Mit einem Knall brach die erste Wurfleine. Das Wrack begann, unter Wasser zu gleiten. Es hatte keinen Sinn, noch mehr zu riskieren.

»Werft die Leinen los! Ruft die Enterer zurück!«

Bolitho fuhr herum, als der Mann mit dem demolierten Gesicht plötzlich ausrief: »Moment mal, Sir!«

Mit einem Satz sprang er in den Niedergang, an dessen Fuß schon das eingedrungene Wasser im Sonnenschein glitzerte. Wenn der Rumpf jetzt auf Tiefe ging, wurde der Mann unweigerlich mitgerissen.

»*Zurück!*«

Mit angehaltenem Atem beobachtete Bolitho, wie der Mann wieder auftauchte. Er hatte sich eine Gestalt über die Schulter geworfen, so leicht wie einen halbleeren Kartoffelsack.

»Mein Gott, das ist ja eine Frau!« keuchte Queely.

Hilfsbereite Hände griffen nach dem Retter und seiner Bürde, holten beide an Bord. Dann brach die zweite Leine, das Wrack sackte tiefer, und Bolitho wies Queely an, loszuwerfen und den Kutter aus dem Gefahrenbereich zu manövrieren.

Abermals heulte eine Kugel heran und traf den halb unter Wasser liegenden Rumpf.

»Setzt das Großsegel! Mehr Leute in die Toppen, flink!«

Wakeful nahm Fahrt auf, zerteilte Treibgut und Fischkadaver mit ihrem scharfen Steven.

Als Bolitho wieder hinsah, war das Wrack verschwunden. Langsam schritt er durch die glotzenden Seeleute zu der an Deck ausgestreckten Frauengestalt. Es war ein junges Mädchen in grober, ärmlicher Kleidung; ein zerrissener Schal hielt das lange Haar zusammen, ein Fuß war nackt, der andere steckte noch in einem plumpen Holzschuh.

Neugierig umstanden die Männer die Reglose, bis Queely sie wegscheuchte und neben ihr niederkniete.

Der Matrose, der sie an Bord gebracht hatte, sagte bedrückt: »Die ist hin, Sir.« Es klang, als fühle er sich betrogen.

Bolitho sah in das blasse Gesicht. Die Augen waren fest geschlossen, Salzwasser lief wie Tränen über die Wangen. Sie schien in tiefem Schlaf zu liegen, aber in einem von Alpträumen heimgesuchten Schlaf. Irgendein armes Fischermädchen, dachte Bolitho, das ohne eigenes Zutun in diesen tödlichen Konflikt geraten war.

Queely knöpfte das Leibchen auf und legte die Hand auf ihre linke Brust. Bis auf das Seufzen des Windes herrschte Stille an Bord.

Schließlich zog Queely die Hand zurück und zupfte die nassen Kleider mit überraschender Zartheit wieder zurecht.

»Tot, Sir.« Sein dumpfer Blick suchte Bolitho. »Sollen wir sie über Bord geben?«

Bolitho zwang sich, näher heranzutreten; er ballte die Fäuste so fest, daß die Nägel in die Haut schnitten.

»Nein. Noch nicht.« Er musterte die Gesichter rundum. »Der Segelmacher soll sie ordentlich einnähen.« Er kniete sich hin und berührte ihr Haar. Es war rauh wie nasser Tang. Dann fiel sein Blick auf ihren nackten, ausgestreckten Fuß. »Was sind das für Striemen?«

Queelys Augen hingen an den Segeln, dann blickte er achteraus, ob sie verfolgt wurden, von den Luggern oder den Kugeln der Küstenbatterie. Nichts.

»Sir?«

Bolitho überwand sich und betastete den eiskalten Knöchel. Die Haut war geritzt wie von Fußeisen.

»Die harten Holzschuhe, Sir«, erläuterte Queely. »Sehen Sie da, am anderen Fuß. Sie war solches Schuhzeug nicht gewohnt.«

»Verstehe.« Bolitho wollte die Tote zudecken, ihr Elend vor den neugierigen Blicken verbergen. Stattdessen hob er ihren Fuß an und untersuchte ihn genauer. Er war weich, aber noch nicht vom Seewasser, und ohne Schwielen; nein, Holzschuhe hatte er nicht gekannt, wohl aber zartes Leder und fröhlichen Tanz. Wie ein Messerstich durchzuckte ihn wieder die schmerzliche Erinnerung an Viola.

Über die Leiche hinweg sah er Queely an. »Ich hätte es gleich sehen müssen.« Dann beugte er sich vor, bis sein Gesicht fast das der Toten berührte. »Kommen Sie näher!« Und als er Queely neben sich spürte: »Riechen Sie es?«

Unsicher zögerte Queely. »Aye, Sir. Ganz schwach.« Er strich dem toten Mädchen die nassen Haarsträhnen aus der Stirn, als würde es gleich die Augen öffnen. »Parfüm, Sir«, setzte er hinzu.

Bolitho untersuchte die kleinen Hände, die trotz der warmen Sonne schon steif wurden. Schmutzig, aber glatt und gepflegt.

Leise stellte Queely fest: »Das war kein Fischermädchen, Sir.«

Bolitho erhob sich und suchte Halt an einer Pardune. Ein Blick nach querab zeigte ihm, daß die Lugger sich, halb verborgen im Dunst, auf sichere Distanz hielten und das Land schon außer Sicht war.

Er wußte, daß Queely jetzt die Kleider der Toten durchsuchte, wollte aber nicht zusehen. Schließlich erhob sich der Leutnant, ein weißes Spitzentaschentuch in der Hand. Durchweicht vom Seewasser, aber sonst sauber und mit dem Initial H in einer Ecke: eine letzte Verbindung zu ihrem früheren Leben, das sie verloren hatte.

»Das ist alles, Sir«, sagte Queely bedrückt.

Bolitho nahm das Tuch entgegen. »Vielleicht können wir eines Tages ...« Er verstummte.

Später wurde der schmächtige, in altes Segeltuch genähte Körper auf einer Gräting über die Reling gehoben. Leutnant Kempthorne hatte Bolitho gefragt, ob er mit der britischen

Flagge bedeckt werden sollte, doch Bolitho schüttelte den Kopf. »Sie ist von ihren eigenen Landsleuten getötet worden, unsere Farben wären ihr da kein Trost.«

Barhäuptig und stumm stand die Besatzung um die provisorische Bahre. Bolitho straffte sich, als Queely, den Hut unter den Arm gepreßt, laut etwas auf französisch sagte.

Dann wiederholte er für die Männer ringsum: »An einem Grab können wir ihrer nicht gedenken, denn wir überantworten ihren Körper der See, aus der sie zu uns kam.«

Ein kurzes Gebet, dann ein Ruck, ein Aufklatschen außenbords, und die Männer wandten sich ab, kehrten in kleinen Gruppen zu ihrer Arbeit zurück.

Queely setzte seinen Hut wieder auf. »Und nun, Sir?«

Bolitho war noch in Gedanken. »Seltsam, daß eine junge, unbekannte Französin bei diesem schmutzigen Geschäft unsere erste Verbündete wurde«, sagte er, zog das Spitzentuch heraus und betrachtete es. »Als solche werden wir ihrer gedenken.« Er starrte achteraus in *Wakefuls* weiß schäumendes Kielwasser. »Jetzt ist sie in Sicherheit. Und in guter Gesellschaft.«

VIII Bei der alten Abtei

Der Hufschlag der Pferde wurde dumpfer, als die Reiter von der schmalen Straße ins Sumpfland abbogen, dessen Binsen noch vom nächtlichen Regen glitzerten.

Bolitho trieb sein Tier zu schnellerer Gangart an und beobachtete, wie die Sonne Baumwipfel und die Dächer verstreuter Bauernhöfe aus der Morgendämmerung schälte. Unter ihren Strahlen öffnete sich die Landschaft wie neulich, als sie das verfolgte Fischereifahrzeug gesichtet hatten.

Wakeful hatte noch vor Morgengrauen geankert, und binnen einer Stunde saß Bolitho zu Pferde, gefolgt von dem kleinen Matthew und begleitet von einem Trupp Dragoner. Ihr Anführer hielt jetzt kurz inne, um sich nach ihnen umzusehen; sein roter Uniformrock und die weißen gekreuzten Brustriemen leuchteten grell vor der dunklen Kulisse tropfender Bäume.

Die Eskorte hatte, vom Adjutanten des Kommodore verständigt, schon gewartet, als der Kutter vor Anker ging. Über den Grund ihrer Mission hatte er Bolitho allerdings nichts Näheres sagen können, da Hoblyn selbst bereits wieder zu irgendeiner Werftbesichtigung unterwegs war.

»Es dauert nicht mehr lange«, rief der Dragoner Bolitho zu. »Reiten wir zu schnell für Sie?«

»Ich stamme aus Cornwall«, antwortete Bolitho kurzangebunden. »Dort ist man das Reiten gewohnt.«

Der Dragoner grinste. »Und ich komme aus Portsmouth, Sir. Aber deshalb verstehe ich noch lange nichts von Schiffen.« Er trabte wieder an.

Bolitho fiel auf, daß der Mann seinen kurzen Karabiner, die Lieblingswaffe der Dragoner, schußbereit quer auf dem Sattel liegen hatte: wie ein Krieger in feindlichem Territorium. In dieser friedlichen bäuerlichen Landschaft wirkte es seltsam unsinnig.

Immer wieder mußte Bolitho an die junge Französin denken. Die Tote war sein einziger Anhaltspunkt, aber noch wußte er nicht genau, wofür. Stattdessen sah er ständig ihr in Todesangst erstarrtes Gesicht vor sich und glaubte, noch ihre eiskalte Haut unter seinen Fingern zu fühlen. *Viola . . .*

Wem konnte er trauen? Wer würde ihm glauben?

»Hier sind wir, Sir.«

Bolitho blickte überrascht auf und sah, daß sie durch einen Wald mit hohen, weit auseinanderstehenden Bäumen getrabt waren. Nun standen sie auf einer fast kreisrunden Lichtung mit einem vom Blitz verbrannten Baumstumpf in der Mitte. Der ideale Platz für ein Duell, dachte er grimmig.

Zwischen den Bäumen leuchteten hier und da rote Uniformen, gelegentlich peitschte ein Pferdeschweif die feuchten Stämme. Eine Drohung hing über dieser Lichtung, eine Atmosphäre von Gewalt.

Auf einem Faltstuhl saß ein Offizier und trank aus einem Silberbecher, seinen aufmerksamen Burschen dicht neben sich. Er entdeckte Bolitho, reichte dem Mann den Becher und erhob sich. Seine Uniform war hervorragend geschnitten, konnte aber einen leichten Bauchansatz nicht kaschieren. Gut betucht und lebensfroh, schätzte Bolitho, trotz des niedrigen Soldes.

Lächelnd zog der Offizier den Hut. »Major Philip Craven, Sir, vom 30. Dragonerregiment.« Eine leichte Verbeugung. »Möchten Sie einen Schluck zur Erfrischung?«

Er besaß geschliffene Umgangsformen und war jünger, als es den Anschein gehabt hatte. Doch bemerkte Bolitho, daß seine Augen trotz seiner scheinbaren Sorglosigkeit unruhig umherschweiften: von seinen Leuten zu den Pferden, dann zu dem Pfad, auf dem sie gerade gekommen waren, und wieder zurück.

»Gerne«, sagte Bolitho zu seiner eigenen Überraschung, denn normalerweise fühlte er sich unter Landtruppen unbehaglich, mochten sie nun Infanterie oder Kavallerie sein.

Als der Bursche sich nach dem Imbißkorb bückte, gewahrte Bolitho zum ersten Mal einen Marineleutnant und einen großen bleichen Midshipman im Hintergrund.

Der Dragonermajor winkte sie heran. »Zwei Offiziere des Rekrutierungskommandos.«

Bolitho nahm den angebotenen Becher entgegen und stellte dabei erleichtert fest, daß seine Hand ruhig blieb. Also neue Probleme. Ging es um Allday? »Warum bin ich hinzugezogen worden?« fragte er.

Der Major zuckte die Schultern. »Ich habe natürlich von Ihren – äh – Einsätzen gehört. Auch in Abwesenheit des Kommodore versuche ich Kontakt zur Marine und den örtlichen Behörden zu halten.« Mit einem plötzlichen Stirnrunzeln fügte er hinzu: »Mein Gott, wir kommen uns schon wie Besatzer vor!« Er ließ sich Wein nachschenken und kam zur Sache: »Ein Seemann wurde hier ermordet, als er versuchte, einen flüchtenden Gepreßten zu stellen.«

Bolitho nahm einen Schluck. Es war ausgezeichneter und ziemlich teurer Rotwein.

Der Dragonermajor fuhr fort: »Der Midshipman hier war dabei zugegen, aber sein Trupp wurde von irgendwelchen Marodeuren überfallen und der Seemann dabei niedergemacht.« Bedächtig schritt er zu ein paar niedergetrampelten Grasbüscheln. »Hier haben wir seine abgehackte Hand gefunden, sie hielt noch die Pistole. Daraus war vor kurzem geschossen worden, also hat er vielleicht einen der Strolche verletzt. Ich habe die nähere Umgebung von meinen Leuten absuchen lassen, aber glückliche Zufälle sind leider selten.« Er lachte verbittert. »Natürlich haben wir nichts gefunden. Wie nicht anders zu erwarten.« Er warf einen Blick in den finsteren Wald, der jeden Sonnenstrahl aussperrte. »Der Ort hier ist verrufen, die Bevölkerung meidet ihn. Trotzdem muß kürzlich eine Kutsche dagewesen sein. Aber ihre Spuren verlieren sich draußen vor dem Wald.«

»Vielleicht eine der lokalen Größen?«

Der Major warf ihm einen scharfen Blick zu. »Ich habe da so meine eigenen Vermutungen. Aber was kann ich schon tun? Wenn man bedenkt, daß ich vielleicht noch dieses Jahr meine Dragoner gegen die Franzosen führen muß«, er gestikulierte vage in Richtung See, »um diese Leute hier vor einer Invasion zu schützen, obwohl sie uns belogen, betrogen und sogar gemeuchelt haben, wenn wir ihnen im Weg standen . . .«

»Ist es wirklich so schlimm?«

Der Major lächelte. »Schlimmer. Fragen Sie unseren Oberst, der kann Ihnen allerhand erzählen. Vor acht Jahren, noch als Hauptmann, war er auf Thanet stationiert. Eines Tages wurde er mit fünfzig Dragonern nach Deal beordert, um dort eine Schmugglerbande zu zerschlagen und ihre Schiffe zu verbrennen.« Sein Blick wurde hart, als er die Szene vor sich sah und sich selbst an der Stelle seines Vorgesetzten. »Ein bewaffneter Mob von tausend Mann griff sie an und drängte sie ab. Ohne die rechtzeitige Ankunft des

38. Infanterieregiments - Gott segne sie -, das die ganze Strecke von Canterbury im Gewaltmarsch zu Hilfe geeilt kam, wären unsere Dragoner niedergemetzelt worden. Ich bin Soldat und habe schon Schreckliches erlebt. Sie bestimmt auch. Aber diese Arbeit hier macht mich krank.«

Bolitho sah, daß Matthew die Pferde unter die Bäume führen wollte, aber von einem Dragoner mit erhobener Hand daran gehindert wurde.

»Warum meiden die Einheimischen diese Lichtung?« fragte er.

Der Major hob die Schultern. »Sehen Sie den verbrannten Baumstumpf dort? Ein Mann aus einem Nachbardorf fiel einer Schmugglerbande in die Hände. Er war dafür bekannt, daß er Informationen an die Zöllner verkaufte, sogar an die Soldaten.«

»Dafür haben ihn die Schmuggler hier ermordet?« Bolitho musterte die Lichtung.

»Nein. Sie haben erst den Baum angezündet und ihm dann beide Augäpfel ausgebrannt. Zur Abschreckung für andere. Als hätte es die noch gebraucht!«

Bolitho zupfte sich das feuchtkalte Hemd von der Haut. »Danke, daß Sie mich informiert haben.« Er winkte die beiden Marineoffiziere heran. »Es dauert nicht lange.«

Grüßend trat der Leutnant hinzu und berichtete, daß er einen Rekrutierungstrupp befehlige und seinen Midshipman mit einigen Gefangenen nach Sheerness geschickt habe.

Bolitho unterbrach sein offensichtliches Bemühen, alle Verantwortung auf seinen Untergebenen abzuwälzen. »Dazu kommen wir noch.« Er musterte den bleichen Fähnrich und spürte dessen Furcht. »Wer sind Sie? Und berichten Sie mir genau, was passiert ist.«

»Midshipman Fenwick, Sir.« Der Mann sah überall hin, nur nicht in Bolithos Augen. »Ich - ich machte mit meinem Trupp wie gewohnt Rast bei einem kleinen Gasthaus, Sir, und als ich meine Ronde ging, entdeckte ich, daß einer meiner Schützlinge entflohen war. Mir blieb keine Zeit, die

Polizeiwache zu verständigen, deshalb beschloß ich, zusammen mit ...« Nervös blickte er auf das zertrampelte Gras nieder. »Sie waren in der Überzahl, Sir. Alles hier war voll von ihnen.«

Nachsichtig unterbrach ihn der Major: »Es war *Nacht*, Kapitän Bolitho.«

»Verstehe.« Bolithos Blick blieb an Fenwicks Händen hängen, deren Finger sich unruhig öffneten und schlossen. Eher die Hände eines alternden Mannes als die eines Fähnrichs am Beginn seiner Laufbahn. Bei der Beförderung übergangen oder bei der Offiziersprüfung durchgefallen? Aber er hatte noch eine Chance, und das war mehr, als andere von sich sagen konnten.

»Wer war der Flüchtige?« fragte Bolitho.

»Ein – ein Segelmacher, Sir. Wir brachten ihn getrennt von den anderen unter, weil ...« Er beendete den Satz nicht, sondern rief weinerlich: »Ich habe mein Bestes getan, Sir!«

Wütend starrte der Leutnant seinen Untergebenen an. »Er hätte es besser wissen müssen, Sir. Der einzige gute Mann, der uns in die Hände fiel, ein Deserteur von der *London* – und dieser Narr hier läßt ihn entkommen!«

»Ruhe!« fuhr Bolitho ihn an. Dann wandte er sich wieder an den Midshipman: »Wissen Sie den Namen dieses Segelmachers?« Hinter der Sache, das spürte er, steckte mehr, als Fenwick berichtet hatte. Vielleicht war er feige davongelaufen und hatte den Seemann hier allein sterben lassen.

Der Midshipman runzelte die Stirn. »Er hieß ...« Dann nickte er. »Ja, Sir. Jetzt fällt's mir ein: Er hieß Spencer.«

»Wahrscheinlich ist er längst auf See mit den Schmugglern«, bemerkte der Major resigniert.

Bolitho wandte sich ab, um seine Reaktion zu verbergen, und ging ein paar Schritte auf und ab. Allday konnte zwar weder lesen noch schreiben, aber er liebte Tiere und kannte sich mit ihnen aus. Besonders den alten Schäferhund im grauen Steinhaus der Bolithos hatte er ins Herz geschlossen. Und den hatte Bolitho »Spencer« getauft.

Abrupt wandte er sich an den Leutnant und befahl: »Sie werden diesen Midshipman jetzt unter Arrest stellen und bei ihm in der Werft bleiben, bis eine gründliche Untersuchung abgeschlossen ist.« Weder Fenwicks erschrockenes Luftschnappen noch das entsetzte Gesicht des Leutnants beeindruckten ihn. Falls die beiden in die Sache verwickelt waren, konnte es nur von Vorteil sein, sie unter Kontrolle zu haben. Bei einer Beteiligung würden sie auf jeden Fall den kürzeren ziehen: entweder vor dem Kriegsgericht und danach am Strick von der Rahnock baumelnd oder – er blickte zu dem verkohlten Baumstumpf hinüber – oder unter den Händen viel schlimmerer Richter, wenn erst bekannt wurde, daß sie enttarnt waren.

Der Major begleitete Bolitho zu seinem Pferd zurück. »Das war ganz nach meinem Geschmack«, sagte er bewundernd.

Bolitho lächelte knapp. Dem Mann würde die Bewunderung vergehen, dachte er, wenn er die Hintergründe wüßte. Er schob einen Fuß in den Steigbügel und saß auf. Hauptsache, der Tote war nicht Allday gewesen. Nein, Allday lebte noch und riskierte dieses Leben wieder einmal für ihn.

Es fiel ihm schwer, beiläufig zu sprechen. »Ich begebe mich jetzt zur Kommandantur, Major«, sagte er. »Möglicherweise ist der Kommodore inzwischen zurückgekehrt.«

»Dann begleite ich Sie, Sir.« Der Major war offenbar froh, den Tatort verlassen zu können.

Als sie aus dem Wald in den freundlichen Sonnenschein hinaus ritten, die Dragoner in Zweierreihen hinter ihrem Offizier, wandte Bolitho sich noch einmal nach der Lichtung um. Krähen kreisten über den Wipfeln und zerrissen die Stille mit ihrem heiseren Kreischen. Kein Wunder, daß die Dorfbewohner diesen Ort mieden, dachte er und biß die Zähne zusammen, weil er wieder das tote Gesicht der jungen Französin vor sich sah.

Vielleicht war sie nur zufällig bei der Explosion des Fischkutters gestorben, doch das schien ihm unwahrscheinlich.

Er erinnerte sich an das hastig davonrudernde Beiboot, kurz bevor das Fahrzeug in die Luft geflogen war. Wer diese »Fischer« auch gewesen waren, sie hatten nach einem festen Plan gehandelt, vorbereitet für den Fall, daß sie von einer französischen Patrouille aufgebracht wurden. Um sich ihrer zu entledigen, hatten sie die Kleine wahrscheinlich vor der Explosion unter Deck angekettet.

Vielleicht war sie nur eine von wenigen adligen Flüchtlingen gewesen. Andererseits mochten es hunderte sein, die aus Angst vor dem Terror ihre ganze Habe und sogar sich selbst verkauften – für die Chance, nach England zu entkommen.

Schmuggler? Nein, eher schon Sklavenhändler, und selbst diese Bezeichnung war noch zu gut für sie.

Nur *Wakeful* war Zeugin dieses Verbrechens geworden, und sobald es bekannt wurde, mußte Alldays Leben doppelt gefährdet sein.

Er winkte den Major heran. »Dieser geblendete Informant, von dem Sie vorhin sprachen«, sagte er. »Lebt er noch?«

Der Dragoner nickte, ohne den Blick von den Hecken zu wenden, die ihren Weg säumten. »Ja, aber sein Verstand ist verwirrt. Die Einheimischen füttern ihn heimlich. Auch meine Dragoner lassen ihm ab und zu ein paar Bissen zukommen. Trotzdem wäre der Mann besser tot. So ist er ein lebendiger Beweis dafür, was mit denen geschieht, die die Bruderschaft verraten.«

»Könnten Sie ihn für mich finden?« Und als der Major ungläubig staunte: »Ich muß auch nach Strohhalmen greifen, darf keine Möglichkeit unbeachtet lassen, selbst die unwahrscheinlichste nicht.«

Der Major nickte. »Ich kann's versuchen.« Er warf Bolitho einen Seitenblick zu. »In dieser Sache stehe ich voll hinter Ihnen, Sir. Die Untätigkeit bin ich herzlich leid.«

Impulsiv griff Bolitho nach seiner Hand. »Also gehen wir es an.« Trotz der warmen Frühlingsluft überlief ihn ein kalter Schauer. Die Zeit des Leisetretens war nun vorbei.

Hoblyns Haus wirkte leer und verlassen, doch als Bolitho die Wache rundheraus fragte, erfuhr er, daß der Kommodore anwesend war.

Sie stiegen ab. Major Cravens Bursche und der kleine Matthew hielten die beiden Pferde, während der Rest der Dragoner im Sattel blieb und draußen vor dem Tor Stellung bezog.

Lautlos schwang das Eingangsportal auf, und Bolitho erkannte dahinter Hoblyns Privatsekretär.

»Ich muß den Kommodore sprechen.«

Der Jüngling blickte über die beiden Besucher hinweg zur Auffahrt, als wolle er behaupten, daß Hoblyn nicht zu Hause sei. Seine haselnußbraunen Augen weiteten sich vor Schreck, als er die Berittenen am Tor sah. Schließlich sagte er zögernd: »Ich führe Sie zu ihm.« Er ging ihnen durch den Empfangssalon voran.

Der Major blickte sich um und verzog das Gesicht. »Wie in einem Mausoleum. Hier fehlt die Hand einer Frau.«

Der Kommodore saß hinter seinem mächtigen Schreibtisch und machte bei ihrem Eintreten keinerlei Anstalten, sich zu erheben.

»Weshalb dieser Überfall?« fragte er ungehalten. »Ich bin sehr beschäftigt. Der Tag hat nicht genug Stunden für mich.«

Bolitho begann: »Ich habe Ihnen einen Bericht gesandt . . .«

»Ach, tatsächlich?« Hoblyn musterte den Major kalt. »Wollen *Sie* mich ebenfalls sprechen?«

Craven ließ sich nicht einschüchtern. »Ja. Kapitän Bolitho ist der Ansicht, daß es für uns alle besser wäre.«

»Aha.« Hoblyn deutete auf zwei Stühle und kramte in Papieren auf seinem Schreibtisch. »Richtig, Ihr Bericht. Irgendwo hatte ich ihn doch. Jetzt fällt es mir wieder ein: über einen Fischkutter und zwei französische Lugger.« Abrupt blickte er auf, Tadel in den harten Augen. »Da haben Sie zu hastig reagiert, Bolitho. Die Franzosen werden schwören, daß Sie sich in ihren Gewässern strafbar gemacht haben. Ob das nun zutrifft oder nicht – sie werden den Zwischenfall bestimmt als Bedrohung des Friedens hinstellen, eines Friedens, den Seine Majestät unbedingt erhalten will. Er möchte die Franzosen keinesfalls provozieren, ganz gleich, in welch chaotischem Zustand ihr Land ist.«

Bolitho konterte: »Und ich dachte, Seine Majestät wünsche noch sehnlicher als den Frieden, den eigenen Kopf auf den Schultern zu behalten.«

»Das ist impertinent!« explodierte Hoblyn. »Weshalb machen Sie überhaupt soviel Theater um einen armseligen Fischkutter? Sie sollten Ihre Talente für lohnendere Ziele einsetzen!« Hoblyns Zorn wuchs von Minute zu Minute, seine verkrüppelte Hand unterstrich jedes Wort mit Schlägen auf die Tischplatte.

Bolitho beharrte: »Meiner Meinung nach haben sie Emigranten über den Kanal geschmuggelt, Sir. Da werden Menschen wie Ware verschoben, ohne Rücksicht auf ihr Leben.« Er berichtete Hoblyn von dem toten Mädchen; für einen Moment dämpfte Besorgnis den Zorn in Hoblyns Blick.

Doch dann faßte sich der Kommodore wieder. »So oder so, wer kennt die Wahrheit? Es gibt dafür nur Ihre Aussage, Bolitho, und ich fürchte, davon wird die Admiralität nicht sonderlich beeindruck sein.« Er beugte sich vor und starrte seinen Untergebenen an, hatte den Major offenbar völlig vergessen. »Falls Sie auf dieser fixen Idee beharren, bricht es Ihnen das Genick! Sie wissen aus eigener Erfahrung, daß hunderte von Kapitänen Ihren Posten hier mit größter Freude übernehmen würden.«

Dickköpfig erwiderte Bolitho: »Ich kann nicht glauben, Sir, daß Sie ein Verbrechen decken würden, nur um die französische Regierung nicht zu irritieren. Falls das aber zutrifft, dann rechnen Sie nicht mit mir. In dem Fall kehre ich nach London zurück und quittiere den Dienst.« Die Stiefel des Majors quietschten leise, als dieser unbehaglich auf seinem Stuhl herumrutschte. Bolitho war überrascht, daß er es trotz seines lauten Herzklopfens hören konnte.

Hoblyn betupfte sich die Stirn mit einem Spitzentuch. »Wir wollen nichts übereilen, Bolitho.«

»Ich bitte Sie nur, Sir – ich beschwöre Sie sogar –, die Sicherheit Ihrer Stellung hintanzusetzen und mit Ihrem ganzen Einfluß gegen diese Praktiken vorzugehen. Anscheinend haben wir hier jedermann gegen uns, und die Schmuggler lachen nur über unsere Versuche, ihnen das Handwerk zu legen.«

Hoblyn starrte auf die Schreibtischplatte nieder. »Sie haben soviel guten Willen, Bolitho, und so wenig Vertrauen in Ihre Vorgesetzten.«

»Ich habe keinen Anlaß zu Vertrauensseligkeit, Sir.«

Hoblyn schien mit sich selbst uneins zu sein. »Und Sie sind fest entschlossen, diese Angelegenheit weiterzuverfolgen, auch wenn Sie damit in ein Wespennest stochern?«

»Ich habe keine andere Wahl, Sir. Aber ich benötige Ihre Unterstützung.«

»Ja.« Hoblyn bewegte Hals und Schultern, als litte er Schmerzen. »Vielleicht haben Sie recht mit der Annahme, daß es zwischen den Schmugglern und den Pogromen in Frankreich einen direkten Zusammenhang gibt. Und es stimmt ja, unser Premierminister drängt auf ein strengeres Vorgehen gegen diese Banden.« Verbittert setzte er hinzu: »Ich fürchte nur, William Pitt hat herzlich wenig dazu beigetragen, daß wir auch die nötigen Mittel für Gegenmaßnahmen erhalten.«

Major Craven murmelte: »Alle rufen nur nach den Dragonern, Sir.«

Hoblyn stieß einen tiefen Seufzer aus. »Ich werde eine Depesche an Ihre Lordschaften in London schicken, Bolitho. Natürlich hängt die Entscheidung nicht von mir ab. Ich werde aber betonen, daß auch ich für energischere Schritte gegen dieses Unwesen bin.«

»Danke, Sir.« Bolitho hoffte, daß sich in seinem Ton keine Überraschung verriet. Erst Zorn, dann Zustimmung – dieser Wechsel kam zu schnell, zu leicht und sah dem Kapitän, der einst mit brennenden Kleidern den feindlichen Freibeuter geentert hatte, so gar nicht ähnlich.

Hoblyn preßte die Fingerspitzen beider Hände gegeneinander und sah Bolitho gleichmütig an. »Versammeln Sie in der Zwischenzeit Ihre drei Kutter in Sheerness«, befahl er.

»Sie sind schon hier, Sir. Während meiner Abwesenheit hat *Snapdragon* die Werft in Chatham verlassen.«

Hoblyn lächelte mit dünnen Lippen. »Hoffentlich können Sie den Ereignissen auch künftig stets einen Schritt voraus bleiben, Bolitho. Bald werden hier nicht wenige Ihren Tod wünschen. Deshalb schlage ich vor, daß Sie so schnell wie möglich in ein festes Haus an Land umziehen. Ich besorge Ihnen ein Quartier innerhalb des Werftgeländes, da werden Sie sicherer sein.«

Lautlos öffnete sich die Tür, und der jugendliche Privatsekretär spähte herein, als hätte er die Gedanken seines Herrn erraten. »Jules wird Sie hinausführen, meine Herren.«

Bolitho und der Major erhoben sich. Eine Bewirtung sollte es diesmal wohl nicht geben.

Hoblyn fügte noch hinzu: »Und halten Sie mich über alle Ihre Schritte informiert.« Eindringlich blickte er jeden einzeln an. »Ich werde meinen Kopf nicht für Ihre ehrgeizigen Pläne in die Schlinge stecken!«

Damit war die Unterredung beendet.

Draußen in der Auffahrt meinte Bolitho grimmig: »War das nun ein Sieg oder eine Niederlage?«

Der Dragoner runzelte die Stirn. »Jedenfalls war es besser, als stillzuhalten und gar nichts zu tun. Es wird höchste Zeit, daß London begreift, mit welchen Gegnern wir es hier zu tun haben. Sie brauchen Männer für die Flotte . . .«

Bolitho sah den kleinen Matthew mit den Pferden herankommen. »Falls überhaupt eine Flotte rechtzeitig ausgerüstet wird.«

»Wie dem auch sei, Sie kriegen jedenfalls keinen einzigen guten Mann, ehe Sie nicht die Bruderschaft zerschlagen und ihre Macht über die Leute an der Küste gebrochen haben.«

Damit schwang sich der Major in den Sattel. »Auf mich können Sie jedenfalls zählen.«

Bolitho lächelte zu ihm empor. »Vergessen Sie nicht meine Bitte von vorhin.«

»Wie schon gesagt: Ich will's versuchen.« Damit spornte der Major sein Pferd an, trabte durchs Tor und setzte sich mit einem Gruß an die Spitze seiner Dragoner.

Ein guter Offizier, dachte Bolitho. Und einer, dem er instinktiv vertraute. Warum, das wußte er selber nicht.

In der Werft ließen sie die Pferde beim wachhabenden Seesoldaten und schritten auf die Pier hinaus, wo mehrere Übersetzboote auf Kunden warteten. Eine Weile starrte Bolitho zu den drei verankerten Kuttern hinüber, die wie schlafende Seevögel leise über ihrem Spiegelbild dümpelten. Seine Herde ... Allday hatte sie so genannt.

Er befahl dem nächsten Fährmann: »Bring uns zur *Telemachus*.«

Während das Boot im Zickzack zwischen den Ankerliegern hindurchglitt, stach Bolitho ein Sonnenreflex ins Auge. Er rührte von einem Teleskop auf der *Wakeful* her, das von der Poop auf ihn gerichtet wurde. Bolitho blickte weg. Wahrscheinlich war das Queely, der seinen Weg zur *Telemachus* verfolgte und froh war, ihn los zu sein.

An der Schanzkleidpforte wurde Bolitho von Paice erwartet. Überrascht bemerkte er, daß der Kommandant ihn mit offensichtlicher Freude begrüßte.

»Willkommen an Bord, Sir. Ich hatte gehofft, daß Sie wieder zu uns kommen würden.« Grinsend deutete Paice auf die emsig beschäftigten Gestalten an Deck. »Sie hatten recht, Sir. Die Besatzung hat so hart gearbeitet, daß sie das Jammern vergessen hat.«

Zufrieden nickte Bolitho. Bis auf den Gestank nach Teer und Ölfarbe erinnerte nichts mehr an die im Gefecht erlittenen Schäden.

Paice wurde wieder ernst. »Nichts Neues von Ihrem Bootsführer, Sir.«

Bolitho hielt seinen Blick fest. »Was wissen Sie?«

»Nur daß er eine Besorgung für Sie macht, Sir. Jedenfalls offiziell.« Paice streifte seine Männer mit einem Blick. »Aber Gerüchte verbreiten sich schnell. Je länger es dauert . . .« Er schwieg.

Bolitho berührte seinen Arm. »Ich weiß. Aber bitte belassen Sie es dabei – wenn schon nicht um meinet-, dann um seinetwillen.« Er blickte über die sonnenbeschienene, friedliche Reede. »Ich werde neue Befehle für Sie ausschreiben.« Damit wandte er sich um und sah Paice fest an. »Sie übernehmen hier den Oberbefehl, falls mir etwas zustößt.«

Auf Paices kraftvollen Zügen lagen Besorgnis und Stolz im Widerstreit. »Die würden es doch nicht wagen, Sir!«

Bolithos Blick umfaßte noch einmal die drei Kutter. »Damit ich von diesem Posten abgezogen werde, braucht nur irgendein Speichellecker bei der Admiralität den kleinen Finger zu heben. Außerdem könnte ich fallen. Mit diesem Risiko leben wir ständig, Mr. Paice, also seien Sie auf alles vorbereitet.«

Paice begleitete ihn zum Niedergang. »Unter Ihrem Einfluß, Sir, hat sich meine Besatzung weiß Gott gemausert, und die der beiden anderen Kutter auch. Beim nächsten Mal werden Sie nichts an uns auszusetzen haben.«

Bolitho zog die Tür hinter sich zu und starrte durchs Skylight der Kajüte in den Himmel. War Hoblyn in eine Verschwörung verwickelt – oder einfach nur gleichgültig? Der geschmeidige Privatsekretär fiel ihm wieder ein, Jules. Wie gut der Name doch zu ihm paßte!

Später konnte er sich nicht daran einnern, eingeschlafen zu sein. Aber er erwachte mit der Stirn auf dem Unterarm, zwischen den Fingern noch den Federkiel, mit dem er die Befehle für Paice unterschrieben hatte. Dem Schreibtisch gegenüber saß der Kommandant auf einer Seekiste und musterte ihn besorgt. »Ich wette, Sie haben in den letzten beiden Tagen nicht geschlafen«, sagte er, und es klang wie ein Vorwurf. »Es widerstrebt mir sehr, Sie zu wekken, aber ...«

Bolitho bemerkte einen amtlich versiegelten Umschlag in Paices Faust und wurde sofort hellwach. »Geben Sie her.« Er öffnete den Brief und blickte zuerst auf die gestochen scharfe Unterschrift. Von Major Craven. Zweimal las er den Text und registrierte dabei, daß die Bewegungen des verankerten Kutters heftiger geworden waren.

Schließlich blickte er auf. »Wo ist die alte Abtei?« fragte er Paice.

Ohne erst um Erlaubnis zu bitten, holte dieser eine Karte aus der Kommode und deutete auf eine Stelle an der Küste. »Hier, Sir, etwa drei Meilen östlich von uns. Ein unwirtlicher, abgelegener Ort, wenn Sie mich fragen.«

Bolitho merkte sich den Platz und nickte. Der ideale Treffpunkt. Aber wenn er, wie Craven vorgeschlagen hatte, auf der Landstraße dorthin fuhr, fiel er dabei bestimmt irgendwem auf; und dann würde sich flugs die Nachricht verbreiten, daß der lästige kornische Kapitän wieder zu neuen Untaten unterwegs war.

Also auf dem Wasserweg – und heimlich.

»Kurz vor der Abenddämmerung gehen wir ankerauf«, sagte er zu Paice, »und setzen Kurs auf die Great Nore ab.« Sein Messingzirkel bewegte sich in nordöstlicher Richtung von Sheerness fort. »Sobald es dunkel ist, gehen wir über Stag und nähern uns dem Land hier ...« Die Zirkelspitzen bezeichneten einen Punkt auf der Karte, der ein Kirchensymbol aufwies. »Dabei darf uns niemand sehen, also ankern Sie möglichst weit draußen.«

Paice rieb sich raschelnd das stoppelbärtige Kinn. »Bitte um Nachsicht, Sir, aber jetzt verstehe ich gar nichts mehr. Wollen Sie dort Werber anlanden? Falls ja, dann ...«

Bolitho wandte den Blick nicht von der abgenutzten Karte. »Nein, ich treffe mich mit jemandem. Deshalb werde ich eine gute Bootscrew brauchen und einen Führer, der die Gegend wie seine Hosentasche kennt.«

»Den Segelmeister, Sir«, antwortete Paice prompt. »Erasmus Chesshyre. Der findet sich dort blind zurecht, auch im Dunkeln.«

Bolitho warf ihm einen scharfen Blick zu, aber Paices Bemerkung war völlig harmlos gemeint. Der Kommandant fuhr fort: »Ich würde gern mitkommen, Sir.«

»Abgelehnt.« Bolithos Ton ließ keine Widerrede zu. »Denken Sie an meine Worte von vorhin. Falls mir etwas zustößt . . .«

Paice seufzte. »Aye. Ich weiß, Sir.«

»Noch etwas, Mr. Paice. Sollte es ganz schlimm kommen, dann schicken Sie den kleinen Matthew nach Falmouth zurück, notfalls mit einer Eskorte.«

»Aye, Sir.« Der Leutnant erhob sich und blieb unter den niedrigen Decksbalken gebückt stehen. »Ich will mit Mr. Triscott jetzt unser Auslaufen vorbereiten.« Schon unter der Tür, wandte er sich noch einmal um. »Es ist mir eine Ehre, Sir, unter Ihrer Führung zu kämpfen.« Von seinen eigenen Worten in Verlegenheit gebracht, wandte er sich abrupt um und eilte hinaus, dabei nach allen Seiten seine Unterführer rufend.

Bolitho zog ein Blatt Papier heran, denn er hatte beschlossen, an seine Schwester Nancy zu schreiben. Falls er in dieser Nacht fiel, würde ihr Mann, der Richter - den man in Falmouth den »König von Cornwall« nannte - nur zu gern die Hand auf das große graue Steinhaus unterhalb von Pendennis Castle legen. Dieser Gedanke beunruhigte Bolitho stärker als gedacht. Dann würde von diesem Haus kein Bolitho mehr auf See hinaus ziehen, um nach langer Abwesenheit unter dem Jubel der Einwohner siegreich heimzukehren - oder draußen zu fallen.

Nach einem letzten Blick auf Cravens Anweisungen hielt er dessen Brief über die Kerzenflamme und sah zu, wie er verglimmte. Dabei fielen ihm zwei Verszeilen ein, die sein Vater sich von ihm und seinem Bruder immer wieder hatte aufsagen lassen, ehe sie beide das Haus verlassen hatten, um

Kadetten zur See zu werden: »Sie kennen keine Furcht mehr, und ihr tapf're Tod / ist diesem Land auf ewig Trost in seiner Not.«

Das klang, als sei es für die Bolithos geschrieben worden.

»Raus mit dir, Kamerad!«

Stöhnend richtete sich Allday auf und spürte, daß ihn jemand an den Füßen aus dem Karren zog. Kamerad? Falls sie ihm vertrauten, dann höchstens in dem Maße, wie sich ein wildes Tier auf das andere verließ. Er hatte keine Ahnung, wie weit oder wohin sie ihn in diesem Karren gefahren hatten. Sein Stoßen und Holpern fühlte er noch in allen schmerzenden Knochen, und mehr als einmal war es über unwegsames Feld gegangen.

Jetzt stand er auf unsicheren Beinen und merkte, daß ihm Handfesseln und Augenbinde abgenommen wurden. Grinsend reichte ihm einer seiner Begleiter das Entermesser. »Nichts für ungut, Kamerad, aber unter dieser Flagge gehen wir kein Risiko ein, kapiert?«

Allday nickte und sah sich um. Der Morgen graute schon, Vögel und Insekten begannen sich zu rühren. Ein neuer Tag. Tief sog er die frische Morgenluft ein und roch Salzwasser und Teer, Talg und Holz. Er war auf einem Werftgelände.

Eher gestoßen als geführt stolperte er zu einem großen Schuppen, aus dessen Stirnwand eine lange, grob behauene Slipbahn zum Wasser führte. Darauf konnten neue oder reparierte Schiffe direkt von der Helling zu Wasser gelassen werden.

Blinzelnd trat er ein und stand zu seiner Überraschung vor einigen zwanzig Mann, die auf Bänken um einen langen Tisch saßen und Frühstück in sich hineinschaufelten, als hätten sie die ganze Nacht hart gearbeitet. Alle blickten von ihren Tellern und Bierkrügen auf, als Alldays Begleiter unwirsch verkündete: »Der hier heißt Spencer und ist Segelmacher. Mehr braucht keiner von euch zu wissen. Gebt ihm was zu essen.«

Allday hockte sich auf eine Bank und betrachtete nachdenklich seine neuen Kameraden. Eine ziemlich bunte Mischung, stellte er fest. Einige sahen aus wie ehrliche Jan Maaten, andere wären in jedem Land der Welt als Banditen erkannt worden.

Sowie seine Augen sich an das Zwielicht gewöhnt hatten, erkannte er in seinem Begleiter den Mann, der nachts auf der Lichtung seinem Bewacher die Hand abgehackt hatte. Jetzt brüllte der Kerl vor Lachen über einen schmutzigen Witz, als hätte er das beste Gewissen der Welt.

Mit einem gemurmelten Dank griff Allday nach dem gereichten Bierkrug. Am besten sprach er so wenig wie möglich, sagte er sich. Das Bier schmeckte schal, war aber ziemlich stark auf nüchternen Magen. Es hob seine Lebensgeister ein wenig.

Also war er wieder einen Schritt weitergekommen. Unauffällig sah er sich am Tisch um. Deserteure alle, wie sie da saßen. Und wenn er nach dem urteilte, was er in der kurzen Zeit bei seinen »Rettern« erlebt hatte, dann waren sie vom Regen in die Traufe geraten.

Er beugte sich vor und fragte wie beiläufig: »Was passiert jetzt?«

Sein Gegenüber warf ihm einen mißtrauischen Blick zu. »Wir warten, was sonst? Bis das Schiff kommt, dessen Besatzung wir werden.« Offenbar ermutigt durch Alldays vierschrötige Seemannsgestalt, setzte er hinzu: »Und dann werden wir alle stinkreich, Kumpel!«

Allday trank noch einen tiefen Zug. Oder wir landen bei den Fischen, ergänzte er düster im stillen. Dann blickte er sich im Schuppen um. Wahrscheinlich standen überall Wachen. Wie simpel das alles war: Wer käme schon auf die Idee, fahnenflüchtige Matrosen ausgerechnet in einer Schiffswerft zu suchen? Bloß – wo lag diese Werft? Das mußte er noch herausfinden, oder sein ganzes Wagnis war umsonst gewesen. Kapitän Bolitho mußte erfahren, wo . . .

Er fuhr zusammen, als eine heisere Stimme bellte: »Das

sage ich dir schon zur rechten Zeit, verdammt noch mal! Und bis dahin tust du, was man dir befiehlt, verstanden?«

Vorsichtig hob Allday den Kopf und starrte an seinem Nebenmann vorbei zu der von einer Persenning verhüllten Tür. Inzwischen war es heller im Schuppen, und er erkannte auf der Helling einen kieloben liegenden, halbfertigen Bootsrumpf, an dem frisch behauene Planken lehnten, umgeben von einer dicken Schicht Holzspäne. Diese neue Stimme kam ihm bekannt vor – aber woher?

Der Angesprochene murmelte eine Entschuldigung, und dann schwang die Persenning vor der Tür wie ein Vorhang auf. Allday hielt den Atem an, als die dunklen Augen des Neuankömmlings die um den Tisch Sitzenden musterten.

»Na, hoffentlich haben die mehr Mumm als der letzte Haufen!« knurrte der Mann.

Als Allday aufzublicken wagte, hatte der Türvorhang sich schon wieder geschlossen. Er hat mich nicht entdeckt, sagte er sich und hätte vor Erleichterung fast laut ausgeatmet.

Der Mann war Henry Delaval gewesen, Kapitän der *Loyal Chieftain.*

Mehr brauchte Bolitho nicht zu wissen. Aber wie sollte er ihm die Information zukommen lassen? Er konnte sich einfach keinen Plan ausdenken, sein Kopf war wie leergebrannt. Immer noch hörte er im Geist diesen furchtbaren Schrei und sah die abgehackte Hand mit der rauchenden Pistole ins Gras fallen.

IX Im Feindgebiet

Haltsuchend griff Bolitho nach dem Dollbord des Beiboots und blickte zum funkelnden Sternenhimmel auf. Das Land war nur ein unregelmäßig gewellter Schatten an seinem unteren Rand, und er konnte förmlich Chesshyres angestrengte Konzentration fühlen, mit der er über die Köpfe der Ruderer nach vorn spähte.

»Wir haben ablaufendes Wasser«, stellte der Segelmeister fest.

Bolitho hörte die Strömung um den Steven gurgeln und das gedämpfte Keuchen der Ruderer, denen die Ebbe doppelte Anstrengung abverlangte.

»Klar bei Lot, Sir«, meldete der Mann im Bug flüsternd.

»Ist frischer Talg dran?« vergewisserte sich Chesshyre.

»Aye, Sir.«

»Dann fang an.«

Klatschend fiel das Senkblei ins Wasser, die Leine straffte sich, und der Lotgast namens Gulliver sang nach einer Pause gedämpft aus: »Drei Faden, Sir!«

»Zeig her!« befahl Chesshyre. Als der Bleikegel mit der Talgfüllung im Fuß von Ducht zu Ducht an ihn weitergereicht war, zerrieb er ein bißchen Talg zwischen Daumen und Zeigefinger und roch daran. Dann gab er das Lotgewicht wieder nach vorn und murmelte: »Muscheln und grober Sand, Sir. Wir kommen gut voran. Solange wir uns nur von den trockenfallenden Sänden hier freihalten, werden wir . . .«

Von vorn kam der Ruf: »*Zwei* Faden, Sir!«

Chesshyre stieß einen leisen Fluch aus und legte hart Ruder. »Genau das meine ich.«

Bolitho verstand. Auch in Cornwall orientierten sich Ortskundige anhand der Bodenproben, die im Talg des Senkbleis kleben blieben. Es war eine alte Kunst, die bald in Vergessenheit geraten würde, dachte er bedauernd.

»Wie weit noch?«

Chesshyre reckte spähend den Hals, als vor ihnen weißer Gischt aufleuchtete. Dann ließ er sich beruhigt zurücksinken. Es war nur ein springender Fisch gewesen, kein Felsen oder eine Sandbank.

»Noch eine halbe Stunde, Sir.« Er sprach leise, damit die Crew nicht entmutigt wurde. Das Rudern waren sie zwar gewöhnt, aber das Boot war mit Waffen und zusätzlichen Männern schwer beladen; sogar eine großkalibrige Hakenbüchse samt Munition hatten sie für den Fall eines Angriffs im Bug montiert.

Obwohl die Ruderschäfte mit gefetteten Lappen umwickelt waren, schienen sie in den Dollen überlaut zu knarren. Aber Bolitho wußte aus Erfahrung, daß dieses Geräusch von Wind und Seegang übertönt wurde.

Hoffentlich war die ganze Mühe nicht umsonst. Wenn der verwirrte Blinde nun beim Lärm so vieler Männer und Waffen den Mut verlor und die Flucht ergriff?

Chesshyre zischte: »Dort, Sir! Sehen Sie die alte Abtei?«

Angestrengt starrte Bolitho nach vorn, wo ein scharfumrissener Schatten emporwuchs und die Sterne verdunkelte. Chesshyre atmete erleichtert auf. »Genau getroffen.«

»Weniger als ein Faden, Sir!«

»Ausscheiden mit Loten, Gulliver. Achtung bei Riemen!« Chesshyre richtete sich halb auf. »Klar zum Auflaufen!«

Dann ging alles sehr schnell. »Riemen ein!« befahl der Segelmeister und: »Klar bei Draggen!« Dann spritzte es neben ihnen, als die ersten über Bord sprangen, um das Boot auf den Strand zu ziehen. Er war steinig und steil. Leise polterten die Riemen ins Boot, während Christie, einer der Bootsmannsgehilfen, warnend knurrte: »Laßt diese Büchse fallen, und ihr könnt was erleben!«

Trotz der allgemeinen Spannung hörte Bolitho jemanden leise kichern. Dann stand er schon im Wasser, und die Rückströmung zog an seinen Beinen, als wolle sie ihn wieder ins Meer zerren.

Auf Chesshyres leise Anweisungen hin eilten zwei Männer in entgegengesetzte Richtungen davon. Andere gruppierten sich um das Boot, um es zu bewachen. Chesshyre trat heran und sagte: »Dort links beginnt ein schmaler Pfad, Sir. Er führt hinauf zur Abtei.«

Männer umringten sie, im Dunkeln nur schwach erkennbar, und Bolitho befahl: »Zieht eure Messer, aber daß mir niemand seine Pistole spannt! Ein unabsichtlicher Schuß, und selbst die Toten wachen auf.«

»Davon gibt's hier reichlich, Sir«, murmelte einer.

Bolitho zog seinen alten Degen, orientierte sich und schritt auf den Pfad zu, der nicht viel mehr war als ein Wildwechsel, aber sandig und leicht zu begehen. Als er höher stieg, verstummte allmählich das Rauschen der Brandung, und der warme Duft von Wiesen und Ackerkrume umfächelte sein Gesicht. Die alte Abtei mußte links oben stehen, obwohl er von ihr jetzt weniger sah als eben noch aus dem Boot.

Er erstarrte, weil Chesshyre ihn warnend am Arm packte. »Still!«

Ein erschrecktes Keuchen, dann scharrten Füße kämpfend im dürren Strandhafer. Schließlich schälten sich zwei Gestalten aus der Dunkelheit, die eine mit hoch erhobenen Armen. Der kleine drahtige Kerl dahinter stieß sie grob vor sich her, das blanke Entermesser in der Faust.

Bolitho staunte. »Ich habe zwar gute Ohren, aber . . .«

Chesshyre grinste. »Inskip war Wilddieb, Sir, ehe er auf den Pfad der Tugend zurückfand. Der hat auch am Arsch noch Lauscher.«

Jetzt hatte der Festgenommene Bolitho bemerkt und in ihm wohl eine Autoritätsperson erkannt. Erleichtert, weil er eben noch mit einem schnellen Tod gerechnet hatte, rief er aus: »Ich sollte Sie hier treffen, Sir!«

»Sprich leise, verdammt!« fuhr Chesshyre ihn an.

Bolitho packte den Fremden am Arm; der Mann zitterte vor Angst. »Wo ist der Blinde? Kommt er nicht?«

»Doch, doch! Er wartet hier, wartet schon lange.« Nervös begann er zu brabbeln. »Ich tu' ja nur, was der Major mir gesagt hat – und jetzt möchte ich gehen, bevor mich einer sieht.«

Ein Seemann kam den Pfad herunter. »Dort ist er, Sir.« Seine Worte richteten sich an Bolitho, obwohl er den Master dabei anblickte. »Aber gehen Sie nicht zu dicht ran, Sir, er stinkt wie ein totes Schwein.«

Bolitho schritt in die angegebene Richtung davon und hörte, daß Chesshyre ihm in angemessenem Abstand folgte.

Der Blinde hockte auf der Erde, den Kopf in den Nacken gelegt, um die Augen eine schmutzige Binde.

Bolitho kniete sich vor ihn hin. »Ich bin Kapitän Bolitho. Major Craven sagt, Sie können uns helfen.« Suchend drehte der Mann den Kopf von links nach rechts, dann griff er nach Bolithos Ärmel und hielt ihn wie mit Stahlklauen fest.

»Ich brauche Ihre Hilfe.« Bolitho drehte sich bei dem Gestank nach Kot und Schweiß fast der Magen um. Aber dieser Kontakt war seine einzige Hoffnung. Zum Glück war es dunkel.

»Bolitho?« Wieder drehte der Mann den Kopf, als versuche er, unter seiner Binde hervorzuspähen. »Bolitho?« Seine Stimme war ein hohes Jaulen, sein Alter unmöglich zu schätzen.

»Der arme Hund ist wirr im Kopf«, murmelte Chesshyre.

»Wären Sie das nicht auch – an seiner Stelle?« Bolitho versuchte es noch einmal. »Damals in der Nacht, als man dir das angetan hat . . .« Ruckartig ließ die Stahlklaue seinen Ärmel los, als hätte sie und nicht ihr Besitzer sich erschreckt. »Was hast du da gesehen? Ich würde dich ja nicht damit quälen – aber sie haben auch einen Freund von mir geschnappt, verstehst du?«

»Gesehen?« Der Blinde tastete im Gras herum. »Sie hatten's nicht eilig. Haben mich die ganze Zeit verspottet.« Verzweifelt schüttelte er den Kopf. »Als das Feuer genug Glut hatte, haben sie mich gebrandmarkt, und dann – dann . . .«

Erschüttert wandte Bolitho den Blick ab. Doch um Alldays willen durfte er nicht aufgeben. Diese armselige, verstörte Kreatur war das einzige Bindeglied zu ihm. Aber er kam sich vor wie ein Folterknecht.

»Ich wußte immer, wann sie kamen. Manchmal mit Packpferden, ein andermal mit Gefangenen – Flüchtlingen. Sie waren frech wie Rotz. Damals in der Nacht . . .«

»Er weiß nichts, Sir«, unterbrach Chesshyre. »Man sollte ihn von seinem Elend erlösen.«

Der Blinde wandte sich dem Segelmeister zu, als wolle er sein Gesicht studieren, dann setzte er trotzig hinzu: »Ich war noch oft dort, wissen Sie das?« Die dürren Arme um die Knie geschlungen, kicherte er: »Auch nachher. So gut kenne ich den Platz.«

Mühsam zügelte Bolitho seine Ungeduld. »Welchen Platz? Hilf mir, bitte. Es soll dein Schaden nicht sein.«

Mit überraschender Wut fuhr der Mann zu ihm herum. »Ihr stinkendes Gold können Sie behalten! Ich will nur Rache, Rache für das, was sie mir angetan haben!«

Chesshyre beugte sich zu dem Blinden hinunter. »Kapitän Bolitho ist ein Ehrenmann, er hält sein Wort. Sag ihm, was er wissen muß, und ich verspreche dir, daß er sich um dich kümmern wird.«

Wieder kicherte der Mann gespenstisch. Bolitho hörte die kleine Schar hinter sich enger zusammenrücken.

»Wie heißt du?« fuhr Chesshyre fort.

Der Blinde duckte sich wie aus Angst vor Schlägen. »Das sage ich nicht!« Er drehte den Kopf in Bolithos Richtung und tastete wieder nach seinem Arm. »Das muß ich doch nicht sagen, oder?« Es klang gehetzt.

»Nein.« Bolithos Mut sank; dieses Bindeglied erwies sich nun doch als zu schwach. Wieder eine enttäuschte Hoffnung.

Mit einer Entschlossenheit, die alle überraschte, erhob sich der Blinde. »Dann bringe ich Sie hin«, sagte er.

Bolitho konnte ihn nur anstarren. »Wann?«

»Jetzt natürlich.« Das kam fast ärgerlich heraus. »Oder soll uns ganz Sheppey dabei zusehen?«

Laut stieß Chesshyre den Atem aus. »Verdammt will ich sein!«

So hatte auch Herrick geflucht, wenn ihn etwas völlig überraschte. Bolitho griff nach des Blinden Hand. »Danke. Ich danke dir.«

Der verbundene Kopf hob sich. »Aber niemand sonst kommt mit, klar?«

Bootsmann Christie murmelte: »Mehr will er nicht? Kommt gar nicht in Frage!«

Bolitho blickte Chesshyre an. »Ich tue, was er verlangt. Ich *muß* ihm trauen, er ist alles, was ich habe.«

Der Segelmeister wandte seinem Trupp den Rücken zu. »Aber das hieße, das Unglück direkt herauszufordern, Sir. Bestenfalls ist er ein armer Irrer, der nicht weiß, was er sabbert, aber er kann auch ein Lockvogel sein, den uns jemand geschickt hat. Vielleicht der Kerl von vorhin?«

Bolitho schritt zu dem Boten hinüber, den seine Leute noch immer festhielten. »Hast du irgendwem davon erzählt?« Für sich selbst setzte er hinzu: Und was noch wichtiger ist, wirst du hinterher davon erzählen?

»Ich schwöre Ihnen, Sir, beim Leben meines Sohnes: Ich schwöre, daß ich keinem was gesagt habe!«

Bolitho wandte sich an Chesshyre. »Trotzdem – nehmen Sie ihn nachher mit an Bord. Im Augenblick hat er vielleicht zuviel Angst, um uns zu verraten, aber wer weiß? Und sollte mir etwas zustoßen, dann überantworten Sie den Mann den Dragonern.« Sein Ton wurde scharf. »Falls das passiert, soll er den Galgenvögeln oben beim Kreuzweg Gesellschaft leisten!«

Verzweifelt fragte Chesshyre: »Und was soll ich Mr. Paice sagen, Sir?«

In der Dunkelheit versuchte Bolitho, sein Gesicht zu erkennen. Dann antwortete er laut und mit Betonung: »Sagen Sie ihm, ich sei mit einem Freund gegangen. Und daß wir beide in Gottes Hand sind.«

Chesshyre wollte sich noch immer nicht damit abfinden. »Sir, ich weiß wirklich nicht ... In all meinen Dienstjahren ...«

»Bei allem gibt es ein erstes Mal. Und jetzt macht euch davon.«

Er sah zu, wie ein Mann nach dem anderen in der Dunkelheit verschwand, und merkte, daß sie dabei so dicht wie möglich an ihm vorbeistrichen, als wollten sie von ihm

Abschied nehmen. Chesshyre reichte ihm die schwielige Hand. »Jawohl, hoffen wir, daß Gott heute nacht am Ruder steht, Sir.« Damit ging auch er.

Bolitho streckte die Hand aus und half dem Blinden auf den Pfad. »Meinetwegen kann's losgehen.«

Sein Kopf fühlte sich seltsam leicht an. Auf der Zunge hatte er einen so bitteren Geschmack, als würde ihm gleich übel. Dieser Unbekannte mochte ja in gutem Glauben handeln, konnte aber trotzdem so verwirrten Geistes sein, daß er Phantasie und Wirklichkeit verwechselte.

Der Mann hob einen schweren Knüppel auf – eine jämmerliche Waffe, die er auf seinen vom Hunger diktierten Streifzügen irgendwo gefunden hatte – und sagte mit seiner seltsam pfeifenden Falsettstimme: »Hier entlang.« Er zögerte. »Passen Sie auf, wohin Sie treten. Da oben ist ein Zaun.«

Bolitho mußte schlucken. Wer war hier eigentlich blind von ihnen beiden?

Eine Stunde später waren sie immer noch unterwegs und hielten nur an, wenn der bandagierte Kopf sich suchend von einer Seite zur anderen wandte. Um einen Geruch zu prüfen, ein Geräusch? Bolitho wußte es nicht. Vielleicht hatten sie sich längst verirrt.

In der Ferne hörte er Hunde bellen, und einmal wäre er fast gestürzt, als eine Schar Rebhühner laut surrend unmittelbar vor seinen Füßen abstrich. Der Blinde wartete, bis er wieder heran war, dann murmelte er: »Da drüben – was sehen Sie da?«

Bolitho starrte ins Finstere, bis er etwas noch Schwärzeres vor sich aufragen sah. Eine kalte Hand griff nach seinem Herzen. Sie waren aus einer anderen Himmelsrichtung gekommen, aber ohne jeden Zweifel standen sie vor dem unheimlichen Hain mit dem verbrannten Baumstumpf in der Mitte.

Der Blinde schien seine Reaktion zu studieren; dann brach er wieder in sein leises, gespenstisches Kichern aus. »Dachten wohl, ich finde nie hierher, was, Kapitän?«

Etwa um dieselbe Zeit versuchte Chesshyre dem Kommandanten und seinem Ersten zu erklären, weshalb Bolitho nicht mit ihm zurückgekehrt war. Die Bootscrew lag keuchend an Deck und erholte sich von dem harten Pullen.

Paice explodierte: »Sie haben ihn zurückgelassen? Allein und ohne Unterstützung? Bei allen Heiligen ...«

Chesshyre protestierte: »Er gab mir den Befehl, Sir. Sie sollten mich doch besser kennen. Ich würde nie ...«

Paice packte ihn so hart an der Schulter, daß der Segelmeister zusammenzuckte. »Natürlich. Entschuldigen Sie, Mr. Chesshyre. Verdammt, er wollte ja auch mich nicht dabeihaben!«

»Und was wird jetzt, Sir?« fragte Triscott.

»Jetzt?« Paice seufzte aus tiefster Brust. »Er hat mir Anweisungen gegeben für den Fall, daß das Boot ohne ihn zurückkehrt.« Traurig sah er Chesshyre an. »Das war ebenfalls ein Befehl.« Und mit einem Blick zum sternenklaren Himmel: »Wir gehen ankerauf. Wenn wir im ersten Licht hier gesehen werden, kann jeder selbst die richtigen Schlüsse daraus ziehen. Aber falls dieser Kerl«, wütend starrte er den gefesselten Boten an, »falls der hier ein Verräter ist, dann werde ich, das schwöre ich bei Gott, ihn selbst am Strick zur Rah hinauf ziehen!« Mühsam beherrscht befahl er: »Setzen Sie das Boot wieder ein, Mr. Triscott. Wir machen uns auf den Weg.«

Im nächsten Augenblick klatschte etwas neben der Bordwand ins Wasser, und eine überraschte Stimme gellte: »Mann über Bord, Sir!«

Doch Paice schüttelte nur den Kopf. »Belege das. Ich hätte nicht so offen sprechen sollen. Das war sein Junge, Matthew Corker. Er muß meine Worte mitbekommen haben.«

Triscott gab zu bedenken: »Auch wenn wir das Boot wieder aussetzen – einholen würden wir ihn nicht mehr.«

Paice lauschte den regelmäßigen Kraulstößen. »Er ist ein guter Schwimmer.«

»Was kann er denn schon ausrichten, Sir?« fragte Cheshyre.

Entschlossen wandte Paice der See den Rücken und verdrängte den Gedanken an den Jungen, der sein Leben riskierte, um dem verehrten Idol zu Hilfe zu kommen. Er erinnerte ihn zu sehr an den Sohn, den er sich immer gewünscht hatte. Und den sie im Schoß trug, als man sie so brutal niederschoß.

Heiser befahl er: »Bringen Sie das Schiff in Fahrt! Wenn dem Jungen etwas zustößt, mache ich . . .« Er konnte nicht weitersprechen.

Eine halbe Stunde später, als das Stundenglas wieder gedreht wurde, breitete *Telemachus* ihre großen lohfarbenen Flügel aus und glitt hinaus in die Nordsee. Draußen ging sie dann über Stag und hielt westwärts auf Sheerness zu.

Paice übergab das Deck seinem Stellvertreter und ging nach achtern in die Kajüte. Dort schob er die Blende der Laterne auf und setzte sich hin, um sein Logbuch zu schreiben. Ein heller Reflex von der Koje gegenüber lenkte seinen Blick ab.

Er beugte sich vor und griff danach. Es war eine schöne goldene Taschenuhr mit graviertem Deckel. Er erinnerte sich, daß Bolitho sie oft herauszog, und nicht nur, um die Uhrzeit abzulesen. Das Päckchen mit dem unvollendeten Modellschiff lag daneben.

Vorsichtig ließ Paice den Deckel aufspringen und las die Widmung. Irgendwie war er sicher, daß Bolitho es ihm nicht verübelt hätte.

Die Matrosen hielten einen Vollkapitän für ein höheres Wesen, das gleich nach Gott kam, nach Belieben schalten und walten konnte und an nichts Mangel litt. Welch absurder Gedanke, bezogen auf den Mann, der jetzt da draußen in der Nacht mit einem Blinden unterwegs war. Ihm war außer dieser Uhr nichts geblieben.

Bolitho lag bäuchlings hinter einem Busch und richtete sein Taschenteleskop auf die Werft etwa fünfzig Meter unter ihm. Schmerzlich verzog er das Gesicht, als ein loser Kieselstein sich in seinen Ellbogen bohrte. War dies wirklich die Werft, die ihm der Blinde beschrieben hatte?

Er schloß kurz die Augen und ließ die Stirn auf seinen rechten Unterarm sinken. Die hochstehende Mittagssonne blendete ihn. Das Teleskop durfte er nicht mehr benützen, denn ein Lichtreflex von der Linse konnte ihn verraten.

Sobald es halbwegs sicher war, würde er sich in die Werft schleichen müssen. Aber wie sollte er es bis zum Abend hier aushalten? Jetzt bedauerte er, daß er seine Hüftflasche auf *Telemachus* gelassen hatte. Er lutschte an einem Kiesel, um seinen Durst zu betäuben. Der Anblick des Blinden neben ihm heiterte ihn auch nicht gerade auf. Mit seinen dreckigen Lumpen und der schmierigen Binde über den leeren Augenhöhlen bot der Mann ein beklagenswertes Bild.

»Man gewöhnt sich ans Warten«, krächzte sein Gefährte. »Wenn's erst dunkel ist ...« Er kicherte wieder. »Dunkel – was für'n Witz, wie?«

Bolitho seufzte. Der Mann lebte in ständiger Dunkelheit. Aber seit er ihm seine rätselhafte Geschicklichkeit so eindrucksvoll bewiesen hatte, zweifelte er nicht mehr an seinen Worten.

Plötzlich fuhr er zusammen und hob vorsichtig wieder sein Fernrohr, achtete aber darauf, daß es im Schatten blieb. Unten in der Werft war Bewegung entstanden. Zwei Bewaffnete gingen über den Hof, einer davon trug einen irdenen Krug, wahrscheinlich mit Rum. Überall lag Werkzeug herum, eine Breitaxt lehnte an einem unfertigen Bootskörper, aber gearbeitet wurde auf dieser Werft nicht.

Die beiden Männer hatten den wiegenden Gang von Seeleuten. Sie bewegten sich selbstsicher, ohne jedes Zeichen von Furcht oder auch nur Vorsicht. Für soviel Unbekümmertheit mußten sie gute Gründe haben.

Bolitho schob das Fernrohr zusammen und senkte den

Blick auf eine Ameisenkolonne, die über die Schneide seines gezogenen Degens kroch. Er mußte endlich zu einem Entschluß kommen. Was sollte er tun? Falls er seinen Beobachtungsposten verließ, um Hilfe zu holen, konnte ihm da unten etwas Wichtiges entgehen. Als er sich nach seinem blinden Gefährten umsah, stellte er überrascht fest, daß er verschwunden war. Aber nicht lange. Es raschelte zwischen den trockenen Büschen, dann tauchte sein Führer mit einem verbeulten Henkelbecher in der Hand wieder auf. Er hockte sich neben ihn und hielt ihm den Becher hin. »Kleine Erfrischung, Captain?«

Er mußte das Wasser aus irgendeinem Bach in der Nähe geholt haben. Es schmeckte faulig wie aus einer Viehtränke. Trotzdem nahm Bolitho einen langen Schluck und hätte für den feinsten Rheinwein nicht dankbarer sein können.

Der Blinde nahm den Becher zurück und schob ihn irgendwo zwischen seine schmutzigen Fetzen. »Sie bringen sie manchmal hierher, Captain«, sagte er. »Die neuen Leute für die Schmuggler. Von hier werden sie auf die verschiedenen Schiffe verteilt, wissen Sie?« Er sprach wie ein Lehrer mit einem begriffsstutzigen Schüler.

Bolitho nickte. Aber wenn das so offen geschah, warum war dann die Werft von den Behörden noch nicht durchsucht und abgesperrt worden? Ihm fielen Major Cravens Andeutungen ein, daß mächtige, einflußreiche Persönlichkeiten hinter den Schmugglern standen, mehr interessiert an schnellem Profit als an der Einhaltung von Gesetzen, die angeblich ohnehin nicht durchzusetzen waren.

»Wem gehört das Grundstück?«

Der Blinde rollte sich zusammen. »Muß mich bißchen ausruhen, Captain.« Zum erstenmal schwang Furcht in seinen Worten mit, die würgende Angst eines Menschen, der einem entsetzlichen Tod ins Auge geblickt hat.

Neidisch hörte er den Blinden schnarchen. Wahrscheinlich geisterte er nachts herum und verschlief den Tag, für ihn machte es ja keinen Unterschied. Für Bolitho aber dehnten sich die Stunden schier endlos. Er lenkte sich ab mit dem Gedanken an seine drei Kutter und an den Kommodore.

Und dann, scheinbar ganz plötzlich, begann das Tageslicht zu schwinden. Wo eben noch das Grün der Bäume und die glitzernde See geleuchtet hatten, hingen jetzt nur noch violette Schatten, dehnte sich stumpfes Grau.

Im Werftschuppen flammten ein paar Lichter auf, aber sonst war nach wie vor keine Bewegung zu sehen. Lediglich ab und zu hatte ein Bewaffneter den Hof überquert, um sich ins Wasser zu erleichtern.

Bolitho studierte jeden Meter des Terrains, das er überqueren mußte. Er durfte nachher über keine Wurzel stolpern und nicht etwa in einem Kuhfladen ausrutschen. Der Überraschungseffekt war sein einziger Schutz.

Der Blinde war jetzt hellwach und duckte sich neben ihn. Wie konnte der Mann nur in diesen stinkenden Lumpen leben? Aber vielleicht roch er seinen Gestank selbst nicht mehr.

Vage deutete der Mann auf die See hinaus. »Da muß ein Boot kommen.«

Bolitho griff nach seinem Teleskop, ließ es aber mit einem unterdrückten Fluch wieder sinken. Das Licht war schon zu schwach. Wie ein lautloser Vorhang hatte sich die Dämmerung über sie gesenkt.

Dann hörte er das Knarren von Riemen und gewahrte die Spiegelung einer Laterne auf dem Wasser, mit der jemand am Ufer das Boot heranwinkte.

»Die kommen von einem Schiff«, ergänzte der Blinde.

Bolitho strengte seine Augen noch mehr an. Wenn dort draußen wirklich ein Schiff lag, hatte es keine Lichter gesetzt. Landeten sie Schmuggelware an? Unwahrscheinlich. Der Blinde wußte besser als jeder andere, was hier vorging: Die Werft war ein Sammelplatz für Seeleute, die in den Musterrollen der Navy als Deserteure geführt wurden. Oder für geflohene Sträflinge, vielleicht auch für Abenteurer. Auf jeden Fall eine gefährliche Mischung.

Wieder knarrten Riemen. Was das Boot hier auch zu tun gehabt hatte, es war schnell erledigt worden.

Er erhob sich schaudernd in der kühlen Abendluft. »Warte hier«, befahl er dem Blinden. »Rühr dich nicht vom Fleck, bis ich wieder da bin.«

Der Mann stützte sich auf seinen langen Knüppel. »Die schneiden Ihnen die Kehle durch, so sicher wie das Amen in der Kirche.«

»Ich muß mich vergewissern.« War da unten eine Tür zugeschlagen worden? »Falls ich nicht wiederkomme, geh zu Major Craven.«

»Ich krieche vor keinem verdammten Rotrock!«

Sein wütendes Gebrabbel folgte Bolitho auf den ersten Schritten den grasbewachsenen Hang hinunter. Er hielt auf ein einzelnes erleuchtetes Fenster im Schuppen zu. Gelächter drang zu ihm heraus, das Klirren einer zerplatzenden Flasche, noch mehr Gelächter. Also waren noch nicht alle mit dem Boot verschwunden. Vielleicht saß Allday ... Er erreichte die Schuppenwand und lehnte sich dagegen, bis sein Atem wieder ruhiger ging.

Dann spähte er vorsichtig um die Fensterkante. Spinnweben verhüllten das staubige Glas, aber er konnte trotzdem genug erkennen. Um einen roh gezimmerten Tisch saßen sechs Männer, tranken Rum aus einem reihum wandernden Krug, während ein siebter Brotlaibe in grobe Stücke schnitt und in einen Korb schichtete. Nur einer, der sich abseits hielt, war bewaffnet. Er trug einen blauen Rock, ein rotes Halstuch und einen Zweispitz in keckem Winkel auf das dicke, ölige Haar gedrückt.

Nervös blickte Bolitho sich um, aber alles blieb still. Diese Leute waren also Flüchtlinge, die auf das nächste Schiff warteten. Die ganze Szene hatte etwas so Endgültiges, als sei hier nur die Nachhut versammelt, als würde der Schuppen nach ihrem Verschwinden wieder seinem ursprünglichen Zweck dienen. Beweise würden dann keine zurückbleiben. Und Alldays Schicksal war so rätselhaft wie zuvor.

Bolitho befeuchtete sich die Lippen. Sieben gegen einen, aber nur der Bewaffnete, wahrscheinlich ein Schmuggler, war eine wirkliche Gefahr. Jetzt merkte er auch, daß sein Herz wie wild schlug und sein Mund so trocken war wie Zunder.

Noch waren sie alle zusammen, aber jeden Augenblick konnte einer herauskommen, ihn entdecken und Alarm schlagen. Dann würden alle zu den Waffen greifen.

Vorsichtig schlich Bolitho an der Wand entlang zur Tür. Im schwachen Licht erkannte er, daß sie weder mit Riegeln noch mit Ketten gesichert war. Sie schien ihn zu verspotten: *Haben sie auch dir allen Mut abgekauft*? Nicht doch, er hatte sich längst festgelegt, hatte von Anfang an keine andere Wahl gehabt.

Bolitho zog die Pistole aus dem Gürtel und versuchte sich zu erinnern, ob sie beim Anlandgehen naß geworden war. Mit der gespannten Waffe in der einen, dem blanken Degen in der anderen Hand machte er zwei Schritte zurück – und trat mit seiner ganzen Kraft die Schuppentür ein.

»*Im Namen des Königs*!« brüllte er und erschrak selbst darüber, wie laut seine Stimme durch den Raum klang. »Ihr steht alle unter Arrest!«

Einem Aufschrei am Tisch: »Verdammt, die Preßgang!« folgte der Protest: »Und sie haben gesagt, hier sind wir sicher!«

Der Bewaffnete tastete nach seinem Degen und rief: »Das sind nicht die Werber! Ich weiß, wer er ist, verflucht soll er sein!«

Bolitho hob die Pistole. »Keine Bewegung!« Das haß- und wutverzerrte Gesicht seines Gegners schwebte über dem Lauf wie eine Totemfratze. Dann packte der Mann seinen Degengriff und zog blank.

Bolitho drückte auf den Abzug, hörte aber nur ein kraftloses Klicken. Fehlzündung. Geduckt kam der Mann auf ihn zu, seine Degenspitze beschrieb kleine schimmernde Kreise im Lampenlicht. Ungläubig starrten die Männer am Tisch zu ihnen herüber, wahrscheinlich schon zu betrunken, um zu reagieren.

Über die Schulter zischte der Bewaffnete sie an: »Raus mit euch! *Holt Waffen*! Seht ihr denn nicht, daß er allein ist, ihr feigen Memmen?«

Er machte einen Ausfall, hielt sich aber noch auf Distanz. Beide Degenklingen sprühten Lichtreflexe, und Bolitho beobachtete die Augen seines Gegners. Er hörte die sechs Gescholtenen aus dem Fenster klettern, einer lief schon draußen über den Hof. Er wußte, wenn sie bewaffnet zurückkamen, war es um ihn geschehen. Wie ein Rudel Wölfe würden sie sich auf ihn stürzen, denn der Galgen schreckte sie mehr als die Ermordung eines Offiziers.

»Du hast keine Chance!« rief er dem Schmuggler zu.

»Abwarten!« Verächtlich spuckte der Mann ihm vor die Füße. Dann lachte er auf. »Stahl gegen Stahl, Captain Bolitho!«

Er griff an, aber Bolitho parierte den Stoß. Die Griffe verhakten sich kurz, so daß er den Mann wegschieben konnte, bis er nur noch eine schwarze Silhouette im Lampenlicht war.

Gellend rief der Schmuggler zur offenen Tür: »Wo bleibt ihr, verdammte Bande?« Er hatte begriffen, daß er trotz seiner Kraft Bolithos Fechtkunst nicht gewachsen war. Mit einem Sprung brachte er eine Bank zwischen sich und den Kapitän, hielt die Degenscheide in der anderen Hand wie eine Lanze vor sich.

Jetzt. Bolitho hörte Getrappel draußen, jemand stolperte im Dunkeln über irgendein Hindernis und lachte betrunken. Dann fiel ein Schuß, und Bolitho dachte im ersten Moment, einer hätte durchs Fenster auf ihn geschossen. Aber dann hörte er draußen ein Stöhnen, das alsbald von Hufschlag verschluckt wurde. Und plötzlich übertönten Major Cravens Kommandos alles andere.

Durch die Tür quoll eine Welle scharlachroter Uniformen mit gezückten Säbeln, allen voran Major Craven. Er fuhr herum, als sein Sergeant rief: »Die Schurken haben Trooper Green erwischt, Sir!« Ein kurzer Blick zu Bolitho, ein knappes Nicken, dann wandte sich der Dragoneroffizier dem Schmuggler zu. »Hörst du das? Meine Männer machen dich mit Freuden einen Kopf kürzer, es sei denn . . .«

Aber der Mann hatte seinen Degen schon von sich geworfen. »Ich weiß von nichts.«

Bolitho griff nach Cravens Arm. »Woher wußten Sie . . .«

Craven ging mit ihm zur Tür. »Sehen Sie dort, Captain.«

Ein Dragoner hob gerade eine kleine Gestalt aus dem Sattel. Zögernd hinkte der Junge ins Licht, die Wangen tränenüberströmt vor Angst oder Erleichterung, das war schwer zu sagen.

»Zeig mal deine Füße, mein Sohn«, sagte Craven leise.

Auf den Dragoner gestützt, hob der kleine Matthew einen bloßen Fuß. Er blutete und war bis fast auf den Knochen zerfetzt.

Craven erzählte: »Eine meiner Patrouillen griff ihn auf, als er durch die Nacht rannte.« Wachsam beobachtete er, wie die Dragoner die Deserteure zusammentrieben und fesselten. Ein Soldat lag reglos am Boden.

Bolitho griff nach dem Jungen und zog ihn an sich, wollte ihn die Angst und den Schmerz vergessen machen.

»Mir ist nichts geschehen, Matthew, und das hab' ich dir zu verdanken. Was du da getan hast, war sehr tapfer.«

Craven nickte. »Und auch sehr gefährlich.«

Zu dem Dragoner, der Matthew vom Pferd gehoben hatte, sagte Bolitho: »Kümmere dich um ihn. Ich muß hier noch was erledigen.« Er nahm sich den Schmuggler vor, der wenige Minuten zuvor seine Gefährten zum Widerstand aufgehetzt hatte, und sagte: »Wenn du mir erzählst, was ich wissen will, lege ich vielleicht ein gutes Wort für dich ein. Aber versprechen kann ich dir nichts.«

Brüllend vor Lachen warf der Mann den Kopf in den Nacken. »Ha! Glauben Sie etwa, ich fürchte mich vor dem Henker?«

Craven murmelte: »Er hat viel mehr Angst vor seinen Auftraggebern, den Schattenbrüdern.«

Widerstandslos ließ sich der Schmuggler vom Sergeanten die Hände auf den Rücken binden. »Die kriegen Sie doch – und bald, Captain!« knurrte er.

Von der anderen Seite kam ein verblüffter Ruf: »He, Freundchen, wo willst du hin?«

Dann senkte sich Schweigen über die Gruppe, als eine zerlumpte Gestalt, einen Knüppel wie tastend vor sich ausgestreckt, in den Lichtkreis der Laterne trat. Der Anblick war so gespenstisch, daß alle erstarrten.

Der Blinde flüsterte: »Das ist er, Captain!« Mit brechender Stimme fuhr er fort: »Ich wollte nicht kommen, aber dann hörte ich ihn lachen. Dieses Lachen kenne ich. Das ist der Mann, der mich geblendet hat.«

»Du elender Lügner!« schrie der Gefangene. »Wer glaubt schon einem blinden Idioten?«

Bolitho beherrschte sich nur mühsam. Er spürte den fast übermächtigen Drang, diesen Kerl zu schlagen, zu töten, obwohl er hilflos und gefesselt war.

»*Ich* glaube ihm.« Seine ruhige Stimme kam ihm selbst fremd vor. »Denn dieser Blinde hier – der mein Freund geworden ist, hört ihr? –, hat uns geholfen, ohne jemals einen Lohn dafür zu fordern.« Alle schwiegen jetzt, auch der Gefangene; unsicher schielte er zu Bolitho hinüber und hatte das Bluffen anscheinend vergessen. »Er wollte nur Rache, und ich verstehe allmählich, was er damit gemeint hat.« Bolitho blickte die anderen an. »Major Craven, würden Sie bitte den Schuppen räumen lassen?«

Einer nach dem anderen verschwanden die Dragoner durch die Tür; manchen war der Schock über das Erlebte noch ins Gesicht geschrieben, in den Augen der meisten jedoch stand ein kaltes Funkeln. Sie wollten den Tod ihres Kameraden gerächt sehen. Was wußten Außenseiter schon von ihrem Corpsgeist und den Opfern, die ihnen abverlangt wurden?

Bolitho sah Begreifen in den groben Zügen des Schmugglers dämmern. Speichel rann aus seinen Mundwinkeln, als er protestierte: »Das war doch gelogen! Sie würden es nicht wagen . . .« Und als Bolitho ungerührt zur Tür ging: »*Lassen Sie mich nicht allein mit ihm*!«

Der Blinde tastete sich vorwärts, bis er hinter dem auf der Bank sitzenden Gefangenen stand, dann legte er ihm sanft die Hände über die Augen. »Wie gefangene Schmetterlinge«, kicherte er.

Der Gefesselte warf sich zu Boden. »Hilfe! Nicht meine Augen!« kreischte er.

Mit einem Würgen in der Kehle öffnete Bolitho die Tür. Da hörte er den Schmuggler hinter sich schreien: »Ich sag's Ihnen ja! Ich sage Ihnen alles, was Sie wissen wollen! Aber halten Sie mir den da vom Leibe, um Christi willen!«

Mit zwei Schritten war Bolitho bei ihm. »Ich brauche Namen. Ich will alles wissen, wobei du mit von der Partie warst.«

Der Mann rang nach Luft, als sei er am Ersticken. »Er hatte seine Nägel schon in meinen Augen!« keuchte er.

»Ich warte.« Bolitho packte die magere Schulter des Blinden, bis dieser ihm das bandagierte Gesicht zuwandte. An seinem Ausdruck erkannte Bolitho, daß er seiner Rache schon müde war; sie brachte ihm nicht die erhoffte Genugtuung.

Gemeinsam hörten sie dem verzweifelten Stammeln des Gefangenen zu, dessen Mitteilungsbedürfnis plötzlich kein Ende zu nehmen schien. An das Leben im Schatten des Galgens oder der tödlichen Kugel hatte er sich gewöhnt. Aber der Gedanke an die Folter unter den Händen des von ihm Geblendeten hatte jeden Widerstand in ihm erstickt.

Anschließend sagte Bolitho: »Ich lasse dich jetzt in die Kaserne bringen, in eine Einzelzelle, wo du Tag und Nacht bewacht wirst. Wenn auch nur ein einziges Wort von dem, was du mir soeben erzählt hast, gelogen war, dann sperre ich diesen Mann hier zu dir in die Zelle.« Er griff in das fettige

Haar und riß den Kopf des Schmugglers hoch. »Sieh mich an, du Laus! Glaubst du immer noch, daß ich nur bluffe?«

Nackte Angst stand in den Augen des Mannes und stieg Bolitho als Gestank in die Nase. »Also nimm dich in acht«, sagte er leise und ging.

Draußen lehnte er sich an die Schuppenwand und starrte zum funkelnden Sternenhimmel auf.

»Gott sei Dank sind wir noch rechtzeitig gekommen«, sagte Craven leise neben ihm.

»Aye.« Bolitho sah, wie der Blinde das weiche Maul eines Dragonerpferdes streichelte. »Ihm dort haben wir eine Menge zu verdanken.« Langsam ließ der Brechreiz in seiner Kehle nach, und er fügte hinzu: »Also, wo steckt der Junge?«

Doch Matthew lag schlafend im Schoß des aufgesessenen Dragoners.

»Wir sollten aufbrechen«, drängte Major Craven mit einem Blick zum aufgehenden Mond. »Ich habe zwar um Verstärkung geschickt, bevor wir losritten, und inzwischen sollten rund fünfzig Reiter von Chatham hierher unterwegs sein. Aber man weiß ja nie . . .«

Bolitho nickte. »Haben Sie ein Pferd für mich?« Er wartete, bis das Tier des Gefallenen herangeführt wurde, und setzte dann hinzu: »Dank für Ihre Hilfe. Jetzt ist die Reihe an mir.« Damit schwang er sich in den Sattel.

Als der Blinde Bolitho die Zügel reichte, beugte sich dieser hinab und griff nach seinem Arm. »Willst du mit uns kommen, Freund?«

Aber der Mann schüttelte den Kopf. »Ich bleibe in der Nähe, Captain. Nur falls Sie mich brauchen.«

Die Dragoner trabten an, während die Gefangenen nebenher rannten. Das Gesicht in ihre Richtung gewandt, murmelte der Blinde in die Dunkelheit: »›Freund‹ hat er zu mir gesagt.«

Dann nahm er seinen Stock auf und verschmolz mit der Nacht.

X Ein Beispiel an Mut

Unbeleuchtet trieb die Brigg *Loyal Chieftain* unter aufgegeiten Toppsegeln langsam nach Lee, eine Todesfalle für jeden unaufmerksamen Seefahrer. In der pechschwarzen Nacht waren zwei stäbige Lugger längsseits gegangen, aus denen nun alle drei Crews mit Flaschenzügen und per Hand in schier endlosem Strom Waren verluden. In der Vorschiffslast arbeitete Allday und staunte darüber, wie schnell der Transfer abgewickelt wurde, obwohl dabei ein paar dumme Patzer passierten. Die Brigg hatte zwar eine doppelt so starke Besatzung wie normal, aber die Leute waren nicht aufeinander eingespielt; so gab es gröbere Püffe und Flüche als auf jedem Kriegsschiff.

Jedesmal, wenn er an Deck ging, schielte Allday hoffnungsvoll zum Land hinüber. Aber er konnte nichts erkennen, nicht einmal das kleinste Licht verriet, wie weitab oder wie nahe die Küste lag. Er wußte, sie waren in holländischen Gewässern, irgendwo bei Flushing, aber nach dem, was er sah, hätten sie auch auf der Rückseite des Mondes sein können.

Seine seemännische Geschicklichkeit war bald aufgefallen, und er konnte nur der Vorsehung danken, daß Delaval nicht an Bord war. Zur Zeit stand die *Loyal Chieftain* unter dem Kommando ihres Ersten und des Steuermanns, eines schmallippigen Mannes namens Isaac Newby. Er stammte aus Dorset und hatte schon zwei Festnahmen wegen Schmuggels auf dem Kerbholz, war aber jedesmal aus Mangel an Beweisen wieder freigelassen worden.

»Ich habe eben prominente Freunde«, hatte er sich vor Allday gerühmt. Sonst war nichts von ihm zu erfahren gewesen, und als die beiden Lugger erst festgemacht hatten, war ihnen keine Zeit mehr zum Essen, Trinken oder Unterhalten geblieben.

Die Männer mühten sich mit den ungewohnten Taljen ab, einer wurde von einem Netz voll Brandyfässer bewußtlos geschlagen. In den Ladeluken verstauten und laschten erfahrenere Leute die Ladung fest, kaum daß sie von oben herunterkam. Die Fässer wurden zu Flößen zusammengebunden. Alldays neuer Freund, ein ehemaliger Toppgast namens Tom Lucas, hatte ihm erzählt, daß sie später vor der englischen Küste über Bord geworfen würden; Schmuggler in Ruderbooten sollten sie auffischen. Danach wurden die Fässer in Höhlen und kleinen Buchten versteckt, bis sie auf Pferde oder Esel verladen und zu den Verteilerstellen im Binnenland geschafft werden konnten.

Lucas war ein langer, griesgrämiger Salzbuckel, der sein ganzes Leben auf See verbracht hatte. Auf der Überfahrt von Kent hatte Allday ihm zugesehen, wie er einen Riß in seinem Hemd stopfte. Der Bootssteurer kannte die Marine und ihre brutale Disziplin nur zu gut, aber der von der neunschwänzigen Katze bis zur Unkenntlichkeit entstellte nackte Rücken Lucas' hatte ihn doch erschreckt. Die Narben stammten aus der Zeit, als er auf einem Linienschiff in der Nore gedient hatte, einem von Hunger, Personalmangel und einem sadistischen Kommandanten geplagten 74er.

Lucas war zum Sprecher der Besatzung gewählt worden und hatte beim Ersten Leutnant, einem fairen und beliebten Offizier, Beschwerde eingelegt. Der Erste wiederum hatte die Klagen dem Kommandanten vorgetragen. Das Resultat waren für Lucas drei Dutzend Peitschenhiebe wegen aufsässigem Betragen. Danach hatte er sich zur Flucht entschlossen, war dabei aber von einem anderen Offizier ertappt worden. Er hatte den Leutnant nur mit der nackten Faust niedergeschlagen, aber der Mann war dabei nach unten ins Batteriedeck gestürzt. Lucas wußte nicht, ob der Leutnant noch lebte, und hatte auch nicht gewartet, um es herauszufinden.

Grimmig hatte er Allday angestarrt. »Weißt du, was es heißt, durch die Flotte gepeitscht zu werden? Das überlebt keiner. Und falls der Leutnant gestorben ist, ziehen sie mich sowieso zur Rahnock hinauf.«

Aber Allday merkte, daß Lucas mit halbem Herzen beim Schmuggelgeschäft war. Für ihn bedeutete es nur einen Aufschub ohne Hoffnung oder Zukunft, bis ihn der Arm des Gesetzes schließlich doch ergreifen würde. Allday hatte zugehört, wie die anderen auf Freiwache darüber diskutierten. Bisher hatte ihnen die Flucht zwar eine Menge harter Knochenarbeit gebracht, aber nur mageren Lohn.

Auch in dieser Nacht arbeiteten Allday und Lucas gemeinsam. Sie beaufsichtigten die Wareneinnahme an der vorderen Luke, drückten die richtigen Leinen in ungeschickte Fäuste und achteten darauf, daß die Lugger nicht zu hart an die Bordwand stießen, denn die See ging hoch.

»Finster wie in einem Hurenarsch«, murmelte Allday.

Lucas richtete sich auf und sog tief die brandygeschwängerte Luft ein. »Ich könnte einen Schluck gebrauchen.« Erst danach registrierte er Alldays Worte. »Yeah. Ich war schon paarmal auf dieser Brigg dabei. Der Käptn fährt immer nur mit einem Lockvogel. Wenn dann unsere ...« Er grinste. »Wenn dann die Marine- oder Zollkutter auftauchen, lenkt das andere Schiff sie ab, und wir können verschwinden.«

Allday senkte den Blick, um sich nicht zu verraten. So also funktionierte das Ganze. Vielleicht wechselten sich die Schmuggler dabei ab und teilten hinterher den Profit.

Steuermann Newby hob eine abgeblendete Laterne und spähte zu ihnen herunter. »Seid ihr bald fertig?« Das klang ungeduldig, nervös.

Beruhigend hob Allday die Hand. »Ist gleich soweit. Nur noch ein Netz, dann haben wir alles verstaut.«

Newby verschwand, wahrscheinlich um die Leute an den anderen Luken anzutreiben.

Verärgert knurrte Lucas: »Und was kommt als nächstes? Gold für den Kapitän, und uns speisen sie mit einem Mundvoll Rum ab.«

Mit einem nachdenklichen Blick auf seinen Gefährten fragte sich Allday, wie viele gute Seeleute durch die Schuld gleichgültiger Offiziere und skrupelloser Kapitäne verdorben wurden - genau wie Lucas. Ein Jammer, daß Bolithos Beispiel nicht Schule machte.

Eine Stimme bellte: »Klar zum Loswerfen an Steuerbord! Aber lebhaft, ihr Faulenzer!«

Lucas fluchte vor sich hin. »Genau wie daheim.«

Erst wurde der eine, dann der andere Lugger losgeworfen, mit Segeln, die in Lee der Brigg wirkungslos killten. Doch dann, als sich ihre losgemachten Toppsegel füllten und die Vorsegel gesetzt waren, nahm sie plötzlich Fahrt auf und zog über Backbordbug davon. Die Lukendeckel wurden verschalkt, an Deck kehrte allmählich wieder Ordnung ein.

Lucas stand lauschend da, den Blick auf die bewegte, dunkle See gerichtet. »Meine Güte, die haben Frauen an Bord geschafft!« knirschte er. Beide Fäuste in die Webleinen gekrallt, starrte er Allday entsetzt an. »Da höre doch einer das Geschrei! Wissen diese Idioten denn nicht, daß Frauen an Bord Unglück bringen?«

Auch Allday hatte den Schrei einer Frauenstimme gehört. Er war nicht laut gewesen, eher wie das ferne Kreischen einer Möwe, und wurde gleich darauf vom Brausen des Windes in der Takelage übertönt.

Der Bootsmann rief nach vorn: »Ihr da! Klar zum Setzen der Fock! Entert auf, ihr faulen Ärsche!« Ein wütender Schmerzensruf gellte, als er mit seinem dicken Tampen zuschlug. Dann trat er zu Allday an die Luvwanten. »Guter Wind für uns«, meinte er, den Blick nach oben gerichtet; aber die auf der Fockrah auslegenden Toppgasten waren in der Dunkelheit nicht zu erkennen. »Sollten es diesmal schnell geschafft haben.«

Wieder hörte Allday die spitzen Schreie und fragte: »Frauen an Bord, wie?« Es beunruhigte ihn irgendwie.

Der Bootsmann gähnte. »Der Käptn hat seinen eigenen Kopf.« Und mit einem harten Auflachen: »Hauptsache, die Kasse stimmt. So ein bißchen Spaß zwischendurch ...« Achselzuckend brach er ab, als das schrille Schreien, diesmal lauter, aus dem achteren Skylight zu ihnen drang.

Allday befeuchtete sich die Lippen. »Du meinst Delaval?«
Ungeduldig musterte der Bootsmann die schlagende Fock, die sich offenbar nur schwer bändigen ließ. »Yeah, er ist mit einem der holländischen Lugger an Bord gekommen.« Durch die hohlen Hände brüllte er: »Noch'n Rundtörn, du fauler Hund! Und dann belegen!«

Doch Allday hörte ihn kaum. Also war Delaval wirklich noch gekommen. Aber vielleicht erinnerte er sich ja nicht an ihn. Bei ihrer letzten Begegnung hatte er nur Augen für Bolitho und Paice gehabt. Insgeheim wußte Allday jedoch, daß diese schöne Hoffnung trog.

Neue Kommandos wurden gebellt, dann durfte die eine Wache zum Essen unter Deck gehen. Schräg die Decksneigung ausbalancierend, schlenderte Allday nach achtern, ganz mit seinen Sorgen beschäftigt. Das Licht der Kompaßlaterne fiel auf die Gesichter der beiden Rudergänger, war aber so schwach, daß es außerhalb des Schiffes kaum gesehen werden konnte.

Was sollte er bloß tun? fragte sich Allday. Falls sie ihn lange genug am Leben ließen, konnte er vielleicht ...

Eine siebte Welle, höher als die anderen, legte das Deck hart über. Fluchend ließen die Rudergänge die Radspeichen wirbeln, um das Schiff wieder unter Kontrolle zu bringen.

Haltsuchend griff Allday nach der Nagelbank und hing plötzlich mit dem Gesicht direkt über dem Skylight der Achterkajüte. Auf der Koje unten lag ein Mädchen, kaum sechzehn Jahre alt. Einer – es war Newby, der Steuermann, hielt ihre Arme fest, ein anderer, der für Allday hinter dem Skylightsüll verborgen blieb, zerrte ihr die Kleider vom Leib. Gerade hatte er ihre kleinen Brüste freigelegt, während sie sich hin und her warf und gellend schrie.

Als Allday die Gefahr hinter sich spürte, war es schon zu spät.

»*Das* also soll der Segelmacher sein? Ich vergesse niemals ein Gesicht, *Mister Allday*!«

Der Schlag auf den Hinterkopf stürzte ihn in einen schwarzen bodenlosen Abgrund. Ihm blieb nicht einmal Zeit für Angst oder Schmerz. *Ausgelöscht.*

Bolitho lockerte sein Hemd und musterte die Gesichter in der Runde. Die kleine Achterkajüte von *Telemachus* war bis zum Bersten überfüllt, denn er hatte nicht nur die Offiziere der drei Kutter zusammenrufen lassen, sondern auch ihre Segelmeister.

Nun stützte er sich mit den flachen Händen auf die Seekarte und lauschte dem Seufzen des Windes im Rigg und dem regelmäßigen Knarren der Planken, wenn das Schiff an seiner Ankertrosse zerrte.

Die Abendluft war kühl und feucht, dickbäuchige Wolkenbänke staffelten sich am westlichen Himmel bis zum Zenith.

Bolitho mußte an sein erstes Treffen mit den Kommandanten denken. Binnen dieser kurzen Frist war eine starke Veränderung mit ihnen vorgegangen. Die Zweifel, das Mißtrauen waren verschwunden. Die Ereignisse hatten sie so stark zusammengeschmiedet, wie Bolitho es nie für möglich gehalten hätte.

Alle hatten die Uniformröcke abgelegt, und Bolitho fragte sich, wie die hier Versammelten wohl auf einen Außenseiter oder Binnenländer gewirkt hätten: wohl eher wie Teilnehmer an einer Parforcejagd als wie Marineoffiziere.

»In der Morgendämmerung gehen wir ankerauf, wobei wir es eben riskieren müssen, daß wir dabei beobachtet werden.« Er blickte Chesshyre an. »Sie haben den Wetterumschwung bemerkt?«

Chesshyre nickte, verlegen darüber, daß er vor allen anderen angesprochen wurde. »Aye, Sir. Der Wind hat zwei Strich oder mehr rückgedreht. Wahrscheinlich bekommen wir noch vor dem Morgen Nebel.«

Alle wechselten betretene Blicke, denn unsichtiges Wetter war für sie wie ein böses Omen.

»Ganz Ihrer Meinung«, nickte Bolitho. »Man hat mir

zugetragen«, fuhr er fort, »daß zwei Schiffe von der holländischen Küste zur Insel Thanet unterwegs sind. Das eine soll stark weggeladen sein, das andere ist der Lockvogel.« Jetzt hatte er ihre volle Aufmerksamkeit. »Ich zweifle keinen Augenblick an der Richtigkeit dieser Information.« Sie stammte von dem Schmuggler, der aus Angst vor den Klauen des Blinden bestimmt nicht gelogen hatte.

»Bitte ums Wort, Sir.« Paice vergewisserte sich mit einem Blick in die Runde, und Queely nickte, als hätten sie das alles vorher abgesprochen. »Wenn auch dieser Einsatz fehlschlägt und wir die beiden Schiffe nicht stellen – was wird dann aus *Ihnen*?«

Bolitho mußte lächeln; fast hatte er diesen Einwand erwartet. »Dann werde ich zweifellos auf einen Posten abkommandiert, wo ich keinen Sand mehr ins Getriebe streuen kann.« Er wußte, daß er damit nur zu recht hatte. Auch wenn Midshipman Fenwick unter scharfem Arrest stand und der Schmuggler bei Cravens Dragonern in Einzelhaft saß, waren seine Beweise ohne Delaval und dessen Schmuggelware keinen Pfifferling wert.

Energisch verdrängte er diese Bedenken und fuhr fort: »Ich glaube, daß die Information, durch die wir die *Four Brothers* aufbringen konnten, uns absichtlich zugespielt wurde, um Mißtrauen zu schüren. Wahrscheinlich sollte damit ohnehin nur ein Konkurrent aus dem Weg geräumt werden – ein billiges Opfer, wenn es um so hohe Einsätze geht.«

Mit angehaltenem Atem beobachtete er ihre Reaktion. Falls sie diese Version akzeptierten, exponierten sie sich genauso wie er. Denn die Information über die *Four Brothers* stammte von Kommodore Hoblyn. Glaubten sie Bolithos Worten, drohte ihnen möglicherweise eine Anklage wegen Verschwörung – ebenso wie ihm selbst.

Entschlossen sagte Paice: »Dem stimme ich zu. Länger, als ich zurückdenken kann, hat man uns mit allen Tricks von diesem Küstenabschnitt ferngehalten. Er beherbergt mehrere kleine Bootswerften, und die meisten stehen auf Land, das Sir John Tanner gehört.« Trotzig sah er Bolitho an. »Sir John Tanner ist eine Stütze der Gesellschaft und verkörpert die Macht am Ort.« Er grinste ironisch. »Einige von uns hatten ihn schon lange in Verdacht. Aber die meisten resignierten, weil die Sache völlig aussichtslos war: wir paar Leutchen gegen so viele.« Sein Grinsen wurde breiter. »So standen die Dinge jedenfalls, bis Sie wie der Blitz dazwischenfuhren, Sir.«

Leutnant Vatass von der *Snapdragon* strich sich über das zerknitterte Hemd. »Ich glaube, das ist für uns alle gesprochen.« Mit einem eleganten Schulterzucken schloß er: »Also lassen Sie uns die Sache anpacken.«

Zustimmendes Murmeln ging durch die Kajüte.

»Dann brechen wir auf wie besprochen.« Bolitho hätte gelächelt, wäre da nicht die bedrückende Sorge um Allday gewesen. »Ich habe Major Craven informiert und unserem Admiral in der Nore eine Depesche gesandt.« Sogar dieser hochwohllöbliche Stabsoffizier würde von seinem hohen Roß steigen müssen, wenn ihn die brisante Nachricht erreichte. Bei einem Mißerfolg allerdings wartete das Kriegsgericht auf Bolitho. Damit konnte er sich abfinden; aber seine Kommandanten, denen er ohne ihr Zutun vor die Nase gesetzt worden war, mußte er um jeden Preis vor Schaden schützen.

Die drei Segelmeister verglichen ihre Notizen und trugen letzte Korrekturen in ihre Seekarten ein. Diesmal mußten sie ein Meisterstück an Navigation liefern, nichts durfte dem Zufall überlassen bleiben. Drei kleine Kutter auf der Suche nach der Nadel im Heuhaufen ... Bolitho hatte Chatham verständigt, damit für den Fall, daß Delaval durch ihr großmaschiges Netz schlüpfen sollte, eine Fregatte bereitstand. Doch selbst wenn der Admiral sein Beistandsersuchen wohlwollend aufnahm, hatte er höchstwahrscheinlich gar keine freie Fregatte zur Verfügung.

Wieder dachte Bolitho an sein Gespräch mit Sir Marcus Drew in der Admiralität. Sein Vorgesetzter hatte damals keinen Zweifel daran gelassen, *wer* zur Verantwortung gezogen würde, falls Bolitho seine Kompetenzen überschritt.

Aber wenn Hoblyn tatsächlich schuldig und mit den Schmugglern im Bunde war, hatte er keine Gnade zu erwarten, weder von der Navy noch von den Männern, die er zu seiner eigenen Bereicherung mißbraucht hatte.

Bolitho preßte die Lippen zusammen. Auch Alldays Leben stand auf dem Spiel. Falls seinem alten Gefährten etwas zustieß, wollte er mit Hoblyn und dem ihm unbekannten Sir James Tanner auf seine eigene Weise abrechnen, das schwor er sich.

Als sich der Abend über die drei verankerten Kutter herabsenkte, ging Bolitho an Deck, um die Vorbereitungen zum Auslaufen zu beobachten.

Auch hier war eine Veränderung spürbar. Die Männer, die er erst seit kurzem kannte, akzeptierten ihn jetzt: Stückmeister George Davy, der geduckt zwischen seinen kleinkalibrigen Kanonen herumkroch und letzte Hand anlegte; Scrope, der Profos, sah mit Bootsmannsmaat Christie die Äxte und Entermesser in der schweren Waffenkiste am Mastfuß durch. Und der bullige Bootsmann Luke Hawkins hing halb über dem Schanzkleid außenbords und gestikulierte zum Beiboot hinunter, an dem gerade die Taljen zum Anbordhieven eingepickt wurden.

Soviel durchdachte, sorgfältige Arbeit – und wofür? Für das Risiko, durch die Hand von Schmugglern zu sterben, die von den meisten Einwohnern geduldet, wenn nicht sogar bewundert wurden. Oder aus Loyalität gegenüber Bolitho oder einem Kameraden, wie sie selbst unter den Gepreßten der Navy so häufig war.

Bolitho spähte über die Reede und meinte, schon leichten Dunst zwischen den vielen Ankerliegern aufziehen zu sehen. Obwohl der Wind immer noch an den aufgegeiten Segeln zupfte, schien das Wasser doch glatter, milchiger zu sein, vor allem zur Insel Grain und zur Garrison-Landspitze hin. Ein leichter Schauer ließ ihn wünschen, er hätte seinen Bootsmantel mit an Deck gebracht.

Er blickte zu dem Sechspfünder hinüber, an dem der kleine Matthew Corker lehnte und sehnsüchtig zum Land sah.

Leise sagte Bolitho: »Wir haben dir viel zu verdanken, Matthew. Eines Tages wirst du begreifen, wieviel. Was wünschst du dir, wenn dies alles hier vorbei ist?«

Der Junge wandte sich ihm zu, das Gesicht ungewohnt ernst und traurig. »Bitte, Captain, ich möchte nach Hause.« Mit tränenerstickter Stimme, doch entschlossen fügte er hinzu: »Aber erst, wenn Mr. Allday wieder da ist.«

Bolitho sah ihm nach, als er zwischen den eifrig Arbeitenden nach vorne ging. Matthew hatte die richtige Entscheidung getroffen, dachte er. Unbeeinflußt und aus freien Stükken, genau wie es sein mußte.

Paice trat zu ihm an die Reling. »Prächtiger Junge, Sir«, meinte er.

Bolitho erriet den Grund für Paices Trauer. »Aye, Mr. Paice Ohne ihn ...» Er brauchte den Gedanken nicht auszusprechen.

Mit Segeln, die im leichten Abendwind zu atmen schienen, gingen die drei Kutter ankerauf und strebten dem offenen Wasser zu. Viele Augen blickten ihnen nach, aber weil der Dunst binnen kurzem die drei Silhouetten verschluckte, konnte niemand ihre Absicht erraten.

Major Craven von den 30er Dragonern nippte gerade genießerisch an seinem Abendtrunk, einem alten Rotwein, als ihm ein berittener Bote keuchend Meldung vom Auslaufen der drei Kutter machte.

Gelassen faltete er den Zettel zusammen und leerte sein Glas, ehe er seine Ordonnanz rief und die Pferde satteln ließ.

Kommodore Ralph Hoblyn schritt unruhig in seinem weitläufigen Schlafzimmer auf und ab. Jedesmal, wenn er dabei an ein Fenster kam, ging sein Blick in die Ferne. Als die Abenddämmerung das Zimmer mit ihren Schatten füllte, tigerte er immer noch gebeugt hin und her, ohne nach Licht zu rufen.

Ein Bote brachte die Nachricht vom eigenmächtigen Auslaufen der drei Kutter zum Tor des Anwesens und fragte nach neuen Befehlen, aber der Korporal der Wache wies ihn grob ab: »Der Kommodore hat euch schon vor langer Zeit eingeschärft: Abends will er nicht gestört werden, ganz gleich, worum es sich handelt!«

Und im fernen Chatham faßte die Schlüsselfigur all dieser Ereignisse, der arretierte Midshipman Fenwick vom örtlichen Preßkommando, den einzigen mutigen Entschluß seines traurigen neunzehnjährigen Lebens: Während draußen die Wache wechselte, nahm er seinen Gürtel und erhängte sich am Fensterkreuz.

In seiner Achterkajüte auf *Telemachus* zog Bolitho ein frisches Hemd an und hakte sorgsam Violas Uhr an den Gürtel, ehe er sie in die Tasche gleiten ließ. Rund um ihn knarrte und knirschte der hölzerne Schiffsrumpf, aber er hörte das Rauschen des vorbeiströmenden Wassers von Minute zu Minute schwächer werden.

Da starrte er auf die Seekarte nieder, bis ihn die Augen schmerzten.

So oder so, in dieser Nacht mußte die Entscheidung fallen. Sein Blick wanderte zu dem Tuchbündel mit Alldays unfertigem Schiffsmodell. Die Entscheidung über ihr beider Schicksal.

Eine Ewigkeit schien vergangen, als er sich seiner Umgebung wieder bewußt wurde. Er erwachte kämpfend – gegen den Schmerz und gegen die Weigerung seines Verstandes, das Geschehen zu akzeptieren.

Allday versuchte, die Augen zu öffnen, merkte aber mit Entsetzen, daß ihm nur das rechte gehorchte. Sein ganzer zerschlagener Körper schmerzte, und als er noch einmal das linke Auge vergeblich zu öffnen versuchte, glaubte er einen schrecklichen Moment lang, es sei nicht mehr da.

Er starrte das verschwommene Bild an, das der trübe Schein einer träge pendelnden Laterne aus der Schwärze hob. Das Loch, in dem er lag, war so eng, daß er fast durchgedreht wäre. Er versuchte sich zu bewegen, was ihm aber nur ein gequältes Aufstöhnen abpreßte. Da bemerkte er zum ersten Mal, daß seine Beine gespreizt und an zwei Eisenringe im Deck gekettet waren. Seine hoch über den Kopf gereckten Arme hingen in Handfesseln, so eng, daß er kein Gefühl mehr darin hatte.

Mit großer Anstrengung zwang er sich zur Ruhe und zählte die Sekunden. Doch die Erinnerung wollte einfach nicht zurückkehren. Erst als er den Kopf bewegte, fühlte er die von dem Schlag herrührende Verletzung und erriet, wie er hier unten gelandet war. Sie mußten ihn danach halbtot geschlagen haben, doch das hatte er in seiner Ohnmacht nicht mehr gespürt. Erst jetzt ...

Er entspannte die Beine, soweit die Fußeisen dies zuließen. Sein Oberkörper war nackt, und als er an sich herabsah, bemerkte er überall schwarzes, getrocknetes Blut, das im Lampenschein wie Teer glänzte.

Ein schwacher Lichtblitz bohrte sich in sein verletztes Auge, aber als er es abermals zu öffnen versuchte, durchzuckte ihn nur glühender Schmerz. Wahrscheinlich war das Lid mit Blut verklebt. Das machte jetzt auch keinen Unterschied mehr, dachte er verzweifelt. Sie würden ihn sowieso töten. Aber erst, nachdem sie ihn noch mehr gequält hatten.

Von fern drangen schwache Stimmen durch die Holzwände seines Gefängnisses. Auch merkte er plötzlich, daß die heftigen Bewegungen der Brigg aufgehört hatten. Lag sie in einem Hafen?

Doch als sein getrübter Verstand immer mehr Details seiner Umgebung wahrnahm, registrierte er über sich das Knarren des Ruders und das Klappern von Blöcken an Deck. Wieder sah er sich in dem engen Loch um, obwohl jede Bewegung neue Schmerzen auslöste. Kein Wunder, daß es hier so eng und dunkel war. Er mußte im Lazarett liegen, dem Raum unterhalb der Achterkajüte, wo der Segelmeister gewöhnlich seine Vorräte aufbewahrte. Hier aber war nichts zu erkennen außer ein paar staubigen Kisten. Delaval – keuchend erinnerte er sich an den gefürchteten Namen. Bruchstückweise kehrte jetzt die Erinnerung zurück: das halbnackte, schreiende und um Gnade bettelnde Mädchen, und dann der Schlag ...

Deshalb waren die Rudergeräusche auch so nahe und laut. Alldays seemännische Instinkte überwanden allmählich Schmerz und Angst. Die Brigg machte kaum Fahrt. Sie lag aber nicht bekalmt, sondern ... Plötzlich fiel es ihm ein: Nebel! Das Schiff mußte durch Nebel behindert sein, was in diesen Gewässern ja oft genug vorkam, vor allem wenn kalter Wind über wärmeres Wasser strich.

Er reckte den Hals. Über ihm befand sich eine Luke, die wohl in die Achterkajüte führte, und im Querschott erkannte er eine kleine Tür, wahrscheinlich für den Zimmermann, damit er Schäden im unteren Rumpf reparieren konnte.

Plötzlich ließ ihn ein neues Geräusch auffahren. Es war ein dumpfes Rumpeln, das er schon tausendmal gehört hatte, wenn eine Kanone durch die Stückpforten ausgefahren wurde. Es mußte von dem langläufigen Neunpfünder der *Loyal Chieftain* stammen, den er beim Beladen der Brigg gesehen hatte.

Vielleicht war Bolitho also ganz in der Nähe, wenn sie gefechtsklar machten? Aber dann verbot er sich die plötzlich aufkeimende Hoffnung, denn für ihn gab es keine mehr. Besser konzentrierte er seine Gedanken auf den Tod, auf ein würdevolles Sterben ohne Gewinsel, auf den willkommenen Weg aus der Qual, so wie auch die Lady des Kapitäns in der Südsee gestorben war.

Trotzdem wollte sich der Gedanke nicht verdrängen lassen, wie der Strahl eines Leuchtfeuers drang er immer wieder durch den Nebel seiner Schmerzen: Angenommen, Bolitho patrouillierte zufällig in diesem Seegebiet ...

Erneut drangen dumpfe Schläge und Poltern zu ihm herunter, als wollten sie seine ausufernde Phantasie grob zur Ordnung rufen.

Alldays ganzes Mißtrauen galt einem Toppsegelkutter oder genauer: jedem Schiff mit nur einem einzigen Mast, ganz gleich, wieviel Segelfläche er tragen konnte. Es brauchte nur einen Zufallstreffer, und solch ein Schiff war ein hilfloses Wrack. Wenn sie da oben die achteren Kanonen gefechtsklar machten, handelte es sich wahrscheinlich um eine Verfolgungsjagd. Allday knirschte mit den Zähnen. Entweder wurde Bolithos Kutter dann entmastet der See überlassen oder, was wahrscheinlicher war, von Delaval so lange als Zielscheibe benutzt, bis er mit Mann und Maus unterging.

Vergeblich zerrte er an seinen Fesseln. Wie Stockdale im offenen Kampf zu fallen, war eine Sache, schreiend unter der Folter zu sterben eine ganz andere. Allday wußte nicht, ob er einem solchen Tod gewachsen war.

Schnell schloß er die Augen und stellte sich bewußtlos, als die Luke über ihm aufflog. Er hörte zornige Stimmen und heiseres Lachen, dann wurde jemand zu ihm herunter geworfen. Der Lukendeckel knallte zu, und Allday öffnete wieder die Augen.

Vor ihm kauerte das Mädchen auf allen vieren, wimmernd und zitternd wie ein mißhandeltes Tier. Ihr Gesicht war blutverschmiert, und trotz des schwachen Lichts konnte Allday die blutigen Kratzer und Striemen auf Schulter und Oberkörper erkennen. Es war dasselbe Mädchen, das er durch das Skylight in der Achterkajüte gesehen hatte. Aus der Nähe wirkte es noch viel jünger. Höchstens fünfzehn Jahre alt. Hilflos sah er zu, wie sie mit bebenden Händen die Reste ihres Kleides zusammenraffte, um sich zu bedecken.

Als die Laterne stärker pendelte und ihr Schein ihn erreichte, blickte sie erschreckt auf und gewahrte ihn zum ersten Mal. Ihr Gesicht verriet das Grauen, das sie erlebt hatte. Entsetzen, Abscheu und blinde Angst standen darin.

Allday schluckte und suchte nach beruhigenden Worten.

Was mochten sie ihr Scheußliches angetan haben? Aus dem vielen Blut schloß er, daß sie mehrmals vergewaltigt worden war. Und jetzt wartete sie genau wie er darauf, daß man sich ihrer entledigte.

Vorsichtig begann er zu sprechen. »Keine Angst, Kleine. Wir wollen jetzt tapfer sein, ja?« Seine Stimme war nur ein Krächzen. »Ich weiß, was du durchgemacht hast ...« Er stöhnte auf, weil er unwillkürlich wieder an seinen Fesseln gezogen hatte. Was nützte das alles? Sie verstand ja doch kein Wort von dem, was er sagte. Und wenn, was hätte es geändert?

Das Mädchen kauerte immer noch am Boden, sein Blick war starr und leer.

Allday murmelte: »Hoffentlich geht es schnell bei dir.« Wieder wand er sich zwischen den Eisen. »Wenn ich mich doch nur bewegen könnte!« Die gewölbten Wände ihres Gefängnisses schienen seine Worte spöttisch zurückzuwerfen.

Mehr Getrappel oben über ihren Köpfen und gebrüllte Kommandos, als mehr Leute zum Trimmen der Segel befohlen wurden. Allday sank der Kopf auf die Brust. Nebel, das war die einzige Erklärung.

Er schielte zu dem Mädchen hinüber. Es verhielt sich so still, als sei kein Leben mehr in ihm und keine Hoffnung.

Über ihren Köpfen erklangen Schritte, plötzlich ganz nahe und laut. Heiser keuchte Allday: »Komm her zu mir, Kleine! *Bitte*!«

Mit schreckgeweiteten Augen starrte sie die Luke über sich an – und dann ihn. Irgend etwas in seinem Ton veranlaßte sie, über die schmutzigen Planken zu kriechen und sich mit geschlossenen Augen an seine Seite zu drükken.

Zwei Beine erschienen in der Luke, dann ließ sich Isaac Newby zu ihnen herab. Er zog ein Entermesser aus dem Gürtel und stieß es außerhalb ihrer Reichweite in die Planken, wo es wie eine glitzernde Schlange hin und her schwang.

Er warf einen Blick auf das Mädchen und sah dann Allday an. »Wird Zeit, daß wir dich über Bord schmeißen, du Schwein. Aber der Käptn hat manchmal wirklich komische Einfälle . . .« Er grinste schadenfroh. »Wir müssen deinem edlen Herrn Bolitho doch ein Andenken an dich hinterlassen. Ein kleines Souvenir an die Nacht, in der er versucht hat, schneller zu sein als die Bruderschaft, nicht wahr?« Er tippte auf das Messer in seinem Gürtel. »Delaval meint, deine schöne Tätowierung wäre das richtige Geschenk!« Laut lachend warf er den Kopf zurück. »Aber dazu muß erst der Arm ab, nicht wahr?«

Allday stieg bittere Galle in die Kehle. »Laßt *sie* wenigstens frei. Was kann sie euch schon antun?«

Nachdenklich rieb Newby sich das Kinn. »Tja, nachdem du ja nicht mehr lange unter uns weilst . . .« Plötzlich schoß sein Arm vor und riß das Mädchen von Alldays Seite. »Und um dir noch eine letzte Freude zu machen . . .« Mit einer Hand hielt er die Kleine aufrecht vor sich hin, mit der anderen zerrte er ihr die letzten Kleider vom Leib. »Hier, genieße noch mal diesen Anblick!« Er riß den Kopf des Mädchens an den Haaren nach hinten und senkte sein Gesicht auf ihre nackten Brüste.

Allday wußte nicht, wie es geschah. Er sah nur, daß das Mädchen keuchend gegen ihn fiel, während Newby am Boden lag, auf beide Hände gestützt, und leer vor sich hinstarrte. Dann merkte er, daß die Verblüffung in Newbys Gesicht einer grauenvollen Grimasse wich, während er vornüberkippte. Erst als er reglos dalag, gewahrte Allday den Messergriff, der aus Newbys Seite ragte. Das Mädchen mußte die Klinge aus der Scheide gezogen und ihm in den Leib gestoßen haben.

Allday deutete mit dem Kopf auf den Gürtel des Toten. Er hatte gesehen, daß ein Schlüssel daran hing. »Hol ihn mir!« Demonstrativ zerrte er an seinen Fesseln, damit sie begriff, was er meinte. »Um Gottes willen, hilf mir!«

Ihre Hand griff nach seinem Gesicht und streichelte seine

blutigen Wangen, als seien sie beide tausend Meilen weit weg. Dann rutschte sie zu der Leiche und hakte den Schlüssel los.

Fiebernd vor Ungeduld beobachtete Allday, wie sie zuerst die Fußeisen aufschloß und sich dann über ihn beugte, um auch seine Handfesseln zu lösen. Es schien ihr nichts auszumachen, daß ihre nackten Brüste dabei sein Gesicht streiften, sie konzentrierte sich ganz auf diese letzte mutige Tat, vor der sie keinen Augenblick gezögert hatte.

Allday rollte sich auf die Seite und stöhnte vor Schmerzen, als das Blut in seine abgestorbenen Glieder zurückkehrte. Ihm war schwindlig, und er wußte, wenn er jetzt nicht in Bewegung blieb, würde er wieder bewußtlos werden.

Gebückt schlurfte er zu dem Entermesser hinüber und riß es aus den Holzplanken. »So ist's schon besser«, keuchte er. Dann humpelte er zu dem Toten und zog das Messer aus der Wunde. Es stak ziemlich fest. »Du hast's diesem Hund aber ganz schön gegeben«, murmelte er.

Er starrte zur Decke, als lautes Rufen aus jener anderen Welt zu ihnen herunterdrang. Handspaken und Blöcke klapperten. Sie richteten also den Neunpfünder von neuem aus, und dafür konnte es nur *einen* Grund geben. Allday packte die Schulter des Mädchens und wunderte sich, daß es nicht vor ihm zurückzuckte. Vielleicht war es schon jenseits von allem, was Scheu oder Skrupel sonst diktiert hatten.

Allday deutete auf die kleine Tür im Schott und machte eine sägende Bewegung mit dem Messer. An der Schneide klebte noch Blut, aber das Mädchen beobachtete ihn aufmerksam, ohne Furcht oder Ekel.

Langsam und deutlich erklärte er, was er von ihr wollte: »Du kriechst durch das Türchen da und schneidest die Leinen zum Ruder durch, ja?« Verzweifelt stöhnte er auf, als ihre Augen leer und verständnislos blieben. Bald würde man Newby suchen kommen, zumal ein Gefecht unmittelbar bevorzustehen schien.

Allday brach das Türchen mit dem Entermesser auf und

hielt die Laterne so, daß die Kleine in den dunklen Raum dahinter blicken konnte. Von unsichtbaren Händen oben bewegt, glitten die Ruderleinen knarrend durch ihre Blöcke, das Kielwasser unter dem Heck gurgelte so laut, als sei es nur wenige Zoll entfernt. Allday fuhr zusammen, als er kalte Finger an seinem Handgelenk fühlte. Aber es war nur das Mädchen. Mit einem suchenden Blick, als brauche sie sein Lob, nahm sie ihm das Messer aus der Hand und glitt in das finstere Loch. Ihr nackter Körper war nur ein heller Schatten, als sie sich nun den Rudertaljen zuwandte.

Allday massierte sich die tauben Arme und starrte zur Luke hinauf. Sie war der einzige Zugang zum Lazarett. Hinter sich hörte er das Mädchen keuchen, während es an den dicken Hanftauen sägte. Es konnte lange dauern, bis sie durch waren, aber Angst und Haß würden ihr Kraft verleihen. Immer ein Kardeel nach dem anderen ... Allday spuckte in die Hände und packte das Entermesser fester. Noch vor einigen Minuten hatte er sich auf den Tod gefaßt gemacht, und jetzt waren sie beide frei, wenn auch nur für kurze Zeit. Falls es sein mußte, würde er sie selbst töten, ehe sie ihn holen kamen, damit sie nur das erlitt und nicht noch mehr.

Eine Stimme oben bellte: »Wo steckt er bloß, verdammt noch mal?«

Allday biß die Zähne zusammen. Es ging also los! Aus der Luke fiel helles Licht, und die Stimme von eben rief wütend herunter: »Komm an Deck, du geiler Spinner! Der Käptn wartet!«

Ein tastender Seestiefel erschien unter dem Lukensüll. Allday spürte die Mordlust wie flüssiges Feuer durch seine Adern schießen. Er zischte: »Meinst du mich?«, und hieb die breite Schneide knapp unter dem Knie in das Bein. Dann mußte er sich zurückwerfen, um den Blutspritzern auszuweichen und dem gräßlichen Schrei, den erst der zufallende Lukendeckel dämpfte.

Als sein Atem wieder leiser ging, hörte er das regelmäßige Sägen des Messers. »Mach nur so weiter, Kleine«, murmelte er. »Wir werden es diesen Hunden schon zeigen.« Und was später kam ... Er leckte sich die trockenen Lippen. Das Später zählte nicht mehr.

Bolitho ging nach achtern zum Kompaßhaus, seine Schritte auf den nassen Decksplanken klangen ungewöhnlich laut. Das Achterdeck war zwar voller Menschen, aber sie standen schweigend und reglos in den ziehenden Nebenschwaden.

Als Chesshyre ihn gewahrte, straffte er sich und meldete: »Wir haben kaum noch Ruder im Schiff, Sir.« Seine Worte waren wenig mehr als ein heiseres Flüstern. Wie alle Seeleute haßte er Nebel und schlechte Sicht. Bolitho warf einen Blick auf die schräge Kompaßscheibe: Nordnordost. Chesshyre hatte recht, sie hielten zwar den Kurs, machten aber kaum noch Fahrt. Der Nebel hätte zu keiner umpassenderen Zeit kommen können.

Weiter vorn hustete jemand, und Bootsmann Hawkins knurrte: »Ich stopf' dir gleich Werg in den Hals, wenn du noch *einen* Ton von dir gibst, Fisher!«

Paices hoher Schatten näherte sich im Dunst. Besser als die anderen verstand er, was Bolitho durchmachte, während seine letzte Chance ihm zwischen den Händen zerrann. Für die Schmuggler bedeutete der Nebel kein großes Hindernis, sie konnten ihre Ware überall an der Küste anlanden. Verzweifelt sah Bolitho den hellen Schwaden nach, die sich um Wanten und Stage wanden. In der Dunkelheit schimmerte das nasse Großsegel wie poliertes Metall. Aber es hing kraftlos herab, der Kutter schien stillzustehen, während nur der Nebel durch das Rigg nach vorne zog.

Bald mußte der Morgen dämmern. Bolitho biß die Zähne zusammen. Der Sicht nach zu urteilen, hätte es genausogut Mitternacht sein können.

Niemand vermochte zu sagen, wo die anderen beiden Kutter standen. Sie konnten von Glück reden, wenn sie beim Aufklaren noch in Sichtweite waren, ganz zu schweigen von der Verfolgung Delavals oder seines Lockvogels.

Auch Allday mußte irgendwo da draußen sein. Falls er nicht schon viele Faden tief auf dem Meeresgrund lag, ein Opfer seiner Treue und seines Mutes.

Paice räusperte sich. »Wir könnten ja nochmals über Stag gehen, Sir.«

Sein Gesicht konnte Bolitho nicht sehen, wohl aber die Anteilnahme in seinen Worten hören. Paice hatte von ihnen allen die größte Rechnung mit Delaval zu begleichen. Gab es denn wirklich nichts, was sie noch tun konnten?

»Lieber nicht«, antwortete er. »Gehen Sie selbst an die Karte und versuchen Sie, unsere Position und Abdrift zu schätzen. Und lassen Sie weiterhin loten. Alles ist besser als diese Ungewißheit.«

Paice vergrub die großen Fäuste in seinen Taschen. »Sobald es heller wird, schicke ich den besten Mann in den Ausguck, Sir«, versprach er, ehe er ins Kartenhaus ging.

Leutnant Triscott trat unruhig von einem Bein aufs andere, wollte anscheinend etwas sagen, andererseits aber auch Bolitho nicht stören.

»Was gibt's, Mr. Triscott?« Bolitho war über die Schärfe seines Tons selbst überrascht. »Irgend etwas beschäftigt Sie doch schon die ganze Zeit.«

Verlegen antwortete Triscott: »Ich frage mich nur, Sir – falls wir auf die Schmuggler stoßen, können wir dann ... Ich meine ...«

»Sie fragen sich, ob wir sie ohne die Hilfe der beiden anderen Kutter überwältigen können?«

Beschämt ließ der junge Offizier den Kopf hängen. »So etwa, jawohl, Sir.«

Bolitho griff nach der Reling, die sich unter seinen fiebrigen Händen eiskalt anfühlte. »Wir müssen sie erst haben, Mr. Triscott. Danach können Sie mich nochmals fragen.«

Chesshyre legte eine Hand hinters Ohr. »Was war das?«

Bolitho spähte nach oben, aber die Takelage wurde schon auf halber Höhe vom Nebel verschluckt. Gedämpft rief der Bootsmann: »Nicht im Rigg, Sir!«

»Ruhe!« Bolitho hob warnend die Hand. Wie Chesshyre hatte er einen Augenblick gedacht, das Geräusch sei von oben gekommen, wie von einer unter starkem Druck gebrochenen Leine oder einer gequollenen Talje, die nicht mehr durch ihren Block paßte. Aber das war ein Irrtum. Die Ursache lag außerhalb des Schiffs.

Männer standen lauschend zwischen den Sechspfündern, andere kletterten in die Webleinen, als könnten sie dann besser hören. Für den Augenblick waren Müdigkeit und Enttäuschung vergessen.

Paice erschien an Deck, ohne Hut und mit Tautropfen im struppigen Haarschopf. Gepreßt sagte er: »Ich kenne *Telemachus* besser als mich selbst, Sir, und im Wasser pflanzen sich Geräusche leichter fort. Es hat nicht an Bord geknallt. Das war ein Musketenschuß, oder ich fresse meinen Hut!«

Beim nächsten Mal hörten sie es alle: einen gedämpften Knall, kaum lauter als die eigenen Schiffsgeräusche. Chesshyre nickte zufrieden. »Ziemlich nah, Sir, und in Lee von uns. Deshalb klingt es im Nebel nicht lauter.«

Nachdenklich runzelte Bolitho die Stirn. Chesshyre hatte richtig beobachtet. Wer gab ohne Not im Nebel Gewehrschüsse ab?

»Wir wollen einen Strich abfallen«, befahl er und packte Paice am Ärmel, als dieser schon nach vorn eilte. »Und lassen Sie beide Batterien laden, aber leise, eine Kanone nach der anderen.« Er sprach langsam und eindringlich, ließ jedes Wort wirken. »Daß mir niemand Lärm macht! Wir haben zwar nicht viel Zeit, aber immer noch genug, um vorsichtig zu sein.«

Triscott und der Stückmeister gingen auf beiden Seitendecks nach vorn und gaben ihre gedämpften Befehle an die Kanoniere weiter. Auch Bolitho schritt zwischen den eifrig hantierenden Stückmannschaften zum Vorschiff und biß bei jedem Poltern die Zähne zusammen. Schließlich stand er im Bug, griff haltsuchend nach einen Stag und starrte in die leise murmelnde Bugwelle hinab. Einmal warf er einen

Blick nach achtern und hatte den Eindruck, daß der Nebel noch dicker geworden war. Der Mastfuß war kaum noch zu sehen. Er kam sich vor wie ein Blinder auf einem sich sachte wiegenden Podest: ein falscher Schritt, und niemand würde ihn jemals wiederfinden.

Noch ein gedämpfter Knall, scheinbar weiter entfernt und aus einer anderen Richtung. Doch Nebel verzerrte die Geräusche, bis der Seemann jede Orientierung verlor. Angenommen ... Aber er schob den Gedanken beiseite. *Da draußen war ein Schiff*, daran gab es keinen Zweifel. Er konnte es förmlich riechen. Und falls sie weiter Schüsse abfeuerten, würde das Knallen ihn zu ihnen führen. Noch nie hatte ihn Nebel so in Rage gebracht. Wenn er sich doch endlich lichten würde! Er warf einen Blick nach oben. War der Himmel schon heller geworden?

Triscott trat heran und meldete: »Alle Kanonen geladen, Sir.«

Bolitho kletterte vom Stevenkopf und balancierte auf dem binnenbords liegenden Teil des Bugspriets nach achtern, sich dabei mit einer Hand auf Triscotts Schulter stützend. Während sie an der Batterie vorbei zur Poop schritten, hoben sich die Köpfe der Männer. »Gibt's ein Gefecht, Sir?« fragte einer und ein anderer: »Wird ein hübscher Batzen Prisengeld, wenn wir den kriegen, nicht wahr, Käptn?« Einer griff sogar nach seinem Ärmel, als könne ihm die Berührung Mut und Zuversicht geben. Wie schon so oft war Bolitho dankbar, daß sie seinen Gesichtsausdruck nicht erkennen konnten. Er erreichte das Kompaßhaus, wo sich einer der Rudergänger weit nach hinten überlegte, um den Wimpel an der Piek des Großsegels zu beobachten.

Bolitho starrte ihn an. Wo eben noch nichts als Schatten gewesen war, konnte er jetzt schon die Bartstoppeln im Gesicht des Mannes erkennen.

»Ich entere selber auf, Sir«, kündigte Paice an und kletterte mit der Behendigkeit eines jungen Mannes in die Leewanten.

Bolitho sah ihm nach, bis seine Gestalt mit dem abziehenden Nebel verschwamm. Seine Frau mußte stolz auf diesen Mann gewesen sein. Wahrscheinlich hatte ihr letzter Gedanke ihm gegolten.

Paice ließ sich an einem Stag herabgleiten und meldete: »Es ist eine Brigg, Sir.« Daß seine Hände von dem schnellen Abstieg bluteten, schien er nicht zu merken. »Ich konnte eben noch ihre Bramrahen sehen.« Er starrte in die angegebene Richtung. »Das muß er sein, dieser verfluchte Bastard Delaval!«

Bolitho konnte förmlich die Wellen neuer Energie fühlen, die der Haß in dem Mann weckte.

»Zwei gute Leute nach oben!« Etwas beherrschter fuhr Paice fort: »Keine Spur von einem zweiten Schiff, Sir.« Er ballte die Fäuste und bemerkte zum ersten Mal seine geschundenen Handflächen. »Bei Gott, ich würde sogar übers Wasser laufen, nur um dieses Schwein zu kriegen!«

Wieder ein Musketenknall, und Bolitho stieß ein heimliches Dankgebet aus. Falls *Telemachus* ungesehen zu der Brigg aufschließen und überraschend ihre Karronaden einsetzen konnte, glich dies vielleicht die Überlegenheit des schwereren Kalibers drüben aus. Das Musketenfeuer und vor allem der Anlaß dafür mußte sie ablenken. So sehr, daß sie nicht einmal den Ausguck besetzt hatten.

Eine Meuterei? Bolitho vergegenwärtigte sich Delavals brutale Gesichtszüge. Unwahrscheinlich, daß er es dazu kommen ließ. Plötzlich schien sich eine eiskalte Hand um sein Herz zu legen.

Es war Allday!

Er befahl, selbst erstaunt über die Gelassenheit seines Tons: »Ändern Sie Kurs auf die Brigg zu, Mr. Chesshyre. Und lassen Sie die Nahkampfwaffen ausgeben.«

Als er aufblickte, sah er ein taschentuchgroßes Stück Himmel über sich und mußte wieder an die Tote auf dem Deck der *Wakefield* denken.

Es war ein langer schmerzlicher Weg bis hierher gewesen.

Aber wenn sich der Nebel jetzt lichtete, würde er die Rechnung begleichen. Er lockerte den alten Degen in der Scheide an seiner Hüfte.

Für manche würde dies der letzte Sonnenaufgang ihres Lebens sein.

Allday warf sich gegen die gewölbte Bordwand und duckte sich, als abermals ein Musketenschuß durch die offene Luke krachte. Er hörte oben Rufe und das Klappern der Ladestökke, die neue Kugeln in die Rohre schoben. Trotz der feuchtkalten Luft in seinem Verlies lief ihm der Schweiß in Strömen herunter.

Er packte das Entermesser fester und spähte durch den Pulverqualm zu dem hellen Rechteck auf. Jetzt war alles nur eine Frage der Zeit. Über die Schulter rief er zum Türchen hin: »Mach weiter so, Kleine. Bald hast du's geschafft.« Nur einmal hatte er bisher nachsehen können, wie weit das Mädchen mit dem Sägen gekommen war. Bei den dicken harten Hanftauen war es eine mühselige Arbeit. Er hatte ihre helle Gestalt gleichmäßig auf und ab wippen gesehen, so konzentriert, als hätte sie alles andere um sich vergessen. Wahrscheinlich begriff sie nicht einmal den Zweck ihrer Anstrengung, dachte Allday verzweifelt, so wie sie auch kein einziges seiner Worte verstanden hatte.

Wieder schob sich eine Muskete übers Lukensüll. Aber diesmal sprang Allday hoch, packte mit zusammengebissenen Zähnen den heißen Lauf und zog mit aller Kraft daran. Das überraschte den Schützen oben so, daß er die Balance verlor und quer über die Luke stürzte. Der Schuß krachte einen Fußbreit neben Alldays Kopf. Noch bevor sich der Schmuggler wieder aufrichten konnte, stieß Allday das Entermesser nach oben. »Einen für den Topf, ihr Hunde!« brüllte er dabei.

Erschöpft sank er danach gegen die Bordwand und schloß die vom Rauch brennenden Augen, damit er nicht das Blut sehen mußte, das wie rote Farbe über das Lukensüll rann.

Plötzlich verstummte das Geschrei in der Achterkajüte über ihm, und das Knarren des Ruders war wieder das einzige Geräusch. Dann rief eine angstvolle Stimme: »Achtung! Klar bei Brassen! Es ist die Marine, Gott sei uns gnädig!« Eine andere Stimme, ruhiger und beherrschter, fiel ein: »Ich wette, das ist Paice mit seiner *Telemachus*!« Sie gehörte Delaval. »Aber diesmal schicken wir ihn zur Hölle, mitsamt seiner lahmen Crew!«

Welche Antwort Deleval bekam, interessierte Allday nicht mehr. Paice und *Telemachus* waren hier. Und mit ihnen Bolitho!

Das Deck legte sich so schräg, daß Newbys Leiche über den Boden rutschte, als sei sie für den Kampf wieder zum Leben erwacht. Allday hörte Kommandorufe, das Knattern von Segeltuch und schließlich das vertraute Poltern, als der Neunpfünder wieder ausgefahren wurde.

Noch einmal spähte er durch die kleine Tür und drängte: »Mach weiter, Kindchen. Ich kann sie aufhalten, bis . . .«

Entsetzt bemerkte er den schmalen nackten Körper, der ausgestreckt auf den rauhen Planken lag. Die Kleine rührte sich nicht mehr. Entweder hatte sie der letzte Schuß getroffen, oder jemand auf dem Achterdeck hatte durch die Öffnungen gefeuert, in denen die Rudertaljen liefen.

Mit beiden Armen griff er durch das Türchen, zerrte die schlaffe Gestalt heraus und drückte sie an sich. Mit einer Hand drehte er ihr Gesicht so, daß die starren Augen im Licht der Laterne funkelten. »Schon gut, meine Kleine«, flüsterte er mit brechender Stimme, »du hast wirklich alles versucht.«

Plötzlich erbebte die Brigg unter einem starken Rückstoß, und noch während die abgefeuerte Kanone binnenbords ruckte, wurden oben neue Zielvorgaben gebrüllt.

Allday kroch zu Newby und zog ihm den Rock aus. Darein hüllte er die Tote und schob sie nach einem letzten Blick auf ihr stilles Gesicht durch die Luke in die jetzt menschenleere Achterkajüte hinauf.

Noch ein oder zwei Minuten, und die Rudertaljen wären gekappt gewesen, dachte er verzweifelt. Dann hätte Paices Kutter eine Chance gegen die Brigg gehabt; er hätte sie ausmanövrieren, ihr Heck kreuzen und sie mit seinen mörderischen Karronaden der Länge nach beharken können.

Als Allday in der Achterkajüte stand, bockte das Deck erneut, Staub rieselte von der Poop herab. Der Neunpfünder feuerte nach Backbord achteraus.

Allday warf sich die verhüllte Tote über die Schulter. Bei dem kurzen Blick in ihr Gesicht hatte er gesehen, daß alle Angst daraus verschwunden war. Sie hatte endlich Frieden gefunden, wahrscheinlich zum ersten Mal, seit der Terror der Revolution über ihr Land hereingebrochen war.

Eine Flasche Rum auf dem Kajüttisch drohte über die Kante zu rutschen. Blitzschnell griff Allday danach und setzte sie an. Dann hob er das blutige Entermesser auf und begann, von der leichten Last auf seiner Schulter kaum behindert, den Niedergang zu erklettern. Weder sie noch ihn konnte der Tod schrecken. Oben unter freiem Himmel würde er sein Leben so teuer wie möglich verkaufen. Er schauderte, als die lange Neun erneut krachte und das Deck unter ihrem Rückstoß erzitterte.

Jubel erscholl an Deck. »Da geht ihre Maststenge hin!« schrie einer.

Vorsichtig steckte Allday den Kopf aus dem Niedergang und sah einige Männer am Schanzkleid stehen, die Rücken ihm zugewandt, und auf den Gegner deuten. Das Herz wurde ihm schwer, als er drüben *Telemachus* erkannte, zur Hälfte entmastet und flügellahm wie ein verwundeter Seevogel. Die Stückmannschaft lud schon wieder nach, und daneben stand Delaval, ein starkes Fernrohr auf den Feind gerichtet. Sein lange aufgestauter Haß stieg Allday in die Kehle und entlud sich in einem blutrünstigen Wutschrei: *»Hier bin ich, du verdammter Hund!«*

Die Männer fuhren zu ihm herum und erstarrten; sekundenlang war der näherkommende Kutter vergessen.

»Wer wagt's?« brüllte Allday und stieg an Deck. »Wer von euch Kanaillen will als erster drankommen?«

»Haut ihn nieder!« rief Delaval. »Bootsmann, schaff mir den Kerl vom Hals!«

Aber keiner rührte sich. Wie erstarrt sahen sie zu, als Allday das tote Mädchen auf die Planken gleiten ließ und vor ihren Augen enthüllte. »Ist *das* euer ganzer Schneid?« rief er. »Reicht's bei euch nur dafür, gegen Kinder und Frauen zu kämpfen?« Er sah, wie Toppgast Tom Lucas entsetzt auf die Tote starrte.

»So haben wir nicht gewettet!« rief er.

Es waren seine letzten Worte. Delaval warf seine noch rauchende Pistole von sich und griff nach der anderen in seinem Gürtel.

»Ruder nach Luv!« bellte er. »Jetzt wird dem ein Ende gemacht!«

Schweratmend stand Allday da und konnte mit seinem einen unverletzten Auge kaum erkennen, was um ihn herum vorging. Mit letzter Kraft hob er das Entermesser.

Wie durch Nebelschleier sah er das große Ruderrad wirbeln – so schnell, daß seine Speichen zu einem Flimmern verschwammen. Eine Stimme schrie auf: *»Ruder reagiert nicht!«*

Allday brach neben der Toten in die Knie und tastete nach ihrer Hand, das Entermesser schützend quer über ihren Körper gelegt.

»Du hast's geschafft, Kleine!« Tränen brannten in seinen Augen. »Bei Gott, wir sind manövrierunfähig!«

Schon verlor die Brigg an Fahrt und begann wie trunken nach Lee abzutreiben. Allday hob den Blick zu den verdutzten Gesichtern der Stückmannschaft, deren Schuß weit danebenging, als der Kutter zügig aus ihrer Peilung zu gleiten schien.

»Seht her, Kameraden!« rief Allday und straffte sich. Jeden Moment mußte ihn Delavals Kugel treffen. »Habt ihr *das* gewollt?«

Männer rückten vor, stellten sich zwischen den Kapitän und ihn. Delaval brüllte: »Hackt ihn nieder! Das ist ein Befehl!«

Aber noch immer hob sich keine Hand gegen Allday. Im Gegenteil, einige aus der Gruppe, mit denen er in der Bootswerft gewartet hatte, warfen ihre Messer von sich, während andere trotzig gegen Delaval Front machten.

Allday sah die zersplitterte Maststenge der *Telemachus* hoch über dem Luvschanzkleid der Brigg emporwachsen und wußte, er hätte Bolitho auf dem Achterdeck erkennen können, wäre er nicht halb blind gewesen.

Es schien ihm eine Ewigkeit zu dauern, ehe der erste Greifanker in die Reling biß. Mehr Draggen folgten, und dann sprangen Bewaffnete aus Paices Crew an Deck.

Niemand stellte sich ihnen entgegen. Paice selbst erschien und schritt nach achtern, konfrontierte Delaval neben dem nutzlosen Ruder.

Aschgrau im Gesicht wandte sich der Schmuggler ihm zu.

»Tja, Leutnant, das ist wohl Ihr größter Triumph. Werden Sie mich jetzt gleich umbringen, unbewaffnet wie ich bin und vor all diesen Zeugen?«

Paice blickte zu Allday hinüber und nickte ihm kurz zu, ehe er Delaval die unbenutzte Pistole aus der Hand nahm.

»Auf Abschaum wie dich wartet der Strick.« Er wandte sich um, als einer seiner Leute rief: »*Wakeful* ist in Sicht, Sir!« Jubel stieg auf, verstummte aber, als Bolitho zwischen den gesenkten Läufen der Musketen und Drehbassen an Deck der *Loyal Chieftain* stieg.

Er blickte sich um, studierte die gespannten Gesichter. Auch Paices Reaktion war ihm nicht entgangen. Der Kommandant hätte seinen Erzfeind ohne weiteres niederstrekken können. Aber vielleicht hatte er die gleiche Entdeckung wie der Geblendete gemacht: daß Rache keine Lösung war.

Dann schritt Bolitho zu Allday hinüber, der neben dem toten Mädchen kniete. Schon das zweite Opfer. Frankreich sprang hart mit seinen Schwachen um.

Als er Alldays Verletzungen sah, drängten sich ihm Worte des Mitgefühls auf die Lippen. Aber er brachte keins heraus. Vielleicht konnten sie später darüber sprechen.

Jetzt sagte er nur: »Also bist du davongekommen, John?«

Allday schielte mit seinem einen Auge zu ihm hoch und hätte gern gegrinst, aber seine Gesichtsmuskeln gehorchten ihm nicht. Das Wichtigste war ihm jedoch nicht entgangen: Bolitho hatte ihn beim Vornamen genannt. Das war bisher noch nie vorgekommen.

XI Gesichter in der Menge

Der Golden Fleece Inn am Stadtrand von Dover war ein imposantes, wettergegerbtes Gebäude, eine Poststation zum Wechseln der Pferde und zur Erholung der von den schlechten Straßen gebeutelten Reisenden.

Konteradmiral Sir Marcus Drew wartete, bis die Knechte sein Reisegepäck im Nachbarzimmer abgestellt hatten, dann trat er an eines der bleigefaßten Butzenfenster, die auf den gepflasterten Hof hinunterblickten. Angewidert starrte er die schwatzhaften Nichtstuer an, die sich in der warmen Sonne räkelten oder Obst und Schnaps von Hausiererinnen mit umgehängten Bauchläden kauften.

Von hier aus konnte er gerade noch eine Ecke des Hafens sehen und dachte mit Genugtuung daran, daß dort einige kleinere Kriegsschiffe verankert lagen. Auf dem Weg zur Herberge hatte er zu seiner Beruhigung auch Gruppen rotröckiger Seesoldaten und gelegentlich steinern dreinblikkende Dragoner gesehen.

Trotzdem war es ihm hier nicht ganz geheuer. Hätte er nicht den ausdrücklichen Befehl erhalten, säße er jetzt gemütlich in London, vielleicht sogar bei seiner jungen Mätresse. Beim Eintreten seines Sekretärs wandte er sich ungehalten vom Fenster ab und putzte seine goldgerahmten Augengläser mit einem feinen Leinentuch.

»Ist alles zu Ihrer Zufriedenheit, Sir Marcus?« Beeindruckt sah sich der Sekretär in dem geräumigen Zimmer um; ihm kam es vor wie ein Palast.

Drew grunzte verächtlich. »Mir mißfällt dieses Loch – mehr noch: die ganze Chose hier.« Die Reise hatte sein gewohntes Selbstvertrauen erschüttert, er fühlte sich nicht mehr als Herr der Lage. Bisher hatte sein Tagewerk daraus bestanden, willfährige Offiziere für bestimmte Stellen auszusuchen oder den Launen und Einfällen Ihrer Lordschaften nach besten Kräften zu dienen.

Und jetzt dieses Dover ... Er runzelte die Stirn. Wenn es wenigstens Canterbury gewesen wäre, wo immerhin schwache Ansätze von Gesellschaftsleben existierten. Aber Dover von innen, nicht mit den Augen eines heimwehkranken Seemanns gesehen, war roh, ungehobelt und unberechenbar. Ohne die mächtige Festung, die ihre zeitlose Front drohend den einlaufenden Schiffen zuwandte, hätte er sich noch unsicherer gefühlt.

Der Sekretär räusperte sich. »Kapitän Richard Bolitho ist eingetroffen, Sir Marcus.« Mit schräg geneigtem Kopf fragte er: »Soll ich ihn ...«

»*Nein!* Soll warten! Hol mir erst einen Schluck zu trinken.«

»Cognac, Sir Marcus?«

Wütend funkelte der Konteradmiral ihn an. »Ich verbitte mir schlechte Scherze, mein Herr! Der Cognac hier ist höchstwahrscheinlich geschmuggelt – damit will ich nichts zu tun haben!«

Doch dann beherrschte er sich, denn der Sekretär konnte schließlich nichts dafür. Außerdem kannte er zu viele seiner kleinen Geheimnisse. In ruhigerem Ton sagte er: »Bring mir, was du willst. Dieses Nest hier – es legt sich mir aufs Gemüt.«

Der schon betagte Sekretär trat an die Fensterfront und blickte hinunter auf die Menschenmenge, die sich in der letzten halben Stunde verdoppelt hatte. Ein paar Musikanten hatten sich eingefunden, kostümierte Tänzer trieben ihre Possen zwischen den Leuten und leerten ihnen wahrscheinlich heimlich die Taschen. Die andere Seite des Platzes riegelte ein Trupp rotröckiger Reiter ab, die ebenso nervös waren wie ihre Pferde. Die beiden Offiziere patrouillierten, tief ins Gespräch vertieft, vor der Gruppe auf und ab.

Der Sekretär zwang sich, zu dem roh gezimmerten Schafott hinüber zu sehen, an das ein Zimmermann letzte Hand anlegte. Kein Wunder, daß dem Konteradmiral unbehaglich zumute war, dachte er. In London blieb einem solch ein Anblick erspart, da standen die Richtstätten an den Landstraßen in den Außenbezirken.

Sir Marcus trat neben ihn. »Bei Gott, sind die Schauergeschichten aus Frankreich denn nicht schlimm genug, um . . .« Mehr sagte er nicht, denn er war ein vorsichtiger Mann.

Zwei Stockwerke unter ihm betrat Bolitho ein kleines Empfangszimmer und lehnte sich wartend an die kühle Wand.

Die Herberge war voller Marinepersonal, doch hatte er noch keinen Bekannten darunter entdeckt. Immerhin war er ja auch lange Zeit außer Landes gewesen. Ein junger Leutnant hatte ihn draußen aufgehalten und gestammelt: »Verzeihen Sie meine Kühnheit, Kapitän Bolitho, aber brauchen Sie nicht noch einen Offizier an Bord?«

Bedauernd hatte Bolitho den Kopf geschüttelt. »Das kann ich noch nicht sagen. Aber verlieren Sie nicht den Mut.« Wie oft hatte er selbst so um einen Posten betteln müssen?

Der Wirt persönlich brachte ihm einen großen Krug des am Ort gebrauten Biers. »So viele hohe Herrschaften sind wir hier nicht gewöhnt, Sir«, nuschelte er. »Das ist ja ein toller Auftrieb. Ein sicheres Zeichen, daß es bald Krieg geben wird.« In sich hineinkichernd ging er davon.

Bolitho starrte durchs Fenster in den blauen Himmel. Immer noch suchten ihn die Bilder heim: Allday neben der Toten knieend, das arme zerschlagene Gesicht zu ihm emporgewandt; er hatte ihn weder ungläubig noch überrascht begrüßt, sondern so selbstverständlich, als wäre er die ganze Zeit fest überzeugt gewesen, daß sie sich wiedersehen würden.

Doch das lag schon Wochen zurück. Jetzt war er hier in Dover, herbeigerufen von demselben Stabsoffizier, dem er diese Abkommandierung zu verdanken hatte.

Von draußen drang gellendes Gelächter zu ihm herein, und er versuchte, sich über seine Gefühle klar zu werden. War es Zufall oder Fügung, daß sie ausgerechnet heute in Dover waren?

Wenigstens hatte sich der Konteradmiral hierher bemüht. Wäre er nach London zitiert worden, hätte ihm dies das Ende seiner Laufbahn angekündigt.

Ein Diener drückte sich durch die Tür. »Sir Marcus kann Sie jetzt empfangen, Sir.« Er deutete auf das enge Treppenhaus, das mit verstaubten Darstellungen von Seegefechten, Schiffskatastrophen und mit Stadtansichten geschmückt war. Typisch für ein Stammlokal des seefahrenden Völkchens. Und der Schmuggler, dachte er grimmig.

Keuchend erreichte er das oberste Stockwerk. Woran fehlte es ihm, an Luft oder an Geduld? Wahrscheinlich an beidem.

Ein ältlicher Schreiberling in flaschengrünem Rock geleitete ihn ins erste Zimmer des Ganges. Drinnen saß der Konteradmiral lustlos in einem Stuhl am offenen Fenster. Er erhob sich nicht zur Begrüßung, sondern winkte Bolitho auf einen Platz neben sich.

Bolitho begann: »Man hat mich hergerufen, Sir Marcus, weil ich . . .«

Müde winkte der Admiral ab. »Wir sind *beide* herbeordert worden, Bolitho. Hier, nehmen Sie ein Glas Wein, auch wenn es nach dem Transport wie Bilgenwasser schmeckt.« Beim Eingießen studierte er Bolitho. Dieselbe ernste Miene, dieselben beherrscht blickenden Augen, eisengrau wie die Nordsee im Winter. Er fuhr fort: »Das war ja ein langer

Bericht, den Sie an Ihre Lordschaften gesandt haben, Bolitho. Ohne jede Beschönigung. Sie verstehen es, Kritik auszuteilen.« Er nickte bedächtig. »Wie der Schiefer aus Ihrer Heimat Cornwall: hart und verläßlich.«

»Alles in meinem Bericht beruht auf Tatsachen, Sir.«

»Das bezweifle ich nicht. Auch wenn es mir in mancher Hinsicht anders lieber gewesen wäre.« Drew zog den Bericht über den Tisch zu sich heran und blätterte darin. »Sie hatten freie Hand und haben von dieser Freiheit Gebrauch gemacht, genau wie von Ihnen erwartet. Und in der Folge haben sich die meisten der festgenommenen Deserteure – und einige versteckte dazu – wieder freiwillig zum Dienst in der Navy gemeldet.« Skeptisch musterte er sein Gegenüber. »Ich glaube zwar nicht, daß *ich* ihnen erlaubt hätte, auf andere Schiffe zurückzukehren als auf die, von denen sie geflohen sind. Und ich hätte auch nicht auf ihre Bestrafung verzichtet – gute Abschreckung, das.« Er seufzte. »Aber Sie haben ihnen Ihr Wort gegeben, also muß es dabei bleiben. Alles zusammen haben wir immerhin zweihundert Mann gewonnen. Vielleicht verlassen sich ja noch mehr Leute auf Ihr Wort und kommen zurück. Ich hoffe, daß sich unsere Praxis im Land herumspricht.« Der Konteradmiral räusperte sich. »Und nun erzählen Sie mir von Kommodore Hoblyn.«

Bolitho erhob sich und trat zu einem Seitenfenster, das auf die Hintergasse hinausging. Mit Bitterkeit in der Stimme antwortete er: »Auch *das* finden Sie in meinem Bericht, Sir.«

Er erwartete eine Rüge, aber Drew sagte lediglich leise: »Ich weiß, ich weiß. Aber ich möchte es gern direkt von Ihnen hören, unter vier Augen. Sie müssen wissen, ich habe damals im Krieg unter Hoblyn gekämpft. Da war er ein ganz anderer.« Bolitho starrte in die leere Gasse hinunter und versuchte, nicht auf den Lärm der Menschenmenge vorn auf dem Platz zu hören, die dem Schauspiel der Hinrichtung entgegenfieberte.

»Das wußte ich nicht, Sir Marcus.« Er spürte Drews Blick in seinem Rücken, wandte sich aber nicht um. »Am Ende war es zuviel für ihn.« Wie konnte seine Stimme nur so ruhig und beiläufig klingen? Wahrscheinlich war es wie die Ruhe im Auge des Taifuns, wo alles klare, scharfe Konturen annahm, während man auf die zweite Attacke wartete. »Obwohl ich es zunächst nicht glauben wollte, drängte sich mir schon früh der Verdacht auf, daß Hoblyn mit der Bruderschaft der Schmuggler im Bunde war. Er war kein reicher Mann, der ihm so wichtige Luxus blieb ihm verwehrt – und dann plötzlich besaß er alles im Überfluß. Geschenke, die er erhielt, erklärte er vor sich selbst als Freundschaftsbeweise und weigerte sich, sie als das zu erkennen, was sie waren: Bestechungen. Zum Beispiel die elegante Kutsche, das Geschenk eines französischen Adligen. Sie war ihm ein Symbol für Raffinesse und Reichtum, für eine Lebensart, die er zu meistern glaubte. Aber er wurde nur benutzt – und geopfert, als man sich von ihm verraten glaubte.«

Bolitho packte das Fensterbrett mit beiden Händen in der inständigen Hoffnung, daß die Wißbegier des Konteradmirals damit gestillt war, daß er den Rest in gnädigem Dunkel lassen konnte. Aber der Mann in seinem Rücken schwieg, und so mußte er fortfahren.

»Ich hatte Major Craven vor dem Auslaufen über unser Vorhaben informiert.« Sein Blick ging in die Ferne. »Als er uns mit den Prisen zurückkehren sah ...« Immer noch kam es ihm wie ein Traum vor. Gleichzeitig mit ihrem Einlaufen war auch *Snapdragon* aufgetaucht, hinter sich das mit einer jubelnden Prisenbesatzung bemannte Schiff, das Delaval als Lockvogel gedient hatte. Bolitho fuhr fort: »Craven erwartete uns mit seinen Dragonern und einem Polizeirichter, der gleich die Haftbefehle verlas.« Aber der schlimmere Teil war gekommen, als er mit Cravens Trupp und dem Richter vor Hoblyns Haus erschienen war.

Die Schildwache am schmiedeeisernen Tor hatte Mühe, das Hauspersonal zu beruhigen, das sich auf dem Rasen drängte, die meisten noch in Nachtgewändern. Erregt schilderten sie ihm, wie Hoblyn sie aus dem Haus gejagt hatte, und als ein älterer Diener zurückgehen wollte, um seinen Mantel zu holen, hatte der Kommodore den Kristallüster in der Halle herabgeschossen.

Craven meldete: »Alle Türen sind versperrt und verriegelt. Das verstehe ich nicht, Bolitho. Er muß doch wissen, warum wir gekommen sind.« In plötzlichem Zorn brach es aus ihm heraus: »Herrgott, sein Verrat hat einige meiner besten Männer das Leben gekostet!«

Bolitho läutete abermals vergeblich an der Haustür, als er Allday durch die Reihen der Dragoner näherkommen sah. Er wandte sich um. »Du solltest dich doch ausruhen, alter Freund. Nach allem . . .«

Doch Allday schüttelte stur den Kopf. »Noch einmal lasse ich Sie nicht allein, Käptn.«

Schließlich rief Craven seinen Fourrageur herbei. Der muskelstrotzende, bärtige Dragoner schwang seine Axt mit beiden Händen und hatte im Handumdrehen die Tür aufgebrochen.

Der Anblick, der sie dahinter erwartete, war makaber. Im flackernden Kerzenlicht funkelten die Kristalle des herabgeschossenen Lüsters auf dem Boden, und als sie nähertraten, fanden sie überall Blut: auf den Teppichen, an der Wand, sogar auf dem Treppengeländer. Auf halbem Weg nach oben zog Major Craven seinen Säbel. Plötzlich griff er nach Bolithos Arm. »Um Gottes willen, was sind das für entsetzliche Schreie?«

Kein Wunder, daß das Hauspersonal so verstört war. Sie mußten es ebenfalls gehört haben, dieses schrille, unmenschliche Heulen, langgezogen wie das Jaulen eines Wolfs. Sogar die hartgesottenen Dragoner blickten sich erschreckt an und packten ihre Säbel fester.

Bolitho nahm die Treppe zum Obergeschoß in wenigen Sätzen, und Allday hinkte ihm nach, das Entermesser von der *Loyal Chieftain* in der Faust.

Craven rief: »Im Namen des Königs ...« und trat gegen die Schlafzimmertür, daß sie nach innen aufflog.

Bolitho wußte, daß ihn das Bild dieses Zimmers sein Leben lang verfolgen würde. Hoblyn kniete vornübergebeugt neben dem breiten Prunkbett, hatte beide Arme eng um sich geschlungen und wiegte sich monoton vor und zurück. Er war über und über mit Blut besudelt, so daß Bolitho zuerst dachte, er sei schwer verletzt, vielleicht nach einem mißglückten Selbstmordversuch. Aber dann trat ein Sergeant mit einem Kerzenleuchter heran, und alle starrten das an, was auf dem Bett lag: die nackten Überreste von Jules, dem Lakai.

Der ganze Körper war bestialisch zerhackt und verstümmelt. Einzig und allein das Gesicht war heil geblieben, genau wie bei dem ermordeten Informanten auf der *Loyal Chieftain*, als Bolitho sich zum ersten Mal mit Delaval gemessen hatte. Das qualvoll verzerrte Gesicht des Jungen ließ darauf schließen, daß er noch lebend so grauenhaft gefoltert worden war. Das Bett, der Teppich, die Polstersessel – alles war blutgetränkt. Hoblyn mußte mit dem Toten auf seinen Armen irrsinnig vor Schmerz im Zimmer herumgelaufen sein, ehe er erschöpft zusammengebrochen war.

Die Schattenbrüder hatten also *ihn* für den Verräter gehalten. Sie wußten nicht, daß Bolithos Suche nach Allday den Angriff auf die Bootswerft ausgelöst hatte. Für seine hilfreichen Hinweise hatte Hoblyn von ihnen reichen Lohn erhalten, aber für ihre Rache hatten sie unter seinen Besitztümern das ausgewählt, was ihm das Liebste und Wertvollste gewesen war: seinen jungen Freund. Sie hatten ihn abgeschlachtet und wie einen Kadaver vor Hoblyns Tor geworfen.

Heiser begann Craven: »Im Namen des Königs, Sie werden beschuldigt ...« Aber dann brach er ab. »Bringt ihn weg, ich kann sein Geheul nicht mehr hören.«

In diesem Augenblick war Hoblyn aus seiner Trance erwacht und starrte sie ohne ein Zeichen des Erkennens an.

Mühsam erhob er sich und zog mit unendlicher Zartheit die Decke über den geschändeten Körper. Dann sagte er überraschend klar: »Ich bin bereit, meine Herren.« Nur kurz wandte er sich zu Bolitho um. »Sie wollten ja nicht auf mich hören.« Resigniert zuckte er die Schultern und ließ sich abführen. An der Tür zögerte er ein letztes Mal. »Mein Degen. Es ist mein gutes Recht ...«

Bolitho und Craven wechselten einen Blick, dann ließen sie den Kommodore allein. Wahrscheinlich hatten sie beide gewußt, was nun geschehen würde.

Trotzdem zuckten sie zusammen, als der Schuß krachte. Sie stürzten zurück und fanden Hoblyn mit weggerissenem Hinterkopf quer über dem Bett liegen. Ein Arm umfaßte die verhüllte Gestalt, der andere hielt die noch rauchende Pistole.

Bolitho merkte, daß er in Schweigen verfallen war, und wandte sich Sir Marcus Drew am Fenster zu.

So leise, daß der Lärm draußen seine Worte fast übertönte, sagte der Konteradmiral: »Ich bin erschüttert, daß es so weit gekommen ist, und bedaure sehr, daß Sie es miterleben mußten. Aber am Ende war es so am besten, vielleicht auch für ihn.«

Bolitho blickte wieder nach draußen auf den Platz, wo sich die Szene inzwischen verändert hatte. Die Dragoner bildeten jetzt mit gezogenen Säbeln einen Kordon um das Schafott, und hinter ihnen drängten sich die Schaulustigen mit gereckten Hälsen.

Drew trat zu ihm ans Fenster und nippte an seinem Wein, in Gedanken noch bei Hoblyns tragischer Verstrickung. »Er war ein Narr und nicht mehr der Mann, den ich einst bewundert habe. Wie konnte er nur ...« Er verstummte.

Bolitho musterte ihn kalt. »Wie konnte er diesen Jungen lieben? Er war alles, was er noch hatte. Seine Frau, die den ganzen Krieg lang auf ihn gewartet hatte, verließ ihn, als er so schrecklich entstellt heimkehrte. Also suchte er einen anderen Menschen und fand nur diesen Jungen. Zu spät wurde ihm klar, daß das letzte Hemd keine Taschen hat.« Bolitho war selbst überrascht, wie unbeteiligt seine Stimme klang.

Drew befeuchtete sich die Lippen. »Sie sind schon ein seltsamer Mensch, Bolitho.«

»Seltsam, Sir? Weil es mich empört, daß die wahrhaft Schuldigen ungeschoren davonkommen? Weil sie sich hinter ihrem hohen Rang und ihren Privilegien verstecken können?« Seine Augen blitzen zornig. »Aber eines Tages . . .«

Er erstarrte, als er Delaval unten die Stufen zum Schafott ersteigen sah, zu beiden Seiten je einen Dragoner. Der Schmugglerkapitän trug einen kostbaren Samtrock und eine seidene Kniehose. Kein Hut bedeckte das dunkle Haar, in dem der Wind spielte. Seine stattliche Erscheinung ließ die erwartungsvolle Menge in Jubel und Hochrufe ausbrechen.

Bolitho beugte sich vor und sah Allday direkt unter seinem Fenster stehen. Er lehnte an einem Torpfeiler der Herberge und hielt eine kalte Tonpfeife zwischen den Zähnen. In der Zwischenzeit waren seine Wunden verheilt, und das verletzte Auge hatte seine volle Sehkraft wieder. Dennoch wirkte er verändert: stiller, weniger zu Späßen aufgelegt. Ihm und Allday ging es wie Herr und Hund, die beide in Ehren ergraut waren, dachte Bolitho. Jeder kannte nur *eine* Angst: daß der andere vor ihm sterben könnte. War das Treue – oder schon viel mehr?

Wahrscheinlich stand jetzt auch Paice dort unten und sah zu, in Gedanken ganz bei der Vergangenheit.

Die Pferde tänzelten immer nervöser, und der Major hob einen Arm, um die Ordnung wieder herzustellen.

»Dieser Delaval war ein Schurke«, sagte Drew leise. »Aber im Augenblick kann man ihn nur bemitleiden.«

»Möge er in der Hölle schmoren«, erwiderte Bolitho ebenso leise.

Er hatte schon anderen Hinrichtungen beigewohnt – zu vielen, dachte er –, aber da waren die Delinquenten meist Seeleute gewesen, die zur Strafe für Meuterei oder Schlimmeres von ihren eigenen Kameraden am Hals zur Rahnock hinaufgezogen wurden. Dieses Schauspiel hier unterschied sich seiner Meinung nach kaum von den Exzessen der Madame Guillotine jenseits des Kanals.

Ein Henkersknecht legte Delaval die Schlinge um den Hals, doch als er ihm die Augen verbinden wollte, schüttelte er den Kopf. Er wirkte beherrscht, sogar gleichgültig, als er den am nächsten Stehenden etwas zurief. Seine Worte gingen, wie zuvor die Gebete des furchtsamen Kaplans, im Geschrei und Jubel der Menge unter.

In diesem Augenblick bog eine elegante dunkelrote Kutsche mit goldenem Wappen auf dem Schlag in den Platz ein und rollte am Rand des Menschenauflaufs nach vorn, bis der Kutscher sie zum Stehen bringen konnte.

Auch Delaval mußte sie gesehen haben, denn er starrte mit hervorquellenden Augen hinüber. Er schrie noch etwas, aber da gab die Falltür unter ihm nach, und er hing strampelnd am Strick, während seine Exkremente die feinen Seidenbreeches besudelten.

Die Kutsche rollte wieder vom Platz, doch Bolitho hatte noch das Gesicht des Mannes im offenen Fenster gesehen. Es lächelte, bis die Kutsche außer Sicht kam.

Die Menge war verstummt, entweder aus Abscheu oder aus Enttäuschung, weil das Schauspiel fast vorüber war. Immer noch zappelte Delavals Körper wie eine Marionette am Seil. Es dauerte mehrere Minuten, bis der Mann, der gemordet, vergewaltigt und geschmuggelt hatte, sein Leben aushauchte. Seinen starrsinnigen Trotz hätte er vielleicht bis in den Tod bewahrt, wäre nicht zuletzt die elegante Kutsche mit dem lächelnden Insassen aufgetaucht.

Mit zitternden Knien wandte sich Bolitho vom Fenster ab. Er hatte dieses Gesicht schon gesehen: auf der Straße nach Rochester, zusammen mit dem Sheriff und seinem Mob. Es war das fehlende Stück im Puzzle.

Er sah den Konteradmiral an. »Nun also – darf ich fragen, warum ich hier bin, Sir Marcus?«

Die violetten Schatten der Häuser wuchsen schon in die Länge, Bolitho spürte eine kühle Abendbrise im Gesicht. Der Tag mit Konteradmiral Drew war ihm lang geworden, denn der Mann war so ängstlich darauf bedacht, seinen sicheren Posten bei der Admiralität nicht zu gefährden, daß ihr Gespräch unverbindlich und ergebnislos geblieben war. Konkret hatte Bolitho lediglich erfahren, daß sie sich hier in Dover mit einer wichtigen Persönlichkeit treffen sollten: mit Lord Marcuard.

Bolitho hatte schon von ihm gehört und gelegentlich auch in der Gazette über ihn gelesen. Der Lord besaß großen Einfluß, stand außerhalb der Kontrolle des Parlaments und wurde häufig an den Hof gerufen, um keinem geringerem als dem König zu raten.

Drew hatte ihn gewarnt: »Hüten Sie sich, Seine Lordschaft zu provozieren oder zu irritieren, Bolitho. Damit würden Sie nichts erreichen und sich selbst nur schaden.«

An dem leeren Schafott unten wurde jetzt gearbeitet. Morgen sollten zwei Räuber, welche die Straße nach Dover unsicher gemacht hatten, das Schicksal Delavals teilen. Ihre Hinrichtung würde eine noch größere Zuschauermenge anziehen.

Dieser Drew war so typisch für seine Species, dachte Bolitho verbittert. Im Krieg erwartete man dann von jungen Kommandanten, daß sie die Befehle und Instruktionen von Männern wie ihm notfalls unter Einsatz ihres Lebens ausführten; von Stabsoffizieren, die in bequemen Friedenszeiten nach oben gelangt und vom Intrigieren um den eigenen Vorteil verweichlicht waren.

Der alte Sekretär öffnete die Tür und blickte schnell zwischen ihnen beiden hin und her. »Lord Marcuards Kutsche ist vorgefahren, Sir Marcus.«

Drew zupfte sein Halstuch zurecht und musterte sich im Spiegel. »Wir sollen ihn hier oben erwarten, Bolitho.« Er wirkte unglaublich nervös.

Bolitho wandte sich vom Fenster ab. Die Kutsche war

sofort in der Remise verschwunden, ihr Treffen sollte also geheimgehalten werden. Sein Puls schlug schneller. Er hatte ein Routinegespräch erwartet, ein paar ermunternde Worte, er solle den Kampf gegen die Schmuggler auch in Zukunft energisch vorantreiben. Lord Marcuard, hieß es, verließ nur selten seine Residenz in Whitehall. Und wenn, dann höchstens um sich zum König oder auf seinen Landsitz in Gloucestershire zu begeben.

Er hörte Stiefeltritte auf der Treppe, und dann postierten sich zwei Grooms, jeder mit Pistole und Säbel bewaffnet, zu beiden Seiten der offenen Zimmertür. Trotz ihrer Livree wirkten sie eher wie erfahrene Gardisten als wie Diener.

»Anscheinend will man uns beschützen, Sir Marcus«, murmelte Bolitho.

»Lassen Sie Ihre vorlauten Bemerkungen!« fuhr der Konteradmiral ihn an.

Ein Schatten fiel auf die Tür, und Bolitho verbeugte sich. Marcuards äußere Erscheinung überraschte ihn. Er war schlank und hochgewachsen, von mittlerem Alter, Nase und Kinn waren fein modelliert, der umflorte Blick drückte melancholische Arroganz aus. Er trug einen elegant geschnittenen Rock und pastellgrüne Breeches aus reiner Seide. Sein Haar war nach ausländischer Mode im Nacken zusammengefaßt und stark gepudert. Jawohl, sagte sich Bolitho, das war mit jeder Faser ein Mann des königlichen Hofes, nicht der Schlachtfelder.

»Es ist uns eine Ehre, M'lord«, stammelte Drew.

Lord Marcuard nahm Platz und arrangierte dabei sorgfältig die eleganten Rockschösse. »Ich wüßte eine Tasse Schokolade zu schätzen«, sagte er. »Die Reise war sehr ermüdend. Und nun diese Stadt hier.« Zum ersten Mal wandte sich sein Blick Bolitho zu. Sein Ton war gelangweilt, doch seine Augen wirkten scharf wie Rapiere. »Das ist also der Mann, von dem ich soviel gehört habe. Großartige Leistung. Tuke war eine gefährliche Bedrohung unseres Handels.«

Mühsam verbarg Bolitho seine Überraschung. Er hatte erwartet, daß Lord Marcuard sich auf die Eroberung der *Loyal Chieftain* beziehen würde. Statt dessen erinnerte er sich an seinen Einsatz in der Südsee. Aber vielleicht war das nur Taktik.

Drew errötete, verwirrt über den abrupten Themenwechsel von heißer Schokolade zum Piratenunwesen am anderen Ende der Welt. Bolitho war froh, daß er im Gegensatz zu Sir Marcus dem Wein fast gar nicht zugesprochen hatte. Marcuard mochte sich kleiden und benehmen wie ein Snob, war aber gewiß kein Narr.

Er antwortete: »Ich hatte tüchtige Helfer, M'lord.«

Marcuard lächelte knapp. »Vielleicht hatten die ihrerseits einen tüchtigen Kapitän?« Mit dem silbernen Knauf seines Stöckchens tippte er sich ans Kinn. »Aber ich schätze, auf diese Idee sind Sie noch gar nicht gekommen.« Ohne eine Antwort abzuwarten, fuhr er fort: »Seine Majestät ist Frankreichs wegen äußerst besorgt. William Pitt sucht das Schlimmste zu verhindern, aber natürlich . . .«

Bolitho fiel auf, daß der Silberknauf die Form eines Adlers hatte, dessen Klauen eine Kugel umfaßten – den Globus? Er hatte den Eindruck, daß Marcuard von Pitt nicht viel hielt, auch wenn er das nicht aussprach.

Im gleichen distanzierten Ton fuhr Marcuard fort: »Allerdings neigt Seine Majestät dazu, seine Meinung von Tag zu Tag zu ändern.« Wieder dieses kühle Lächeln. »Wie der Wind in Frankreich.« Flüchtig runzelte er die Stirn. »Sehen Sie doch bitte mal nach, wo die Schokolade bleibt.«

Bolitho machte einen Schritt zur Tür, aber Marcuards scharfe Stimme bremste ihn. »Nein. Nicht Sie. Ich muß Ihre Meinung hören.«

Bolitho empfand fast Mitleid mit dem Konteradmiral. War er mit voller Absicht gedemütigt worden, oder sollte das nur ein neuer Beweis für die fast unbeschränkte Macht Lord Marcuards sein?

Als Drew beflissen verschwunden war, fuhr Marcuard

fort: »Ich kam zu spät, um Delaval noch hängen zu sehen. Der Zustand der Straßen ...« Wieder wechselte er abrupt das Thema. »Wie Sie die Brigg und den Schoner erobert haben, war brillant. Sie waren eben Fregattenkapitän und werden das im Herzen immer bleiben.«

Bolitho wußte, daß Seine Lordschaft nicht zum unverbindlichen Plaudern nach Dover gekommen war, und blieb auf der Hut. »Ich mußte Erfolg haben, M'lord«, antwortete er. »Zuviel stand auf dem Spiel.«

»Ja.« Marcuards Blick glitt ohne Neugier über ihn hin. »So hörte ich. Was Kommodore Hoblyn betrifft, tja ...« Ein leichtes Verziehen der schmalen Lippen. »Zu seiner Zeit ein tapferer Mann. Aber trotzdem ein Windhund. Doch Sie sind immer noch besorgt, Bolitho, das ist Ihnen anzusehen. Reden Sie, Mann.«

Bolitho blickte schnell zur Tür. Drew würde der Schlag treffen, wenn er erfuhr, daß sein Untergebener derart offen seine Meinung gesagt hatte.

Aber das sollte ihn nicht daran hindern. »Ich bin überzeugt, daß Delaval bis zum Schluß damit rechnete, dem Galgen zu entgehen, M'lord«, begann er. »Trotz aller belastenden Beweise und der ihm nachgewiesenen Morde an den jungen Französinnen war seine Zuversicht nicht zu erschüttern.« Er hielt inne in der Erwartung, von Marcuard zum Schweigen gebracht oder sogar für seine Ideen gerügt zu werden, wie Drew es getan hatte. Aber Marcuard ließ ihn reden.

So fuhr er fort: »Die Grundstücke, wo die Deserteure versteckt wurden und die Schmuggler zwischen den jeweiligen Fahrten Unterschlupf fanden, gehören fast alle Sir James Tanner. Ich habe Beweise dafür, daß er – und nur er – eine Organisation kontrollieren konnte, die derartige Beweglichkeit verlangte. Er *kaufte* sich die Unterstützung von Amtspersonen, angefangen bei diesem elenden Fähnrich, bis hinauf zum Kommodore und vielen anderen sogenannten Ehrenmännern.«

»Mir wird klar, warum Sie hier so unwillkommen sind, Bolitho. Was versuchen Sie mir beizubringen?«

»Dieser Tanner war bisher unangreifbar. Auch die vorsichtigste Andeutung, daß er in die Sache verwickelt ist, prallte ab. Es gab keinen Richter, der sich ein abträgliches Wort über ihn auch nur anhören wollte. Wie kann die Regierung erwarten – nein, *verlangen* –, daß einfache Matrosen ihr Leben riskieren, wenn sie Zeuge werden, wie Höhergestellte mit eben jenen Gesetzen Schindluder treiben, die man ihnen aufzwingt?«

Marcuard nickte zufrieden. »Ihr letzter Einsatz hat mich beeindruckt. Noch dazu bei Nebel. Die Besatzungen Ihrer drei Kutter müssen eine gute Meinung von Ihnen haben.«

Bolitho starrte ihn an, als hätte er sich verhört. War er denn mit seinen Worten nur auf taube Ohren gestoßen?

Marcuard fuhr fort: »Falls – nein, *wenn* es zum Krieg kommt, dürfen wir uns nicht darauf verlassen, daß die Franzosen ein führerloser Haufen bleiben. Der Pöbel hat zwar viele der besten Offiziere Frankreichs aus Blutgier und im Machtrausch hingerichtet. Aber es wachsen immer wieder Führerpersönlichkeiten nach, genau wie in England, nachdem Charles enthauptet wurde.« Sein Ebenholzstock tippte auf den Boden, jedes seiner Worte akzentuierend. »Vielleicht kommt es in Frankreich zur Konterrevolution. Das wird die Zeit erweisen. Jedenfalls muß das Land wieder einen rechtmäßigen König haben – auf dem Thron, wo er hingehört.« Er bemerkte Bolithos Überraschung und reagierte zum ersten Mal mit einem breiten Lächeln. »Aber wie ich sehe, habe ich Sie verwirrt, mein tapferer Kapitän! Das ist nur gut so, denn wenn andere meine Gedanken lesen könnten, wären unsere Chancen dahin, noch ehe wir begonnen hätten.«

Elastisch stand Marcuard auf und trat ans Fenster. »Wir brauchen einen vertrauenswürdigen Offizier. Keinen Zivilisten. Vor allem keinen Aspiranten für das Parlament, der trotz aller schönen Reden nur an sein eigenes Fortkommen denkt.« Er wirbelte herum – wie ein Tänzer, dachte Bolitho. »Ich habe mich für *Sie* entschieden.«

»Was soll ich tun, M'lord?«

Marcuard schien die Frage nicht gehört zu haben. »Sagen Sie mir eins, Bolitho: Lieben Sie Ihren König und Ihr Land mehr als alles andere?«

»Ich liebe England, M'lord.«

Marcuard nickte langsam. »Sie sind wenigstens ehrlich. Es gibt in Frankreich Leute, die sich um die Befreiung ihres Monarchen bemühen. Wir müssen ihnen zeigen, daß sie nicht alleinstehen. Einem Spion oder Informanten werden sie aber nicht trauen. Nur der kleinste Fehler, und ihr Kopf liegt auf dem Block. Ich weiß das, denn ich habe es schon erlebt.« Fest blickte er Bolitho an. »Ich habe französische Ahnen, und Ihr Bericht über die beiden jungen Mädchen, die auf See ums Leben kamen, hat mich sehr interessiert. Eine meiner Nichten wurde in den ersten Monaten des Terrorregimes guillotiniert. Sie war erst neunzehn. Sie werden also verstehen ...« Gereizt wandte er sich zur Tür, als Stimmen aus dem Flur erklangen. »Verdammt sollen sie sein! In Kent ist man mit der Schokolade zu schnell bei der Hand!«

Beherrscht fuhr er dann fort: »Sie erfahren noch Näheres, werden aber strengstes Stillschweigen bewahren, bis das weitere Vorgehen feststeht. Ich schicke Sie nach Holland.« Er ließ die Worte einwirken. »Wenn der Krieg ausbricht, wird Holland an Frankreich fallen. Daran gibt es gar keinen Zweifel, deshalb müssen Sie doppelt vorsichtig sein. Und Spanien wird sich aus Selbsterhaltungstrieb mit den Franzosen verbünden.«

Bolitho starrte ihn an. »Aber ich dachte, der König von Spanien ...«

»Sei gegen die Revolution?« Marcuard lächelte knapp. »Die Dons werden sich nie ändern – und ich danke Gott dafür. Die katholische Kirche und ihr Gold geht ihnen über alles. Seine Allerkatholischste Majestät wird sich selbst bald davon überzeugt haben, daß eine Parteinahme für die Franzosen vorteilhafter ist.«

Die Tür öffnete sich, und Drew kehrte zurück, gefolgt von zwei Dienern. »Ich bedaure sehr die Verzögerung, M'lord.« Zwischen den Bücklingen wanderte sein Blick scharf von Marcuard zu Bolitho.

»Es wird sich gelohnt haben, Sir Marcus.« Lord Marcuard beugte sich über das Tablett, suchte jedoch Bolithos Blick. »Es *muß* sich gelohnt haben.«

Dann wedelte er entlassend mit der Hand. »Sie dürfen gehen, Bolitho. Ihr Admiral und ich haben Wichtiges zu besprechen.«

Bolitho verabschiedete sich mit einer Verbeugung. Mit einem letzten Blick von der Tür sah er Drews Gesicht vor Erleichterung förmlich strahlen: Der große Lord Marcuard, Ratgeber des Königs, war also nicht unzufrieden mit ihm; das gute Leben konnte wie bisher weitergehen.

Bolitho sah auch Marcuards Abschiedsblick. Es war der eines Mitverschwörers.

XII Macht und Ruhm

Die Wochen nach der Eroberung der *Loyal Chieftain* waren für Bolitho ereignislos und frustierend. Kommodore Hoblyns Posten wurde nicht wieder besetzt; statt dessen traf ein eifriger Beamter von der Admiralität ein, der den Ankauf geeigneter Schiffe beaufsichtigte und Kandidaten auflistete, die im Kriegsfall mit einem Kaperbrief ausgestattet werden sollten. Die Villa, in der sich Hoblyn erschossen hatte, blieb leer und verschlossen, eine steinerne Erinnerung an seine Schande und sein tragisches Ende.

Bolitho fühlte sich nicht ausgelastet; die drei Kutter fuhren auch ohne seine persönliche Aufsicht ihre Patrouillen und unterstützten die Zöllner bei ihrem Kampf gegen das Schmuggelunwesen.

Daß seine Werber mit zunehmendem Erfolg tätig waren und die Zahl der Freiwilligen von Tag zu Tag wuchs, war ihm nur ein geringer Trost. Die Rekruten für die Royal Navy strömten selbst aus dem Binnenland zusammen, wo sich Bolithos Sieg über Delaval erst jetzt herumsprach.

Auch der Mord an den beiden jungen Mädchen war allgemeines Gesprächsthema geworden. Nach und nach gingen immer mehr Informationn ein, die darauf schließen ließen, daß dieses Verbrechen kein Einzelfall gewesen war.

Nach dem ersten Blutbad in den Straßen von Paris hatte sich der Haß des Pöbels auch den Vertretern bürgerlicher Berufe zugewandt und machte schließlich nicht einmal vor Ladenbesitzern und Handwerkern halt. Jeder, der als Verräter an der Revolution denunziert wurde, als Lakai der gefürchteten und verabscheuten *Aristos*, wurde zu peinlichem Verhör ins Gefängnis geschleppt und kam danach ausnahmslos auf den Schinderkarren und unter die wartende Guillotine. Eltern versuchten ihren Kindern zur Flucht zu verhelfen, indem sie all ihren Besitz für eine Passage verkauften; andere hofften, durch Bestechung einen Platz auf den kleinen Booten zu erlangen, die Flüchtlinge über den Kanal ins sichere England brachten. Schmuggler wie Delaval fanden dieses verzweifelte Bestreben höchst profitabel. Sie nahmen den verängstigten Flüchtlingen ihre letzte Habe ab, um sie dann mitten auf dem Kanal oder auf der Nordsee zu ermorden. Tote Zeugen redeten nicht. Und wenn junge Mädchen unter den Passagieren waren, hatten sie erst recht kein Mitleid zu erwarten.

Eines Abends, als er mit Major Craven in dessen spartanischer Unterkunft dinierte, ging der Zorn mit Bolitho durch. »Wir haben es hier mit dem Abschaum der Menschheit zu tun«, explodierte er. »Jeder unserer Feinde, egal unter welcher fremden Flagge er kämpft, hat mehr Anstand und Moral als dieser Schandfleck auf Englands Namen!«

Aber jetzt konnte er sich nicht einmal mehr mit dem Major die Zeit vertreiben. Der war mit seinen Dragonern nach Irland abkommandiert worden, wo Hunger und Mißernten für den bevorstehenden Winter einen Volksaufstand befürchen ließen.

Und der Winter kam früh diesmal, dachte Bolitho. Er merkte es an den stärkeren Gezeitenströmen und am rauheren Seegang im Kanal.

Das neue Standortregiment bestand hauptsächlich aus Rekruten und frisch einberufener Miliz und kümmerte sich mehr ums Exerzieren als um Bolithos Warnungen vor den Schmugglern. Die allerdings hielten sich seit dem Verlust der *Loyal Chieftain* spürbar zurück. Bolitho hätte dies mit Genugtuung erfüllen können, aber wenn er mit dem treuen Allday an seiner Seite am Strand spazierenging, kam er sich lediglich um so überflüssiger vor.

Von dem weltläufigen Lord Marcuard hatte er nicht wieder gehört, und das war für ihn die bitterste Enttäuschung. Vielleicht war alles nur eine List gewesen, um ihn ruhig zu stellen? Selbst Cravens Versetzung konnte damit zusammenhängen. Die Offiziere und Beamten, mit denen er – schon um den Schein reger Liaison zu wahren – täglich konferieren mußte, behandelten ihn jedenfalls wie ein rohes Ei, ob aus Respekt oder aus Furcht, konnte er nicht sagen.

Für manche am Ort verkörperte er offenbar das verhaßte Kriegshandwerk, für andere eine lästige Störung ihres geruhsamen Lebens, das sie so lange wie möglich genießen wollten, ehe es Krieg gab.

Nach dem Treffen in Dover war Konteradmiral Drew sehr schnell wieder abgereist, und zwar in höchster Erleichterung und voll eiserner Entschlossenheit, sich nie wieder auf die profane Schmutzarbeit außerhalb der Admiralitätsmauern einzulassen.

Drew hatte ihm noch den schriftlichen Befehl zugestellt, Sir James Tanner weder in seinen Besitzverhältnissen noch in seinem Privatleben zu beeinträchtigen, solange nicht von oben ausdrücklich Anweisung dazu kamen. Es hätte auch wenig Sinn gehabt, denn Tanner befand sich im Ausland.

Eines Spätnachmittags stand Bolitho oben auf den Klippen und beobachtete eine Fregatte, die stromabwärts auf Sheerness zuhielt. Der neue Anstrich ihres Rumpfes leuchtete selbst in dem grauen Licht. Die Goldverzierungen rund um die Heckfenster verrieten, daß ihr vom Glück begünstigter Kommandant genug Geld für solcherlei Zierrat übrig hatte. Das Schiff erinnerte Bolitho an seine Fregatten *Undine* und *Tempest*. Er beobachtete, wie die Toppsegel getrimmt wurden und die Toppgasten wie schwarze Vögel auf den Rahen hockten. Ein Schiff, auf das man stolz sein konnte.

Allday murmelte: »Ein Schmuckstück, Käptn.«

Bolitho mußte lächeln. Allday tat sein Bestes, um ihm die düsteren Gedanken zu vertreiben. »Ob unter ihrer Besatzung auch Freiwillige sind, die wir angeworben haben?« überlegte er.

Allday grinste träge. »Hauptsache, ihr Kommandant weiß, wie er sie behandeln muß!«

Bolitho klappte den Kragen seines Bootsmantels hoch und beobachtete, wie die Fregatte mit langen Kreuzschlägen dem offenen Wasser zustrebte. Die Sehnsucht drückte ihm fast das Herz ab. Wohin war sie bestimmt, nach Gibraltar und ins Mittelmeer? Oder nach Westindien und seinen Palmenstränden?

Er seufzte. Wie der junge Leutnant, der um eine Anstellung gebettelt hatte, fühlte er sich von allem abgeschnitten. Gewogen und zu leicht befunden wie Hoblyn. *Nein.* Er grub die Hacken in den losen Sand. *Nicht wie Hoblyn.*

Er fragte Allday: »Und du hast bestimmt nicht das Gesicht des Mannes in der Kutsche gesehen, der dir damals in der Nacht befahl, deinen Bewacher zu töten?«

Allday entdeckte eine Spur der alten Energie im drängenden Blick der grauen Augen.

»Keinen Schimmer, Käptn«, antwortete er. »Aber seine Stimme würde ich noch in der Hölle wiedererkennen. Sie klang seidig, wie das Zischen einer Schlange.« Nachdrücklich nickte er. »Wenn ich sie noch mal höre, diese Stimme, dann haue ich erst zu und stelle die Fragen hinterher – darauf können Sie sich verlassen!«

Bolitho spähte wieder nach der Fregatte aus, aber der Abenddunst hatte sie fast verschluckt. Bei gutem Wind würde sie morgen querab von Falmouth stehen, seiner Heimatstadt, wo das große graue Haus wartete. Wie klein die Familie Bolitho geworden war! Seine Schwester Nancy, verheiratet mit dem »König von Cornwall«, wohnte zwar in der Nähe, aber seine jüngere Schwester Felicity lebte immer noch in Indien, wo ihr Mann mit seinem Regiment stationiert war. Was mochte aus ihr geworden sein?

An den Wänden der Kirche von Falmouth hingen zu viele Tafeln und Plaketten mit den Sterbedaten von Frauen und Kindern, umgekommen an fernen Orten, von denen kaum einer je gehört hatte. Allein die Gedenksteine der Bolithos füllten einen ganzen Alkoven in der schönen alten Kirche und lasen sich wie ein Stück englischer Marinegeschichte. Da war sein Ururgroßvater Captain Jules, der 1646 im Bürgerkrieg gefallen war, als er die Belagerung von Pendennis Castle zu durchbrechen versucht hatte. Da war sein Urgroßvater, Captain David, getötet von Piraten 1724 vor der westafrikanischen Küste. Bolitho tastete unter seinem Mantel nach dem alten Familiendegen an seiner Hüfte. Captain David war es gewesen, der diese Waffe nach eigenem Entwurf hatte schmieden lassen. Auch wenn sie heute altmodisch wirkte, lag sie doch leichter und ausbalancierter in der Faust als alles, was moderne Waffenschmiede zuwege brachten.

Bolitho wandte sich um und schritt grübelnd der untergehenden Sonne entgegen. Wenn erst eine Steintafel in jenem Alkoven seinen Namen trug, würde keine weitere mehr folgen. Dann würde das alte graue Haus unterhalb von Pendennis Castle vergeblich auf die Heimkehr eines Bolitho warten.

Allday kniff spähend die Augen zusammen. »Da kommt ein Reiter, der's mächtig eilig hat, Käptn.« Seine Hand lag schon auf dem Griff des Entermessern, das Land hier hatte ihn mißtrauisch und vorsichtig gemacht. An Bord wußte man, wer Freund und wer Feind war, aber hier ... »Mein Gott, es ist der kleine Matthew!« rief er aus.

Der Junge zügelte sein Pferd und saß behende ab. Dann fummelte er in seiner Kitteltasche. »Ein Brief, Sir. Wurde von einem Kurier gebracht.« Das hatte ihn sichtlich beeindruckt. »Er soll Ihnen sofort ausgehändigt werden – und nur Ihnen persönlich, Sir.«

Bolitho öffnete den Umschlag und versuchte den Brief zu lesen, aber es war bereits zu dunkel. Immerhin erkannte er ein goldgeprägtes Wappen am oberen Rand und die flüssige Unterschrift: *Marcuard.* Also hatte er sich das alles doch nicht nur eingebildet! Und es handelte sich auch nicht um falsche Versprechungen, die ihn kaltstellen sollten, bis man sich seiner unauffällig entledigen konnte.

Die beiden anderen beobachteten ihn gespannt; das Pferd blickte über Matthews Schulter, als wolle es ebenfalls teil daran haben.

Im schlechten Licht konnte Bolitho nur vier Worte lesen: *»Mit aller gebotenen Eile ...«* Später fiel ihm auf, daß er weder besorgt noch überrascht gewesen war. Nur unendlich erleichtert. Denn er wurde wieder gebraucht.

Wakefuls schlaksiger Erster Offizier drängte sich durch die Wartenden zu Queely durch, der neben dem Kompaß stand.

Leise meldete er: »Ich bin wie befohlen durch das ganze Schiff gegangen, Sir. Alle Lichter sind gelöscht.« Er warf einen Blick übers Schanzkleid auf die weißen Wellenkämme. »Hoffentlich kommen wir bald in freies Wasser!«

Queely ignorierte ihn. Seine Augen wanderten zwischen dem gerefften Großsegel und dem schwach beleuchteten Kompaß hin und her. Die Luft war schneidend kalt, und das gelegentlich überkommende Spritzwasser brachte eine Ahnung des nahen Winters mit. »Meine Empfehlung an Kapitän Bolitho«, sagte er schließlich. »Und melden Sie ihm bitte, daß wir auf Position sind.«

»Das erübrigt sich. Ich bin im Bilde.« Bolithos Umriß löste sich aus der Gruppe der Umstehenden. Er trug seinen Bootsmantel, bemerkte Queely, und war ohne Hut. Die Mittelwache war zur Hälfte um, und sie standen so dicht vor der holländischen Küste, wie es bei ihrer vorsichtigen Annäherung bis zwei Uhr nachts möglich gewesen war.

Queely wandte sich um und sagte unhörbar für die anderen: »Mir will das alles gar nicht behagen, Sir.«

Bolitho musterte ihn. Seit er Queelys *Wakeful* betreten und ihn über das geplante Geheimtreffen unterrichtet hatte, war von dem gelehrsamen Leutnant kein Wort der Kritik geäußert worden. Während ihrer ganzen Fahrt über die rauhe Nordsee bis zu diesem Punkt auf der Karte hatte er seine Bedenken für sich behalten. Dafür war ihm Bolitho dankbar. Denn er konnte selbst nur raten, in welche Gefahr sie sich begaben, und war darauf angewiesen, daß das Vertrauen in seine Führung nicht untergraben wurde. Paice hätte vielleicht versucht, ihn von der Sache abzubringen, aber dessen *Telemachus* lag noch im Dock, wo ihr zerschossenes Rigg repariert wurde.

So antwortete Bolitho nur: »Daran läßt sich nun mal nichts ändern, Mr. Queely.« Er konnte sich denken, was dem Kommandanten Sorgen machte. Lord Marcuards Anweisungen hatten Wochen gebraucht, um ihn zu erreichen, und danach dauerte es weitere Tage, bis sie studiert und geprüft waren. In der Zwischenzeit mochte alles mögliche geschehen sein. Holland war immer noch neutral, aber es konnte französischen Spionen nicht schwerfallen, auch die verschworensten Kreise zu infiltrieren. »Ich werde vier Tage an Land bleiben«, fuhr Bolitho fort. »Während dieser Zeit halten Sie sich gut frei von der Küste – bis zum festgelegten Zeitpunkt. Damit vermeiden wir, daß jemand mißtrauisch wird und Ihre Anwesenheit weitermeldet.« Er brauchte nicht zu erwähnen, daß so auch keine Gerüchte von der Besatzung verbreitet werden konnten, mit Absicht oder ohne. Queely schaltete schnell und würde ihn auch so verstehen.

Aber er war dickköpfig. »Ich bleibe trotzdem bei meiner Meinung, daß Sie nicht allein an Land gehen sollten, Sir.«

»Kommt nicht in Frage. Das würde die Zeit Ihres Aufenthalts hier verdoppeln. Sie müssen noch vor der Morgendämmerung wieder weit draußen sein. Falls der Wind umspringt oder einschläft . . .« Aber es hatte keinen Sinn, sich mit Spekulationen zu belasten.

Queely hielt seine Uhr dicht an die Kompaßleuchte. »Wir werden es ja bald wissen.« Dann sah er sich nach seinem Ersten um. »Mr. Kempthorne! Sorgen Sie für Ruhe an Deck!« Er nahm ein Sprachrohr und hielt es ans Ohr, um die Hintergrundgeräusche von See und Wind abzuschirmen.

Bolitho spürte Alldays Gegenwart und war froh darum – aber auch gerührt, daß der Alte schon wieder bereit war, sein Leben für ihn zu riskieren.

»Vielleicht haben sie sich's anders überlegt, Käptn«, grunzte er.

Bolitho nickte nur, denn er versuchte sich an jedes Detail der Karte und der Notizen zu erinnern, die er auf der Überfahrt von Kent studiert hatte.

Holland war klein und hatte an seiner Küste nicht viele Stellen, wo man unbemerkt an Land gehen konnte. Vor ihnen sollte ein bei Flut überschwemmtes Stück Land liegen, ähnlich dem Wattengebiet von Südostengland. Wahrscheinlich würden es die fleißigen Dänen irgendwann der See abringen und bebauen. Aber wenn die Franzosen kamen . . . Er straffte sich, als er ein Licht übers Wasser blinken sah. In der Schwärze der Nacht wirkte es so grell wie ein Leuchtfeuer.

»Himmellaudon!« fluchte Queely. »Warum brennen die nicht gleich ein ganzes Feuerwerk ab?« Die Bemerkung zeigte, daß er besorgter war, als er sich anmerken ließ. »Einen Strich anluven!« befahl er. »Und Vorsicht vorn auf der Back! Schließlich wollen wir sie nicht untermangeln.« Leise fügte er hinzu: »Robbins, ziele nach unten mit deiner Drehbasse! Wenn's eine Falle ist, wollen wir's ihnen versalzen!«

Das Boot erschien so unvermittelt, als sei es aus der See selbst aufgetaucht. Das Ausbringen von Fendern und Leinen ging nicht ohne Lärm ab, aber Bolitho wußte, daß er nur wenige Meter im Umkreis zu hören war. Dick vermummte Gestalten balancierten in dem heftig dümpelnden Boot mit dem kurzen Mast und dem lose aufgegeiten Segel. Der Fischgestank war überwältigend. Irgend etwas wurde zur *Wakeful* hochgereicht und schnell an Bolitho weitergegeben: das Bruchstück eines alten beinernen Mantelknopfes. Bolitho zog sein Teil aus der Tasche und hielt es daran. Die Stücke paßten zusammen. Es war ein simples, aber erprobtes Erkennungszeichen, weit ungefährlicher und unauffälliger als eine geschriebene Nachricht.

»Ich muß jetzt gehen, Mr. Queely«, sagte Bolitho. »Sie wissen, was zu tun ist, falls . . .«

Queely trat beiseite. »Aye, Sir. *Falls* . . .«

Und dann kletterten sie über die Jakobsleiter hinunter in das im Schwell wild tanzende Fischerboot. Rauhe Hände halfen ihnen durch das tückische Gewirr aus Netzen, Reusen, Riemen und Kisten voll ausgenommener Fische.

Das Segel stieg am Mast hoch, der Baum wurde dichtgeholt, das Boot stemmte eine Schulter in die See und preschte zwischen Gischtflagen davon.

Als Bolitho aufblickte, war *Wakeful* schon von der Nacht verschluckt; nicht einmal gestörte Wellenmuster verrieten ihre Position.

Allday rückte auf seiner Ducht herum. »Ich werde nie wieder auf ein Schiff des Königs schimpfen«, murmelte er.

Bolitho musterte die zielstrebig arbeitenden Gestalten um sich herum. Kein Wort war bisher gefallen, keine Begrüßung lautgeworden. Marcuards Warnung stand ihm wieder vor Augen: *Seien Sie doppelt vorsichtig.*

Während seine Augen nach den ersten Anzeichen festen Landes ausspähten, sagte sich Bolitho, daß ihn daran niemand erinnern mußte.

Die Fahrt zum Treffpunkt dauerte länger als erwartet. Bolitho und Allday mußten auf ein anderes Boot umsteigen, wo es so eng war, daß sie verkrümmt in der Vorpiek hockten.

Aus der Karte und seinen spärlichen Instruktionen wußte Bolitho, daß sie vor dem Bootswechsel an der Insel Walcheren vorbeigekommen und dann in die Ooster Schelde eingebogen waren, wo das zweite Boot sie hastig übernahm, kaum daß ein gegrunzter Gruß ausgetauscht war. Das Land schien aus einem Labyrinth von Flüssen und Kanälen zu bestehen, und die Bootsgasten taten ihr möglichstes, damit Bolitho die Orientierung verlor. Eine gottverlassene tischflache Gegend, dachte er, in der sich nur hier und da hohe Windmühlen wie Urweltriesen vom hellen Himmel abhoben. Immer wieder begegneten ihnen kleine Boote, aber nirgends konnte er Uniformen entdecken, die auf die Anwesenheit von Heer oder Marine hätten schließen lassen.

Den ganzen Tag waren sie unterwegs, und als es wieder Nacht wurde, versteckte sich das Boot in hohem Schilf. Ohne das leichte Wiegen hätte sich Bolitho auf festem Land gewähnt. Es war dunkel, nur gelegentlich schimmerten ein paar Sterne zwischen den dichten Wolken hervor. Die Windrichtung hatte etwas gewechselt, aber nicht stark genug, um *Wakeful* Schwierigkeiten zu machen.

Allday reckte den Hals und lauschte dem Knarren einer mächtigen Windmühle. Widerlicher Gestank hing in der Luft. »Schweinekoben«, stellte er angeekelt fest. »Sind wir endlich da, Käptn?«

Bolitho hörte Stimmen, zwei Gestalten näherten sich dem Boot. Die eine war der Fischer, ein rundgesichtiger Holländer mit schwarzer Augenklappe. Der andere Mann stieg vorsichtig über das nasse Schilf und preßte ein weißes Tuch vor die Nase.

Er spähte ins Boot. »Äh – Kapitän Bolitho? Sie sind äußerst pünktlich.« Sein Englisch war fehlerlos, ließ aber erkennen, daß man einen Franzosen vor sich hatte.

Bolitho stieg übers Dollbord und wäre mit seinen verkrampften Muskeln im morastigen Schilfgewässer fast ausgerutscht. »Und mit wem habe ich die Ehre?«

Der Mann schüttelte den Kopf. »Keine Namen, Captain. Pardon, aber es ist sicherer so.« Er machte eine entschuldigende Geste. »Und jetzt muß ich Ihnen und – «, er warf Allday einen mißtrauischen Blick zu, »Ihrem Begleiter die Augen verbinden.« Als er ihre unwillige Reaktion spürte, setzte er erläuternd hinzu: »Sie könnten etwas sehen, auch wenn es noch so unbedeutend ist, das uns alle gefährden würde.«

»Also gut«, stimmte Bolitho zu. Der Mann war von adliger Herkunft, aber furchtbar nervös. Und gewiß kein Soldat. Ein erfahrener Agent hätte ihnen schon vor Stunden Augenbinden angelegt. Bolitho überlief es kalt. Wenn er mußte, konnte er den Rückweg auch von hier finden, sagte er sich. Seine Jugend in Cornwall und Jahre des Dienstes auf kleinen Fahrzeugen befähigten ihn dazu.

Sie wateten durchs Schilf und erreichten festen Boden, gefolgt von einem der Fischer aus dem Boot. In das rhythmische Stöhnen der ersten Windmühle mischte sich jetzt das Knarren einer zweiten. Das Schilf raschelte im kalten Wind.

Der Franzose führte Bolitho am Ellenbogen und murmelte ab und zu eine Warnung, wenn das Gehen beschwerlich wurde. Bolitho spürte die Nähe eines großen Gebäudes, das aber keine Windmühle war.

Sein Führer flüsterte: »Sie treffen sich jetzt mit Vizeadmiral Louis Brennier.« Bolithos Aufmerken entging ihm nicht. »Sie kennen ihn?«

Er antwortete nicht direkt. »Ich denke, wir wollen auf Namen verzichten?«

Der Franzose zögerte. »Es war sein Wunsch«, sagte er dann. »Er hängt nicht am Leben, nur an seiner großen Aufgabe.« Das klang wie ein auswendig gelernter Vers.

Bolitho ging weiter. Vizeadmiral Louis Brennier hatte sich während der Revolution in den amerikanischen Kolonien dadurch ausgezeichnet, daß er die Einsätze französischer

Freibeuter lenkte und später die der Kriegsmarine, die mit den Rebellen zusammenarbeitete. Er war auf der *Ville de Paris*, dem Flaggschiff des französischen Admirals de Grasse, als Passagier unterwegs nach Jamaika gewesen, als die Franzosen bei den Saintes, einer Gruppe kleiner Inseln in Westindien, auf die Flotte des britischen Admirals Rodney stießen. Es kam zu einer mörderischen Seeschlacht, bei der die französischen Schiffe entweder versenkt oder erobert wurden. Die mächtige *Ville de Paris* kapitulierte, was nur angemessen war, vor Rodneys Flaggschiff *Formidable*.

Die Rolle als unbeteiligter Passagier mußte Brennier damals sehr zu schaffen gemacht haben, dachte Bolitho. Die Franzosen hatten Jamaika angreifen und ihn nach der Eroberung dort als Gouverneur einsetzen wollen. Aber die Schlacht bei den Saintes hatte diesen Plan durchkreuzt, wie überhaupt jener sonnige Apriltag das Schicksal vieler Menschen, auch weniger prominenter, verändert hatte. Bolithos Bootssteurer Stockdale war damals gefallen, Ferguson hatte einen Arm verloren, und Bolithos Schiff *Phalarope* war so schwer beschädigt worden, daß es nur unter ständigem Einsatz aller Pumpen nach Antigua hinken konnte.

Er hörte, daß Türriegel zurückgeschoben wurden, und spürte eine Welle warmer Luft im Gesicht. Die Augenbinde wurde ihm abgenommen, und er fand sich in einem großen Raum mit steinernen Wänden wieder: offenbar ein Bauernhaus, obwohl von den rechtmäßigen Eigentümern nichts zu sehen war.

Bolitho wandte sich dem alten Mann zu, der ihm an einem sauber geschrubbten Holztisch gegenübersaß, und verbeugte sich.

»Vizeadmiral Brennier?« Daß er gealtert sein mußte, war ihm klar gewesen, dennoch schockierte ihn sein Anblick: schlohweißes Haar, runzlige Haut und Augen, die unter den hängenden Lidern fast verschwanden.

Der Greis nickte langsam. »Und Sie sind Kapitän Bolitho.« Sein Englisch war nicht so gut wie das seines Adjutanten. »Ich kannte Ihren Vater.« Das faltige Gesicht verzog sich zu einem müden Lächeln.

Bolitho war überrascht. »Das wußte ich nicht, M'sieur.«

»Das Alter hat auch seine Vorteile, Kapitän. Heißt es wenigstens.« Er reckte die mageren Hände dem Kaminfeuer entgegen und fuhr fort: »Unser König lebt, aber die Lage in unserem geliebten Paris wird immer verzweifelter.«

Bolitho wartete. Es konnte doch unmöglich so sein, daß die Kampagne zur Wiedereinsetzung des französischen Königs von Brennier geführt wurde? Er war zwar ein tapferer Offizier gewesen und den Briten ein würdiger Gegner, aber nun war er alt, und das Unglück seines Landes mußte ihn zusätzlich verbraucht haben.

»Was wünschen Sie von mir, M'sieur?« fragte Bolitho.

»Wünschen?« Brennier schien nur mühsam in die Wirklichkeit zurückzufinden. »Ich habe mich der hehren Aufgabe *verschworen*, unseren geliebten König zu befreien, mit allen Mitteln und um jeden Preis!« Seine Stimme festigte sich, und Bolitho konnte jetzt die Energie ahnen, die der Mann früher besessen hatte. »Zu diesem Zweck haben wir hier in den Niederlanden ein Vermögen bereitgestellt. Kostbare Juwelen, Gold . . .« Er stützte den Kopf auf die Hand. »Lösegeld für einen König, so könnten Sie es nennen. Es wird nicht weit von hier verwahrt. Bald muß es transferiert und eingesetzt werden.«

Vorsichtig erkundigte sich Bolitho: »Und woher stammt dieses Vermögen?«

»Von vielen unserer besten Familien, die ihre Lieben unter der Guillotine verloren haben. Und von anderen, die einfach die Rückkehr geordneter, zivilisierter Verhältnisse anstreben.« Seine Augen blitzten, als er aufblickte. »Es wird der Befreiung des Königs dienen – durch Bestechung, aber notfalls auch durch Gewalt –, und mit dem Rest wird die Konterrevolution finanziert. Im Süden Frankreichs gibt es noch viele königstreue Offiziere, M'sieur. Die ganze Welt soll Zeuge unserer Abrechnung werden! Wir werden diesem

Abschaum gleiches mit gleichem vergelten!« Der Zornesausbruch schien ihn geschwächt zu haben. »Aber darüber sprechen wir noch, wenn einige meiner Freunde eingetroffen sind.« Er deutete auf eine Tür. »Gehen Sie, Kapitän, und lernen Sie den anderen *agent provocateur* kennen.«

Brenniers Adjutant erschien und führte den betagten Vizeadmiral zu einer Treppe im Hintergrund. An ihrem Fuß wandte sich Brennier noch einmal um und rief: »Es lebe Frankreich! Lang lebe der König!«

Der Adjutant blickte Bolitho an und zuckte leicht die Schultern. Dann sagte er zu Allday: »Warte hier. Ich schicke um einen Imbiß und Wein.«

Allday murmelte: »Junger Laffe! Es waren Leute wie er, die Frankreich verspielt haben - wenn Sie mich fragen.«

Beschwichtigend hob Bolitho die Hand. »Immer langsam, alter Freund. Es gibt hier vieles, das wir noch nicht verstehen. Aber tu, was er sagt, und halt die Augen offen.«

Damit ging er durch die bezeichnete Tür und betrat ein etwas gemütlicheres Zimmer. Ein Mann, der in einem hochlehnigen Ohrenstuhl vor dem Kamin gesessen hatte, stand auf und wandte sich ihm zu.

»Bolitho? Ich hoffe, die Überfahrt war nicht zu anstrengend für Sie?«

Bolitho hatte diesen Mann bisher erst zweimal gesehen und immer aus einiger Entfernung. Trotzdem erkannte er ihn sofort. Er war ungefähr in seinem Alter, das Gesicht hatte diesen arroganten Ausdruck und den grausamen Mund, der ihm noch von der Straße nach Rochester her in Erinnerung war und der am offenen Kutschenfenster in Dover so schadenfroh gelächelt hatte.

Unbewußt tastete er nach seinem Degen. »Sir James Tanner!« Daß seine Stimme so trocken klang, erleichterte ihn. »Ich hätte nie erwartet, hier einen Schuft wie Sie zu treffen!«

Tanners Gesicht erstarrte, aber er beherrschte sich mit der Schnelligkeit langer Übung. »Ich hatte keine Wahl. Es war Lord Marcuards Wunsch. Andernfalls . . .«

Bolitho beharrte: »Sobald dies hier vorbei ist, werde ich dafür sorgen, daß man Sie zur Rechenschaft zieht.«

Tanner wandte ihm den Rücken zu. »Lassen Sie mich Ihnen zwei oder drei Dinge sagen, Bolitho, bevor Ihre verdammte Frechheit uns beide in Gefahr bringt. Und seien Sie versichert, daß mir nichts lieber wäre, als Sie zu fordern – *auf der Stelle!*«

Bolitho starrte seinen steifen Rücken an. »Sie finden mich jederzeit bereit, *Sir!*«

Tanner fuhr herum. »Ihr Leben verläuft in so wunderschön geraden Bahnen, Bolitho. Ihr Horizont wird von Back und Poop begrenzt, und dazwischen existiert nichts für Sie. Das Wort des Kapitäns ist Gesetz, wie? Aber das ist keine Kunst, wenn Widerspruch so teuer bezahlt werden muß!« Seine Worte kamen jetzt hastiger. »Ach, steigen Sie doch runter von Ihrem hohen Roß und stellen Sie sich der Welt, wie sie wirklich ist! Dann werden Sie schnell merken, daß der Überlebenswille uns oft zu seltsamen Allianzen zwingt.« Er wedelte mit der Hand. »So seltsam wie die zwischen uns beiden.«

»Es macht mich schon krank, dieselbe Luft wie Sie atmen zu müssen.«

Tanner musterte ihn nachdenklich. »Sie könnten es niemals beweisen, das wissen Sie doch. Auch nicht in tausend Jahren. Das haben schon ganz andere vor Ihnen versucht.« Sein Ton wurde verbindlich. »Nehmen wir doch mal Ihre Familie, Bolitho. Als Sie aus dem Amerikanischen Krieg zurückkehrten, mußten Sie entdecken, daß Ihr Familienvermögen zusammengeschmolzen war, nach und nach verkauft, um die Spielschulden Ihres Bruders zu bezahlen – hab' ich recht?« Mit schmeichlerischer Glätte schloß er: »Sie kämpften tapfer – und *das* war Ihr Lohn.«

Bolitho blieb äußerlich gelassen, auch wenn es ihm schwerfiel. Überall verfolgte ihn seines Bruders Schande und befleckte den Ruf seiner Familie, wie sie auch ihren Vater ins Grab gebracht hatte.

Tanner fuhr fort: »Auch mein Vater hatte fast unseren Besitz verloren. Seine Gläubiger waren Legion, das können Sie mir glauben. Aber *ich* habe alles aus eigener Kraft wiedergewonnen.«

»Durch den Aufbau eines Schmugglerrings, wie es in England keinen zweiten gibt.«

»Gerüchte, Bolitho, bloße Gerüchte. Niemand wird gegen mich antreten und die Schwurhand heben.« Er stützte sich mit beiden Händen auf die Sessellehne und beugte sich vor. »Glauben Sie etwa, ich sei aus freien Stücken hier und in diesen hirnverbrannten Plan verwickelt, der etwa soviel Aussicht auf Erfolg hat wie ein Schneemann als Kaminfeger?«

»Weshalb machen Sie dann mit?«

»Weil ich der einzige bin, dem Lord Marcuard die Ausführung zutraut. Was glauben Sie wohl, wie Sie unbehelligt hierher gekommen sind? Sie kennen weder das Land noch die Sprache, und trotzdem sind Sie da. Die Fischer stehen in meinen Diensten. O ja, sie mögen Schmuggler sein – wer will das beurteilen? Aber Sie sind wohlbehalten hierher gelangt, weil *ich* es arrangiert habe, bis hin zur genauen Bezeichnung der Stelle, wo Sie an Land gehen sollten.«

»Und was war mit Delaval?«

Tanners Gesicht verdüsterte sich. »Auch er hat für mich gearbeitet. Aber ihm stieg der Erfolg zu Kopf, er ließ sich immer weniger von mir sagen. Das Resultat kennen Sie.«

»Er rechnete bis zuletzt damit, daß Sie ihn freibekommen würden.«

»Geschenkt. Er war ein verlogenes Großmaul, und das ist eine gefährliche Kombination.«

»Mehr haben Sie dazu nicht zu sagen?«

»O doch, da gäbe es noch vieles. Aber Lord Marcuard wird seinen Willen auf jeden Fall durchsetzen. Sie haben die Realitäten wohl noch immer nicht begriffen, wie? Wenn er wollte, könnte Marcuard mich zerquetschen, meinen ganzen Besitz beschlagnahmen. Und falls Sie glauben, daß ich dann immer noch im Ausland friedlich weiterleben könnte, dann schlagen Sie sich das aus dem Kopf. Vor Marcuard kann man sich nicht verstecken. Nicht auf dieser Welt jedenfalls.«

Schweratmend standen sie einander gegenüber. Tanner blieb auf der Hut, war zu geschickt, um sich den Triumph anmerken zu lassen, den er empfinden mußte. Und Bolitho war immer noch wie vor den Kopf geschlagen, daß er diesem Mann seine sichere Überfahrt und Ankunft verdankte.

Leichthin fuhr Tanner fort: »Wir müssen zusammenarbeiten, eine andere Wahl haben wir nicht. Ich hätte Sie gern in Empfang genommen, bevor der alte Esel Sie begrüßte, aber er meinte, es könne heikel werden.«

Bolitho nickte, zum ersten Mal war er mit Tanner einer Meinung. »Ich hätte Sie umgebracht.«

»Jedenfalls hätten Sie's versucht. So etwas liegt eben in Ihrer Familie.« Er hob beide Arme. »Was können Sie schon unternehmen? Wenn Sie den holländischen Zoll verständigen, wird man Sie dort nur auslachen. Wenn französische Spione Sie hier entdecken, werden viele Leute sterben müssen, und der Loyalistenschatz fällt an die Revolutionsregierung.« Mit den Fingern trommelte er auf das Leder des Ohrensessels. »Und die wird damit Schiffe und Personal finanzieren, die sich demnächst Ihnen und Ihresgleichen entgegenstellen würden.«

Tanner schien das Interesse an ihrem Streit zu verlieren. »Ich verabschiede mich jetzt. Der Admiral wird Ihnen zu diesem Thema noch lange Vorträge halten – und natürlich die *gloire* des alten Frankreich rühmen.« Glattzüngig warnte er: »Aber bleiben Sie nicht zu lange. Die Geduld meiner Leute ist nicht unerschöpflich.«

Er verschwand durch eine kleine Seitentür. Bolitho hörte draußen Pferdehufe scharren und Zaumzeug klirren.

Als er ins Nebenzimmer zurückkehrte, merkte er, daß Allday ihn anstarrte und trotz seiner Bräune aschfahl war.

»Was ist los, Mann? So rede schon!«

Alldays Blick wanderte zu der geschlossenen Tür. »Der

Mann dort drin, mit dem Sie eben gesprochen haben ... Ich kenne diese Stimme. *Das ist er!* Ich werde ihn mein ganzes Leben lang nicht vergessen!«

Die Erinnerung brachte Alldays Augen zum Blitzen. Es war tatsächlich so, wie Bolitho schon vermutet hatte: Der Mann in der Kutsche, der Allday den Mord an dem Werber befohlen hatte, und Sir James Tanner waren ein und dieselbe Person.

Bolitho berührte Alldays Arm. »Um so besser, daß er nichts davon ahnt. So sind wir wenigstens vorgewarnt.« Er starrte in die Schatten hinter dem Kamin. »Andernfalls würde er uns beide umbringen lassen, noch ehe diese Sache hier erledigt ist.«

»Aber was für eine Sache, Käptn?«

Bolitho blickte auf, als Stimmen draußen im Gang ertönten. Die Sache des ruhmreichen Frankreich. Leise sagte er: »Ich bin ausmanövriert worden.« Ermunternd schlug er Allday auf die Schulter. »Aber nur beim ersten Zug.«

XIII Eine letzte Chance

Mit angeekeltem Blick nahm der Lakai Bolithos tropfnassen Mantel und Hut entgegen.

»Lord Marcuard läßt bitten, Sir.«

Bolitho stampfte ein paarmal auf den Boden, um seine verkrampften Beinmuskeln zu lockern, dann folgte er dem Bediensteten, einem schwerfälligen Mann mit Hängeschultern, durch den elegant dekorierten Korridor. Was für ein Unterschied zu dem unglücklichen Jules, dachte Bolitho.

Die Reise von Sheerness nach London war endlos lang und unbequem gewesen. Der Zustand der Straßen wurde immer schlechter, sie waren ausgewaschen von den starken Regenfällen, und jetzt schneite es auch noch. Die ehrwürdigen Gebäude von Whitehall wirkten wie überzuckert. Bolitho fürchete sich vor dem Winter und den gesundheitlichen

Problemen, die er ihm bringen würde. Falls seine Fieberanfälle wiederkehrten ... Aber er verdrängte den Gedanken. Es gab Wichtigeres zu bedenken.

Sowie *Wakeful* am Kai festgemacht hatte, war er nach London aufgebrochen, genau wie die kurze Nachricht befahl, die bei seiner Rückkehr auf ihn wartete. Diesmal sollte er Marcuard auf dessen eigenem Territorium treffen.

Erhobene Stimmen drangen aus der Halle zu ihm. »Das wird mein Bootssteurer sein«, sagte er kurzangebunden. »Kümmern Sie sich gut um ihn.« Was scherten ihn höfische Umgangsformen, er hatte das falsche Getue und die Liebedienerei gründlich satt.

Darüber fiel ihm wieder der alte französische Admiral ein und die Kasse der Konterrevolution, die in Holland wartete. Hier im nüchternen England kam ihm der gewagte Plan vollends wie ein Hirngespinst vor.

Die schweigsamen Fischer hatten Bolitho pünktlich zum Treffpunkt mit *Wakeful* zurückgebracht. Selbst bei Nacht herrschte dort reger Schiffsverkehr, deshalb atmeten alle auf, als die triefenden Segel des Marinekutters endlich aus dem Dunkeln über ihnen emporwuchsen.

Leutnant Queelys Erleichterung war ebenso groß wie seine Hast, wieder Raum auf die offene See hinaus zu gewinnen. Er hatte Bolithos Verdacht bestätigt: daß Kriegsschiffe in der Nähe waren; ob niederländische oder französische, das festzustellen, hatte er sich nicht die Zeit genommen.

Bolithos Ärger über die Beteiligung Tanners war auf der Reise nach London etwas abgeflaut. Während die Kutsche durch Dörfer und Städte rollte, hatte er beobachtet, daß einheimische Freiwillige unter der Aufsicht von Berufssoldaten exerzierten. Allerdings nur mit Piken und Heugabeln, denn offenbar hielt bei der Obrigkeit noch niemand die Zeit für gekommen, die Miliz an Musketen auszubilden. Was dachten sich die Leute bloß? Damals, als er *Phalarope* befehligt hatte, waren mehr als hunderttausend Mann bei der Kriegsmarine gewesen. Jetzt hatte man die Zahl auf weniger als ein Fünftel davon reduziert, und selbst für diesen kläglichen Rest gab es nicht genug seetüchtige Schiffe.

Er merkte, daß der Lakai eine hohe zweiflüglige Tür für ihn aufhielt.

Dahinter stand Marcuard mit dem Rücken zu einem prasselnden Kaminfeuer und lüftete seine Rockschöße, um die Wärme besser auszunutzen. Diesmal war er in taubengraue Seide gekleidet, wirkte aber ohne sein Ebenholzstöckchen irgendwie unvollständig.

Bolitho sah sich um. Der Raum war riesengroß, trotzdem nahmen Bücherregale drei seiner Wände ein. Sie reichten vom Boden bis zur Decke, und hier und da standen wie in der Bibliothek eines reichen Gelehrten Leitern.

Marcuard reichte ihm die Hand. »Sie haben wenigstens keine Zeit verloren.« Gelassen musterte er ihn. »Ich bin hier in London unabkömmlich, andernfalls ...« Ohne den Satz zu vollenden, winkte er Bolitho zu einem Sessel. »Ich schikke gleich nach Kaffee. Aber ich sehe Ihrem Gesicht an, daß Sie mit mir streiten wollen. Das dachte ich mir schon.«

Bolitho begann: »Mit allem Respekt, M'lord, aber ich bin der Meinung, daß ich auf die Beteiligung von Sir James Tanner hätte vorbereitet werden müssen. Wie ich mit aller Klarheit dargelegt habe, ist der Mann ein Dieb, Betrüger und Lügner. Ich habe Beweise, daß er an Schmuggel großen Stils beteiligt ist, daß er sich mit anderen zu Mord verabredet und aus Eigennutz die Fahnenflucht unserer Matrosen begünstigt hat.«

Marcuard zog die Brauen hoch. »Ist Ihnen jetzt wohler?« Er lehnte sich zurück und verschränkte die Finger. »Hätte ich Sie auf Tanner vorbereitet, wären Sie zur Mitarbeit nicht bereit gewesen. Nicht wegen des damit verbundenen Risikos. Ich weiß besser als Sie, wie groß die Gefahren auf beiden Seiten dieser unseligen Grenze sind. Nein, Sie hätten sich aus Gründen der Ehre geweigert, und genau deshalb habe ich Sie für diese Aufgabe ausgewählt.«

»Wie können wir diesem Mann jemals trauen?«

Marcuard schien ihn nicht gehört zu haben. »In uns allen steckt ein Heuchler, Bolitho. Sie vertrauten sich Vizeadmiral Brennier an, weil Sie ihn für einen Ehrenmann halten. Aber noch vor ein paar Jahren hätten Sie ihn getötet – und würden es nächste Woche wieder tun, falls der Krieg Ihnen diktierte, wie Sie zu denken und zu empfinden haben. In solchen Dingen traue ich nur dem, den ich brauche. Tanners Talente mögen uns beiden nicht behagen, aber glauben Sie mir, er ist der beste Mann, vielleicht sogar der einzige Mann, der es schaffen kann. Sie habe ich nach Holland geschickt, weil Brennier in Ihnen einen Offizier mit verwandtem Ehrenkodex erkennen mußte, einen Mann, der seine Tapferkeit und Loyalität bereits unter Beweis gestellt hatte. Was meinen Sie, wie das Resultat gewesen wäre, wenn ich einen anderen nach Holland entsandt hätte? Ich kann Ihnen garantieren, daß Amsterdam verärgert reagiert und uns alle Häfen versperrt hätte. Man hat dort guten Grund, die Franzosen zu fürchten, und würde die Royalistenkasse nur zu gern beschlagnahmen, um sie an Frankreich zu verschachern.«

Obwohl Bolitho Tanner haßte, mußte er doch an dessen Warnung denken, daß der unermeßliche Schatz an Gold und Juwelen Gefahr lief, gegen England verwandt zu werden.

»Sie wirken besorgt, Bolitho«, stelle Marcuard fest. »Was halten Sie von der ganzen Affäre und von der Rolle, die Brennier spielt?« Er sah ihn zögern und nickte bedächtig. »Ja, das war ein weiterer Grund, Sie dafür auszuwählen. Ich brauchte einen Offizier mit Verstand, nicht nur mit Mut.«

Bolithos Blick ging zu den hohen Fenstern. Es wurde allmählich dunkel, aber er konnte noch das Dach des Admiralitätsgebäudes sehen, wo dieses Unternehmen – wie so viele für sein Leben entscheidende Pläne – ausgearbeitet worden war. Auf dem Dach lag schon Schnee. Er verschränkte die Hände auf dem Rücken, um einen Kälteschauer zu unterdrücken.

»Die Aussichten für die Konterrevolutionäre scheinen

mir hoffnungslos, M'lord.« Diese Überzeugung laut auszusprechen, kam ihm wie ein Vertrauensbruch gegenüber dem alten Admiral vor, den Rodney bei den Saintes gefangengenommen hatte. Doch er fuhr fort: »Brennier zeigte mir nur eine der Schatzkisten. So etwas habe ich noch nie im Leben gesehen. Unvorstellbar, dieser Reichtum, und dabei muß das Volk in Frankreich hungern.« Sein Blick wanderte durch das prunkvolle Zimmer. Ein Widerspruch, aus dem auch England seine Lehren ziehen sollte, dachte er.

»Geht es Ihnen nicht gut, Bolitho?«

»Ich bin nur müde, M'lord. Aber mein Bootssteurer wird uns inzwischen ein Quartier gesucht haben.« Er hoffte, damit eine Antwort auf Marcuards Frage umgangen zu haben.

Dieser schüttelte den Kopf. »Kommt nicht in Frage. Sie wohnen hier. Es könnte Instanzen geben, die Ihr Kommen und Gehen in London im Auge behalten möchten. Und außerdem bezweifle ich, daß es jetzt so kurz vor Weihnachten in der Stadt noch freie Quartiere gibt.« Wieder musterte er Bolitho nachdenklich. »Während Sie in Holland waren, bin auch ich zu gewissen Entschlüssen gelangt.«

»Über die Verwendung des Schatzes, M'lord?«

»In Zusammenhang damit.« Marcuard drehte sich um und zog an einem bestickten Klingelband. Kein Ton war zu hören, aber Bolitho wußte, daß damit die zahlreichen für ein so großes Haus benötigten Diener alarmiert wurden.

Der sogenannten Realität, wie Tanner sie definiert hatte, mißtraute Bolitho zutiefst, aber er hatte seine Menschenkenntnis in den letzten Tagen beträchtlich erweitert. Er erriet, daß Marcuard mit dem Griff zum Klingelband nur Zeit gewinnen wollte.

Schließlich stieß er hervor: »Es gibt keine Hoffnung mehr für den König von Frankreich.«

Bolitho starrte den Lord an, erschüttert über dessen Feierlichkeit. Solange der König lebte, stand doch zu hoffen, daß sich die Lage wieder normalisieren würde, wenigstens halbwegs. Mit der Zeit würden die im Namen der Revolution begangenen Morde an Adligen und unschuldigen Bürgern in Vergessenheit geraten. Aber die Hinrichtung eines Königs müßte wegen ihrer brutalen Endgültigkeit in die Geschichte eingehen.

Marcuard beobachtete ihn umwölkten Blicks. »Auf Brennier und seine Bundesgenossen können wir uns nicht verlassen. Dieses gewaltige Vermögen ist nur hier in London sicher aufgehoben, bis eine richtig vorbereitete Konterrevolution gestartet werden kann. Ich vermag Ihnen eine ganze Reihe königstreuer Namen zu nennen, deren Träger sich gegen den Nationalkonvent erheben, sobald wir eine gutorganisierte Invasion Frankreichs beginnen.«

»Das würde Krieg bedeuten, M'lord.«

Marcuard nickte. »Er steht ohnehin unmittelbar bevor, fürchte ich.«

»Ich glaube schon, daß Admiral Brennier sich der Gefahr bewußt ist, in der er schwebt.« Bolitho sah den gebrechlichen Greis am Kaminfeuer wieder vor sich, der von seinen Träumen und Hoffnungen zehrte, für die in dieser Zeit längst kein Platz mehr war.

Die Tür ging auf und ließ einen anderen Lakai ein, mit einem Kaffeetablett in Händen.

»Ich weiß, daß Sie eine Vorliebe für Kaffee haben, Kapitän Bolitho.«

»Mein Bootssteurer . . .«

Marcuard sah zu, wie der Lakai die Tassen vollgoß. »Ihr Mr. Allday wird sehr gut versorgt. Er scheint ein patenter Kerl zu sein. Für Sie so etwas wie Ihr rechter Arm, stimmt's?«

Bolitho zuckte die Schultern. Gab es etwas, das Marcuard nicht über ihn wußte? Tanner hatte gesagt, vor ihm könne man sich nicht verstecken, nirgends. Allmählich glaubte er ihm.

»Ich habe Allday viel zu verdanken«, antwortete er nur.

»Und der junge Corker? Ich höre, Sie haben ihn nach Falmouth heimgeschickt?«

Mit einem traurigen Lächeln erinnerte sich Bolitho an

diesen schwierigen Abschied. Tränenüberströmt hatte der kleine Matthew in der Kutsche gesessen, in der er die erste Etappe auf dem Weg nach Cornwall zurücklegen sollte, quer über die ganze Breite der britischen Insel.

»Es schien mir so am besten, M'lord«, sagte Bolitho. »Damit er rechtzeitig vor Weihnachten bei seiner Familie eintraf.«

»Gewiß, obwohl ich bezweifle, daß es Ihnen vor allem darum ging.«

Bolitho nickte. »Ich mußte um sein Leben fürchten, wenn er bei mir geblieben wäre.«

Marcuard fragte nicht nach dem Grund; wahrscheinlich wußte er auch so, daß die Bruderschaft sich an dem Jungen gerächt hätte.

Er stellte seine Tasse ab und sah auf die Uhr. »Ich muß jetzt ausgehen. Mein Kammerdiener wird sich um Sie kümmern.« Irgend etwas schien ihn zu beschäftigen. »Falls ich nicht zurück bin, bevor Sie zu Bett gehen, sorgen Sie sich nicht. Das ist nun mal so in London.« Er trat vor ein Fenster und blickte hinaus. »Dieses Wetter ist ein schlechtes Omen.«

Bolitho starrte Marcuards Rücken an. Obwohl dieser nichts dergleichen gesagt hatte, ahnte er, daß er sich zu einer Konferenz mit dem König begab. Wie das wohl dem Premierminister und dessen Ratgebern behagte? Es war inzwischen allgemein bekannt, daß Seine Majestät zu wetterwendischen Entschlüssen neigte und an schlechten Tagen sich überhaupt nicht entscheiden konnte. Es mochte schon zutreffen, daß er über seine Befürchtungen lieber mit Marcuard sprach, als sie im Parlament zu diskutieren. Kein Wunder, daß Marcuards Macht immer mehr wuchs.

Seine Lordschaft stand am Fenster und blickte nachdenklich auf die Straße hinunter. »Für Paris wird das ein schlimmer Winter. Schon letztes Jahr hatten sie dort eine Hungersnot, und diesmal steht es noch schlechter. Kälte und Hunger kann die Menschen zu verzweifelten Reaktionen treiben – und sei es nur, um ihr eigenes Versagen zu bemänteln.« Er wandte sich um und sah Bolitho ernst an. »Ich muß dafür sorgen, daß der Schatz bald nach England gebracht wird. Die Zeit ist knapp.« Die Tür öffnete sich, und er befahl: »Die neutrale Kutsche soll hinten vorfahren - sofort.« Und zu Bolitho: »Überlassen Sie Brennier mir.«

»Und was soll *ich* tun, M'lord?« Auch Bolitho war aufgestanden, Marcuards Ungeduld hatte ihn angesteckt.

»Sie sind und bleiben mein Trumpf in dieser Sache.« Seine Lordschaft lächelte kühl. »Sie werden nach Holland zurückkehren, aber erst wenn ich es für richtig halte.« Er schien in Gedanken schon ganz bei der bevorstehenden Besprechung zu sein. »Wer sich Ihnen entgegenstellt, bekommt es mit mir zu tun.« Wieder dieser prüfende Blick. »Aber lassen Sie Tanner in Ruhe.« Und mit einem frostigen Lächeln: »Jedenfalls vorerst.« Damit verschwand er.

Bolitho setzte sich und starrte die Wände voller Bücher an, diese immense Anhäufung von Bildung und Wissen. Krieg - was bedeutete er für Männer wie Marcuard? Fähnchen auf einer Karte, gewonnenes oder verlorenes Land, Investitionen oder Abschreibungen? Jedenfalls kaum Kanonenfeuer und zerfetzte Leichen.

Unten saß Allday in der geräumigen Küche und leerte genüßlich einen Krug Bier, während er den frischen Tabak paffte, den ein Lakai ihm angeboten hatte.

In allen fremden Häusern war die Küche gewöhnlich Alldays erster Ansteuerungspunkt. Dort konnte er die Proviantlage und auch die Chancen weiblicher Gesellschaft direkt an der Quelle sondieren.

Im Augenblick sah er der Küchenmagd zu, einem großbusigen Mädchen mit lachenden Augen und bis zu den Ellbogen bemehlten Armen. Allday hatte schon herausgefunden, daß sie Maggie hieß.

Er nahm noch einen Schluck Bier. Eine feine Seemannsbraut würde sie abgeben, diese Maggie, dachte er. Darüber fiel ihm Bolitho ein, der irgendwo da oben allein herumsaß.

Denn er hatte gehört, daß Seine Lordschaft vor kurzem in der Kutsche weggefahren war, und fragte sich nun, ob er hinaufgehen und Bolitho Gesellschaft leisten sollte.

Die Köchin plapperte drauflos. »Unsere *Lady* Marcuard ist jetzt natürlich draußen auf dem Gut. Aber Seine Lordschaft wird diesmal Weihnachten bestimmt in der Stadt verbringen, möchte ich wetten.« Vielsagend sah sie Allday an und fügte hinzu: »Unserer Maggie ihr Mann wird nämlich jetzt draußen gebraucht, als zweiter Kutscher, verstehen Sie?«

Allday sah, wie die Magd errötete, während sie gesenkten Blicks weiter ihren Teig knetete.

Die Augen der älteren Frau wanderten zwischen beiden hin und her. »Ich sage immer, man soll nichts anbrennen lassen«, schloß sie zweideutig.

Seiner Britannischen Majestät Schiff *Ithuriel*, ein Zweidekker mit 74 Kanonen, spiegelte sich stolz im glatten Wasser der Königlichen Werft. Vom schwarz und beige gestreiften Rumpf mit den viereckigen Stückpforten bis hinauf zu den sauber aufgetuchten Segeln an den beigebraßten Rahen war alles neu, auch die Uniformen der Offiziere, die an Deck vor ihren schweigend angetretenen Leuten standen. Quer über die Poop bildeten die Seesoldaten eine rot-weiße Reihe, und über ihren Köpfen flappte die Nationale lustlos vor dem verwaschenen Blau des Winterhimmels.

Stolz und Trauer hielten sich an diesem Tag in Chatham die Waage. Denn *Ithuriel* war das erste größere Kriegsschiff, das seit der Amerikanischen Revolution hier von Stapel lief. Voll ausgerüstet und bemannt, stand es nun kurz davor, seinen Platz in der Kanalflotte einzunehmen.

Unterhalb der Poop nahm Bolitho an der offiziellen Übergabe des neuen Schiffes teil. Der Kommandant verlas gerade seine Bestallung vor der Besatzung, die er nun zu großen Taten führen sollte, solange die Admiralität es befahl – und er überlebte.

Etwas abseits standen die Offiziersdamen in einer Gruppe zusammen und beäugten die fremdartige Welt ihrer Männer, an der sie niemals wirklich teilhaben konnten. Manche waren bestimmt dankbar dafür, daß der Familienernährer nach langem Warten und bitteren Enttäuschungen endlich wieder einen Posten innehatte. Andere zählten gewiß jede kostbare Minute, die ihnen noch blieb, bevor sie ihre Lieben auf unbestimmte Zeit und vielleicht für immer entbehren mußten.

Bolithos Blick hob sich zum Himmel mit der kalten, harten Sonne. Das Herz wurde ihm schwer bei dem Gedanken, daß er hier nur ein unbeteiligter Zuschauer war. All die Aufregung und tausend Besorgungen, in deren Mittelpunkt das neu in Dienst gestellte Schiff stand, würden nun bald ihren wahren Wert beweisen müssen – oder ihre Schwächen enthüllen, wenn es das erste Mal unter Segeln Fahrt aufnahm.

Der Admiral und sein Flaggleutnant standen ein wenig abseits von den Werftbeamten, die zufrieden die Frucht ihrer Arbeit begutachteten, während die Besatzung zum Jubeln und Mützenschwenken angehalten wurde.

Sehnlich wünschte sich Bolitho an des Kommandanten Stelle. Obzwar keine Fregatte, war dieses neugeborene Schiff doch eines der schönsten Werke von Menschenhand: vollendet bis ins letzte Detail, aber auch anspruchsvoll wie alles Besondere. Mit niedergeschlagenen Augen lauschte Bolitho den letzten Worten des Kommandanten, die an dem stillen Januartag weit übers Wasser schallten.

Auch das bedrückte ihn: daß man schon das neue Jahr schrieb. Die Gefahren waren nicht geringer geworden, doch die Hoffnung auf ein Zurückschlagen hatte ihn beflügelt. Bis jetzt. Aber es war immer noch keine Anweisung von Lord Marcuard eingegangen, so daß er befürchten mußte, daß er mit seinen dickköpfigen Attacken gegen Sir James Tanner alles ruiniert hatte. Marcuard mußte sich von ihm abgewandt haben.

Er fuhr zusammen, als er seinen Namen hörte.

Der neue Kommandant kam zum Schluß seiner Ansprache. ». . . Ein herrliches Schiff, das ich die Ehre habe zu führen. Doch ohne das anfeuernde Beispiel und die Entschlossenheit von Kapitän Richard Bolitho hätten wir jetzt nicht einmal genug Männer, um es flußabwärts treiben zu lassen, geschweige denn, um es seeklar und kampftüchtig zu machen für alle Aufgaben, die uns draußen erwarten.« Er verbeugte sich leicht in Bolithos Richtung. »*Ithuriel* wird Ihr Vertrauen nicht enttäuschen, Sir.«

Bolitho wurde verlegen, als sich die vielen Gesichter ihm zuwandten. Es stimmte ja: Gepreßte und Freiwillige, Matrosen, die sein Angebot akzeptiert und sich straffrei von den Schmugglern zur Navy zurückgemeldet hatten - sie alle waren hier zu einer Besatzung vereinigt worden. Nun hing es vom Können ihres Kommandanten ab, was sie leisten würden. Bolitho aber blieb, zur Untätigkeit verdammt, an Land zurück und würde bald vergessen sein.

Vielleicht kam es doch nicht zum Krieg? Der Gedanke hätte ihn erleichtern sollen, stattdessen merkte er mit einer gewissen Beschämung, daß er ihn frustrierte.

Die Besatzung durfte wegtreten und wurde zur Rumausgabe kommandiert - wegen der anwesenden Damen ausnahmsweise ohne die sonst üblichen Flüche und Schimpfworte. Später, wenn die Ehrengäste von Bord waren, würden die Barkassen und Leichter der Fährleute und Zuhälter anlegen und unter den wachsamen Blicken des Ersten Offiziers ihre menschliche Fracht ausladen: rechtmäßige Ehefrauen, aber auch Hafenhuren, um der Besatzung die für lange Zeit letzten freien Stunden zu vertreiben. Für manche würde es überhaupt das letzte Mal sein.

Der Admiral machte großes Aufheben um den Kommandanten, was Bolitho nicht überraschte, denn schließlich war der Mann sein Lieblingsneffe. Aber die Besuchergruppen lösten sich schon auf und strebten der Pforte zu, unter der die Boote sich drängten wie Wasserkäfer. Es gab verzweifelte letzte Umarmungen und Tränen, tapferes Gelächter, aber auch stille Resignation bei den Erfahreneren, die einen solchen Abschied schon öfter mitgemacht hatten.

Allday löste sich aus dem Schatten unter dem Poopdeck und meldete: »Ich habe nach Ihrem Boot signalisiert, Käptn.« Besorgt studierte er Bolithos Gesicht, in dem er lesen konnte wie in einem offenen Buch. »Auch Sie kommen bald an die Reihe, Sie werden schon sehen . . .«

Bolitho fuhr herum, sofort gereizt. »Ich hatte gehofft . . .« Er verschluckte den Rest.

Die höheren Ränge waren unter dem Trillern der Bootsmannspfeifen schon von Bord gegangen; ihre Boote strebten anderen Schiffen oder der Kaitreppe zu. »Ich wollte, das hier wären meine Männer und unser Schiff – nicht wahr, alter Freund?«

Mit Allday ging er zur Eingangspforte. Der Bootssteurer fühlte sich irgendwie schuldig. Hätte er mehr für Bolitho tun können? Aber während ihres Aufenthalts in dem prächtigen Londoner Haus war seine Zeit fast ganz von der liebeshungrigen Maggie mit Beschlag belegt worden. Ein Glück, daß Bolitho nach Kent zurückbeordert wurde, dachte er. So war er noch einmal davongekommen.

»Kapitän Bolitho?« Das war der Flaggleutnant des Admirals, eifrig witternd wie ein Frettchen. »Würden Sie bitte kurz mit nach achtern kommen, Sir?«

Bolitho folgte ihm unter den neugierigen Blicken der Umstehenden. In der großen Achterkajüte, die noch schwach nach Lackfarbe, Teer und frischem Holz roch, wurde er von einem Unbekannten erwartet, der sich als Captain Wordley vorstellte. Die Papiere, die er Bolitho überreichte, wiesen ihn als Kurier Lord Marcuards aus.

Als Bolitho den dicken Umschlag prüfend musterte, meinte Wordley gelassen: »Sie können das ja in aller Ruhe lesen, Bolitho. Ich habe nämlich Befehl, sofort nach London zurückzukehren.« Mit einem schiefen Lächeln schloß er: »Sie wissen ja, wie sehr es Seiner Lordschaft eilt.«

Bolitho fragte: »Können Sie mir schon etwas sagen?« Immer noch vermochte er es kaum zu glauben.

»Sie sollen nach Holland zurückkehren. Die Details stehen in Ihrem Marschbefehl. Schnelligkeit ist ziemlich wichtig bei der Sache, jedenfalls nach Ansicht Seiner Lordschaft, obwohl er kaum neue Informationen erhalten hat. Sie sollen den Transport des – der Ware beaufsichtigen und dafür sorgen, daß sie unbeschädigt von Holland nach England gelangt.« Entschuldigend spreizte er die Hände. »Das ist alles, was ich Ihnen sagen kann, Bolitho. Und alles, was ich selber weiß.«

Bolitho verließ die Achterkajüte und drängte sich zur Pforte durch, wo Allday neben der Ehrenwache aus Seesoldaten wartete.

Er fühlte sich so blind wie beim Topfschlagen. Doch allmählich begann die Erregung seine Verbitterung zu verdrängen. »Wir kehren nach Holland zurück, Allday«, sagte er. »Falls du diesmal hierbleiben möchtest – wegen deiner neuen Bindungen, meine ich –, würde ich das gut verstehen.«

Allday grinste ihn verlegen an. »War's denn so offensichtlich, Käptn? Und ich dachte, wir hätten es gut unter der Decke gehalten – sozusagen.« Er wurde ernst. »Wie ich schon damals sagte, Käptn: Ab jetzt bleibe ich bei Ihnen.« Sein Blick wurde fast flehend. »Recht so?«

Bolitho ergriff den muskulösen Arm seines Bootssteurers und ignorierte den erstaunten Blick des Gardeoffiziers.

»Dann lassen wir's also dabei.«

Grüßend lüftete er den Hut zum Achterdeck und kletterte in das wartende Boot hinunter. Nur einmal blickte er sich nach dem brandneuen Vierundsiebziger um; schon war er aus seinen Gedanken verdrängt, Teil eines ganz anderen Traums.

Denn jetzt lag Holland vor ihm, nichts anderes. Und Tanners Realität.

Leutnant Jonas Paice stemmte die Fäuste in die Hüften und starrte gereizt zur verankerten *Wakeful* hinüber. An diesem kalten klaren Januartag war sie ein Zentrum der Aktivität mit ihren bereits entrollten Segeln und der rhythmisch ums Ankerspill stampfenden Vorschiffsgang.

»Dem kann ich nicht zustimmen, Sir. Weder jetzt, noch künftig.«

Bolitho musterte Paices grimmig entschlossene Miene. Die Zeit wurde knapp, aber es war auch von entscheidender Bedeutung, daß Paice ihn verstand.

»Ich habe Ihnen schon dargelegt, warum ich damals nach Holland mußte. Zu der Zeit war es ein Geheimauftrag, den ich Ihnen nicht erläutern durfte.«

»Diesmal ist es anders, Sir.« Von seiner Höhe starrte Paice auf ihn herab. »Mindestens die halbe Flotte weiß jetzt, was Sie vorhaben.« Er machte eine Geste zur *Wakeful*. »Aber wenn Sie unbedingt hinmüssen, dann sollten Sie wenigstens mit *mir* segeln.«

Bolitho lächelte. Das also war der Grund. »Leutnant Queely kennt den Küstenstrich dort«, sagte er, den Blick auf *Wakefuls* Jolle gerichtet, die abgelegt hatte und jetzt zu *Telemachus* pullte, um ihn zu holen. »Versuchen Sie, *Snapdragon* Nachricht zukommen zu lassen, sie müßte jetzt am North Foreland patrouillieren. Der Zoll oder die Küstenwache können es ihr signalisieren: Ich möchte, daß sie so schnell wie möglich hierher zurückkehrt.« Paices stummer Trotz erinnerte ihn an seinen Freund Herrick. »Wir müssen alle kooperieren.«

Paice brummte: »Ich weiß, Sir, ich habe Ihre Instruktionen gelesen.« Doch er gab noch nicht auf. »Trotzdem – ganz abgesehen von den anderen Gefahren –, man muß auch den Wetterfaktor berücksichtigen. Letztes Mal hatten Sie Nebel, das war zwar eine Erschwernis, doch zugleich ein guter Sichtschutz. Aber nun sehen Sie sich das an«, fügte er wütend hinzu. »Eine Weitsicht wie in der Arktis! Selbst ein Blinder muß Sie kommen sehen!«

Bolitho senkte den Blick. Daran hatte er selber schon gedacht. Der kalte Südwestwind brachte klares Wetter und ruppigen Seegang mit kleinen weißen Gischtkämmen. »Ich muß jetzt gehen.« Er hielt Paice die Hand hin. »Aber wir sehen uns bald wieder.« Damit kletterte er in die Jolle hinab, wo ihn Leutnant Kempthorne mit grüßend gelüftetem Hut erwartete.

»Abstoßen vorn! Ruder an!« Allday saß an der Pinne, die Hutkrempe tief über die Augen gezogen, damit ihn das grelle Licht nicht blendete. Mit einem Seufzer drehte er auf die *Wakeful* ein. Ihm behagte Bolithos Vorhaben ebensowenig, und es kostete ihn große Überwindung, seine Bedenken für sich zu behalten. Bolitho konnte bei Widerspruch zwar in Harnisch geraten, aber er mißbrauchte nie seinen Rang, um abweichende Meinungen zu unterdrücken. Nein, nicht aus Mangel an Zivilcourage hatte Allday geschwiegen. Als er jetzt einen Blick auf Bolithos steifen Rücken, auf seine geballten Fäuste warf, war er froh darüber, daß er den Frieden gewahrt hatte.

Kaum waren sie an Bord des Kutters, wurde die Jolle schon aufgehievt und eingesetzt. Unter dem schmalen Hüttendeck stand Queely, ins Gespräch mit seinem Segelmeister vertieft. Jetzt berührte er grüßend seinen Hut und nickte. »Kann jederzeit losgehen, Sir.« Noch einmal blickte er zu den von Rauhreif oder leichtem Schneefall weißgepuderten Häusern hinüber. »Diesmal ist's egal, wer uns auslaufen sieht, oder?«

Bolitho antwortete nicht. Genau wie Paice versuchte auch Queely ihn von seinem Plan abzubringen. Gerührt begriff er, daß sie sich mehr um sein Wohl sorgten als um ihr eigenes.

Allday schlenderte heran und prüfte im Gegenlicht die Schneide seines Entermessers. »Da muß ich mit dem Wetzstein ran.« Er streckte die Hand aus. »Geben Sie mir auch Ihren Degen, Käptn?«

Bolitho schnallte ihn ab, beobachtet von den Umstehenden. Keiner von ihnen wußte, daß dies ein zur Gewohnheit gewordenes Ritual zwischen den beiden war. Genauso zuverlässig würde Allday vor einer Schlacht, wenn das Schiff klar machte zum Gefecht und die Stückführer feuerbereit neben ihren Kanonen standen, ihm den frisch geschärften Degen wieder umgürten. Allday war zur Stelle – immer. Wie schon der Bootssteurer von Bolithos Vater mit demselben Degen, und dessen Vorgänger bei seinem Großvater.

»Anker ist kurzstag, Sir!«

»Großsegel setzen! Klar bei Vorsegelschoten!« Viele Füße trappelten über das Deck, und die meisten waren nackt, trotz der beißenden Kälte.

Bolitho sah zu und bedauerte nur, daß die Binnenländer nie Zeugen solcher Einsätze wurden. Diese Männer besaßen so wenig, gaben aber ihr Letztes, wenn es von ihnen gefordert wurde. Darüber fiel ihm die Besatzung der neuen *Ithuriel* ein; es würde Monate dauern, ehe sie so gut eingespielt war wie die Besatzungen seiner drei Kutter.

»Anker aus dem Grund, Sir!«

Wakeful fiel leicht ab, bis ihr riesiges Großsegel den Wind einfing und sich knallend füllte.

»Recht so!« Queely schien überall zugleich zu sein. »Fier auf – und hol dicht. Mr. Kempthorne, Ihre Leute sind heute so lahm wie alte Jungfern!«

Einer der Rudergänger kicherte. »Wenn sie's nur wären, Kumpel!«

Bolitho wandte sich nach *Telemachus* um. Wie winzig sie vor dem schwarz-beigen Rumpf des neuen Zweideckers wirkte!

Allday sah Bolithos Blick und grinste säuerlich. Trotzdem – den Käptn konnte jetzt nichts mehr aufhalten.

Der Südwest stand bis zum Abend durch, und auch der Seegang machte nicht den Eindruck, als wolle er nachlassen. Spritzwasser durchnäßte in regelmäßigen Intervallen die Deckswache und griff gelegentlich sogar nach den Toppgasten im Rigg. Wen die Spritzer überraschend trafen, dem raubten sie mit ihrer Eiseskälte den Atem.

In der Achterkajüte ging Bolitho Queelys Berechnungen noch einmal durch, auch die von ihrem letzten Rendezvous. Nichts durfte dem Zufall überlassen bleiben. Er dachte an Tanner und unterdrückte nur mühsam seinen aufsteigenden Ärger. Tanner stand unter Lord Marcuards Befehl und hatte weit mehr zu verlieren als er selber, falls etwas schiefging.

Rufe erklangen an Deck, und gleich darauf polterte Queely in triefendem Ölmantel den Niedergang herab.

»Segel in Nordost, Sir«, meldete er.

Das Geschrei oben wurde lauter. »Wir gehen über Stag, Sir«, erläuterte Queely. »Muß ja keiner wissen, was wir vorhaben.« Ein schiefes Lächeln. »Jedenfalls jetzt noch nicht.«

Der Rumpf legte sich über und richtete sich dann wieder auf; Bolitho hörte die See wie ein Wildwasser durch die Speigatten rauschen.

»Was für ein Segel?«

»Nielsen im Ausguck tippt auf eine Brigg, Sir.« Wieder das schwache Grinsen. »Und er hat gute Augen - für einen Schweden. Auf jeden Fall ein Rahsegler.«

Sie wechselten einen langen Blick. Bolitho mußte nicht erst in der Karte nachsehen, um sich darüber klar zu sein, daß der Fremde genau zwischen ihnen und dem Festland stand.

»Ein Kriegsschiff?« Unwahrscheinlich, daß es um diese Jahreszeit und an diesem Ort etwas anderes war.

Queely zuckte mit den Schultern. »Könnte sein.«

Der Ruf des Rudergängers drang in die Kajüte: »Neuer Kurs liegt an, Sir! Nordost!«

Queely runzelte die Stirn, bedachte wohl die Komplikationen, die der Umweg mit sich brachte. »Zu lange sollten wir auf diesem Bug nicht bleiben, Sir. Ich weiß, die Nächte sind jetzt lang, aber wir haben verdammt wenig Spielraum.«

Bolitho folgte ihm an Deck. Der Gischt überzog die See

mit einem weißen Spitzenmuster, aber das Wasser darunter war schwarz und ein seltsamer Kontrast zu dem fahlen Abendhimmel, an dem schon die ersten Sterne funkelten.

Wie ein jagender Schwertfisch bohrte *Wakeful* ihren Bugspriet in die anrollenden Seen und warf sich weißes Wasser über die Schultern. Zischend rann es zwischen den Lafetten nach achtern und über Bord.

Queely legte die frostroten Hände um den Mund: »Wo steht sie jetzt, Nielsen?«

»Gleiche Peilung, Sir! Ist mit uns über Stag gegangen!«

Queely fluchte wütend. »Der Hund ist hinter uns her, Sir!«

Bolitho packte ein Want und fühlte, wie es unter seinen Fingern vibrierte.

»Ich schlage vor, daß Sie noch mehr nach Osten halten, sobald es ganz dunkel ist. Dann können wir hinter seinem Heck durchgehen und ihn abschütteln.«

Queelys Miene blieb skeptisch. »Hauptsache, wir können uns dann wieder freikreuzen, falls der Wind noch mehr auffrischt.«

Bolitho erwiderte trocken: »Dieses Risiko besteht immer.«

Queely winkte seinem Ersten. »Wir bleiben auf diesem Kurs bis . . .« Der Rest des Satzes ging im Knattern der Segel unter.

Allday stand neben dem Rudergänger und lauschte auf das Knarren der Taljen. Darüber fiel ihm wieder das Bild des schmächtigen nackten Mädchens ein, das so verzweifelt an den Ruderleinen gesäbelt hatte. Wenn doch wenigstens dieses junge Leben verschont geblieben wäre . . .

Er schob die trüben Gedanken beiseite und hangelte sich zur Treppe. Morgen war ein neuer Tag, und jetzt wartete dort unten ein Becher Rum auf ihn.

Als es dunkel geworden und *Wakefuls* Welt auf den Umkreis der nächsten Wellenkämme geschrumpft war, ging der Kutter wieder über Stag und hielt unter gerefftem Toppsegel nach Osten. Kurz vor dem Kurswechsel fand sich Queely in der Achterkajüte ein und schüttelte die Nässe von seinem Hut. »Der Kerl ist immer noch da, Sir«, meldete er. Sehnsüchtig starrte er seine Koje an, verdrängte dann aber den Gedanken an Schlaf. »Ich melde Ihnen, wenn wir ihn losgeworden sind.« Schon polterte er wieder den Niedergang hinauf, zurück auf das vereiste Deck.

Bolitho warf sich auf die Koje und drehte das Gesicht der gewölbten Bordwand zu. Lautlos formten seine Lippen einen Namen: *Viola.* Dann schloß er fest die Augen wie im Schmerz und überließ sich dem Schlaf.

XIV Guter Wind für Frankreich

Seiner Majestät Kutter *Wakeful* rollte wie betrunken im groben Seegang, den der gegen die ablaufende Tide stehende Wind noch verschlimmerte. Beigedreht und mit wild killenden Segeln sah das Schiff aus, als wolle es sich im nächsten Augenblick selber entmasten.

Queely mußte brüllen, um sich bei dem Lärm in der Takelage verständlich zu machen. Vorsicht war ohnehin sinnlos, *Wakefuls* Toben hätte auch Tote aufgeweckt.

»Es hat keinen Zweck, Sir!« rief er. »Sie kommen nicht mehr! Ich empfehle Ihnen dringend, umzukehren!«

Bolitho hielt sich an den Webleinen fest und spähte mit zusammengekniffenen Augen in Nacht und Gischt hinaus. Queely war der Kommandant und hatte gute Gründe für seine Besorgnis. Auch war es nur recht und billig, wenn er offen seine Meinung kundtat.

Im Geist verfluchte Bolitho die unbekannte Brigg, die sie auf ihrer Fahrt zur holländischen Küste zu einem Umweg gezwungen hatte. Andernfalls wären sie rechtzeitig am Treffpunkt gewesen. Er merkte, daß Queely zum Himmel aufblickte, wahrscheinlich in Erwartung der Morgendämmerung.

»Sie haben Befehl, nach einer Stunde wiederzukommen«, sagte er gepreßt. Aber sie hatten es mit Fischern, mit Schmugglern zu tun, nicht mit disziplinierten Matrosen der Royal Navy.

Queely antwortete nicht, wahrscheinlich dachte er das gleiche wie Bolitho.

In der Nacht hatte der Wind mehr auf West gedreht, was das Risiko erhöhte, daß sie beim Beiliegen auf eine Leeküste trieben.

Während Bolitho sich über seine nächsten Schritte klar zu werden suchte, hielt Allday sich in seiner Nähe auf, die Arme über der Brust verschränkt, als wolle er der See seine Verachtung zeigen, die ihn umzureißen trachtete. Hin und wieder blickte er zum aufgetuchten Großsegel hinauf, während der hohe Mast über ihm wie ein Metronom von einer Seite zur anderen pendelte. Der Kutter rollte so stark, daß die Stückpforten eintauchten.

Bolithos Körperhaltung und sein Schweigen verrieten ihm, daß er sich mit schier unlösbaren Problemen herumschlug; noch am Vortag hätte er sich dadurch bestätigt gefühlt, jetzt aber wollte er die Sache nur endlich hinter sich bringen.

Männer hasteten auf dem Backbord-Seitendeck nach vorn, als dort eine Leine brach und der Bootsmann sie schnell zu spleißen befahl.

Bolitho fragte sich, was Tanner jetzt wohl trieb und wie er reagieren würde, wenn er von seiner Verspätung erfuhr.

»Boot, Sir! An Backbord voraus!«

Bolitho befeuchtete sich die trockenen Lippen. Das war knapp gewesen. Noch wenige Minuten, und er hätte sich zur Rückkehr entschlossen.

»Dasselbe wie beim letzten Mal«, stellte Queely fest. »Ich habe weiß Gott nicht mehr damit gerechnet, daß die noch mal wiederkommen!«

Bolitho wickelte sich enger in seinen Bootsmantel und ignorierte die um ihn ausbrechende Aktivität mit Leinen,

Fendern und Bootshaken. Zu Queely sagte er: »Sie wissen, was Sie zu tun haben. Ich würde Ihnen nicht zumuten, das Schiff zu riskieren, aber . . .«

Sie klammerten sich haltsuchend aneinander, als *Wakeful* in ein tiefes Wellental sackte. Queely nickte. »Ich werde da sein, Sir, und wenn sich der Teufel selbst dazwischenstellt.«

Bolitho verabschiedete sich und folgte Allday in das wild bockende Fischerboot hinunter. Diesmal erkannte ihn der Skipper und verzog den Mund zum Schimmer eines Lächelns. Als die See sein Boot knirschend gegen *Wakefuls* Bordwand warf, wurde eine schmerzliche Grimasse daraus.

Bolitho duckte sich unter das eingedeckte Vorschiff und war dankbar, daß die Bünn diesmal frei von Fischen war. Trotz jahrelanger Abhärtung wäre ihm bei diesem Gestank so übel geworden wie seinerzeit, als er mit zwölf Jahren zum ersten Mal zur See gefahren war.

Alles lief so ab wie beim letzten Mal, nur daß die holländischen Fischer noch nervöser wirkten, wenn sie Ankerlieger oder andere Fahrzeuge passierten. Handelsschiffe, die auf das Tageslicht oder günstigen Wind warteten, lauernde Kriegsschiffe – hinter den trüben Petroleumlampen konnte sich alles mögliche verbergen. Erst auf den Kanälen wurde die Fahrt ruhiger, das Land dämpfte die Geräusche von Wind und Wellen.

Die Stille war ein solcher Kontrast, daß Bolitho den Atem anhielt. Doch die Fischer scherten sich keinen Deut um lautloses Vorankommen. »Nicht mal die Windmühlen sind heute zu hören, Käptn«, flüsterte Allday.

Bolitho blickte auf und sah die reglosen Flügel einer Mühle hoch über dem Schilf an ihnen vorbeigleiten. Es war gespenstisch.

Die Fischer wechselten ein paar schnelle Worte, dann schwang sich einer übers Dollbord und rannte durchs aufspritzende Wasser zum schemenhaft erkennbaren Land. Aber der Skipper blieb bei Bolitho sitzen und winkte auch Allday heran.

Bolitho lief es kalt über den Rücken. Der Mann hatte eine Pistole unter seinem Mantel hervorgeholt und wischte sie mit dem Ärmel trocken. Ohne hinzusehen wußte er, daß auch Allday dies bemerkt hatte und sich bereithielt, den Skipper mit einem Streich seines Entermessers niederzuhauen. Hatte der Holländer Angst, spürte er eine Gefahr? Oder wartete er nur auf den rechten Moment, um sie zu verraten, wie es Delaval so oft mit anderen getan hatte?

»Da kommt jemand, Käptn.« Alldays Stimme klang überraschend ruhig. So als hätte er auf Cornwalls Feldern einen Bauernwagen entdeckt. Aber Bolitho wußte, daß er dann am gefährlichsten war.

Er hörte ein Platschen und gewahrte undeutlich Brenniers Adjutanten, der im Schilf ausgerutscht war; laut keuchend zog ihn sein holländischer Begleiter wieder auf die Füße.

Der französische Offizier erkannte Bolitho und wandte sich wieder dem Bauernhaus zu. Diesmal also keine Augenbinde, dachte Bolitho. Der Mann schien halb von Sinnen vor Angst.

Bolitho und der holländische Skipper traten durch die Tür und erstarrten. Der Raum mit den Wänden aus Feldsteinen war ein einziges Durcheinander. Schränke waren aufgerissen und ihr Inhalt über den ganzen Fußboden verstreut, sogar die glühenden Holzscheite im Kamin hatte man auseinandergezerrt. Die Durchsuchung war schnell, aber gründlich erfolgt.

Bolitho sah den Holländer an und verfluchte seine Sprachunkenntnis. Dann wandte er sich nach dem Adjutanten um, der jetzt zum erstenmal im Licht stand, und erschrak über dessen Aussehen. Seine Kleider starrten vor Dreck, und auf seinen schmutzigen Wangen hatten sich Tränenspuren eingegraben. »Was ist passiert, Leutnant?« Bolitho knöpfte seinen Mantel auf, um besser an seine Pistole zu kommen. »So sprechen Sie doch!«

Wie betäubt starrte der Offizier ihn an. Dann flüsterte er mit gebrochener Stimme: »Il est mort! Il est mort!«

Bolitho packte den schlaffen Arm des Mannes. »Tot? Der Admiral?«

Mit offenem Mund starrte der Franzose ihn an, als hätte er ihn soeben erst erkannt. Dann schüttelte er den Kopf und stieß hervor: »Non! Der König!«

Allday rieb sich das stachelige Kinn. »Herrje, da haben sie ihn also doch umgebracht!«

Der Holländer schob seine Pistole wieder in den Gürtel und hob hilflos die Hände. Worte waren jetzt nicht mehr nötig. Die Guillotine in Paris hatte gesprochen. Der König von Frankreich war tot.

Bolitho brauchte Zeit zum Nachdenken, hatte aber keine. Er schüttelte den Adjutanten am Arm. »Wo ist Vizeadmiral Brennier? Was ist aus ihm geworden?« Die Angst in den Augen des anderen stieß ihn ab. Der Mann hatte alle Hoffnung aufgegeben, fühlte sich wahrscheinlich in diesem fremden Land ganz auf sich allein gestellt und schutzlos.

»Flushing«, stammelte er. »Der Admiral hat sich nach Flushing begeben.« Er blickte sich in dem verwüsteten Raum um. »Sie kommen zu spät, Kapitän!«

Bolitho ließ seinen Arm los, und der Adjutant sackte auf eine Bank.

»Was machen wir jetzt, Käptn?« fragte Allday.

Bolitho sah immer noch den händeringenden Mann auf der Bank an. Er ahnte, daß noch mehr kam. »Und der Schatz, M'sieur«, fragte er leise, »was ist mit ihm geschehen?«

Der Adjutant blickte auf. »Er ist in guten Händen, Kapitän. Aber es war zu spät!«

In guten Händen? Es gab nur noch einen Menschen, der davon wußte. Und jetzt war er verschwunden, hatte den alten Admiral und den Royalistenschatz mitgenommen. Nach Flushing. Das lag etwa zwanzig Meilen entfernt, war für ihn aber so unerreichbar wie der Mond.

Der Wetterfaktor fiel ihm ein. Bei den durch Schnee oder Eis blockierten Straßen würden sich Nachrichten nur langsam verbreiten. Niemand in Holland konnte mit Sicherheit sagen, wann genau der französische König hingerichtet worden war. Wieder verspürte er diesen Drang zur Eile, als liefe ein Stundenglas ab. Ein kalter Schauer rann durch seine Adern. Hier konnte alles mögliche geschehen, und er hatte niemanden, von dem ein Hinweis zu erwarten war. Sogar der Bauer, dem dieses Haus gehörte, war verschwunden – oder ermordet.

Der holländische Skipper sagte etwas Unverständliches zu seinem Gefährten, der die Tür bewachte. Bolitho fuhr herum. »Sagen Sie diesem Mann, daß er bei uns zu bleiben hat!«

Der Adjutant murmelte etwas auf holländisch. »Er will seinen Lohn, Kapitän«, übersetzte er dann.

»Wollen wir das nicht alle?« knurrte Allday böse.

»Wenn Sie uns helfen, M'sieur, nehme ich Sie nach England mit. Vielleicht finden Sie dort Freunde, die Ihnen beistehen . . .«

Kaum hatte er ausgesprochen, warf sich der Offizier vor ihm auf die Knie und küßte ihm in überschwenglicher Dankbarkeit beide Hände.

Peinlich berührt wich Bolitho zurück. Mit Tränen in den Augen blickte der Franzose zu ihm auf. Aber seine Stimme verriet überraschende Entschiedenheit, als er rief: »Ich kenne das Schiff, Kapitän! Es hat einen französischen Namen, *La Revanche*, segelt aber unter britischer Flagge.« Unter Bolithos bohrendem Blick wandte er die Augen ab. »Ich hörte ihn davon erzählen.«

Zum ersten Mal sprach Bolitho den verhaßten Namen aus: »Sir James Tanner.« Er kannte jetzt die Zusammenhänge, und die Angst des Adjutanten verriet ihm auch den Rest. Was für ein passender Name für das Schiff: *Revanche* – Rache. Tanner hatte wieder einmal alle übers Ohr gehauen.

»Was können wir schon tun, Käptn?« fragte Allday. »Ohne ein eigenes Schiff?« Es klang ratlos.

Bolitho antwortete: »Wir sollten schleunigst hier verschwinden.« Er trat zu einem Fenster und öffnete den Laden. Der Himmel wirkte schon heller. *Wakefuls* Zusammentreffen mit der fremden Brigg war also kein Zufall gewesen, überlegte er, sondern eine von Tanner arrangierte Verzögerung. Damit verschaffte er sich die Zeit, die er für sein Verschwinden benötigte. »Wir müssen dem Holländer klarmachen, daß er uns flußabwärts zu seinen Fischerfreunden bringen soll.« Bolitho wandte sich wieder an den französischen Offizier. »Sagen Sie ihm, daß wir ihn gut dafür bezahlen.« Zur Bekräftigung spielte er mit der klingenden Münze in seiner Tasche. »Eine Weigerung akzeptiere ich nicht.«

Allday bohrte die Spitze seines Entermessers in die Holzdielen. »Ich schätze, er versteht uns, Käptn.« Wieder klang seine Stimme so ominös ruhig. »Nicht wahr, Kumpel?«

Es würde noch einen ganzen Tag dauern, ehe sich *Wakeful* wieder dem Treffpunkt zu nähern wagte. Und selbst dann mochte es für Queely noch zu gefährlich sein. Bolithos Verzweiflung wuchs. Er rieb sich das Gesicht, um sich nichts anmerken zu lassen.

Warum hatte Tanner den Admiral mitgenommen, obwohl es ihm doch nur auf den Schatz ankam?

Er trat hinaus in die beißende Kälte und blickte zu den schnellziehenden Wolken auf. Da traf ihn die Erkenntnis wie ein Schlag zwischen die Augen, als stünde die Antwort auf seine Frage dort oben zwischen den Sternen geschrieben.

Gepreßt sagte er: »Es hat ganz schön aufgefrischt, Allday.« Er blickte sich nach der vertrauten bulligen Gestalt in der Tür um. »Und noch mehr auf Nord gedreht. Ein guter Wind«, schloß er verbittert. »Für Frankreich.«

Snapdragons Beiboot schor an die Bordwand des verankerten Kutters heran. Mit einem Minimum an zeremoniellem Aufwand kletterte der Kommandant, Leutnant Hector Vatass, an Bord.

Er blieb kurz stehen und blickte zur Küste hinüber. Der Wind war frisch bis stark, aber hier auf der Reede von

Sheerness lagen sie im Landschutz, und der fallende Schnee wirbelte ziellos übers Wasser. Mitunter wurde das Vorland hinter der Werft sichtbar, dann verschwand es wieder im Flockengestöber. Die Sicht reichte nur bis zu seinem eigenen Kutter.

Telemachus' Erster Offizier geleitete ihn zum Niedergang. »Wir freuen uns über Ihren Besuch, Sir«, sagte er höflich.

Seine ungewohnte Förmlichkeit entging Vatass, der von der schwierigen Annäherung im Morgengrauen geistig und körperlich noch erschöpft war. Die Küstenwache hatte ihm signalisiert, daß er so schnell wie möglich nach Sheerness zurückkehren solle – auf Befehl von Kapitän Bolitho. Dem mußte er Folge leisten, obwohl es ihn immer noch ärgerte, daß ihm dadurch ein verdächtiger Schoner entkommen war, den er auf Höhe des North Foreland gestellt hatte.

Er fand Paice in der Achterkajüte sitzen, wo er mit ernster Miene in sein Logbuch schrieb.

Seufzend ließ sich Vatass auf die Heckbank sinken. »Sauwetter, verdammtes«, schimpfte er, und als Paice nicht reagierte: »Was ist schiefgegangen, Jonas?«

Paice vermied eine direkte Antwort. »Sind Sie der Kurierbrigg nicht begegnet?« Auf Vatass' Kopfschütteln hin nickte er. »Hab' ich mir schon gedacht.«

Damit griff er unter den Tisch und holte eine halbvolle Flasche Brandy heraus. Er füllte zwei Gläser zur Hälfte. Für diesen Augenblick hatte er sich gewappnet, seit ihm gemeldet worden war, daß *Snapdragon* um das Vorland zur Reede aufkreuzte.

Er schob Vatass ein Glas hin und musterte ihn trübe. »Wir haben Krieg, Hector.«

Vatass verschluckte sich fast an seinem Brandy. »Jesus!«

Er war so jung, dachte Paice, und hatte nur mit Glück das Kommando über den Toppsegelkutter erhalten. Aber das würde sich jetzt alles ändern. Jungen Offizieren, die sich noch kaum an ihren Leutnantsrang gewöhnt hatten, würde man jetzt Schiffe anvertrauen. Feierlich stieß er mit ihm an.

»Krieg«, wiederholte er. »Die Nachricht kam gestern am späten Abend.« Er deutete auf einen Stoß Depeschen auf dem Tisch. »Vom Admiral in Chatham. Dort springen sie alle im Karrée. Dabei hätten sie, verdammt noch mal, damit rechnen müssen.« Düster blickte er sich in der Kajüte um. »Binnen kurzem werden sie von uns Leute verlangen, ist Ihnen das klar? *Wir* kriegen dann die Neulinge, die noch nicht trocken hinter den Ohren sind, während unsere erfahrenen Männer auf die Flotte verteilt werden.«

Aber Vatass hörte nur halb zu. Paices Besorgnis, daß seine *Telemachus* durch die Anforderungen des Krieges geschwächt werden könnte, teilte er nicht. Er dachte nur daran, daß er jetzt die besten Aussichten auf Beförderung hatte. Krieg bedeutete für ihn neue Hoffnung, ein neues Kommando, eine Brigg vielleicht oder sogar eine schnittige Korvette. Ja, er würde ihm mit Sicherheit eine Beförderung bringen.

Paice konnte ihm die Gedanken vom Gesicht ablesen. Vatass hatte immer noch nicht gelernt, sie zu verbergen.

»Kapitän Bolitho ist drüben in Holland«, fuhr er fort, »oder sollte es jedenfalls inzwischen sein.« Sein Blick wanderte zu Logbuch und Seekarte. »*Wakeful* ist bei ihm – das hoffe ich jedenfalls.« Er füllte ihre Gläser nach.

Vatass wußte nicht, worüber er mehr staunen sollte, über Bolithos gewagte Exkursion oder die Tatsache, daß Paice den Brandy so in sich hineingoß. Er hatte gehört, daß nach dem Tod seiner Frau die Flasche sein ständiger Begleiter gewesen war, aber dann war er wieder trocken geworden. Bis jetzt.

Er räusperte sich. »Ich verstehe immer noch nicht, Jonas«, begann er. »Was können *wir* denn dabei tun?«

Mit vor Wut und Alkohol geröteten Augen funkelte Paice ihn an. »Kapieren Sie denn nicht, Mann? Was, zum Teufel, haben Sie bisher gemacht?«

»Einen vermutlichen Schmuggler gejagt«, antwortete Vatass steif.

Paice mäßigte seinen Ton. »Der König von Frankreich wurde hingerichtet. Gestern hat man uns darüber informiert, daß der französische Nationalkonvent England und Holland den Krieg erklärt hat.« Er nickte bedächtig. »Und Kapitän Bolitho sitzt mitten drin. Er hat wahrscheinlich nicht den leisesten Schimmer von den Ereignissen.«

»Er hat Ihnen das Kommando über die Flottille übertragen«, sagte Vatass unbeeindruckt.

Paice lächelte eisig. »Und davon werde ich Gebrauch machen.« Er erhob sich, bis er mit dem Kopf fast das Skylight berührte, und öffnete es.

Als er sich wieder setzte, hatte er Schneeflocken im Haar. »Wir laufen aus, so schnell es nur geht.« Warnend hob er die Hand. »Sparen Sie sich den Protest. Ich weiß, daß Sie gerade erst angekommen sind und Ruhe brauchen. Aber ich kann jeden Moment direkte Order vom Admiral erhalten, die ich dann nicht ignorieren dürfte. Das würde unser Auslaufen verhindern.» Wie mit zugeschnürter Kehle fuhr er fort: »Ich lasse ihn drüben nicht allein, ohne Nachrichten und ohne Unterstützung.« Den Blick auf den jungen Leutnant gerichtet, füllte er ihre Gläser nach; daß dabei Brandy auf die amtlichen Papiere spritzte, schien ihn nicht zu kümmern. »Also, wie ist es, Hector? Stehen Sie hinter mir?«

»Angenommen, wir finden *Wakeful* nicht?«

»Verdammt noch mal, dann haben wir's wenigstens versucht! Und ich werde den Namen Bolitho hören können, ohne mich schämen zu müssen – dafür, daß ich ihn verraten habe, nachdem er mir durch seinen Mut meinen Stolz zurückgab.« Seine Hand wischte über die Karte. »Die Grenzen sind inzwischen bestimmt dicht gemacht, jedes fremde Schiff gilt als Feind. *Wakeful* ist zwar ein guter Segler, und ihr Kommandant kann's mit jedem aufnehmen. Aber sie ist keine Korvette.« Er blickte sich in der Kajüte um, die sein Zuhause war, als hätte *Telemachus* bereits jetzt den feindlichen Breitseiten die Stirn zu bieten, mit nichts als ihren Sechspfündern und Karronaden.

Vatass begriff, daß seine Hoffnung auf baldige Beförderung damit in weite Ferne rückte. Aber er hatte stets zu Paice aufgeblickt, seine Führungsqualitäten, seine Seemannschaft waren ihm Vorbild gewesen. Ein Rauhbein, das kein Blatt vor den Mund nahm, typisch für den Skipper einer Kohlenbrigg, der er einst gewesen war.

»Ich bin dabei.« Erst nachdem er sie ausgesprochen hatte, dachte er über seine Worte nach. »Aber was wird der Admiral sagen?«

Paice wischte die Depeschen von der Seekarte und griff zu seinem Stechzirkel.

»Mir schwant, daß jemand hinter unserem Kapitän steht, der viel mächtiger ist als unser geschätzter Admiral.« Er hob den Blick und studierte Vatass' Gesicht.

Der Leutnant tat seine Sorgen mit einem Lachen ab. Jetzt war alles egal, sie hatten Krieg, da zählte nichts anderes. Trotzdem – Paices eindringlicher Blick beschäftigte ihn noch lange. Er hatte ihn so angestarrt, als sähe er ihn zum letzten Mal.

»Noch mehr Ankerlieger voraus, Käptn!« Dann duckte Allday sich unter dem brettharten Großsegel des Bootes durch und spähte in den Schneeregen achteraus. Die nassen Flokken klebten an Duchten und Bodenbrettern und machten sie schlüpfrig und gefährlich.

Bolitho hockte neben dem holländischen Skipper an der Pinne und versuchte, ihre Fahrt zu schätzen. Das Flußufer war durch Schneeschauer und Dunst nicht zu erkennen, aber gelegentlich konnte er dicht über dem Wasser steife Ankerleinen und den unteren Teil von Schiffsrümpfen sehen – wahrscheinlich dieselben Fahrzeuge, die er nachts auf dem Herweg schon passiert hatte. Das kleine Fischerboot war in einem jämmerlichen Zustand. Trotz des schwachen Lichts erkannte er Schrammen, Flicken und zusammengewürfelte Gerätschaften, wahrscheinlich gestohlen oder von Wracks abgeborgen. Er wäre jede Wette eingegangen, daß dieses Boot noch nie zum Fischen, sondern immer zum Schmuggeln benutzt worden war. Aber die vier Holländer wirkten willig und darauf bedacht, seinen Wünschen zu entsprechen, die ihnen von Brenniers Adjutant übersetzt wurden. Mit Tanners Verschwinden war auch ihre Aussicht auf Belohnung dahin, und das von Bolitho versprochene Geld war wenigstens ein Trostpreis.

Der französische Offizier hatte ihm immer noch nicht seinen Namen genannt. Gekrümmt vor Kälte und Angst saß er auf seiner Ducht, und die nasse Uniform hing an ihm wie Lumpenzeug. Zwischen den schmutzigen Händen hielt er einen Degen, der einen scharfen Kontrast zu seinem abgerissenen Äußeren bildete: eine edle, feingeschmiedete Waffe mit eingelegtem Griff und Silberornamenten auf dem Handschutz. Wie das Taschentuch für die tote junge Französin war sie vermutlich eine letzte Erinnerung an das Leben in Luxus, das sie einst geführt hatten.

Geduckt spähte er unter den Segeln nach den verankerten Schiffen aus: drei oder vier Tjalken, Küstensegler, deren blau-weiß-rote Flaggen bei dem grauen Wetter die einzigen Farbflecken waren. Sie warteten wohl auf besseres Wetter, ehe sie mit ihrer Handelsware ausliefen. Nicht umsonst galt Holland als das Tor zum Kontinent. Wer die Niederlande beherrschte, dem standen auch die Handelswege ins reiche Ostindien offen und darüber hinaus zu den Philippinen und nach Asien. Wie die Briten waren die Holländer ein unternehmungslustiges Seefahrervolk, von Freund und Feind respektiert, selbst als sie den Medway heraufgesegelt waren und Chatham mit seinen Werften angegriffen hatten.

Bolitho hörte den holländischen Skipper etwas murmeln und sah ihn eine apfelgroße Uhr aus seinem Ölmantel ziehen. »Übersetzen Sie«, wies er Brenniers Adjutanten an.

Der Offizier riß sich aus seinem dumpfen Brüten. »Es dauert nicht mehr lange, Capitaine«, berichtete er. »Das andere Boot wartet hinter der nächsten Flußbiegung.«

Bolitho nickte. Stromabwärts waren sie schneller vorangekommen, und auch das Luggersegel zog jetzt besser. Auf dem anderen Fahrzeug konnten sie sich wahrscheinlich ausstrecken und etwas Warmes zu essen oder zu trinken bekommen, ehe sie in der Dunkelheit Richtung See ausliefen. Möglicherweise fanden sie *Wakeful* nicht mehr wieder, aber dann hatten sie es wenigstens versucht, statt sich mit untätigem Grübeln über die schlimmen Ereignisse zu zermürben. Darüber fiel ihm wieder der unselige Hoblyn ein, der angstschlotternde Midshipman und Delavals Gesicht unter der Henkersschlinge, als er Tanner in seiner Kutsche erkannt hatte. Wie man es auch drehte und wendete, Tanner hatte sie alle benutzt und manipuliert. Sogar mich, dachte er zähneknirschend.

Allday ließ sich vernehmen: »Mehr nach Backbord, Kumpel!« Die englischen Worte sagten dem Skipper an der Pinne nichts, aber Alldays Handzeichen wären von den Seeleuten aller Nationen verstanden worden.

»Was gibt's?« Wohl zum hundertsten Mal wischte sich Bolitho Gesicht und Augen mit einem Fetzen alten Flaggentuchs trocken.

»An Steuerbord voraus liegt uns einer im Weg, Käptn.«

Wieder ärgerte sich Bolitho, daß er nicht sein kleines Taschenteleskop eingesteckt hatte. Er erhob sich und starrte angestrengt in die Richtung, die ihm Allday angab.

Eine schmucke Brigg lag in der Fahrrinne vor Anker. Daß sie weder Ladegeschirr aufwies noch Leichter längsseits liegen hatte, ließ auf ein Kriegsschiff schließen – oder vielleicht auf ein Dienstfahrzeug des holländischen Zolls.

Bolitho merkte, daß auch der Skipper hinüber starrte, sein Gesicht war plötzlich angstverzerrt. Aber er ließ sich nicht ablenken. An Deck der Brigg waren keine Boote zu sehen, auch am Heck war keins vertäut. Wenn sie also nicht auf der ihnen abgewandten Bordseite lagen – wo waren sie?

Leise fragte er Allday: »Rührt sich was dort drüben?«

»Kein Schwanz.« Alldays Stimme klang gepreßt. »Nur noch 'ne halbe Meile, dann ...«

Da beschloß das Wetter, Schicksal zu spielen. Durch eine Wolkenlücke fiel wäßriges Sonnenlicht auf das Flußufer in ihrer Nähe. Der holländische Skipper stieß einen Seufzer der Erleichterung aus und hob den Arm. In Ufernähe lag ein Fischkutter verankert, etwas abseits von den anderen, und obwohl Bolitho ihn noch nie bei Tageslicht gesehen hatte, wußte er: Dies war das erwartete Boot. Er legte dem Holländer die Hand auf den Arm und sagte: »Gute Arbeit, Freund.«

Der Mann grinste. Bolithos Worte hatte er auch ohne Übersetzung verstanden.

»Klar zum Segelbergen!« Bolitho stieß den französischen Offizier mit dem Fuß an. »Sagen Sie es weiter!«

Der Adjutant fuhr zusammen, als wäre er geschlagen worden, aber er übersetzte. Bolitho rieb sich die von der Kälte aufgesprungenen Hände. Die Sonne hatte sich hinter Wolken verborgen, ein neuer Schauer verschlechterte die Sicht. Aber das Licht hatte gereicht, um ihm einen metallischen Reflex drüben auf dem Fischkutter zu zeigen, und als er schärfer hinsah, gewahrte er eine Gestalt in Uniform, mit weißen gekreuzten Brustriemen, die erwartungsvoll stromaufwärts spähte, ehe sie sich wieder hinter das Schanzkleid duckte.

»Belege das!« Bolitho packte die Schulter des holländischen Skippers und deutete auf das wartende Boot. Dem Franzosen rief er zu: »Sagen Sie ihm, daß der Kutter besetzt ist – von Soldaten! Verstehen Sie?« Er packte die Pinne und richtete den Bug wieder zur Flußmitte.

Aber der Skipper hatte auch ohne Übersetzung verstanden. Er duckte sich und ließ das Fahrwasser mit der verankerten Brigg nicht aus den Augen.

»Sapperlot, das war knapp!« murmelte Allday.

Übers Dollbord spähte Bolitho zu dem Fischkutter hinüber und wartete auf weitere verräterische Anzeichen. Zoll oder Marine? Egal, beide wären für sie gleich verhängnisvoll gewesen. Oder handelte es sich nur um eine Routinekontrolle, einen unglücklichen Zufall?

Ihr Vorhaben war schon vorher ziemlich hoffnungslos gewesen, aber jetzt, ohne seetüchtiges Fahrzeug, wurde es fast unmöglich. Er schützte seine Augen und spähte durch die fast waagrechten Graupelschauer nach vorn. Bei dem Wind mußte draußen grober Seegang stehen. Er konnte sich vorstellen, wie *Wakeful* in der ablandigen Dünung stampfte und rollte, während sie auf ihn wartete.

Diesem Boot fehlte es aber auch an allem. Es besaß nur einen Kompaß und ein paar spärliche Ausrüstungsgegenstände. Nicht einmal eine Lenzpumpe konnte Bolitho entdecken.

Er warf einen Blick auf Alldays geduckte Gestalt im Bug. Wieder einmal riskierte er sein, ihrer aller Leben. War es das immer noch wert?

»Der richtige Tag für eine kleine Schießerei.« Seine Worte kamen so schnell, als befürchte er, die Vernunft könne sie einholen und unterdrücken.

Allday wandte den Kopf, als hätte er sich verhört. »Schießerei, Sir?« fragte er. Aber dann trafen sich ihre Blicke, und er nickte nonchalant. »Ach so, ja, vermutlich haben Sie recht, Käptn.« Als er ihm wieder den Rücken zuwandte, knöpfte er seinen Rock auf und lockerte die Pistole im Gürtel.

Bolitho musterte seine Begleiter. Der Adjutant starrte leer ins Nichts, und die Holländer hatten nur Augen für den Fischkutter, der jetzt fast querab von ihnen war.

Bolitho tastete ebenfalls nach seiner Pistole und lockerte den Degen in der Scheide. Nur bei zwei Holländern konnte er Waffen sehen, doch mochten auch die anderen welche besitzen.

Er wartete, bis der Adjutant ihn ansah, dann sagte er: »In einigen Minuten werde ich dieses Boot hier in Besitz nehmen, M'sieu. Verstehen Sie, was ich meine?« Der Franzose nickte dumpf. »Wenn sie Widerstand leisten, müssen wir sie entwaffnen.« Sein Ton wurde härter. »Oder erschießen.« Er wartete, damit der gebrochene Mann Zeit zum Nachdenken bekam. »Es ist auch Ihre letzte Chance, M'sieu!«

»Verstehe, Capitaine.« Der Offizier kroch vorsichtig nach achtern zur Pinne, wobei er darauf achtete, daß Dreck und Bilgenwasser nicht seinen schönen Degen beschmutzten.

Wieder heulte eine Bö heran und brachte Schnee mit, der einige Ankerlieger, die sie eben noch hatten erkennen können, total ihren Blicken entzog. Wenn sie erst an den letzten vorbei waren, lag nichts mehr zwischen dem Boot und der offenen See.

»Halten Sie sich bereit, M'sieu!« Bolithos Faust schloß sich um den Pistolengriff. In seinen eiskalten Fingern fühlte sich die Waffe so warm an, als sei sie eben abgefeuert worden. Plötzlich rief Allday warnend: »Backbord voraus, Käptn! Ein ganzes Boot voll!«

Hinter einigen verankerten Tjalken schoß ein großer Kutter auf sie zu, dessen rot gestrichene Riemen sich wie riesige Vogelschwingen hoben und senkten. Im Heck sah Bolitho Uniformen, die blauen der Marine und die grünen des Zolls. Eine Stimme dröhnte, verstärkt durch einen Metalltrichter, übers Wasser in ihre Richtung.

Der Adjutant flüsterte: »Sie befehlen uns anzuhalten!« Er war wie versteinert vor Entsetzen.

Bolitho stieß den holländischen Skipper an. »Dort hinüber«, rief er. »Schnell!«

Er mußte seinen Worten nicht mit der Waffe Nachdruck verleihen. Der Holländer fürchtete seine Behörden noch mehr als er selbst. Die Fischer stürzten sich auf die Schoten, trimmten die beiden killenden Segel, und Bolitho spürte, wie das Boot sich unter dem Winddruck überlegte und Fahrt aufnahm. Gischtfahnen spritzten bis zu ihrem Verfolger hinüber, dessen Riementakt durch ihren plötzlichen Kurswechsel durcheinander geriet.

»Sie haben ein Geschütz im Bug, Käptn!« brüllte Allday.

Bolitho schluckte trocken. Er hatte den Lauf schon über den Steven ragen sehen: wahrscheinlich eine Drehbasse oder eine schwere Hakenbüchse. Ihre Kartätschen konnten mit dem Splitterhagel alle im Boot töten oder verwunden.

Allday klammerte sich ans Dollbord und hustete, als Spritzwasser hereinklatschte und ihn von Kopf bis Fuß durchnäßte.

Die metallische Stimme verfolgte sie, wurde lauter und dringender. »Sie zielen auf uns!« rief Allday.

»In Deckung!« Bolitho zog den Skipper neben sich auf die Bodenbretter und sah Allday, halb verborgen hinter Netzen und Korkschwimmern, besorgt zu ihm nach achtern spähen.

Der Lärm von Wind und Graupeln dämpfte den Knall des Abschusses, so daß der Einschlag ins Achterschiff sie mit seiner Gewalt überraschte. Gehacktes Metall und Splitter heulten über ihre Köpfe und durchlöcherten die Segel. Bolitho hielt den Atem an und wartete darauf, daß es Bruch gab, daß eine Spiere barst, Leinen brachen oder Wasser ins Boot rauschte.

Aber der holländische Skipper kam wieder hoch und nickte zufrieden, Stolz auf sein altes Boot im Gesicht.

Allday deutete achteraus. »Wir haben sie abgehängt, Käptn!«

Bolitho sah sich um. Tatsächlich. Es schneite wieder so stark, daß die Sicht kaum zwei Bootslängen betrug. Sie schienen die Flußmündung für sich allein zu haben.

Er wollte sich gerade erheben, als sein Blick auf Brenniers Adjutanten fiel, der mit vorquellenden Augen zu ihm empor starrte. Da kniete er sich neben ihn und löste seine in die Brust gekrallten Finger. Allday war bereits neben ihm und hielt die Arme des Franzosen fest, während Bolitho ihm Wams und Spitzenhemd aufriß. Beide waren schon blutgetränkt. Bolitho fand zwei Splitterwunden, eine in der linken Brust, die andere in der Magengegend. Er hörte, wie der holländische Skipper ein paar Lumpen zerriß. Als er sie ihm über die Schulter reichte, trafen sich ihre Blicke. Wieder verstanden sie einander ohne Worte. Wie der Marineoffizier war auch der Fischer mit dem Tod nur allzu gut vertraut.

Allday murmelte: »Sei tapfer, Junge.« Er sah zu Bolitho hoch. »Soll ich ihn ausstrecken?«

Bolitho deckte den Mann mit einer alten Persenning zu und schützte sein Gesicht mit dem Hut vor Graupeln. »Nein.« Leise fügte er hinzu: »Er erstickt an seinem eigenen Blut.« Das Bilgenwasser zu seinen Füßen schimmerte rosa. Wieder ein Opfer.

Trotzdem durfte ihn das nicht aufhalten. Doch als er sich erheben wollte, bannten ihn die flehenden Augen des Sterbenden. Da wandte er sich ihm wieder zu. »Keine Angst, M'sieu. Sie sind in Sicherheit. Wir lassen Sie nicht allein.«

Er hob den Kopf und starrte die tanzende Kompaßrose an. Leere Worte ... Hatten sie je einem Sterbenden helfen können?

Er schluckte und spürte einen salzigen Geschmack im Mund. »Nordwest«, sagte er zum Skipper und deutete auf die Segel. »Klar?«

Der Holländer nickte. Er schien benommen vom schnellen Ablauf der Ereignisse, hielt aber die Pinne eisern fest und starrte mit rotgeränderten Augen in den Schneevorhang. Es mußte ihm so vorkommen, als steure er sein Boot geradewegs ins Nichts hinein.

Jeden Augenblick erwartete Bolitho, daß der Schnee sich teilte und eine neue Bedrohung auf sie zukam, ohne Warnruf diesmal, gleich mit einer Salve Kugeln oder Schrot. Tanner fiel ihm wieder ein, und er merkte erst, daß er ihn laut verfluchte, als Allday sagte: »Es geht zu Ende mit ihm, Käptn.«

Bolitho beugte sich über den französischen Offizier und ergriff seine tastende Hand. Sie hatte bereits die Kälte des Todes.

»Hier bin ich, M'sieu. Ich werde dem Admiral von Ihrem Mut berichten.« Er wischte Blut von Lippen und Kinn des Sterbenden.

Allday beobachtete düster, wie Bolitho den Verwundeten bequemer bettete. Zu oft schon hatte er derlei Szenen miterlebt. Er kannte die Höhen und Tiefen von Bolithos Stimmung, seinen ansteckenden Kampfgeist in der Schlacht und seine bodenlose Verzweiflung danach. Aber kaum ein anderer erlebte auch diese zweite Seite an ihm, und Allday geriet darüber fast in Verlegenheit, als wäre er ein aufdringlicher Zuschauer.

Der Sterbende versuchte zu sprechen, obwohl ihm die Anstrengung sichtlich große Schmerzen verursachte. Allday starrte über Bolithos Kopf ins Leere. Warum gab der arme Hund nicht endlich auf und starb?

Plötzlich entwand sich die kalte Hand mit überraschender Kraft Bolithos Griff, tastete zur Hüfte und löste den kostbaren Degen vom Gurt.

Seine Stimme war nur ein Flüstern. »Gebt ihn – gebt . . .«

Aber die Anstrengung war zuviel für ihn. Bolitho stand auf, hielt die fremde Waffe in der Hand und dachte an seinen eigenen alten Familiendegen, der ihm so vertraut war wie sein rechter Arm. War das alles, was von einem Mann blieb, wenn es zu Ende ging? Er überließ Allday den Toten und kehrte zurück auf seinen Platz neben der Pinne.

Eine Stunde verging, dann eine zweite, während alle an Bord ihr Bestes gaben, um das Boot im Seegang auf Kurs zu halten, zu lenzen und die Segel zu bedienen. Die harte Arbeit war vielleicht ihre Rettung. Sie besaßen weder Proviant noch Trinkwasser, alle litten an Unterkühlung und Erschöpfung, aber die See ließ ihnen keine Zeit für Verzweiflung oder Kapitulation.

Als es dunkel wurde, übergaben sie den namenlosen Franzosen, mit einer rostigen Kette beschwert, den gefräßigen Wogen. Danach ging ihnen jedes Zeitgefühl verloren. Obwohl es die Gefahr ihrer Entdeckung erhöhte, ließ Bolitho die Ankerlaterne anzünden und ihre Blenden entfernen. Sie warf einen schwachen Lichtschein auf das wirbelnde Weiß rundum.

Wenn sie nicht gefunden wurden, mußten sie alle sterben. Die winterliche See war zuviel für ihr kleines Boot. Und nur Allday wußte, daß kaum noch Öl in der Laterne war. Seufzend rückte er näher an Bolithos vertraute Gestalt im Heck.

Nach allem, was sie gemeinsam an Schwerem durchgestanden hatten, dünkte ihm dies ein klägliches Ende. Andererseits hätte der Tod unter noch schlimmeren Umständen kommen können, etwa wie damals auf der *Loyal Chieftain.*

Bolitho räusperte sich. »Noch ein Signal, alter Freund.«

Der Lichtstrahl wurde vom Schnee reflektiert, der sie wie ein Leichentuch umgab. Weiß eingehüllt, schien das Boot überhaupt keine Fahrt mehr zu machen.

Allday sagte heiser: »Unser letztes Öl, Käptn.«

Das war der Augenblick, in dem *Wakeful* sie fand.

XV Verstecken ist sinnlos

Queely und sein Erster Offizier sahen in fasziniertem Schweigen zu, wie Bolitho seinen vierten Becher dampfend heißen Kaffee trank. Er wärmte ihn wie ein inwendiges Feuer, zumal jemand – wahrscheinlich Allday – reichlich Rum dazugegeben hatte.

Das kleine Fischerboot, dem sie ihr Entkommen verdankten, hatten sie nicht retten können. Trotz der Proteste der Holländer hatten sie es treiben lassen müssen; viel länger hätte es sich kaum noch über Wasser gehalten. Aber der Skipper war reich dafür entschädigt worden.

Queely wartete auf den richtigen Moment, dann fragte er: »Und was jetzt, Sir?« Er beobachtete, wie das Leben in Bolithos Augen zurückkehrte. Als *Wakefuls* Besatzung die Bootsinsassen an Bord geholt hatte, waren sie zu verfroren und erschöpft gewesen, um auch nur zu sprechen.

Während er heißen Kaffee in sich hineinschüttete, hatte Bolitho kurz über die Ereignisse berichtet. Er schloß mit dem Satz: »Ohne Sie und Ihre *Wakeful* wären wir jetzt alle tot.« Er berührte den silberverzierten Degen auf dem Tisch. »Ich glaube, dieser arme Mann starb schon in dem Augenblick, als er von der Hinrichtung seines Königs hörte.«

Queely schüttelte den Kopf. »Von all dem hatten wir

keine Ahnung, Sir.« Trotzig hob er das Kinn. »Aber auch wenn wir's gewußt hätten, wäre ich gekommen, und zur Hölle mit dem Risiko!«

Jetzt lehnte sich Bolitho an die Bordwand zurück und fühlte, wie der Kutter in den Kreuzseen hart arbeitete, während er sich zur nächsten Wende anschickte. Obwohl der Wind nicht nachgelassen hatte, schienen ihm die Bewegungen angenehmer zu sein. Aber vielleicht konnte er das nach der langen Zeit im Boot gar nicht beurteilen. Er wiederholte: »Was jetzt? Wir nehmen Kurs auf Flushing. Das ist unsere einzige Chance, Tanner und den Schatz wiederzufinden.«

Leutnant Kempthorne entschuldigte sich und ging an Deck, um das Manöver zu überwachen. Bolitho und Queely beugten sich unter der schwingenden Lampe über die Seekarte auf dem Tisch. Neben Queely kam sich Bolitho wie ein alter Tramp vor. Seine Kleider stanken nach Fisch und Bilgenwasser, seine Hände waren aufgerissen und blutig nach der Arbeit mit den vereisten Leinen im Boot.

»Falls Tanner, wie Sie sagten, den Schatz auf seine *Revanche* verladen hat«, überlegte Queely, »ist er dann nicht sofort und in größter Eile ausgelaufen? In diesem Fall können wir ihn nie mehr einholen, auch wenn der Wind so günstig bleibt.«

Nachdenklich starrten Bolithos graue Augen auf die Karte nieder. »Ich bezweifle das. Was er vorhat, braucht seine Zeit, deshalb hat er ja auch diese Verzögerung auf See für uns inszeniert. Übermäßige Hast in diesem Wetter müßte bei den holländischen Instanzen Verdacht erregen, und nichts wäre schädlicher für ihn.«

Trotzdem ließ sich die kleine mißtrauische Stimme in seinem Kopf nicht zum Schweigen bringen. Angenommen, Brenniers Adjutant hatte sich geirrt? Vielleicht hatte Tanner auch von einem ganz anderen Schiff gesprochen?

Queely faßte sein Schweigen als Unsicherheit auf. »Die *Revanche* ist wahrscheinlich gut bewaffnet, Sir. Wenn wir Unterstützung hätten . . .«

Bolitho sah ihn an und lächelte trübe. »Aber wir haben keine. Tanner bewaffnet? Das halte ich für unwahrscheinlich. Die Holländer durchsuchen jedes größere Schiff an ihrer Küste. Deshalb blieb ja auch Delavals *Loyal Chieftain* so weit draußen. Nein, Tanner hat höchstwahrscheinlich nur Handfeuerwaffen und das eine oder andere leichte Geschütz.«

»Hoffentlich, Sir.« Queely grinste verlegen. »Den Anblick von soviel Juwelen auf einem Haufen möchte ich mir nicht entgehen lassen.« Er warf sich den schweren Bootsmantel über, drehte sich am Fuß des Niedergangs aber noch einmal um. »Ich danke Gott, daß wir Sie gefunden haben, Sir. Ich hatte die Hoffnung fast schon aufgegeben.«

Müde ließ sich Bolitho auf einen Stuhl fallen und rieb sich die Augen. In der engen Kajüte lagen überall die Sachen der Offiziere herum, dennoch schien sie Bolitho nach der Tortur im Fischerboot ausgesprochen luxuriös.

Zwei Stunden später weckte ihn Allday. Er war im Sitzen eingeschlafen, halb über die Seekarte auf dem Tisch gesunken, den Kopf auf die Arme gelegt.

»Was gibt's?«

Allday balancierte eine dampfende Waschschüssel in beiden Händen. »Der Koch hat Wasser heißmachen können.« Er grinste breit. »Da dachte ich mir, eine anständige Rasur, ein kräftiges Abfrottieren, und der Käptn ist wieder ganz der alte.«

Bolitho warf Rock und Hemd ab, lehnte sich zurück und ließ sich von Alldays geübten Händen rasieren. Während er mit einem Ohr auf die Geräusche des vom Seegang hart rangenommenen Kutters lauschte, bewunderte er wieder einmal, wie geschickt der bullige Bootssteurer sich bewegte, auch wenn das Deck unter seinen Füßen bockte und stieß.

Allday sagte gerade: »Wissen Sie, Käptn, es ist immer dasselbe mit Ihnen: Wenn *Sie* sich besser fühlen, geht's auch uns allen besser.«

Überrascht starrte Bolitho ihn an; die Weisheit in Alldays

einfachen Worten verscheuchte auch die letzte Schläfrigkeit aus seinem Kopf. »So wie heute, meinst du?« fragte er leise und sah Allday nicken. Da war er wieder, der sichere Instinkt, dem er schon so oft vertraut hatte. Warum war er nicht längst darauf gekommen? »Wenn wir kämpfen?«

»Aye, Käptn.« Alldays Stimme klang fast vergnügt. »Es mußte ja so kommen, wenn Sie mich fragen.«

Bolitho rieb sich das Gesicht trocken und wunderte sich wieder einmal, daß Allday ihn auch bei starken Schiffsbewegungen ohne den geringsten Kratzer rasieren konnte. Dann ließ er sich von Kopf bis Fuß mit warmem Wasser abreiben und legte frische Kleider an. Zur Eile bestand kein Anlaß, denn Queely und seine Crew wußten, was zu tun war, und mußten weder angetrieben noch ermahnt werden. Kurz fragte er sich, was die vier Holländer jetzt wohl machten und was aus ihnen werden sollte. Wahrscheinlich würde man sie dem ersten nach Holland bestimmten Schiff übergeben, auch wenn sie dann letztlich dem Zoll in die Hände fielen.

Er fühlte sich sauber und erfrischt, genau wie Allday prophezeit hatte. Der schien immer zu wissen, wann das Warten vorbei und die Zeit zum Handeln gekommen war.

Queely polterte den Niedergang herunter und steckte den Kopf durch den Türspalt. »Der Morgen dämmert, Sir. Der Schneefall hat aufgehört, aber der Wind steht durch.« Damit machte er kehrt und eilte wieder an Deck.

Unten in der Kajüte sagte Bolitho nachdenklich: »Irgend etwas ist noch faul an der Sache, Allday. Wir werden mit ihm kämpfen, aber ...« Er hob die Schultern. »Möglicherweise hat uns dieser Fuchs schon wieder ausgetrickst.«

Allday starrte aus den Fenstern. »Als ich seine ölige Stimme wiedererkannte ...« Er grinste, aber seine Augen blieben eiskalt. »Da hätte ich ihn am liebsten auf der Stelle niedergehauen.«

Bolitho zog seinen Degen aus der Scheide und ließ ihn wieder zurückfallen. »Zwei Seelen, ein Gedanke. Mir ging's genauso.«

Er nahm seinen Bootsmantel auf. Der war zwar noch schmutzig, aber an Deck würde es eiskalt sein. Und er brauchte jetzt seine ganze Kraft, durfte dem Fieber keine Chance geben.

Mit einem Anflug seiner alten Verzweiflung begann er: »Hör zu, alter Freund. Wenn ich heute fallen sollte . . .«

Unbewegt starrte Allday zurück. »Das werde ich nicht erleben, Käptn. Denn dann bin ich vorher gefallen.«

Sie verstanden einander ohne lange Worte. Wie immer.

Bolitho berührte leicht Alldays Arm. »Na, dann wollen wir mal wieder, eh?«

Bolitho merkte, wie er automatisch die Schräglage des Decks ausbalancierte, als der Wind *Wakeful* noch stärker auf ihr Lee-Schanzkleid drückte. Es war kälter als erwartet, jedenfalls schien ihm das so nach der relativ warmen Kajüte.

Queely tippte grüßend an seinen Hut. »Der Wind hat noch weiter gedreht, Sir!« überschrie er das Getöse. »Jetzt kommt er aus Nordwest zu Nord, wenn ich nicht irre!«

Bolitho starrte zum Masttopp empor und meinte, dort schon den langen Wimpel zu erkennen, der steif nach Backbord voraus auswehte. Konnte er über dem Lärm in der Takelage sein Knattern und Knallen hören? *Wakeful* steuerte südsüdwestlichen Kurs über Backbordbug, und ihre vollen Segel hoben sich deutlich vom langsam heller werdenden Himmel ab. Der Tag zögerte noch hinter dem Horizont.

Als sich Bolithos Augen an das Zwielicht gewöhnt hatten, erkannte er einige Gestalten, die an Deck arbeiteten. Selbst die Leute, die zum harten Kern von Queelys Besatzung zählten, wirkten durchfroren und verkrampft. Trotz der Kälte, die sogar durch Bolithos Sohlen drang, waren die meisten barfuß. Schuhe hielten sie für zu kostbar, um sie bei der Arbeit zu verschleißen.

»Nach Ansicht des Masters liegen Flushing und die Insel Walcheren jetzt hinter uns, Sir«, meldete Queely. »Wenn es aufklart, sollten wir die französische Küste in Sicht haben.«

Bolitho nickte schweigend. *Frankreich.* Wenn Tanner dort landen konnte, würde er bald seinen Handel unter Dach und Fach haben: einen Teil des Royalistenschatzes gegen eine Sicherheitsgarantie des Nationalkonvents und die stillschweigende Duldung seiner großangelegten Schmuggelgeschäfte. An den alten Admiral Brennier durfte er dabei gar nicht denken. Ihn erwarteten nach Tanners Verrat die Demütigung vor dem Mob und die Guillotine. Danach würde es sich jeder prominente Royalist zweimal überlegen, ehe er eine Konterrevolution unterstützte.

Langsam nahm der Himmel Farbe an. Der steife Wind hatte die Schauerwolken vertrieben, Bolitho sah nur klares kaltes Grau mit einer Spur Blau am Horizont.

Queely sprach mit seinem Ersten, der eifrig nickte, und informierte dann Bolitho: »Er wird gleich mit einem starken Glas aufentern, Sir. Falls Tanner die Seite wechseln und den Schatz an die Franzosen verschachern will, wird er sich dicht unter Land halten, sobald es hell genug ist.«

»Wir werden ihn trotzdem schnappen«, sagte Bolitho. »Daran lasse ich mich auch von französischen Patrouillen nicht hindern.«

Queely musterte ihn neugierig. »Seltsam, daß ein so einflußreicher Mann wie Tanner einfach zu den Franzosen überläuft.«

»Ich habe ihn stets als Feind betrachtet.« Bolitho blickte auf die See hinaus. »Diesmal aber kann er nicht mehr hoffen, sich mit Hilfe hochgestellter Gönner der Gerechtigkeit zu entziehen!«

Ungelenk enterte Kempthorne in den Luvwanten auf; der Wind preßte seinen hageren Körper gegen die Webleinen und spielte knatternd mit seinen Rockschößen. Erbarmungslos bemerkte Queely: »Genau das Richtige, um klaren Kopf zu bekommen!« Mit einem Blick auf Bolithos Profil fragte er vorsichtig: »Dann ist heute also der Tag der Abrechnung, Sir?« Das klang ein bißchen überrascht, aber nicht mehr so skeptisch wie früher.

»So scheint es.« Bolitho hüllte sich schaudernd enger in seinen Mantel. Aber angenommen, er irrte sich, und Tanners Schiff lag gemütlich in Flushing – oder hatte einen ganz anderen Kurs eingeschlagen? Er schob seine Zweifel beiseite und fuhr entschlossen fort: »Ich wüßte nicht, wohin sich Tanner sonst wenden sollte. Sein Verrat und seine Gier lassen ihm nur die Flucht nach Frankreich offen.« Tanners Worte über Lord Marcuard fielen ihm ein: *sinnlos, sich vor ihm zu verstecken.* Schon damals hatte er alle belogen, hatte heimlich triumphiert, als Admiral Brennier und dessen Helfer sich ihm so vertrauensvoll in die Hände gaben.

Bolitho nahm ein Teleskop vom Gestell und wischte die Linse sorgsam trocken. Während er es ausrichtete und darauf wartete, daß das Deck kurz auf einem Wellenkamm verharrte, dachte er an Falmouth und den kleinen Matthew. Wie mochten sie Weihnachten gefeiert haben? Wahrscheinlich hatte der Junge den ganzen Haushalt mit seinen Geschichten über Schmuggler und Mörder in Schrecken versetzt. Zum Glück war er wieder dort, wo er hingehörte, und würde zu einem so tüchtigen Mann werden, wie sein Vater es gewesen war. Andere mußten dafür kämpfen, daß Männer wie er ohne Angst das Land bestellen, ihr Vieh aufziehen und England ernähren konnten.

»An Deck!« Kempthornes Stimme überschlug sich fast vor Erregung. »Segel in Lee voraus, Sir!«

Queely schlug mit der Faust auf die Reling. »Bei Gott, damit habe ich fast nicht mehr gerechnet!«

»Immer mit der Ruhe«, mahnte Bolitho, obwohl auch in seinen Augen neues Feuer funkelte. »Wir wollen hübsch vorsichtig bleiben, ja?« Aber es war gewiß die *Revanche.* Sie mußte es sein. Kein anderer hätte es gewagt, sich der Küste Frankreichs so frech zu nähern.

Ungeduldig rief Queely zum Ausguck hinauf: »Welches Schiff, Mann?«

Heiser antwortete Kempthorne: »Eine – eine Brigg, glaube ich, Sir.«

Bolitho meinte: »Sie muß schwer zu identifizieren sein, selbst aus dieser Höhe.«

Queely drehte sich um. »Springe ich Ihrer Meinung nach zu hart mit ihm um, Sir?« Achselzuckend wandte er sich wieder nach vorn. »Vielleicht rettet ihm meine Härte eines Tages noch das Leben – ihm und anderen!«

Bolitho griff haltsuchend nach einer tropfenden Drehbasse auf dem Schanzkleid. Eine Brigg – das klang glaubhaft. Schmuggler bevorzugten Briggs und Schoner, und Tanner hatte sich das Schiff wahrscheinlich sofort ausgesucht, nachdem Marcuard ihn ins Vertrauen gezogen hatte. Er sah die herrschaftliche Residenz in Whitehall wieder vor sich, die vielen Diener, den selbstverständlichen Luxus des Londoner Alltags. Was sich hier abspielte, hatte weiß Gott nichts mehr mit Marcuards sorgfältig ausgearbeitetem Plan zu tun, aber er zweifelte keinen Augenblick daran, wen der Bannstrahl treffen würde, sollte Tanner mit der Royalistenkasse die Flucht gelingen.

Der Master ließ sich vernehmen. »Die Sonne wird rauskommen, noch ehe das Glas gedreht ist«, sagte er zu niemand im besonderen.

Queely funkelte ihn wütend an, kannte ihn aber zu gut, um ihn zu rügen.

Von oben kam Kempthornes Bestätigung, halb übertönt von Wind und Wellen: »Wirklich eine Brigg, Sir. Mit gleichem Kurs wie wir!«

Bolitho tastete unter dem Mantel nach seinem Degen; er fühlte sich eisig an.

»Schlage vor, daß Sie gefechtsklar machen, Mr. Queely.«

Queelys Habichtsgesicht wandte sich ihm zu. »Die Leute wissen, was zu tun ist, Sir. Wenn es falscher Alarm ist, würden sie nur den Respekt verlieren.«

»Nicht vor Ihnen. Sie können alles auf den verrückten Kapitän aus Falmouth schieben.«

Zur Überraschung der Umstehenden brachen beide in Gelächter aus.

Dann rief Queely: »Alle Mann an Deck! Klar Schiff zum Gefecht!«

Bolitho hatte sich immer noch nicht daran gewöhnt, daß ein Schiff so beiläufig und ohne Trommelschlag gefechtsklar machen konnte. Hier wurde der Befehl fast nur von Mund zu Mund an die Freiwache unter Deck weitergegeben. Aber es funktionierte.

»Geschütze ausrennen!«

Der Master stieß einen Seufzer aus. »Ich hab's ja gewußt.«

Ein blasser Sonnenstrahl fand seinen Weg durch Dunst und Gischt, malte Farbe und Tiefe auf das Wasser und gab den Gesichtern der Männer Individualität.

Auf seinem schwindelerregend hohen Sitz schlang Leutnant Kempthorne einen Arm um das nächste Stag und spürte, wie es von ihm wegstrebte. Der schnittige Rumpf tief unten warf sich aufspritzend durch die Seen, während das Großsegel mit einem Mal einen Schatten aufs Wasser zeichnete, der rhythmisch nach ihm zu greifen schien. Fast wurde es ihm übel davon. Ihm war schleierhaft, wie der Ausguckposten auf der anderen Seite des Mastes so gelassen bleiben konnte.

Er schluckte die Galle herunter und versuchte wieder, das schwere Fernrohr zu stabilisieren. Nicht auszudenken, was Queely sagen würde, wenn er es fallen ließ. Nach beiden Seiten das Wasser abschüttelnd, hob sich der Bug aus der nächsten See, und Kempthorne hielt den Atem an. Die Brigg mußte zufällig im selben Augenblick einen Wellenkamm erklommen haben. Klar erkannte er Fock- und Toppsegel und das gewölbte Großsegel, als sie etwas voraus auf Parallelkurs zu ihnen lief.

In diesen wenigen Sekunden gewahrte er auch ihren Namen am Heck, die vergoldeten Buchstaben leuchteten klar und deutlich in der Sonne.

»Die *Revanche,* Sir!« rief er nach unten und schluchzte fast vor Erleichterung, als wäre es seine Schuld gewesen, wenn sich das fremde Schiff als harmlos entpuppt hätte.

Der Ausguckposten neben ihm, der ihn beobachtet hatte, schüttelte den Kopf. Kempthorne war bei der Mannschaft beliebt, weil er nicht wie manch anderer seine schlechte Laune an Untergebenen ausließ. Der Toppgast diente jetzt zwölf Jahre bei der Marine, trotzdem waren ihm Offiziere immer noch ein Rätsel. Dieser Kempthorne freute sich wie ein Schneekönig, daß er den Feind entdeckt hatte, und konnte doch binnen weniger Stunden sterben.

Andererseits winkte natürlich ein ansehnliches Prisengeld, falls alles gut ausging ...

Unten auf dem überspülten Deck starrte Queely ungläubig Bolitho an und rief: »Wir haben sie gefunden, Sir!« Seine Augen blitzten vor Erregung, sein Ärger über Kempthorne war vergessen.

Bolitho ließ das Glas sinken. Von Deck aus gesehen, wirkte die See immer noch leer.

»Und jetzt holen wir sie uns!«

Kempthorne meldete von oben: »Sie schüttelt noch ein Reff aus, Sir! Und setzt mehr Segel!«

Queely ging kurz zum Kompaßhaus. »Das hilft ihr auch nichts mehr«, sagte er zuversichtlich. »Wir haben sie am Schlafittchen.« Durch die hohlen Hände rief er: »Klar zum Setzen der Leesegel, wenn sich der Abstand vergrößert!«

Wieder richtete Bolitho sein Glas aus. Im zunehmenden Licht konnte er schon die oberen Segel der Brigg erkennen; sie waren zum Platzen prall gefüllt und stark nach Lee geneigt. Selbst in der kurzen Zeit, seit Kempthorne ihren Namen genannt hatte, war die Distanz zwischen den beiden Schiffen deutlich geringer geworden. Es stimmte schon, was man über Toppsegelkutter sagte: Sie konnten fast jedes andere Fahrzeug aussegeln.

»Hißt die Nationale.« Queely vergewisserte sich mit einem Blick, daß Bolitho einverstanden war. »Möglicherweise hat er uns noch nicht erkannt, Sir.«

Bolitho nickte. »Ganz recht. Mal sehen, wie er reagiert. Lassen Sie die vier Holländer an Deck bringen.«

Unsicher drängten sich die Fischer am Mastfuß zusammen. Ihre Blicke wanderten zwischen Bolitho und der Brigg hin und her, während sie sich fragten, was jetzt mit ihnen geschehen würde.

Bolitho senkte das Fernglas. Da er jetzt schon die Poop des anderen Schiffes sehen konnte, mußte Tanner seinerseits seine ehemaligen Partner hier erkennen. Daraus konnte er schließen, daß es sich nicht um eine harmlose Zufallsbegegnung handelte, sondern daß ihm sein Erzfeind Bolitho, über alles informiert, auf den Fersen war.

»Feuern Sie einen Warnschuß ab, Mr. Queely!«

Der Sechspfünder krachte und stieß zurück in seine Brocktaljen; das dünne weiße Wölkchen war verflogen, noch ehe die Stückmannschaft wieder die Handspaken ansetzen konnte.

Eine halbe Kabellänge hinter dem Heck der Brigg warf die Kugel eine weiße Fontäne auf.

»Schwere Kaliber scheint sie nicht zu führen, Sir.« Bewundernd sah Queely Bolitho an. »Sie haben sich alles genau ausgerechnet, wie?«

Ein Matrose rief: »Da tut sich was an Deck, Sir!«

Gleichzeitig hoben Bolitho und Queely ihre Ferngläser. An der Heckreling der Brigg hatte sich eine kleine Gruppe versammelt. Bolitho kannte die anderen nicht, aber in der Mitte stand Admiral Brennier mit wehendem weißem Haar. Seine Bewacher hielten ihn an den Armen fest und drehten ihn so, daß er das Gesicht dem Kutter zuwenden mußte, der immer schneller zur *Revanche* aufschloß.

Verdutzt fragte Queely: »Was soll das? Was verspricht er sich davon? Wir haben ihn doch gleich eingeholt – und wenn er den Alten umbringt, wird es um so schlimmer für ihn.«

Bolitho befahl: »Lassen Sie vier Schlingen an der Großrah aufriggen.« Als er Queelys Überraschung gewarte, ergänzte er: »Tanner wird das schon kapieren, und seine holländische Crew erst recht: Leben um Leben!«

»Entern Sie nieder, Mr. Kempthorne!« brüllte Queely

nach oben. »Ich brauche Sie hier!« Er winkte dem Bootsmann und gab Bolithos Anweisungen weiter. Binnen weniger Minuten hingen vier Taue, jedes mit einer Henkersschlinge am Ende, von der Großrah herab und vollführten einen makabren Tanz.

»Halten Sie ihn in Lee«, befahl Bolitho, »und schließen Sie zu seinem Heck auf.« Aber die ganze Zeit ging ihm Queelys Frage nicht aus dem Kopf: *Was verspricht er sich davon?* Die endgültige Konfrontation zwischen ihnen beiden konnte er auch mit einem Mord an Brennier nicht aufschieben.

Dann begriff er, und sein Herz krampfte sich wie unter einer eiskalten Faust zusammen: Der alte Admiral sollte stellvertretend für ihn sterben. So sehr wünschte sich Tanner seinen Tod angesichts der sicheren Niederlage.

Wieder hob er das Glas, bis Brenniers Gesicht groß vor ihm stand. Seine Augen quollen hervor, als würde er stranguliert.

Bolitho sagte: »Ich will ihn entern. Setzen Sie die Jolle aus.« Auf Queelys stummen Protest hin fügte er hinzu: »Wenn Sie bei diesem Wind längsseits gehen, könnte *Wakeful* entmastet werden. Dann verlieren wir Tanner, den Schatz - alles.«

Queely befahl die Bootscrew an die Taljen, äußerte aber dennoch seine Bedenken: »Wenn die Sie unter Beschuß nehmen, ehe Sie heran sind, was dann? Wir haben kein zweites Beiboot. Warum riskieren wir's nicht - und zur Hölle mit den Konsequenzen?« Achselzuckend wandte er sich ab, wähnte sich wohl schon besiegt, noch ehe der Kampf begonnen hatte. »Mr. Kempthorne! Mustern Sie eine volle Entermannschaft!« Dann drehte er den anderen wieder den Rücken zu. »Und falls Sie . . .«

Bolitho griff nach seinem Arm. »In *dem* Fall handeln Sie nach eigenem Ermessen. Schießen Sie sie zusammen und lassen Sie keinen Zweifel daran, daß sie mit dem Schiff untergehen werden, wenn sie weiter Widerstand leisten.« Er sah zu, wie die Jolle ausgeschwungen und dümpelnd zur Relingspforte verholt wurde.

Allday ließ sich in die Jolle hinab und sorgte dafür, daß die Bootsgasten sie gut frei vom Rumpf des Kutters hielten.

Bolitho warf einen letzten Blick auf die Poop der Brigg. Brennier und seine Folterknechte waren verschwunden, der Anblick der vier Henkersschlingen hatte seine Wirkung getan. Und nun demonstrierten *Wakefuls* ausgefahrene Kanonen und ihre Karronaden, daß es diesmal keine Gnade und keine Verhandlungen geben würde.

Bolitho kletterte hinter Kempthorne ins Beiboot. Der Buggast stieß ab, und die Riemen senkten sich in ihre Dollen. »Ruder an!« befahl Allday.

Kempthorne, der die *Revanche* nicht aus den Augen gelassen hatte, sagte erstaunt: »Sie nehmen Segel weg, Sir!«

Grimmig antwortete Bolitho: »Lassen Sie sich davon nicht einlullen, mein Sohn. Bleiben Sie wachsam.«

Gesichter erschienen über dem Schanzkleid der Brigg, und Bolitho hob den geliehenen Sprachtrichter. »Widerstand ist sinnlos!« rief er. »Im Namen des Königs – ergebt euch!« Er ignorierte die schwitzende Bootscrew und Allday, der geduckt an der Pinne saß. Kempthorne und die Entermannschaft hockten dichtgepackt wie Sardinen auf den Bodenbrettern.

Jeden Augenblick konnte der Gegner das Feuer eröffnen. Es brauchte nur einen gutgezielten Schuß. Mühsam beherrschte Bolitho den Impuls, sich nach *Wakeful* umzudrehen. Wie weit stand sie ab, wie lange würde Queely brauchen, um im schlimmsten Fall eingreifen zu können?

Allday knurrte durch zusammengebissene Zähne: »Einer da oben hat eine Muskete, Käptn!«

Bolithos Herz klopfte dröhnend gegen die Rippen, sein ganzer Körper versteifte sich in Erwartung der Kugel. »Klar zum Entern!« rief er.

Allday stieß erleichtert die Luft aus, als die Muskete oben verschwand. »Buggast – klar bei Draggen!« befahl er.

Hart stießen sie gegen die Bordwand der Brigg, wurden angehoben und wären fast gekentert, als eine steile See unter dem Rumpf durchlief.

Bolitho packte die Leine des Greifankers und zog sich zur Schanzkleidpforte empor, während Kempthorne und die anderen neben ihm hinauf kletterten. Hilflos starrte Allday ihnen nach, während das Boot wieder in ein tiefes Wellental sackte, wodurch er und die Rudergasten von den Enterern abgeschnitten wurden. Oben warf sich Bolitho über das Schanzkleid und sah eine Szene vor sich, die ihn an ein lebendes Bild erinnerte: Männer starrten ihn tatenlos und mit offenen Mündern an, obwohl sie eigentlich unter trotzigem Geschrei hätten angreifen müssen. Brennier stand mit gefesselten Händen neben dem Ruder, und ein Matrose hielt ihm ein Entermesser an die Kehle. Und im Mittelpunkt wartete Tanner und sah Bolitho gelassen entgegen.

Die Jolle stieß krachend gegen die Bordwand, Riemen splitterten und trieben davon. Aber Allday erschien jetzt hinter Bolitho mit drei zusätzlichen Männern, in deren Augen Mordlust funkelte.

»Sie machen schon wieder einen Fehler, Bolitho!« sagte Tanner ruhig.

Bolitho blickte zu Brennier hin und nickte. Für den Moment war der alte Admiral außer Gefahr. Sein Bewacher ließ das Entermesser sinken und trat zurück.

»Tja, Sir James«, begann Bolitho, »Sie haben mich seinerzeit in Ihre Welt eingeladen.« Mit einer Handbewegung umfaßte er den Horizont. »Aber dies hier ist meine. Auf hoher See werden Sie keine bestochenen Richter und meineidigen Zeugen finden, die Ihre Haut retten. Falls Sie oder einer Ihrer Männer auch nur eine Hand gegen uns heben, lasse ich Sie erschießen – so wahr ich hier stehe.« Er wunderte sich selbst über seinen ruhigen Ton. »Mr. Kempthorne, kümmern Sie sich um den Admiral.«

Als der Leutnant die ersten Schritte machte, schrie Tanner: »Zur Hölle mit Ihnen, Bolitho!«

Er mußte die Waffe unter seinem Rock verborgen haben, eine langläufige Duellpistole. Zu spät sah Bolitho, daß er den Arm hochriß und zielte. Er hörte Geschrei und Alldays wütendes Knurren, dann verdunkelte ein Schatten sein Blickfeld. Der Schuß krachte. Leutnant Kempthorne wirbelte herum und starrte Bolitho erstaunt aus großen Augen an. Die Kugel hatte seinen Hals getroffen, dicht unter dem Kinn. Ein Blutstrom schoß aus seinem Mund, langsam kippte er nach vorn und fiel auf die Planken, wo er verblutete.

In der entsetzten Stille wirkten die Geräusche von Wind und See betäubend laut. Nur der Mann am Ruder bewegte sich, sein Blick glitt zwischen Kompaß und Großsegel hin und her, während er Kurs hielt, wie man es ihm eingebleut hatte. *Das galt mir*, dachte Bolitho, während er Allday beiseiteschob und auf Tanner zuging. Es spritzte, als dieser die Pistole über Bord warf. Den Blick fest auf Bolithos Gesicht gerichtet, sagte er leise: »Dann eben beim nächsten Mal.«

Hinter ihm sah Bolitho *Wakeful* auftauchen. Vorsichtig ging sie so nahe heran, daß Einzelfeuer aus Handwaffen wirksam werden konnte, aber eine Kollision gerade noch vermieden wurde.

Irgendwer rief: »Die Schatzkiste steht im Laderaum, Sir!«

Aber niemand reagierte. Der Schatz schien jetzt keine Rolle mehr zu spielen.

Allday packte sein Entermesser fester. Er hatte wieder die seidenglatte Stimme aus der Kutsche im Ohr und wußte, wenn Tanner auch nur einen Finger gegen Bolitho hob, würde er ihn niederhacken.

Bolitho stand nun vor Tanner. »Das nächste Mal ist jetzt, *Jack* – so nennt man Sie doch?«

»Sie würden einen Wehrlosen töten, Kapitän? Ihr Sinn für Anstand . . .«

»Ist mit dem jungen Kempthorne gestorben.« Schon hatte er den Degen gezogen, schneller als ihm selbst bewußt wurde. Tanner schnappte nach Luft, als würde die Degenspitze bereits seine Brust durchbohren. Doch als Bolitho zögerte, faßte er sich sofort wieder und höhnte: »Also doch – genau wie Ihr Bruder!«

Bolitho machte einen Schritt zurück. »Sie haben mich nicht enttäuscht, Sir James.« Er sah die Arroganz in Tanners Gesicht neuer Furcht weichen. »Sie beleidigen meine Familie – und würden an Land wahrscheinlich damit davonkommen.« Plötzlich hatte er das Ganze satt. »Aber hier nicht!« Blitzschnell zuckte sein Degen vor, und als er ihn wieder senkte, troff Blut von Tanners Gesicht; er hatte ihm die Wange fast bis zum Knochen zerschnitten.

Leise sagte Bolitho: »Verteidige dich, Schurke. Oder stirb!«

Mit schmerzverzerrtem Gesicht zog Tanner seinen Degen. Sie umkreisten einander, während die Umstehenden zurückwichen. *Wakefuls* Leute hielten die Schmuggler mit einer Drehbasse in Schach.

Allday ließ Bolitho nicht aus den Augen; dessen mörderische Wut hatte selbst ihn überrascht.

Blanker Stahl schlug klirrend zusammen, die Waffen kreuzten sich und zuckten fintierend wieder zurück. Bolithos Degen fuhr quer über Tanners Brust, zerschnitt ihm Hemd und Haut, so daß Blut über seinen Gürtel tropfte.

»Um Christi willen!« Tanner stierte ihn an wie ein verwundetes Tier. »Ich ergebe mich! Ich sage alles!«

»Verdammter Lügner!« Wieder zischte Bolithos Degenspitze vor, und an Tanners Hals öffnete sich ein breiter roter Schnitt.

Wie von fern hörte Bolitho Queelys Stimme übers Wasser schallen, verstärkt durch seinen Sprachtrichter.

»Segel in Nordwest, Sir!«

»Endlich!« Bolitho ließ die Waffe sinken.

Allday warnte: »Könnten auch Franzosen sein!«

Bolitho wischte sich die Stirn. Es ging ihm wie dem blinden Bettler. Er hatte nach Rache gedürstet, hatte Tanner um jeden Preis töten wollen – und jetzt war nur eine große Leere in ihm. Was auch geschah, der Schmuggler war verloren, auch ohne sein Zutun.

Müde sagte er: »Mit zwei englischen Schiffen werden sie sich nicht anlegen.«

Was nun folgte, prägte sich ihm abermals wie ein lebendes Bild ein: Brenniers altersblasse Augen, seine heisere Stimme, die ihm erstaunt zurief: »Aber, Capitaine, zwischen unseren beiden Ländern herrscht doch Krieg!«

Das war das fehlende Detail, das Rätsel, das ihm schon die ganze Zeit zu schaffen gemacht hatte. Als hätte ein Instinkt ihn warnen wollen. Kriegszustand zwischen England und Frankreich – und er hatte nichts davon gewußt!

Kein Wunder, daß Tanner um Zeit gepokert und so ruhig gewartet hatte. Er wußte, daß ein französisches Schiff hierher unterwegs war, wahrscheinlich dasselbe, das *Wakeful* noch vor kurzem von der holländischen Küste abgedrängt hatte.

Über all dem war ihm der triumphierende Haß in Tanners Gesicht entgangen. Seine lähmenden Schmerzen vergessend, machte der Schmugglerkapitän einen Ausfall. Bolitho duckte ab und suchte zu parieren, aber sein Fuß glitt unter ihm weg – ausgerutscht in Kempthornes Blut –, und er stürzte.

Von Sinnen vor Schmerz und Mordlust kreischte Tanner: »Stirb, du Hund!«

Bolitho rollte sich ab und trat dabei nach Tanners Beinen. Das raubte seinem Gegner die Balance und ließ ihn gegen das Schanzkleid taumeln.

Sofort war Bolitho wieder auf den Füßen und hörte Allday brüllen: »Überlassen Sie ihn mir, Käptn!«

Fast sanft berührten sich die scharfen Klingen, und dann stieß Tanner abermals zu. Bolitho parierte mit seinem Handschutz, schlug den Degen beiseite und nutzte Tanners Schwung aus, um ihn von sich weg gegen das Schanzkleid zu wirbeln, wie es ihn Vater und Bruder gelehrt hatten.

Mit einer einzigen fließenden Bewegung schlug Bolitho Tanners Deckung beiseite und stach zu. Als er die Klinge wieder zurückzog, stand sein Gegner noch immer aufrecht, schüttelte nur langsam und benommen den Kopf, als könne er nicht begreifen, was geschah.

Dann brach er in die Knie, rollte sich auf den Rücken und starrte mit gebrochenen Augen zu den Segeln auf.

Allday packte ihn, hob ihn aufs Schanzkleid und ließ ihn fallen.

Keuchend trat Bolitho neben ihn und beobachtete, wie die Leiche langsam an der Bordwand entlang nach vorn trieb. Haltsuchend griff er nach Alldays Schulter. »Noch ist es nicht vorbei, alter Freund«, flüsterte er.

Als er sich umwandte, war sein Blick wieder klar. Er ging zu dem weißhaarigen Admiral. »Ich muß mich jetzt verabschieden, M'sieu«, sagte er. »Meine Prisenbesatzung wird sich Ihrer annehmen.« Er blickte auf Kempthorne nieder, der ausgestreckt in seinem Blut lag. Ihn hatte er zum Prisenkommandanten ernennen, ihm die eroberte *Revanche* anvertrauen wollen, als kleinen Vorgeschmack auf seine Beförderung und um ihm seine Unsicherheit zu nehmen.

Brennier begriff noch immer nicht. »Aber womit wollen Sie denn kämpfen?« Sein Blick glitt über *Wakefuls* einzigen, turmhohen Mast. »Tanner rechnete damit, daß ihn ein größeres Schiff verfolgen würde.«

Bolitho ging zur Pforte und blickte auf die dümpelnde Jolle hinab. Zu dem Steuermannsgehilfen, der die Entermannschaft begleitet hatte, sagte er: »Suchen Sie sich vertrauenswürdige Männer unter den Gefangenen zur Verstärkung und bringen Sie das Schiff sofort in Fahrt nach England. Die anderen legen Sie in Ketten.«

Der Mann musterte ihn erstaunt. »Mit Respekt, Sir, aber nachdem Sie *ihn* ausgeschaltet haben, werden wir hier kaum noch Ärger kriegen.« Er blickte zur *Wakeful* hinüber, wohl wissend, daß er sein altes Schiff vielleicht zum letzten Mal sah. »Wir werden Mr. Kempthorne mit allen Ehren bestatten, Sir. Darauf können Sie sich verlasen.«

»Das Boot wartet, Käptn!« rief Allday von unten.

Bolitho blickte noch einmal in die Runde. Hätte er Tanner

auch ohne dessen letzten Angriff getötet? Nun würde er sich diese Frage niemals beantworten können.

Dann reichte er dem französischen Admiral die Hand. »Unsere beiden Länder sind im Krieg, M'sieur, aber ich hoffe, daß wir dennoch Freunde bleiben.«

Der alte Mann, der vergeblich um das Leben seines Königs gekämpft hatte, neigte den Kopf. Er hatte alles verloren, und trotzdem meinte Bolitho, noch niemals soviel Stolz und Würde gesehen zu haben.

Als Bolitho auf der Heckducht Platz genommen hatte, befahl Allday: »Riemen bei!« Er legte Ruder und spähte zur *Wakeful* hinüber, an deren Reling schon einige Männer warteten, um die Vorleine der Jolle zu übernehmen. Immer noch meinte er Bolithos Worte zur hören: *Noch ist es nicht vorbei* ... Er seufzte. Vorbei war es erst, wenn ... Aber da gewahrte er die ängstlichen Gesichter seiner Bootsgasten und schüttelte die düstere Stimmung ab. Arme Kerls, dachte er, haben wohl noch nie ein richtiges Seegefecht erlebt. Sein Blick wanderte zu Bolitho, und er mußte grinsen. *Unser Dick.* Barhäuptig, blutbespritzt, in seinem schäbigsten Uniformrock. Alldays Grinsen wurde breiter, und seine Leute grinsten mit neuem Selbstvertrauen zurück. Trotzdem hätte jeder in ihm sofort den Kapitän erkannt. Und das war alles, worauf es jetzt ankam.

XVI Seemannslos

Luke Hawkins, *Telemachus'* Bootsmann, schüttelte wie ein Hund die Nässe ab und sah Paice entgegen, der aus dem feuchten Dunkel auf ihn zukam.

»Ich habe vier Leute nach oben geschickt, Sir.« Beide spähten sie zum Masttopp hinauf, aber das Schneegestöber entzog schon die obere Gaffel ihren Blicken. »Ein paar Leinen sind gebrochen.«

Paice fluchte saftig. »Hölle und Verdammnis über alle

Werften! Was schert es die, wenn wir die Maststenge verlieren!« Aber es war sinnlos, sich um die halberfrorenen Toppgasten da oben zu sorgen. Sie *mußten* den Schaden reparieren, auch wenn der Schnee sie halb blind machte und ihre Finger in der Kälte erstarrten – oder es ging ihnen allen ans Leben.

Hawkins schlug vor: »Wir könnten ein Reff einbinden, Sir.«

»Reffen?« Paice tat, als hätte er sich verhört. »Himmel, Arsch und Zwirn, Mann, wir haben schon genug Fahrt verloren!« Er wandte sich ab. »Tun Sie Ihre Pflicht. Ich lasse einen Strich abfallen, das macht es denen da oben leichter.«

Paice gesellte sich zu Triscott, der auf den Kompaß starrte, Hut und Schultern weiß vor Schnee.

Der Erste wußte: Es war aussichtslos, Paice Vorhaltungen zu machen, weil er das Schiff wider alle Vernunft vorwärts prügelte. Das sah ihm gar nicht ähnlich. Aber der Kommandant hatte es so eilig, als schnappten alle Höllenhunde schon nach seinen Hacken.

Scharf holte Paice Luft, als grünes Wasser übers Leeschanzkleid brach; gurgelnd floß es durch die Speigatten wieder ab.

Wenn es hell wurde, hatten sie *Snapdragon* wahrscheinlich außer Sicht verloren. Bei diesen Verhältnissen war es unmöglich, auf Station zu bleiben. Vielleicht nahm Vatass auch das Wetter zum Vorwand, um zu halsen und zurück in den sicheren Hafen zu kreuzen. Doch dann verbot sich Paice diesen Gedanken, denn er wußte, er war unfair und gehässig.

»Süd zu Ost liegt an, Sir!« meldete der Rudergänger.

Chesshyre meinte: »Die daheim werden sich krank lachen, wenn wir uns die Spiere absegeln.« Er hatte nicht bemerkt, daß Paice immer noch in der Gruppe um den Kompaß stand. Nun fuhr er zusammen, als die Pranke des Kommandanten wie ein Draggen in seinen Arm biß.

»Sie sind hier Master auf Zeit, Mr. Chesshyre! Wenn Sie

nichts Nützlicheres beizusteuern haben, wird diese Zeit bald um sein, Mann!«

Triscott lenkte ab: »Wenn es aufhört zu schneien, sollten wir Land sichten, Sir. Mr. Chesshyre rechnet damit bis zum Morgengrauen.«

»In dem Fall rechne *ich* mit einem Blizzard.« Paice war immer noch wütend.

Triscott grinste in sich hinein. Er mochte Paice und hatte ihm viel zu verdanken. Trotzdem konnte der Kommandant manchmal ein Ekel sein. Wie jetzt.

Paice trat ans Schanzkleid und blickte hinunter auf die zischende Bugwelle. War er auch nicht besser als Vatass, war dies nur eine Geste zur Beruhigung seines schlechten Gewissens? Er stemmte das Gesicht dem beißenden Wind entgegen, bis es schmerzte. Nein, das traf auf ihn nicht zu. Er vermißte Bolitho bitterlich, selbst sein Schiff kam ihm fremd vor ohne ihn. Noch vor wenigen Monaten hätte er jeden einen Narren geschimpft, der ihm vorausgesagt hätte, daß er sein Schiff einmal so aufs Spiel setzen würde. Und alles für einen Vorgesetzten. Einen ihm vorgesetzten, fremden Berufsoffizier.

Er hörte halbverwehtes Geschrei aus der Takelage und sagte sich, daß neues Tauwerk nach oben gehievt wurde, um die gebrochenen Leinen zu ersetzen.

Da schüttelte er den Kopf, als täte er ihm weh. Nein, Bolitho war kein Vorgesetzter wie alle anderen.

Paices Frau war die Tochter eines Schulmeisters gewesen und hatte ihrem rauhbeinigen Mann eine Menge beigebracht. Bis sie in sein Leben getreten war, hatte er nur Schiffe gekannt und die ungehobelten Männer, die auf ihnen fuhren. Dann war sie gekommen und hatte seinen Wortschatz, seinen Horizont erweitert.

Traurig lächelte er in der Erinnerung. Kein Wunder, daß ihre Familie außer sich gewesen war vor Entsetzen, als sie ihn als ihren künftigen Ehemann vorgestellt hatte.

Wieder suchte er in seiner Erinnerung. Wie war noch das

Wort, das sie dafür gebraucht hatte? Richtig, *Charisma.* Bolitho besaß Charisma und war sich dessen wahrscheinlich gar nicht bewußt.

Beim Gedanken an Bolithos Pläne fragte er sich wieder einmal verbittert, warum damals niemand auf den Kapitän gehört hatte, als er seine Meinung über Sir James offen darlegte. Ein Kreuzzug ohne jede Aussicht auf Erfolg, wie seinerzeit sein eigener Kampf gegen Delaval. Auch auf ihn hatte keiner gehört. Natürlich hatten sie ihm ihr Mitgefühl ausgedrückt, aber ... Die alte Wut begann wieder in ihm zu brennen. Wie hätten sie sich wohl gefühlt, wenn *ihre* Frauen abgeschlachtet worden wären ... Er riß sich zusammen. Den Gedanken daran konnte er immer noch nicht ertragen.

Und nun war Delaval tot. An jenem sonnigen Tag hatte Paice jeden seiner Schritte zum Schafott mit hungrigen Blicken verfolgt, hatte lautlos mit ihm gesprochen. Er hatte ihn verflucht, hatte ihm ewige Verdammnis in der Hölle gewünscht, wo er hoffentlich die Qualen kennenlernen würde, die er anderen zeit seines Lebens bereitet hatte.

Paice war nicht grausam von Natur, aber die Schnelligkeit, mit der die Hinrichtung vollzogen wurde, hatte ihn enttäuscht. Lange nachdem sich die Zuschauermenge schon zerstreut hatte, stand er noch unter dem Torbogen und wandte den Blick nicht von Delavals Leiche, die in der Brise leise hin und her schwang. Wenn er gewußt hätte, wo sie zur Abschreckung in Ketten unter freiem Himmel aufgehängt werden sollte, wäre er auch dorthin gegangen und hätte zugesehen, wie sich die Vögel daran gütlich taten.

Erschreckt blickte er auf und verlor fast den Halt, als ein dunkler Schatten am Großsegel vorbeifiel, aufs Schanzkleid prallte und außenbords verschwand. Es dauerte nur wenige Sekunden, aber der entsetzliche Schrei, das Krachen der Knochen beim Aufprall hallten noch lange in Paice nach.

Der Profos, ein Mann namens Scrope, kam nach achtern gerannt. »Das war Morrison, Sir!«

Damit wurde aus dem Schatten ein Mensch. Ein blauäugiger Matrose aus Gillingham, der das Fischen aufgegeben hatte und sich von Werbern rekrutieren ließ, nachdem seine beiden Eltern am Fieber gestorben waren.

Niemand sprach, nicht einmal der junge Triscott. Sogar er wußte, daß sie bei diesem Seegang unmöglich umkehren oder beidrehen konnten. Selbst wenn sie es wider alle Vernunft versuchten, würden sie Morrison niemals finden. Das war Seemannslos. Sie besangen es unter Deck während ihrer Freiwachen, in den Bierstuben und Hurenhäusern an Land. Sie mochten grob und ordinär sein, aber für Paice waren sie Realität, die einzigen unverbildeten Typen, die er kannte.

Heiser befahl er: »Schickt einen Ersatzmann nach oben. Die Arbeit muß geschafft werden, und zwar schnell!«

Einige an Bord würden ihn dafür verfluchen, aber die meisten würden es verstehen. *Seemannslos.*

Er stampfte mit den Füßen auf, um die Kälte zu vertreiben. Bolitho – was mußte er als nächstes unternehmen, wenn es hell wurde und sie ihn immer noch nicht gefunden hatten? Darüber wollte er nachdenken, aber in Gedanken war er immer noch bei dem Mann, der gerade von oben gekommen war. Weil die Reihe an ihm gewesen war – so sahen es die meisten Seeleute. Schicksal. Haltsuchend griff er nach einer Pardune und spürte, wie sie in seiner Hand vibrierte. Damit auch er an die Reihe kam, brauchte er nur loszulasen. Wie mochte es sein, wenn man sein Schiff in der Nacht verschwinden sah, wenn man zurückgelassen wurde, um zu ertrinken?

Er riß sich aus seinem dumpfen Brüten und knurrte: »Ich gehe unter Deck. Rufen Sie mich, wenn ...«

Triscott starrte der hohen, gebeugten Gestalt nach. »Aye, aye, Sir.«

Paice verschwand in seine Kajüte, und Triscott beobachtete die auf- und niederenternden Männer in der Takelage. In wenigen Wochen wurde er zwanzig Jahre alt. Und jetzt war Krieg. Was das bedeutete, ahnte er nur. Paice hatte angedeutet, daß Ihre Lordschaften in der fernen Admiralität bald

Leute von jedem Schiff abziehen würden, das eine volle Musterrolle hatte. Warum, so fragte sich Triscott, hatten sie die Marine nicht in alter Mannschaftsstärke erhalten, wenn sie doch wußten, daß es bald Krieg geben würde?

Hawkins kam heran und brummte: »Reparatur beendet, Sir. Nur das Teeren der Leinen wird warten müssen, bis wir alles hinter uns haben.«

Triscott drängte es, über den Unfall zu sprechen. »Morrison hatte nicht die geringste Chance, meinen Sie nicht auch, Mr. Hawkins?«

Der Bootsmann wischte sich die kräftigen Finger an einem Lumpen ab und blickte ihn böse an. »Das war ihm bestimmt ein großer Trost, Sir.«

Triscott sah der vierschrötigen Gestalt nach, die wieder im Dunkel verschwand, und seufzte. Noch so ein Paice, dachte er.

Erleichtert verschwand die abgelöste Wache durch den vorderen Niedergang in ihr Logis. Steuermannsgehilfe Dench übernahm die Morgenwache und unterhielt sich leise mit Chesshyre – wahrscheinlich über die Schwächen ihrer Offiziere.

Triscott verzog sich in die Kajüte und kroch voll angekleidet in die Koje; es war die, auf der Bolitho geschlafen hatte.

In der Dunkelheit fragte Paice von der anderen Seite her: »Alles klar an Deck?«

Triscott lächelte in sich hinein. Der Kommandant hörte nie auf, sich um seine *Telemachus* zu sorgen.

»Dench macht sich gut als Wachführer, Sir«, antwortete er.

Verzweifelt sagte Paice: »Wenn ich doch nur eine Peilung bekäme, sobald es hell ist . . .« Aber von der anderen Seite der Kajüte antwortete ihm lediglich ein leises Schnarchen.

Da schloß er die Augen, dachte an seine Frau und war im nächsten Moment ebenfalls eingeschlafen.

Als der Morgen endlich dämmerte, versprach der Tag noch klarer und kälter zu werden, als selbst Chesshyre vorhergesagt hatte. Im eisigen Wind glitzerte Reif auf den Segeln, und der Frost testete die Widerstandskraft der Besatzung bis zum äußersten.

Paice kam an Deck, studierte die Seekarte und die Notizen auf Chesshyres Schiefertafel neben dem Kompaßhaus. Sie waren zwar nicht immer einer Meinung, aber Paice wußte, daß der Master sein Geschäft verstand. Das reichte ihm.

Sein Blick wanderte zur peitschenartig gebogenen Maststenge mit ihrem steif auswehenden Wimpel hinauf. Raumer Wind. Also mußten sie doppelt umsichtig sein. Wenn sie zu weit abliefen, konnten sie nur mit großer Mühe zurückkreuzen, um die Suche nach dem vermißten Kutter von neuem zu beginnen.

Paice fragte sich, ob Queelys *Wakeful* Bolitho nach seinem Landgang wohl gefunden hatte. Der Kutter konnte auch schon längst in Feindeshand sein. *Feind* – an das Wort mußte er sich erst gewöhnen. Irgendwie änderte sich damit alles. Auch Bolitho konnte schon gefangen sein – oder tot.

Wütend schlug er die Fäuste zusammen. Bolitho hätte sich niemals auf diesen hirnrissigen Plan einlassen sollen. Ihm gebührte das Kommando über ein richtiges Kriegsschiff, er war als Kapitän ein Vorbild für andere, die von ihm nicht nur das ABC des Seekriegs, sondern auch Bescheidenheit lernen konnten.

Triscott kam nach achtern, den Bootsmannsgehilfen dicht auf den Fersen. Sie hatten die Reparaturen überprüft. Der Erste sah an diesem frischen Morgen noch jünger aus als sonst, dachte Paice, rotwangig und agil wegen der Kälte.

Grüßend griff Triscott zum Hut und suchte dabei die Stimmung seines Kommandanten zu ergründen. »Alles gesichert, Sir.« Paice mußte schlecht geschlafen haben, sein Gesicht war tief gefurcht und angespannt. »Ich habe dem Stückmeister gesagt, er soll die Brocktaue jeder Kanone überprüfen. Eis und Schnee haben die Taljen blockiert.«

Paice nickte zerstreut. »Gut, daß es Ihnen aufgefallen ist.« Damit wandte er sich an den dick vermummten Segelmeister neben der Pinne. »Was halten Sie vom Wetter, Mr. Chesshyre?«

Als sich die beiden so gegenüberstanden, sahen sie für Triscott eher wie Feinde als wie Bordgenossen aus. Aber Chesshyre akzeptierte Paices Friedensangebot.

»Es sollte klar und sonnig bleiben, Sir.« Er deutete übers Schanzkleid. »Sehen Sie dort? Das erste Stück blauer Himmel.«

Paice seufzte. Niemand sprach darüber, aber alle beunruhigte es, daß von *Snapdragon* weit und breit nichts zu sehen war.

Triscott bemerkte Paices besorgten Blick zum Masttopp und versicherte: »Ich habe einen guten Mann in den Ausguck geschickt, Sir. Aber der Morgendunst ist noch ziemlich dicht. Bei diesem Wind ...«

Er verstummte, denn Paice war zusammengefahren und stand nun lauschend da. »Haben Sie das gehört?« flüsterte er.

Chesshyre riß die Kapuze von seinem salzverklebten Haar. »Hab' ich, Sir.«

Die Männer ließen ihre Arbeit liegen und standen reglos da, wie steifgefroren. Alle warteten und lauschten in den beißenden Wind. Abrupt sagte Paice: »Sechspfünder. Stimmt's, Mr. Hawkins?«

Bei seiner Frage löste sich die Spannung, die Arbeit an Deck ging weiter, auch wenn sich die Leute zunächst verdutzt umblickten, als hätten sie vergessen, was sie gerade noch getan hatten.

»Vielleicht ist es *Wakeful,* Sir«, meinte Triscott.

Chesshyre rieb sich das stoppelige Kinn. »Oder *Snapdragon.*«

Die Luft schien zu vibrieren, so daß auch die unter Deck Weilenden die Explosion so deutlich spürten, als sei *Telemachus* selbst beschossen worden.

Paice wollte sich die Lippen befeuchten, beherrschte sich aber, um den Leuten keine Nervosität zu verraten. Schuß auf Schuß hallte dumpf übers Wasser.

Er ballte die Fäuste, um nicht eine Frage zum Masttopp hinauf zu brüllen. Der Mann da oben strengte seine Augen ohnehin aufs äußerste an. Er würde es als erster melden, sobald es etwas zu sehen gab.

Der Bootsmannsgehilfe murmelte: »Schätze, das könnte jede von beiden sein.« Er verbarg die Hände unter seinen Rockschößen, damit niemand sie zittern sah. Wieder dröhnten die regelmäßigen Abschüsse übers Wasser. Er schloß: »Aber ob *Wakeful* oder *Snapdragon,* die dort drüben stehen jetzt unter feindlichem Beschuß!«

Spritzwasser prasselte über *Wakefuls* Luvseite und floß das stark schrägliegende Deck hinunter. Selbst die Erfahrensten mußten sich irgendwo festklammern, als der Rumpf sich so hart überlegte, daß die Neulinge schon glaubten, er würde kentern.

Queely rief: »Das ist so hoch am Wind, wie's gerade noch geht, Sir!« Seine vom Salz geröteten Augen spähten zum riesigen Großsegel auf und dann nach vorn zu Kutter und Fock. Überall waren die Schotten so dichtgeholt, daß sie fast in Längsschiffsrichtung zeigten. Jedes überflüssige Stück Tuch festgelascht, zwangen sie *Wakeful* fast gegen den Wind voran.

Bolitho hatte keine Zeit, sich auf dem Kompaß zu vergewissern, schätzte aber, daß Queely fünf Strich angeluvt hatte. Die Lee-Stückpforten lagen unter Wasser, das zu kochen schien, während der Steven unaufhörlich die anrollenden Seen zerschnitt. Als er sich nach der Brigg umblickte, hing sie schon weit zurück; mit den Segeln über dem anderen Bug lief sie in Gegenrichtung ab.

Sowie er an Bord zurückgekehrt war, hatte Bolitho befohlen: »Wir müssen uns zwischen *Revanche* und das französische Schiff legen. Die Brigg ist schnell, und mit etwas

Vorsprung kann sie sich in Sicherheit bringen oder wenigstens den Schutz einer Küstenbatterie erreichen, bis Hilfe kommt.« Er merkte, daß Queely sofort begriff: von Sieg, von Überleben war nicht mehr die Rede, das wären leere Versprechungen gewesen. Sie mußten die Brigg retten und den Preis dafür bezahlen.

Bolithos Blick hob sich zum Masttopp, als der Ausguckposten schrie: »s'ist eine Korvette, Sir!«

Queely verzog das Gesicht. »Also mindestens zwanzig Kanonen.« Die Vorlieken der Segel begannen zu killen, und er knurrte: »Der Wind hat mehr auf Nord gedreht. Man merkt's auch an der Kälte.« Schaudernd rieb er die Hände aneinander.

Alle hörten das überraschende Krachen der französischen Kanonen. Als es verstummte, meldete sich der Ausguck: »Schiff schließt zur Korvette auf, Sir!«

Wieder knallte es, diesmal jedoch heller, trotziger.

Vorsichtig kommentierte Queely: »Kleineres Kaliber, Sir.« Sein Blick huschte über die Männer zu beiden Seiten, die – durchnäßt von Gischt und Spritzwasser – ihr Pulver und ihre Lunten trockenzuhalten suchten. »Wie unseres.«

Bolitho runzelte die Stirn. Es würde Paice ähnlich sehen, daß er hinter ihnen herkam, um sie zu suchen. Er erstarrte, als wieder eine exakt abgefeuerte Breitseite übers Wasser donnerte. Der Seenebel wirbelte hoch und enthüllte für wenige Augenblicke ihren Gegner. Auch ohne Teleskop erkannte er die Silhouette eines rahgetakelten Kriegsschiffs, von dessen Backbordseite noch der Pulverrauch leewärts trieb. Das dritte Schiff stand dahinter, aber der einzelne hohe Mast, das mächtige Großsegel waren unverkennbar. Die lange Gaffel schnitt wie eine Sense durch die Luft, als der Kriegskutter jetzt abfiel, um zum Feind aufzuschließen.

Bolitho biß die Zähne zusammen. Die Korvette war schon eher eine kleine Fregatte, aber wahrscheinlich nur mit Neunpfündern bestückt. Doch im Vergleich zum Kutter wirkte sie wie ein Leviathan.

Queely rief: »Noch einen Strich höher!«

Der Rudergänger bestätigte: »Westnordwest liegt an, Sir!« Er mußte nicht hinzufügen, daß es höher nicht mehr ging. An Deck gab es kaum noch einen Mann, der aufrecht stehen konnte.

Bolitho wies Queely an: »Lassen Sie wenden. Wenn wir jetzt einen Holeschlag machen, kreuzen wir nachher seinen Kurs und gewinnen dadurch Zeit für eine zweite Wende.«

Queely gehorchte. Als Ruder gelegt wurde, schien der Kutter himmelwärts abheben zu wollen. Bugspriet und killende Vorsegel stiegen immer höher, bis die Seen wie Brecher an Deck kamen. Fluchende Männer wurden von den Füßen gerissen und schnappten im Wasserschwall nach Luft, andere wurden von ihren Kameraden gepackt und wieder aufgerichtet, ehe sie außenbords geschwemmt werden konnten.

Aber *Wakeful* ging gehorsam durch den Wind, und als sie auf dem anderen Bug wieder Fahrt aufnahm, hätte Bolitho am liebsten gejubelt, obwohl ihn jede vergangene Minute um Jahre älter gemacht hatte.

Queely rief: »Komm auf! Und Kurs halten!« Er gestikulierte heftig. »Noch zwei Mann an die Pinne!«

Der Master funkelte ihn wütend an, bestätigte aber: »Kurs liegt an, Sir. Ost zu Nord!«

Bolitho schnappte sich ein Fernrohr und suchte die Korvette.

Da war sie, jetzt an Backbord achteraus, als hätte sich ihre ganze Welt um einen Viertelkreis gedreht. *Revanche* war in Dunst und Gischt fast schon verschwunden. Queelys Steuermannsgehilfe hatte es sogar geschafft, ihre Bramsegel zu setzen, und strebte nun mit Braßfahrt auf die offene See.

Bolithos Glas schwenkte zurück zur Korvette, als diese gerade wieder feuerte. Bevor der Pulverqualm sie verhüllte, konnte Bolitho kurz den anderen Kutter erkennen. Rund um ihn spritzten Fontänen auf und fielen wieder zusammen. Aber er kam immer näher heran, und jetzt leckten auch aus seiner Seite orangegelbe Feuerzungen, als er seine leichte Breitseite abfeuerte.

»Auf diese Distanz hat Vatass nicht die geringste Chance«, knirschte Queely. Und als er die Frage in Bolithos Augen sah: »Ja, es ist *Snapdragon.* Sie hat eine dunklere Fock als wir anderen.« Er krümmte sich, als die nächste Salve den Toppsegelkutter einzugabeln schien. Aber sein Bugspriet durchstieß unbeschädigt den fallenden Wasservorhang, und seine Kanonen krachten abermals, obwohl Queely bezweifelte, daß auch nur eine einzige Kugel die französische Korvette erreichte.

Bolitho konzentrierte sich auf das feindliche Schiff. Es segelte auf demselben Bug wie zuvor, mit Kurs Südost. Der Kommandant mußte die *Revanche* gesichtet haben und wollte sich nun durch nichts und niemanden von ihrer Verfolgung abbringen lassen.

»*Snapdragon* signalisiert uns!« meldete Queely erstaunt. Seine Lippen bewegten sich lautlos, während er die bunten Flaggen an ihrer Gaffel entzifferte. Heiser meldete er: »Signal lautet *Feind in Sicht,* Sir!«

Auch Bolitho war bewegt. Auf diese Wiese wollte Vatass ihn informieren, daß sie mit Frankreich im Kriegszustand waren, wollte ihn warnen, ehe es zu spät war.

»Lassen Sie eine zweite Nationale setzen«, befahl er. »Um ihm Mut zu machen.«

Mit je einer knatternden Kriegsflagge an Masttopp und Gaffel machte *Wakeful* klar zur nächsten Wende. Nach dem Manöver würden sie den Kurs der Korvette kreuzen und sie zum Gefecht stellen. Dann konnte *Snapdragon* von achtern angreifen. Er hielt den Atem an, als plötzlich ein Loch im Toppsegel des Kutters erschien, größer wurde und das Tuch in Fetzen riß, ehe es gerefft werden konnte.

Wieder feuerte die Korvette eine gut gezielte Breitseite ab. Kein Wunder, daß ihr Kommandant mit dieser heiklen Aufgabe betraut worden war, dachte Bolitho. Er hob das Teleskop, aber Gischt und Rauch nahmen ihm die Sicht.

Er blickte sich nach Allday neben dem Kompaßhaus um. *Wo blieb Paice?*

Allday sah den Blick und rang sich ein ermunterndes Grinsen ab. Aber seine Gedanken beschäftigten sich einzig und allein mit dem französischen Kriegsschiff, das mit Vollzeug und Höchstfahrt auf sie zupreschte. Sein Blick glitt über *Wakefuls* Deck: Erbsenknaller gegen Neunpfünder, ein offenes Deck und keine Laufplanken oder Finknetze als Deckung und Schutz gegen Splitter. Wie würden sie das aushalten? War ihnen klar, daß nichts anderes als der Tod auf sie wartete?

Er dachte an Leutnant Kempthorne und die vielen anderen, die er im Gefecht hatte fallen sehen. Stolze, tapfere Männer die meisten, und trotzdem hatten sie gewimmert und geschrien, als es sie traf. Die Glücklicheren waren auf der Stelle gestorben, die anderen erst unter dem Skalpell des Chirurgen.

Diesmal hatten sie nicht mal einen Arzt an Bord. Aber vielleicht war es besser so. Allay sah, daß sich Bolithos Rechte um den Degenknauf schloß. Irgendwann mußte es ja mal zu Ende gehen. Warum also nicht hier und jetzt?

Er zuckte zusammen, als die Kanonen drüben erneut feuerten. Diesmal lagen die Einschläge schon näher, zerrissen die weißen Mähnen der Wellenkämme oder warfen kleine Fontänen auf.

Er versuchte, an seine letzte Nacht in London zu denken, an Maggies weiche Arme, ihren warmen Busen. Eines Tages vielleicht ... Die Breitseite brüllte ihnen abermals entgegen, über noch kürzere Distanz, und er hörte einige Männer an Bord gequält aufstöhnen.

»Reißt euch zusammen!« schrie Queely zornig. »Klar zur Wende – Trimmer an die Schoten, lebhaft!«

Die Verzweiflung im Ton des Kommandanten entging auch Bolitho nicht. Dies war das Ende. Zu einem Gefecht würde es gar nicht erst kommen.

Leutnant Paice schrie zum Masttopp hinauf: »Wiederhole das!« Der Kanonendonner hatte die letzten Worte des Ausguckpostens verschluckt.

Der Mann rief herunter: »*Snapdragon* signalisiert, Sir! Feind in Sicht!«

Erleichtert atmete Paice auf und dankte im Stillen der Vorsehung für die scharfen Augen des Mannes im Krähennest. Es war das vereinbarte Signal für den Fall, daß sie *Wakeful* fanden. Und wo die war, war auch Bolitho, das hoffte er jedenfalls.

Er hob sein Glas und sah das französische Schiff hinter dem aufsteigenden Seenebel, in etwa zwei Meilen Abstand direkt voraus. *Telemachus'* Wanten fingen es wie in einem Netz ein. Die Korvette lief genau vor dem Wind, ihre Segel wölbten sich stahlhart wie Brustpanzer. Zum erstenmal sah er auch *Snapdragon* dicht am Achterschiff des Feindes, ihre zierliche Silhouette wurde eingerahmt von den Gischtfontänen der letzten Breitseite. Ihr Toppsegel war in Fetzen, und in ihrem Großsegel klafften mehrere Löcher. Ansonsten aber schien sie noch unbeschädigt zu sein. Während er so angestrengt hinüber spähte, daß seine Augen tränten, sah er Vatass' Kanonen Flammen spucken und das Feuer erwidern. Aber die Einschläge lagen viel zu kurz.

In der Ferne strebte ein fremdes Schiff eilig vom Schauplatz des Geschehens fort. Paice schätzte, daß es ein unwilliger Zeuge war oder das Fahrzeug, das Bolitho ursprünglich zurück nach England hatte geleiten sollen. Und dann sah er *Wakeful* mit killenden Segeln aus dem Dunst gleiten, genau vor den Kurs des Feindes. Ihre Segel füllten sich wieder, sie hielt auf die Korvette zu.

Triscott fragte in seine Gedanken hinein: »Warum bleibt der Franzmann auf diesem Kurs, Sir? Wenn ich Kommandant wäre, würde ich mir *Snapdragon* vornehmen, dann wären's nur noch zwei gegen einen. Er muß uns doch gesehen haben!«

Irgendwer ließ eine Handspake fallen, und Paice fuhr

herum, einen Fluch schon auf den Lippen. Aber dann fiel ihm ein, was Triscott am frühen Morgen über ihre Sechspfünder gesagt hatte.

»Die Korvette war die ganze Nacht unterwegs, immer auf der Suche nach Kapitän Bolitho, schätze ich. Wahrscheinlich ist ihr laufendes Gut so gequollen, daß sie nur schwer über Stag gehen kann. Und ihre Blöcke könnten festgefroren sein.« Er deutete auf *Telemachus'* gewaltige Segelfläche. »Uns nimmt der Wind die halbe Arbeit ab.« In seiner Stimme schwang Verachtung mit. »Aber die Rahen dort drüben sind mit Muskelkraft erst wieder zu bewegen, wenn der Tag wärmer wird.« Erregt schloß er: »Deshalb muß sie entweder reffen – oder sich zum Gefecht stellen!«

Etwas wie ein kollektiver Seufzer wehte übers Deck, und als Paice aufblickte, sah er *Snapdragon* gerade noch unter einem Volltreffer taumeln. Aber sie kam wieder hoch und setzte ihren Angriff fort.

Wütend fluchte Paice: »Fall zurück, du junger Narr!« Dann fuhr er zu Triscott herum. »Setzt die Leesegel und schüttelt alle Reffs aus! Ich will dieses Schiff heute fliegen sehen!«

Als die Leesegelbäume ausgefahren wurden, bog sich der Mast noch stärker unter dem zusätzlichen Druck. Wie ein Wildbach schäumte die See an beiden Seiten vorbei, sodaß einige Stückmannschaften aufsprangen und jubelten.

Die Arme über der Brust verschränkt, studierte Paice die anderen Fahrzeuge. Wie Jagdhunde um ein gestelltes Wild, dachte er und schluckte trocken, als er an *Snapdragons* abgekehrter Bordwand hohe Wassersäulen emporschießen sah. Den Schaden, den diese Treffer angerichtet hatten, konnte er von hier aus nicht erkennen, aber er sah Stage brechen und laufendes Gut sich wie Lianen ringeln. Dann neigte sich, langsam zunächst, der hohe Großmast den Qualmwolken entgegen. In einer zufälligen Feuerpause konnte man den dumpfen Aufprall hören, als er mit seinem ganzen Rigg aufs Vorschiff niederkrachte, Männer und Kanonen mit sich reißend, bis er in einem Gewirr aus Leinen und Spieren wie ein gefällter Baum ins Wasser schlug. Ameisengleiche Figuren krochen aus den Trümmern hervor, obwohl dort eigentlich niemand mehr am Leben sein konnte; im blassen Sonnenlicht sah Paice Äxte aufblitzen, als Vatass' Männer die Schleppe zu kappen suchten, um das Schiff und eingeklemmte Kameraden zu befreien.

Die Schatten der Kanonenrohre auf der Bordwand des Feindes wurden länger, als die Stückführer sie so weit wie möglich nach achtern schwenkten. Paices entsetzter Blick kehrte zu *Snapdragon* zurück. Niemand hätte jetzt in ihr noch den schnittigen Kutter vermutet, der sie einst gewesen war. Sie hatte Schlagseite nach Steuerbord, ihr Bug sackte schon tiefer, und ihr zerschossenes Beiboot trieb leer auf dem mit Wrackteilen übersäten Wasser davon.

Halberstickt stöhnte Triscott auf: »Die werden doch nicht jetzt noch auf sie feuern!«

Aber die achteren Kanonen der Korvette husteten gleichzeitig Feuer und Rauch. Es klang wie eine einzige, markerschütternde Explosion. Paice glaubte das Gewicht der Eisenkugeln in der eigenen Brust zu spüren, mit denen *Snapdragon* vom Bug bis zum Heck eingedeckt wurde. Planken, Gerät, Menschen und menschliche Gliedmaßen flogen wie ein höllischer Hagel durch die Luft. Als die Trümmer schließlich in die See fielen, schmückte diese sich mit weißen Federn - ein seltsam friedliches Bild.

Snapdragon rollt sich auf die Seite, umgeben von obszönen Blasen, die mit schmatzendem Geräusch zerplatzten.

Paice beobachtete dies alles im Fernglas. Er wollte sich den Anblick einprägen, damit er ihn nie vergessen würde.

Das Deck des sinkenden Kutters war ihm zugeneigt, deshalb sah er einen schlaffen Körper in Leutnantsuniform über die Planken rollen und sich am Schanzkleid noch einmal aufrichten wie zu einem letzten Befehl. Dann seufzte der Rumpf, als sei er ein lebendes Wesen im Todeskampf, und versank in einem Wirbel schauriger Überreste.

Paice merkte, daß er keuchend nach Luft rang, als sei er meilenweit gerannt. In seinem Kopf drehte sich alles, er wollte aufbrüllen wie ein verwundeter Stier, brachte aber keinen Ton heraus.

Doch als er wieder sprach, klang seine Stimme beinahe ruhig.

»Alle Kanonen laden«, befahl er, »mit Doppelkugeln.« Sein Blick suchte Triscott, der leichenblaß am Mast stand. »Haben Sie das gesehen? Der Franzmann gab ihnen nicht mal die Chance, auf Schußweite heranzukommen.« Vatass – so eifrig und voller Hoffnung auf Beförderung – ausgelöscht wie das Geschreibsel auf des Masters Schiefertafel. *Und alles meinetwegen. Ich habe ihn zum Auslaufen gezwungen.* Er konzentrierte sich wieder auf Triscott. »Wahrscheinlich war er dazu nicht manövrierfähig genug. Ich wette, sein laufendes Gut ist steinhart gefroren!«

Triscott wischte sich den Mund mit dem Handrücken; er hätte sich beinahe übergeben. »Aber wie lange noch . . .«

»Das spielt keine Rolle mehr, Mr. Triscott! Wir werden diesen Hund jetzt von achtern beharken, und vielleicht kann Kapitän Bolitho ihm vorn ein paar auf den Pelz brennen!«

Triscott nickte. »Klar zum Segelkürzen«, befahl er, froh, etwas zu tun zu bekommen. Hauptsache, es verdrängte das Bild von *Snapdragons* entsetzlichem Ende aus seinem Kopf. Ihm war gewesen, als schaue er in einem Alptraum seinem eigenen Sterben zu.

Paice ging nach achtern zu Chesshyre neben dem Ruder. Von diesem Platz aus konnte er sein Schiff der Länge und Breite nach überblicken. Vielleicht würde es binnen Stundenfrist *Snapdragons* nasses Grab mit ihr teilen. Es überraschte ihn, daß ihm dieser Gedanke keine Qual bereitete. Aber sein Schicksal war vorherbestimmt, und keiner von ihnen hatte eine andere Wahl.

Er sah den Profos und den Bootsmannsgehilfen Glynn Entermesser und Beile ausgeben. Am Mastfuß lud eine andere Gruppe unter den wachsamen Blicken eines Stückmeistersgehilfen ihre Musketen. All das beschäftigte die Leute und lenkte sie ab, während das feindliche Schiff vor ihnen immer größer wurde und ihnen wie eine schimmernde Barrikade den Weg versperrte. Er sah den Stückmeistersgehilfen zum Mast hinauf deuten; zweifellos erklärte er seinen Leuten, daß ein guter Schütze von dort oben auf dem übervölkerten Deck des Feindes ein Blutbad anrichten konnte. Er hatte seine Scharfschützen selbst ausgewählt und war stolz auf sie.

Paice nickte ihnen ermutigend zu. Ein Matrose namens Inskip hob grüßend die Faust und enterte in den Luvwanten auf. Er hatte sich in Norfolk als Wilderer durchgeschlagen, bevor er vor die Wahl Kerker oder Marine gestellt worden war.

»Lieber er als ich«, bemerkte Chesshyre trocken.

Paice wußte, daß Inskip ständig an *Snapdragons* Mast denken würde, der mit all seinen Leuten in die See gestürzt war. Niemand, der oben oder in der Nähe gearbeitet hatte, konnte das überlebt haben. Der Kommandant der Korvette hatte dafür gesorgt.

Er hörte Chesshyre entsetzt murmeln. »Mein Gott!«

Paice trat ans Schanzkleid, als *Telemachus*' Steven durch ein schwimmendes Treibgutfeld schnitt. Er erkannte darin eine zerfetzte Matrosenjacke, Teile einer Seekarte, fingerdicke Splitter und auf und ab tanzende Leichenteile. Unbeeindruckt teilte der Bug den gräßlichen Teppich und eilte weiter.

Heiser sagte er: »Ich gehe jede Wette ein, daß Sie jetzt lieber bei der Ostindischen Handelskompanie wären!«

Ein Rauchwölkchen schoß aus der Bordwand der Korvette, und zwei, drei Sekunden später zischte eine Kugel durch die Wellenkämme, ehe sie eine halbe Kabellänge vor ihrem Bug einschlug.

»Ziemlich dicht für den Anfang«, knurrte Paice und trat zum Kompaß. »Luven Sie zwei Strich an«, sagte er zu Chesshyre. »Wir wollen ihn in die Flanke beißen, einverstanden?«

Chesshyre nickte nur, wütend darüber, daß er seine zitternden Wangenmuskeln nicht unter Kontrolle bekam. Schließlich befahl er: »Pinne nach Lee! Neuer Kurs Süd zu West!« Er beobachtete, wie das Bild der Korvette an ihren Wanten vorbeiglitt, als hätte sie eben erst Fahrt aufgenommen. Sie nahm mit einem zweiten Schuß Maß, aber dieser ging wegen ihrer Kursänderung weit daneben.

Reffen oder sich zum Gefecht stellen.

Drüben füllten sich *Wakefuls* Vorsegel auf dem neuen Schlag, das Tuch leuchtete hell und sauber in der Morgensonne.

Chesshyre rief aus: »Und dabei wissen wir nicht mal, warum wir hier sind!«

Paice ließ es ihm durchgehen. Er wußte, der Mann hatte Todesangst, aber er brauchte seine Kooperation jetzt dringender als je zuvor.

»Ist Ihnen das nicht Grund genug?« Paice deutete außenbords.

Chesshyre mußte nicht erst mit den Augen seiner Hand folgen, um die wie ausgenommene Fische im Wasser treibenden Leichen vor sich zu sehen.

Paice hatte recht.

XVII Kriegshandwerk

Bolitho wischte sich vielleicht zum hundertstenmal das gischtnasse Gesicht trocken und sah zu, wie *Wakefuls* Besatzung das Großsegel dichtholte, während andere im eisigen Wind aufenterten, um das nächste Kommando auszuführen.

Wieder war der Kutter in einem engen Bogen auf seinen ursprünglichen Kurs zurückgegangen und hatte die angreifende Korvette jetzt an Steuerbord voraus. Der luvwärtige Feind hatte damit zwar den Windvorteil, aber für *Wakefuls* leichte Kaliber bot sich damit vielleicht eine Chance.

»Toppsegel los!« befahl Queely. Er schien die Augen überall zu haben, trotzdem machte sich Kempthornes Fehlen nachteilig bemerkbar. Wieder sah Bolitho ihn zu Boden stürzen, gefällt von der Kugel, die für ihn bestimmt gewesen war.

Keuchend kam Queely nach achtern. »Und was jetzt, Sir?«

Bolitho zeigte auf die narbenübersäte Jolle. »Werfen Sie sie über Bord.«

Ungläubig starrte der Bootsmann seinen Kommandanten an, aber dieser nickte nur knapp. »Befehl ausführen!«

Die Bootscrew hievte die Jolle hoch und schwang sie nach Lee aus. Bolitho kannte das Widerstreben, ja die Angst aller Seeleute, ihr einziges Boot und damit ihre letzte Überlebenschance aufzugeben. Aber bei Beschuß war es wegen der Splitter eine zu große Gefahr. Queely hatte das begriffen, obwohl es ihm noch an Erfahrung fehlte.

Bolitho blickte sich um. »Lassen Sie alle Hängematten an Deck schaffen und zusammengerollt an die Reling laschen. Das gibt den Rudergängern etwas Schutz.« Er brauchte nicht zu erläutern, daß ein einziger gutgezielter Kartätschenschuß das ganze Deck in ein Schlachthaus verwandeln konnte. Nach *Snapdragons* Vernichtung mußten die Männer beschäftigt werden, um sie von der Drohung der Korvette abzulenken. Zum Glück war die *Revanche* inzwischen außer Sicht.

Allday beaufsichtigte das Anbringen der fest eingerollten Hängematten. Im Gefecht wirkte sich selbst die Deckung durch eine dünne Persenning psychologisch günstig auf die Leute aus.

Danach trat der Bootssteurer zu Bolitho. »Sie wird in zwanzig Minuten auf gleicher Höhe mit uns sein.« Ungewohnte Mutlosigkeit lag in seiner Stimme. »Womit sollen wir sie denn treffen?«

»*Telemachus* hat Leesegel gesetzt«, meldete eine andere Stimme. »Mein Gott, seht bloß, wie sie loslegt!«

Bolitho stützte sein Fernrohr auf Alldays Schulter. Er hatte Mühe, *Telemachus* darin einzufangen, aber dann sah er, daß eine ihrer Stückpforten leer war. Eine Lücke im Gebiß. Paice hatte nichts von dem vergessen, was Bolitho seiner kleinen Flottille beigebracht hatte. In diesem Augenblick hievten seine Männer die zweite Karronade hinüber nach Backbord, damit beide im Gefecht zum Tragen kommen konnten.

Wieder feuerte der Feind, aber die Kugel ging außerhalb seines Blickfelds nieder. Seltsam, daß die Korvette nicht einmal vorübergehend Kurs änderte, um den anstürmenden Kutter mit der vollen Breitseite eindecken zu können. Es war unwahrscheinlich, daß man ein Kriegsschiff dieser Art mit Heckkanonen ausgerüstet hatte, und eine Breitseite hätte auf diese geringe Distanz verheerend gewirkt.

Queely rief: »Sie hat's auf uns abgesehen, Sir!«

Bolitho wandte sich wieder dem Feind zu. Er kam nun vierkant auf sie zu, seine hohe Segelpyramide schien vor *Wakefuls* Steuerbordbug bis in den Himmel zu ragen. Er konnte die französische Nationale an der Besangaffel peitschen sehen und war dankbar, daß Brennier wenigstens dieser Anblick erspart blieb.

»Soll ich Tuch wegnehmen, Sir?« Queely beobachtete ihn wie hypnotisiert.

»Nein. Geschwindigkeit ist unser einziger Trumpf. Bleiben Sie auf diesem Bug, und wenn wir vor ihr durchgehen, lassen Sie Ruder legen. Wir können anluven, aber nur dann, wenn wir Fahrt behalten.« Sein Blick fiel auf die geduckten Stückmannschaften. »Ich schlage vor, daß Sie die Backbordbatterie räumen lassen«, sagte er leise. »Wir müssen mit schweren Verlusten rechnen, wenn sie uns beharkt. Hinter dem Luvschanzkleid haben die Leute wenigstens etwas Deckung.«

Eine Bootsmannspfeife schrillte, und die Männer rannten geduckt zur anderen Seite, die Gesichter verzerrt und gealtert, als lägen sie schon unter Feuer.

Queely zwang sich, zur Korvette zu sehen. »Warum läuft sie so gerade wie auf Schienen?«

Bolitho glaubte den Grund zu kennen. Bei diesem eisigen Nordwind und nach dem Graupel- und Schneefall der letzten Nacht waren viele bewegliche Teile ihrer Takelage wahrscheinlich festgefroren. Außerdem hatte sie bestimmt monatelang untätig im Hafen gelegen, während über die Loyalität von Frankreichs Marineoffizierskorps debattiert wurde. Ihre Besatzung mußte eingerostet sein. Auch *Wakefuls* Crew hatte kaum Gefechtserfahrung, bestand aber aus durchtrainierten Teerjacken. All das aber Queely gegenüber zu erwähnen, wäre sinnlos gewesen. Er hätte sich nur falsche Hoffnungen gemacht. Falls die Korvette mit ihrer überlegenen Reichweite und Feuerkraft die beiden Kutter vernichten konnte, würde sie danach immer noch die *Revanche* einholen, bevor diese einen englischen Hafen erreichte.

Bolitho wappnete sich innerlich. Sie waren schließlich nur aus einem einzigen Grund hier: um diesen Feind aufzuhalten, ohne Rücksicht auf die Opfer.

Im Fernglas sah er *Telemachus*' Gaffel herumschwingen und ihren Rumpf hinter der Korvette verschwinden. Über dem Geräusch von Wind und See hörte er das ferne Geknatter von Musketenfeuer, den schärferen Knall einer Drehbasse.

Dann folgte eine doppelte Explosion, und einen Moment lang befürchtete Bolitho, daß er sich geirrt und die Korvette doch Heckkanonen hatte, mit denen sie jetzt den aufkreuzenden Kutter direkt beschoß.

Erstickt murmelte Queely: »Herrgott, er ist verdammt dicht dran!«

Rauch wirbelte vom Achterschiff der Korvette auf. Bolitho begriff, daß Paice mit beiden Karronaden zugleich in ihren Heckspiegel gefeuert hatte. Wenn auch nur eine dieser mörderischen Kugeln in ihrem Batteriedeck zerplatzt war, dann mußte sie dies jetzt beschäftigen, bis *Wakeful* auf Schußweite heran war.

Da krachten auch Paices Sechspfünder. Im Großbramsegel des Feindes erschien plötzlich ein Loch, einige Leinen brachen und wehten nach Lee aus. Aber er kam immer noch näher, und Bolitho konnte jetzt schon mit bloßem Auge die Galionsfigur erkennen, eine weiße Frauengestalt, die irgendeinen Zweig in der vorgereckten Hand hielt.

»Wahrschau an Deck!« Queely fuhr herum, sein wütender Blick schien irgend etwas zu suchen. Vielleicht Kempthorne. Achselzuckend sah er Bolitho an.

Dann zog er seinen Degen und hob ihn hoch über den Kopf. »Wir feuern in der Aufwärtsbewegung, Jungs!«

Bolitho sah in ihre verzweifelten Gesichter. Sie drückten sich eng aneinander, Freund an Freund, während sie darauf warteten, kämpfen und sterben zu müssen.

Die Korvette glitt jetzt an ihrer Steuerbordseite vorbei. Schon feuerten Scharfschützen von ihrem Vorschiff herüber, einer ritt sogar auf dem Kranbalken, um besser zielen zu können.

Eine Muskete knallte im Mast des Kutters, und der Franzose warf seine Waffe in die See, als sei sie plötzlich rotglühend, ehe er vom Kranbalken kippte und getroffen ins Wasser fiel.

»Guter Schuß, Kamerad«, murmelte Allday.

Die Pinne wurde nach Lee gelegt, und unter dem Quietschen der Blöcke und Knattern der Segel ging *Wakeful* durch den Wind, drehte fast auf dem Teller, während es Sekunden zuvor noch so ausgesehen hatte, als würde sie vom Feind überrannt.

»Feuer!«

Die Sechspfünder krachten in einer unregelmäßigen Salve, und die doppelt geladenen Rohre spuckten Feuer.

Queely brüllte: »Achtung!«, und winkte einige Kanoniere in Deckung, die aufstehen wollten, um ihre Stücke auszuwischen und nachzuladen. Sein erhobener Degen funkelte im rauchigen Sonnenlicht, als er der Karronade ein Zeichen gab. »Feuer frei!« Der Stückmeister riß an seiner Abzugsleine, und das häßliche Geschütz mit der stumpfen Schnauze fuhr krachend auf seinem Schlitten zurück, während die großkalibrige Kugel auf dem Seitendeck der Korvette explodierte. Ein Neunpfünder kippte um und gab seine Stückpforte frei, Splitter und zerfetzte Hängematten wirbelten durch die Luft.

Nun feuerte die Batterie der Korvette, aber die beiden Karronadentreffer hatten sie aus dem Takt gebracht. Die Breitseite kam nur lückenhaft und schlecht gezielt.

Bolitho fuhr zusammen, als eine Kugel das Großsegel durchschlug, während eine andere einige Leinen zerriß und dann querab ins Wasser klatschte. Eine Kanone war mit einer Kartätsche geladen gewesen; sie explodierte an Deck, schleuderte zerfetzte Planken empor und krachte schließlich ins Backbord-Schanzkleid, wo sie die Stückmannschaften getroffen hätte, wären sie nicht auf der anderen Seite in Deckung gewesen.

»Nachladen!« Besorgt musterte Queely seine Leute, aber nicht einer war verletzt, obwohl die Hängematten neben den Rudergängern mit Splittern gespickt waren.

Und da war *Telemachus*. Als *Wakeful* am Achterschiff der Korvette vorbeiglitt, hatten alle freie Sicht auf den anderen Kutter, der gerade wendete, um den Feind auf gleichem Bug zu folgen.

Diesmal dauerte es etwas länger, bis *Wakeful* über Stag gegangen und wieder unter Kontrolle gebracht war: als wolle man ein durchgehendes Pferdegespann bremsen. Dann lag die Korvette wieder voraus, und die Kutter nahmen sie mit Segel- und Ruderhilfe von achtern in die Zange. Sie schienen eher Geleit zu fahren als ein Gefecht zu suchen.

Der französische Kommandant wollte oder konnte immer noch nicht herumgehen, um sie zu konfrontieren. Die Kutter ihrerseits vermochten ihm nicht viel Schaden zuzufügen, solange sie ihn nicht überholten. Queely manövrierte *Wakeful* zollweise näher heran, während immer noch Musketenkugeln zwischen den beiden ungleichen Gegner gewechselt wurden. *Telemachus'* Rigg war stärker beschädigt, außerdem hatte eine Kugel wenige Fuß oberhalb der Wasserlinie ein Loch in ihren Rumpf gerissen.

Sonnenlicht reflektierte von den Heckfenstern der Korvette. Bolitho hob das Glas, um ihren Namen zu entziffern.

La Foi. Also mußte die weibliche Galionsfigur die Treue symbolisieren. In der verschmierten Linse sah er Köpfe über der Heckreling, das Aufblitzen einer Muskete, einen Offizier mit Sprachrohr. Aber er gewahrte auch die tiefen Furchen auf dem unteren Teil des Rumpfes, wo Paices Karronaden getroffen hatten. Zwei, drei Fuß höher, und ... Er fuhr zurück, als zwei der Heckfenster zerplatzten und Glasscherben ins schäumende Kielwasser prasselten.

Zunächst glaubte er an einen Zufallstreffer von Paice, aber dann machte er sich klar, daß die Distanz für dessen leichte Kaliber immer noch zu groß war.

Fast wurde ihm übel, als ihm die Wahrheit dämmerte. Denn auch ein drittes Fenster wurde eingeschlagen, und die schwarze Mündung eines Neunpfünders schob sich ans Licht.

»Signal an *Telemachus*!« befahl er. *»Zurückbleiben!«* Bolitho mußte Queely am Arm rütteln, damit er begriff, was vorging. »Die lange Neun dort kann sie aus dem Wasser pusten!«

Aber *Wakeful* war noch eine gute Kabellänge hinter Paices Kutter, und dort nahm sich niemand die Zeit, sich nach ihr umzusehen. Dann endlich schien Paice verstanden zu haben. Rah und Spieren schwangen herum, das Großsegel verlor den Druck und schlug wild hin und her, während der Wind querab von der anderen Seite einkam.

Besorgt beobachtete Bolitho das Manöver. Paice tat, was er für richtig hielt: den Wind aus den Segeln schütteln, aber sich von der heranrauschenden *Wakeful* freihalten, damit es nicht zur Kollision kam.

»Wir greifen mit Backbordseite an!« bellte Bolitho. Es fiel ihm schwer, den Blick von den beiden Schiffen da vorn zu lösen, aber er mußte ihre eigene Takelage beobachten. So wie *Wakeful* durch die Seen schnitt, bog ihr Mast sich unter der ungeheuren Belastung des Vollzugs gefährlich nach vorn durch.

Er wandte den Kopf, und in dem Augenblick feuerte die *Foi* ihren provisorisch montierten Neunpfünder ab.

»Wieder Kartätsche!« brüllte Queely mit irrem Blick. »Aber sie reagiert noch!«

Telemachus gehorchte zwar dem Ruder, doch ihre Segel bestanden fast nur aus Löchern, und im Glas sah Bolitho Gestalten in allen Verrenkungen des Todes auf ihrem Deck ausgestreckt; ein Mann lag wie betend auf den Knien, dann rollte auch er zur Seite und starb.

Er wollte wegblicken, als zwei dünne rote Rinnsale aus ihren Speigatten über die Bordwand rannen, konnte es aber nicht. Rot mischte sich ins schäumende Kielwasser, als verblute das Schiff selbst, und keine lebende Seele sei mehr an Bord.

Wakefuls Besatzung starrte übers Schanzkleid hinüber, verstärkt durch die Kameraden von der anderen Seite, die jetzt nach Backbord gehastet waren, um in den Kampf mit einzugreifen.

»Bei dieser improvisierten Aufstellung wird es einige Zeit dauern, den Neunpfünder nachzuladen«, überlegte Bolitho laut. Ruhig sah er Queely an. »Wir müssen heran sein, ehe sie auch uns damit bestreichen können.«

Sie schlossen zu *Telemachus* auf, wo Männer fieberhaft an Fallen und Brassen arbeiteten, während andere mühsam in den zerrissenen Webleinen aufenterten, um oben gebrochenes Gut zu spleißen.

Unter einem Haufen geknickter Spieren lag ein Leutnant, und Bolitho wußte, das war Triscott. Aber neben der Pinne stand Paices hohe Gestalt, eine Hand in den Uniformrock geschoben. Vielleicht war er verletzt, dachte Bolitho, aber es erleichterte ihn trotzdem, den Kommandant an seinem Platz zu sehen. Als *Wakeful* vorbeipreschte, wandte Paice sich um und grüßte mit langsamer Bewegung über die brechenden Seen zu ihnen herüber. Es war eine seltsam anrührende Geste, die einigen Leuten heisere Jubelrufe entlockte.

Das Entermesser über der Schulter, trat Allday heran und beobachtete, wie das Heck des feindlichen Schiffes über ihrem Backbordbug in die Höhe wuchs. Damals auf der alten *Resolution* war er selber Stückmeister gewesen, bevor er sich Bolitho anschloß. Aber wobei hatte sich Allday nicht schon versucht?

Besser als die meisten an Bord wußte er: Wenn sie den Franzosen überholten, dann würden sie mit Sicherheit von seiner Batterie versenkt werden. Auf so kurze Entfernung beschossen, konnte *Wakeful* sich nur minutenlang über Wasser halten. Ihre einzige Hoffnung waren die Karronaden, aber dazu brauchte es einen Glückstreffer. Wenn sie andererseits hinter der Korvette blieben, würde die provisorische Heckkanone sie genauso unerbittlich vernichten.

Er sah das Mündungsfeuer der Musketen auf dem Franzosen und hörte einen Querschläger ganz in der Nähe in die Planken fahren. Da rückte er dichter an Bolitho heran, um da zu sein, falls das Unausweichliche geschah.

Bolitho wandte sich ihm zu. »Jetzt wäre ich gern auf der *Tempest,* alter Freund«, sagte er leise. »Ich werde sie nie vergessen.«

Besorgt musterte Allday sein Gesicht. Wen meinte er, die Fregatte oder seine verlorene Liebe?

Er hörte Queely Kommandos rufen, sah einen zu Tode erschrockenen Pulverjungen mit neuen Kartuschen für die Sechspfünder vorbeihasten und einen Mann aus der Bootsmannsgang murmelnd vor sich hinstarren, als bete er. Das alles sah er und registrierte es doch nicht. Wieder hatte sich Bolitho ihm anvertraut, und nur daran dachte er.

Trotzig schob er das Kinn vor. Hinter den Heckfenstern der Korvette hatte er eine Bewegung bemerkt. Bald mußte es soweit sein. Sein Blick hob sich zu den Wolken über ihnen. *O Gott, laß es schnell gehen!*

Leutnant Andrew Triscott kroch unter der letzten gebrochenen Spiere hervor und blickte sich an Deck um. Er hatte geglaubt, daß er darauf vorbereitet sei und das Unausweichliche akzeptiert hätte. Aber nun konnte er nur wie gelähmt auf das Chaos starren, auf die Bruchstücke des Riggs, die versengte Leinwand und - am schlimmsten von allem - auf das Blut, das in den Wassergang floß. Er hätte nie gedacht, daß Menschen so bluten konnten.

Dazu die Gesichter der Männer, ihm einst so vertraut - jetzt waren sie im Todeskampf verzerrt und fremd, als hätte er sie nie vorher gesehen.

Da hörte er Paices kräftigen Baß das Inferno übertönen: »Räumt diese Leute von den Kanonen weg!«

Triscott nickte stumm, brachte aber immer noch kein Wort heraus. Doch er klammerte sich an die Autorität des Kommandanten wie ein Ertrinkender an ein Stück Treibholz. Er sah, daß Chesshyre jetzt an der Pinne stand; zwei Rudergänger waren gefallen, der dritte hockte stöhnend da, während ihm ein Kamerad den blutenden Arm abband. Triscott würgte krampfhaft. Dem zweiten Toten hatte es den Kopf abgerissen, Blut und Knochensplitter klebten an Paices Hose.

Der Bootsmann glitt in Triscotts Blickfeld, das Gesicht pulververschmiert, die Augen schwarz wie Kohle.

»Sind Sie okay, Sir?« Ohne auf Antwort zu warten, fuhr er fort: »Ich hole ein paar Freiwillige zusammen.«

Triscott blickte sich in der Erwartung um, von der Mannschaft keinen mehr am Leben zu finden. Aber Paices Stentorstimme und das zornige Zupacken des bulligen Bootsmanns scheuchten noch einige Unverletzte aus ihrer Deckung. Andere krochen unter dem Leinengewirr und den Segelhaufen hervor, gehorsam selbst im Angesicht des Todes - aus Angst oder Gewohnheit oder weil sie jemanden brauchten, der ihnen sagte, was jetzt zu tun war.

Triscott stieß sich vom Schanzkleid ab, als die ersten Leichen über Bord geworfen wurden. Die Verwundeten wurden unter Deck geschafft, ihr Schmerzensgebrüll verhallte ungehört.

Er hatte gesehen, wie Paice zur *Wakeful* hinüber gegrüßt hatte, und fragte sich, was den Mann aufrechthielt. Da erreichte ihn ein Befehl des Kommandanten: »Gehen Sie wieder an die Kanonen, Mr. Triscott. Und richten Sie die Karronaden selber aus!«

Der Erste merkte, daß er immer noch seinen Degen umklammert hielt, eine schöne Waffe, die ihm sein Vater nach bestandenem Leutnantsexamen geschenkt hatte.

Er sah, wie die Leiche des Stückmeisters über die Reling gekippt wurde. Ein sauertöpfischer, aber einsatzfreudiger Mann, der Triscott viele Tricks seines Metiers beigebracht hatte. Jetzt trieb er gesichtslos achteraus. Vorbei war es mit den Flüchen beim Übungsschießen, mit dem stolzen Grinsen, wenn seine Leute einen Treffer erzielt hatten. Triscott biß in die geballte Faust, um nicht laut zu schreien.

Hawkins kam und fuhr ihn an: »Jetzt sind *Sie* an der Reihe, Sir.« Er musterte ihn unbewegt und ohne Mitgefühl. »Wir müssen wieder angreifen. *Wakeful* versucht, zum Feind aufzuschließen. Ohne unsere Unterstützung kann sie es nicht schaffen!«

Triscotts Blick wanderte nach achtern zur Poop, suchte den Rückhalt, den er stets dort gefunden hatte.

Trocken sagte Hawkins: »Bei ihm finden Sie keine Hilfe, Mr. Triscott. Er ist schwer verwundet.« Er wartete, bis Triscott begriffen hatte, und fuhr fort: »Der Master macht sich vor Angst in die Hose und nützt uns auch nichts.« Auffordernd trat er einen Schritt zurück. »*Sie* sind der Erste hier, Mr. Triscott!«

Triscott sah, wie Paice sich neben dem Kompaßhaus krümmte, eine Hand immer noch unter den Rock geschoben. Augenlider und Zähne zusammengepreßt, versuchte er den Schmerz unter Kontrolle zu halten. Und dann gewahrte Triscott das Blut, das Paices linkes Hosenbein tränkte und eine Pfütze zu seinen Füßen bildete.

Hawkins berichtete: »Hat einen Eisensplitter in die Rippen gekriegt, so dick wie drei Finger. Verdammt, würde er mich nur lassen ...« Er verstummte und starrte in Triscotts Gesicht, seine Stimme klang plötzlich verzweifelt. »Also übernehmen Sie endlich, Mr. Triscott, auch wenn Sie sich am liebsten hinter Ihrer Mutter Rock verstecken möchten!«

Triscott nickte wie im Fieber. »Gewiß. Gewiß doch, Mr. Hawkins. Danke.« In die erwartungsvollen Gesichter hinein fuhr er fort: »Wir folgen *Wakeful* und greifen an mit ...« Er zögerte, der tote Stückmeister war ihm wieder eingefallen. »Mit der Backbordseite. Diesmal bleibt uns keine Zeit, die Karronaden hinüber zu schaffen.«

Der Bootsmann berührte seinen Arm. »So ist's schon besser.« Wütend drehte er sich nach den anderen um. »Der Leutnant sagt, an Backbord!« Er schwenkte sein Enterbeil. »Also an die Arbeit, ihr Memmen! Drei Mann dort an die Brassen!«

Trotz seiner Schmerzen bemerkte Paice die neuerwachte Aktivität, die willige Reaktion des Kutters, als das durchlöcherte Großsegel sich wieder mit Wind füllte. Er schleppte sich zur Pinne, wo ihm der verwundete Rudergänger Platz machte.

Da umklammerte er das abgegriffene, glatte Holz und spürte, daß seine *Telemachus* ihm durch See und Ruder antwortete. Das Kinn sank ihm auf die Brust, aber er riß den Kopf noch einmal hoch und spähte wütend nach vorn.

Barmherziger Gott, was für eine Affenschande! Hatte er laut gesprochen? Ein angstschlotternder Leutnant und ein Drittel der Besatzung tot oder verwundet. Zwei Kanonen umgestürzt, und die Segel durchlöchert wie Schweizer Käse. Wie sollten sie da manövrieren, wenn es zum Schlimmsten kam?

Er kniff die Augen zu und keuchte, als ihn eine neue Schmerzwelle durchflutete. Die Qual wurde jedesmal unerträglicher, es war, als bohre sich ein glühendes Messer in seine Seite. Er hatte Weste und Hemd zusammengeknüllt und auf die Wunde gepreßt, trotzdem fühlte er es warm über

Hüfte und Bein rinnen. Der Rest seines Körpers war eiskalt wie im Schüttelfrost.

»Haltet durch, Leute!« Er schielte auf den Kompaß, konnte ihn aber durch irgendwelche Nebelschleier nicht ablesen. »Wir packen ihn von raum achtern!«

Chesshyre rief: »*Wakeful* ist schon beinahe dran!«

Paice stützte sich schwer auf die Pinne und knurrte ihn an: »Auf die Füße, Mann! Sollen die Leute Sie kriechen sehen wie eine erschreckte Ratte?«

Taumelnd kam Chesshyre hoch und fluchte: »In der Hölle sollen sie braten!«

»Das werden wir alle, mein Freund!«

Er hörte Triscotts Ruf: »Kanonen geladen und ausgerannt, Sir!« Hoffentlich hatte niemand außer ihm bemerkt, wie sehr sich der Erste fürchtete. Aber er hatte Mut, dachte Paice, Mut von der richtigen Sorte: Seine Angst, daß man ihm die Angst ansehen könnte, war stärker als alles andere.

Hawkins kam nach achtern gerannt, registrierte das Blut und Paices aschgraues Gesicht.

»*Wakeful* wird gleich Feuer eröffnen, Sir. Aber ich schätze, die Franzosen haben die lange Neun achtern wieder feuerklar.«

Paice nickte nur, weil er im Moment vor Schmerzen nicht sprechen konnte. »Was sehen Sie jetzt, Mr. Hawkins?« fragte er dann gepreßt.

Mit brennenden Augen wandte der Bootsmann sich ab. Von allen an Bord hatte er am längsten unter Paice gedient und respektierte ihn mehr als jeden anderen Kommandanten, den er kannte. Ihn so elend zu wissen, daß er nicht einmal mehr sehen konnte, was um ihn herum vorging, erschütterte ihn stärker als der Tod seiner Kameraden. »Sie ist auf gleicher Höhe mit ihrem Steuerbord-Achterschiff«, berichtete er schließlich. Dann ballte er die Fäuste. »Das Heckgeschütz wurde ausgefahren. Sir!«

Die Abschüsse kamen wie eine einzige gewaltige, andauernde Explosion: das schärfere Knallen des Neunpfünders und das Krachen von *Wakefuls* Karronade, die auf Kernschußweite Feuer und Rauch spuckte, als ihr Bugspriet sich am Heck der Korvette vorbeischob.

»Na los, Mann«, drängte Paice, »was ist passiert?«

»Weiß noch nicht genau, Sir«, antwortete Hawkins. »*Wakeful* fällt jedenfalls zurück.« Er schaffte es nicht, Paice ins Gesicht zu sehen. »Ihre Vorsegel sind zerschossen.«

»Und der Feind? Raus damit, Mann!«

Hawkins beobachtete die Korvette. Die Kartätsche hatte den Heckspiegel durchschlagen und mußte den Neunpfünder völlig außer Gefecht gesetzt haben. Aber sonst wirkte alles noch intakt, nur ihre Fock schien außer Kontrolle geraten. Er sah einige Toppgasten aufentern – und dann wich das Schiff zum ersten Mal vom Kurs ab.

Als könne er es selbst nicht glauben, flüsterte er: »Ihr Ruder muß beschädigt sein, Sir!«

Paice packte seine Schulter und schüttelte sie. *»Gott sei Lob und Dank!«* Sein umflorter Blick suchte Triscott. »Alles klar bei Ihnen?«

»Aye, aye, Sir!« rief der Erste zurück.

Paice rang sich ein Grinsen ab. »Dann wollen wir mal rangehen, bevor die Hunde ein Notruder riggen können.«

Hawkins drängte: »Lassen Sie mich einen Verband anlegen, Sir!«

Ihre Blicke trafen sich, und Paice schüttelte den Kopf. »Spielen Sie nicht den Narren«, sagte er. »Wir wissen beide Bescheid.« Der Schmerz schnitt ihm das Wort ab und verknotete sein Gesicht zu einer Fratze. »Aber ich danke Ihnen«, fuhr er fort, als er wieder sprechen konnte. »Und ich bete zu Gott, daß Sie den nächsten Tag erleben, Mr. Hawkins!«

Hawkins wandte sich ab und winkte mit seinem Beil ein paar unbeschäftigte Kanoniere heran.

»Her zu mir, ihr Faulenzer. Klar zur Wende!«

Er meinte, fernes Hurragebrüll zu hören, und spähte durch den abziehenden Qualm. Vorübergehend außer Kontrolle, war *Wakeful* abgefallen und trieb quer zu Wind und Seegang, so daß er ihren vom letzten Kartätschenschuß zerschmetterten Bug sehen konnte.

Da wirbelte er herum und rief Paice zu: »Die jubeln Ihnen zu, Sir!« Dann riß er sich den Hut vom Kopf und winkte. »Ein Hoch, ihr Trantüten! Ein Hoch auf unsere *Wakeful*!«

Sie mußten ihn für irre halten, daß er angesichts des Todes so jubeln konnte. Aber nur das bewahrte ihn vor dem völligen Zusammenbruch. Denn als er sich nach achtern umgedreht hatte, mußte er erkennen, daß Sieg oder Niederlage für Paice keine Bedeutung mehr besaßen.

Bolitho kauerte auf Händen und Knien, in seinem Kopf dröhnte noch die zweifache Explosion, daß ihm die Ohren sangen. Er spürte, wie das Deck erbebte, als die schwere Kartätschenladung in den Bug krachte, hörte das Geschrei und Gewinsel der Niedergemähten.

Dann war da Alldays Hand unter seinem Arm, die ihn aufrichtete und wieder auf die Füße stellte, und Queelys Faust mit dem alten Familiendegen, der ihm von der Hüfte gerutscht war, als ein Eisensplitter das Gehenk vom Gürtel trennte. Er betastete den Riß in seinem Rock. Das war knapp gewesen.

Dann fiel sein Blick auf das geschwärzte Heck des Feindes. Alle Fenster gähnten leer, der Spiegel war eingedrückt wie nasser Filz, die mit Schnitzwerk verzierte Heckreling hing herab wie eine verwelkte Girlande.

Heiser sagte Queely: »Ich glaube, wir haben ihr Ruder beschädigt, Sir.« In einem Verzweiflungsausbruch setzte er hinzu: »Aber das reicht immer noch nicht, oder?«

Drüben kletterten die ersten Franzosen in die Takelage. Bald würden sie ein Notruder installiert haben und zu einem neuen Schlagabtausch bereit sein. Auf *Wakefuls* Vordeck lagen sechs Tote, andere krochen verletzt in Deckung oder wurden von Kameraden zum Niedergang geschleppt. Ein Wunder, daß da vorn überhaupt noch jemand lebte.

Es würde mindestens eine Stunde dauern, das Geschirr für Fock und Kutter wieder aufzuriggen, denn bis auf das Vorstag war fast alles weggeschossen.

Die Korvette lief schwerfällig aus dem Kurs, vom Wind, nicht von ihrem Ruder herumgezogen. Jetzt hätte sie *Wakeful* auf kürzeste Distanz mit ihrer Breitseite so lange bestreichen können, bis diese *Snapdragon* auf den Meeresgrund folgte.

Allday räusperte sich. »Da kommt *Telemachus,* Käptn!« sagte er heiser. »Mein Gott, haben die noch nicht genug abgekriegt?«

Der andere Kutter hielt auf die treibende Korvette zu. Seine Segel hingen in Fetzen, in Schanzkleid und Vorschiff klafften Lücken, als hätte ein Monster ganze Stücke herausgebissen, und doch griff sie von neuem an.

Leise sagte Bolitho: »Die Leute sollen ihr zujubeln, Mr. Queely. Ich hätte nie gedacht, daß ich noch einmal solche Tapferkeit zu sehen bekomme!«

Die Hurrarufe schallten über die aufgewühlte See zu dem anderen Kutter hinüber. Man mußte sie auch auf der *Foi* hören, deren Kommandant seinen Neunpfünder eine Sekunde zu spät abgefeuert hatte. Drüben rannten Männer nach achtern, um mit Musketen auf den angreifenden Kutter zu feuern. Aber keine Kanone konnte ein Ziel auffassen, sobald *Telemachus* erst den Hecksektor erreicht hatte.

Paices beide Karronaden krachten fast gleichzeitig. Abermals flogen Trümmer aus dem Achterschiff des Franzosen, und die Decksplanken rissen auf. Die Druckwelle warf Männer wie Stoffpuppen vom Seitendeck in die Kuhl, einige stürzten sogar von der Fockrah in die Tiefe.

Bolitho starrte hinüber, bis seine Augen tränten. War es Wunschdenken, aus Verzweiflung geboren? Er packte Queelys Arm. *»Fällt er?«* fragte er.

Der Kommandant nickte, sprechen konnte er nicht. Der Großmast der Korvette begann zu wanken, noch einen Augenblick von Stagen und Wanten gehalten, doch dann gewannen das Gewicht der Spieren und der Druck in den windgefüllten Segeln die Oberhand. In diesen endlosen Sekunden sah Bolitho die französischen Toppgasten, die festgefrorene Taljen und Blöcke wieder gängig gemacht hatten, wie versteinert nach unten starren, als sie begriffen, daß es keine Rettung für sie gab.

Begleitet vom Knallen brechender Leinen, kam der Mast schließlich mit einem dumpfen Donnerschlag von oben. Er krachte seitlich über die Bordwand ins Wasser und machte mit seinem nachgeschleppten Gewirr aus stehendem und laufendem Gut jede Hoffnung auf ein Notruder zunichte.

Bolitho studierte das Chaos und wußte, daß *Telemachus'* letzte Salve das von *Wakeful* begonnene Werk vollendet hatte. Mit wilden, rachsüchtigen Augen starrte Queely hinüber. Für ihn war das die Quittung für Kempthornes und vieler anderer Tod und für die Versenkung der *Snapdragon.*

»Wir könnten sie entern, Sir«, murmelte er. »Oder sie zusammenschießen. Verdammt will ich sein, wenn die vor morgen früh wieder manövrierfähig sind.«

Nervös meldete der Segelmeister: »*Telemachus* hat abgedreht, Sir.« Er zögerte, als scheue er sich, die Worte auszusprechen. »Sie hat die Flagge auf Halbstock, Sir!«

Bolitho blickte durch den Rauch zu seinem zweiten Kutter hinüber, der sich langsam von ihrem verkrüppelten Gegner entfernte.

Also war Jonas Paice tot. Nach allem, was er erlitten hatte – oder vielleicht gerade deswegen –, hatte er seinen Frieden gefunden.

Entschlossen sagte Bolitho: »Es sind genug Menschen gestorben. Ich dulde keinen kaltblütigen Mord, der unserem Namen nur Schande machen würde.« Vergeblich suchten seine grauen Augen die hochgewachsene Gestalt auf dem Achterdeck des anderen Kutters. Er mußte schon mit dem Tod gerungen haben, als er ihnen seinen letzten Gruß entbot. »Oder *seinem* guten Namen«, setzte er hinzu. »Er war ein tapferer und ehrenwerter Mann.«

Er sah Queely an, der dumpf zurückstarrte, immer noch keuchend von der Anstrengung des Gefechts. »Brennier und sein Loyalistengeld sind gerettet.« Der treibenden Korvette, die vor kurzem noch ihr Henker hätte sein können, gönnte er keinen Blick mehr. »Die Konterbande des französischen Königs wird England unangetastet erreichen.« Er wechselte einen Blick mit Allday, der sich auf sein Entermesser stützte. »Und der Kommandant der *Foi* wird für sein Versagen einen furchtbaren Preis zu zahlen haben. Warum sollten wir also auf seine Leute feuern, die sich nicht mehr verteidigen können?«

Er nickte Queely zu. »Ich lasse mich auf *Telemachus* übersetzen, sobald wir zu ihr aufschließen können. Dann geben wir Ihnen eine Schlepptrosse über.«

»Sie übernehmen das Kommando auf *Telemachus,* Sir?«

»Es wird mir eine Ehre sein.« Bolitho lächelte trübe.

Später, als *Wakeful* unwillig an ihrer Schleppleine zerrte, stand Bolitho an *Telemachus'* Heckreling und konnte den Blick nicht von den Narben und Blutflecken werden. Sein geschändetes Schiff, auf dem alles begonnen hatte.

Paice war unter Deck gebracht und in seiner Kajüte aufgebahrt worden. Bootsmann Hawkins hatte vorgeschlagen, ihn mit den anderen auf See zu bestatten, aber Bolitho hatte abgelehnt.

»Nein, Mr. Hawkins, wir wollen ihn neben seiner Frau begraben.«

Allday sah und hörte das alles und konnte es doch nicht ganz fassen. Als er zum Himmel aufblickte, war dessen Blau viel tiefer als vorhin, als er sein Stoßgebet hinaufgeschickt hatte. Trotzdem – die unglaubliche Schicksalswende ging noch über sein Fassungsvermögen.

Da trat Bolitho neben ihn und sagte leise: »Schau nach vorn, alter Freund. Und sag mir, was du siehst.«

Langsam hob Allday den Blick, als fürchte er neues Grauen. Doch dann sagte er kleinlaut: »Weiße Klippen, Käptn.«

Bolitho nickte, in Gedanken bei Paice. »Ich hätte nie gedacht, daß wir sie noch mal wiedersehen.«

Ein plötzliches Grinsen erhellte Alldays Gesicht.

»Da haben Sie sich aber mächtig geirrt, Sir!«

Als es acht Glasen schlug, sichteten sie die verschwommene Silhouette von Dover Castle.

Zwei kleine Schiffe waren wieder daheim.

Epilog

Allday warf einen flüchtigen Blick auf den Posten der Seesoldaten, der in strammer Haltung vor der Achterkajüte der Fregatte stand, und drückte nach kurzem Zögern die Tür auf.

Überraschenderweise war ihm der Abschied von England leicht gefallen. Keiner konnte wissen, was ihnen bevorstand und was der Krieg für ihn oder Kapitän Bolitho bringen würde. Aber die neuntägige Reise von Spithead mit der *Harvester,* einer Fregatte von 36 Kanonen, hatte er eher als Heimkehr empfunden.

An der Lamellentür blieb er kurz stehen und musterte Bolithos hagere Gestalt vor den Heckfenstern, hinter denen sich das sonnenüberglänzte Panorama von See und ferner Küstenlinie langsam drehte, während die Fregatte ihren letzten Kreuzschlag auf den Ankerplatz zu machte.

Im Sonnenglast wirkte der Felsen von Gibraltar fast schwerelos. Allein schon sein Anblick versetzte Allday in freudige Erregung, ohne daß er den Grund dafür wußte. Aber Gibraltar war eben nicht nur das Tor zum Mittelmeer, sondern der Beginn eines neuen Lebens, einer vielversprechenden Chance für sie beide.

Zufrieden nickte er vor sich hin. In seiner besten Ausgehuniform mit den weißen Kragenaufschlägen und den beiden glänzenden Epauletten auf den Schultern war Bolitho ein ganz anderer als der Schmugglerjäger in schäbigem Rock, der sich entschlossen und trotzig dem Feuer der Korvette gestellt hatte.

Bolitho wandte sich um. »Na, was sagst du dazu?«

Allday diente ihm jetzt schon elf Jahre, als Bootssteurer, Steward und Freund, je nach Bedarf. Trotzdem konnte Bolitho ihn nach wie vor verblüffen. Da stand dieser Mann, ein von allen Offizieren der Fregatte glühend beneideter Vollkapitän, und sorgte sich immer noch, daß er versagen, daß er alle Hoffnungen enttäuschen könnte, die sie beide seit seiner Rückkehr in den aktiven Dienst hegten.

»Wie in alten Zeiten, Käptn.«

Bolitho wandte sich wieder dem glitzernden Wasser draußen zu. Neun Tage, das war reichlich Zeit zum Erinnern und Nachdenken gewesen. Er dachte an den jungen Kommandanten der Fregatte - erst Kapitänleutnant und etwa im gleichen Alter wie er, als er *Phalarope* bekommen hatte; damals hatten sich seine und Alldays Wege gekreuzt. Sicherlich war der Kommandant über den ranghöheren Passagier nicht sonderlich erfreut gewesen. So hatte er sich meist in diesem leihweise überlassenen Quartier aufgehalten, hatte das Alleinsein genossen und in der Erinnerung noch einmal den großen Augenblick ausgekostet, als er endlich seinen neuen Marschbefehl in Händen hielt.

... bei Erhalt dieses haben Sie sich umgehend nach Gebraltar zu begeben, um das Kommando über Seiner Majestät Linienschiff Hyperion *zu übernehmen ...*

Er lächelte ironisch. Die alte *Hyperion.* Früher war ihr Ruf in der Flotte legendär gewesen. Aber in welchem Zustand mochte sie jetzt sein, nach so vielen Jahren, so vielen Meilen im Dienst des Königs?

War er enttäuscht, daß man ihm keine Fregatte überantwortet hatte? Er biß sich auf die Lippen und beobachtete einige spanische Fischerboote, die gemächlich über ihrem Spiegelbild dahintrieben. Nein, das war es nicht, was ihn bedrückte. Dann also die Furcht vor einem möglichen Versagen, vor einer Rückkehr des Fiebers?

Ein Muskel in seiner Wange zuckte, als die ersten Salutschüsse der Fregatte über die Bucht hallten. Der Rumpf erbebte im Rhythmus der regelmäßigen Abschlüsse. Er hörte die gemessene Antwort der Landbatterie und fragte sich, warum er nicht längst oben auf dem Poopdeck stand und sein neues Schiff mit den Augen suchte, das irgendwo im großen Feld der Ankerlieger auf ihn wartete, beschützt vom zeitlosen Felsen der Affen.

Er trat vor den Spiegel, der über seiner Seekiste hing, und studierte sein Bild so nüchtern, als mustere er einen neuen Untergebenen. Der Uniformrock mit seinen breiten weißen Aufschlägen, Goldknöpfen, goldenen Litzen und den beiden Epauletten hätte ihn eigentlich stolz machen müssen. Und er wußte auch aus Erfahrung, daß auf jedem Schiff die Besatzung ihren neuen Herrn und Meister mit viel mehr Skepsis und Unsicherheit erwartete als er sie. Aber auch dieser Gedanke konnte seinen Trübsinn nicht vertreiben.

Immer noch fragte er sich, ob seine undankbare Aufgabe, die verhaßte Rekrutierung neuer Besatzungen für die Flotte auf der Nore, wirklich der einzige Grund für seine Bestallung gewesen war. Hatte Lord Marcuard schon damals gewußt, daß er Bolitho für einen ganz anderen Einsatz auswählte, der ein weit größeres Vertrauen voraussetzte? Vielleicht würde er die Wahrheit nie erfahren.

Oft hatte er an Paice denken müssen. *Diesen ehrenwerten Mann,* wie er ihn in seinem Bericht an die Admiralität genannt hatte. Ehe dieser Krieg mit Sieg oder Niederlage zu Ende ging, würden noch Tausende sterben müssen, würden Namen und Gesichter ausgelöscht werden, als hätten sie nie existiert. Aber trotzdem ragten Einzelne aus der Masse hervor, Männer wie Paice, deren Andenken die Zeit überdauerte.

Auch Vizeadmiral Brennier kam ihm wieder in den Sinn. Der war in den veröffentlichten Berichten so gut wie nirgends erwähnt worden, und Bolitho vermutete auch dahinter Lord Marcuards Einfluß. Vielleicht würde Brennier schließlich doch noch bei einer Konterrevolution aktiv werden können.

Als der letzte Salutschuß verhallt war, riefen Kommandos zum Sichern der Kanonen und zur endgültigen Ansteuerung des ihnen zugewiesenen Ankerplatzes. Viele Blikke würden jetzt der Fregatte folgen. Sie bedeutete Post von zu Hause, neue Befehle oder einfach nur eine Bestätigung der Verbindung mit England, einen Beweis, daß Gibraltar nicht alleinstand.

Den alten Familiendegen in der Hand, trat Allday auf ihn zu. »Alles klar, Käptn?« fragte er mit aufmunterndem Grinsen. »Sie werden bestimmt schon erwartet an Deck.«

Bolitho hob die Arme und hörte Allday murmeln, während er ihn gürtete: »Sie könnten ein bißchen Speck auf den Rippen brauchen, Sir . . .«

»So eine Frechheit!«

Allday trat zurück und lächelte in sich hinein. Das alte Feuer war also doch nicht erloschen; man mußte es nur anfachen.

Alles in allem bot sein Kapitän einen schneidigen Anblick. Nur die Schatten unter den Wangenknochen und die tieferen Falten um den Mund verrieten altes Leid und überstandene Krankheit.

Bolitho nahm seinen Hut und starrte ihn geistesabwesend an.

Seltsamerweise war der französische Schatz nie öffentlich erwähnt worden, obwohl er doch wohlbehalten in Dover gelandet und unter starker Bewachung abtransportiert worden war. Vielleicht hatte Lord Marcuard oder vielleicht sogar Premierminister Pitt ihre eigenen Ideen, wie er zum größeren Nutzen Englands verwandt werden konnte?

Vieles hatte sich geändert, genau wie Hoblyn so verbittert vorausgesagt hatte. Besonders die Wertmaßstäbe Pitts. Der Mann, der die Schmuggelbanden verflucht und verurteilt, der sie mit Henkern und Dragonern bekämpft hatte, wurde nun mit Worten zitiert, in denen er diesem Abschaum seine

Anerkennung ausdrückte: »Sie sind meine Augen, ohne sie wäre ich blind und hätte keine Nachrichten über den Feind!« Es war unglaublich.

Aber wie Queely säuerlich bemerkt hatte: »Wäre Delaval noch am Leben, bekäme er jetzt bestimmt einen Orden vom König!«

Auch so eine Erinnerung: Queely. Er hatte das Kommando über eine schmucke Korvette von vierzehn Kanonen erhalten, mit Heimathafen Plymouth. Ob ihn wohl seine Bücher auf dieses neue Schiff, in diesen neuen Krieg begleitet hatten?

Bolitho riß sich aus seinen Gedanken, als Allday sich räusperte. In blauem Rock, weißer Hose, den frisch geteerten Hut in der braunen Faust, war er eine Augenweide für jeden patriotischen Landsmann – und jede Frau. Bolitho fiel das Lied ein, das er in Portsmouth beim Anbordgehen gehört hatte: *Briten, zu den Waffen!* Wie hätte das den armen Hoblyn belustigt!

Er hörte einen hellen Ruf oben auf dem Achterdeck und das Knarren des Ruders. Die Szene stand vor seinen Augen, als sei er selbst dabei: Die Ankergang drängte sich um den Kranbalken, jederzeit bereit, das schwere Eisen fallen zu lassen. Die rotberockten Seesoldaten waren in sauber ausgerichteten Reihen auf der Poop angetreten. Und im Zentrum stand Kapitänleutnant Leach, darum bangend, daß alles glatt lief an diesem schönen Junimorgen. Er war mit Recht stolz auf die schnelle Überfahrt von Spithead.

Bolitho griff nach Alldays Arm. »Ich kann nicht mit Worten ausdrücken, wie dankbar ich dir bin, alter Freund.«

Ihre Blicke trafen sich, dann trat Bolitho durch die Tür, nickte dem Wachtposten kurz zu und ging auf das sonnenhelle Deck hinaus; er blickte zu den Masten auf, wo die gut gedrillten Toppgasten nur auf das Klatschen des Ankers warteten, um in Sekundenschnelle die Segel an ihren Rahen aufzutuchen.

Leach wandte sich nervös um und begrüßte ihn.

Bolitho sagte: »Sie können stolz auf Ihr Schiff sein, Kapitänleutnant Leach. Ich beneide Sie darum.«

Verblüfft sah Leach ihm nach, als er zu den Finknetzen ging. Bolitho konnte sich doch gewiß nicht beklagen? Er hatte alles, was sein Herz begehrte: den Rang eines Vollkapitäns und einen legendären Ruf, der ihm die Beförderung zum Flaggoffizier garantierte, noch ehe dieser Krieg zu Ende war. Natürlich nur, wenn er nicht in Ungnade fiel oder im Gefecht umkam . . .

»Alles klar, Sir!«

»Laß fallen Anker!«

Das Spritzwasser näßte die Galionsfigur, als der Anker ins Wasser platschte, aber Bolitho sah es nicht.

Ich bin ein Fregattenkapitän. Und dann diese nachsichtige, aber entscheidende Korrektur: Sie *waren* ein Fregattenkapitän.

Doch er verdrängte die Erinnerung an die kultivierte Stimme und suchte mit den Blicken die lange Reihe der Linienschiffe ab, die hinter dem Flaggschiff mit dem Admiralswimpel im Vortopp ankerten.

Eins davon ist meines.

Dabei gewahrte er Allday neben sich und lächelte zum ersten Mal seit langer Zeit.

»Diesmal ist's keine schneidige Fregatte, alter Freund. Wir müssen eine Menge dazulernen.«

Zufrieden nickte Allday. Das Lächeln hatte den Glanz in die grauen Augen zurückgebracht. Es war alles wieder da: Hoffnung, Entschiedenheit und eine Kraft, die nach Violas Tod schon erloschen schien.

Erleichtert atmete er auf.

Die alte *Hyperion* also. So sei es denn.

Alexander Kent

Die Richard-Bolitho-Romane

Die Feuertaufe *(UB 23687)*

Strandwölfe *(UB 23693)*

Kanonenfutter *(UB 22933)*

Zerfetzte Flaggen *(UB 23192)*

Klar Schiff zum Gefecht *(UB 23063)*

Die Entscheidung *(UB 22725)*

Bruderkampf *(UB 23219)*

Der Piratenfürst *(UB 23587)*

Fieber an Bord *(UB 22460)*

Des Königs Konterbande *(UB 23787)*

Nahkampf der Giganten *(UB 23493)*

Feind in Sicht *(UB 20006)*

Der Stolz der Flotte *(UB 23519)*

Eine letzte Breitseite *(UB 20022)*

Galeeren in der Ostsee *(UB 20072)*

Admiral Bolithos Erbe *(UB 23468)*

Der Brander *(UB 20591)*

Donner unter der Kimm *(UB 23648)*

Die Seemannsbraut *(UB 22177)*

Mauern aus Holz, Männer aus Eisen *(UB 22824)*

Das letzte Riff *(UB 23783)*